陈嘉映著译作品集

第 12 卷

穷于为薪

陈嘉映 著

创于1897　商务印书馆
The Commercial Press

总　　序

　　商务印书馆发心整理当代中国学术,拟陆续出版当代一些学人的合集,我有幸忝列其中。

　　商务意在纵览中国当代学人的工作全貌,故建议我把几十年来所写所译尽量收罗全整。我的几部著作和译作,一直在重印,也一路做着零星修订,就大致照原样收了进来。另外六卷文章集,这里做几点说明。1.这六卷收入的,多数是文章,也有对谈、采访,少数几篇讲稿、日记、谈话记录、评审书等。2.这些篇什不分种类,都按写作时间顺序编排。3.我经常给《南方周末》等报刊推荐适合普通读者的书籍。其中篇幅较长的独立成篇,篇幅很小的介绍、评论则集中在一起,题作"泛读短议之某某年"。4.多数文章曾经发表,在脚注里注明了首次刊载该文的杂志报纸,以此感谢这些媒体。5.有些篇什附有简短的说明,其中很多是编订《白鸥三十载》时写的。

　　这套著译集虽说求其全整,我仍然没有把所写所译如数收进。例如我第一次正式刊发的是一篇译文,"瑞典食品包装标准化问题",连上图表什么的,长达三十多页。尽管后来"包装"成为我们这个时代一个最重要的概念,但我后来的"学术工作"都与包装无关。有一些文章,如"私有语言问题",没有收入,则是因为过于粗陋。还有一类文章没有收入,例如发表在《财新周刊》并收集在《价值的理由》中的不少文章,因为文章内容后来多半写入了《何为良好生活》之中。同一时期的不同访谈内容难免重叠,编订时做了不少删削合并。总之,这套著译集,一方面想要呈现我问学过程中进退萦绕的总体面貌,另一方面也尽量避免重复。

我开始发表的时候,很多外文书很难在国内找到,因此,我在注解中标出的通常是中译本,不少中译文则是我自己的。后来就一直沿用这个习惯。

我所写所译,大一半可归入"哲学"名下。希腊人名之为philosophia 者,其精神不仅落在哲人们的著述之中,西方的科学、文学、艺术、法律、社会变革、政治制度,无不与哲学相联。所有这些,百数十年来,从科学到法律,都已融入中国的现实,但我们对名之为 philosophia 者仍然颇多隔膜。这套著译集,写作也罢,翻译也罢,不妨视作消减隔膜的努力,尝试在概念层面上用现代汉语来运思。所憾者,成就不彰;所幸者,始终有同好乐于分享。

这套著译集得以出版,首先要感谢主持这项工作的陈小文,同时要感谢李婷婷、李学梅等人组成的商务印书馆团队,感谢她们的负责、热情、周到、高效。编订过程中我还得到肖海鸥、吴芸菲、刘晓丽、梅剑华、李明、倪傅一豪等众多青年学子的协助,在此一并致谢。

陈嘉映

2021 年 3 月 3 日

指穷于为薪，火传也，不知其尽也。

——庄子

目　　录

2017—2021 年

《绝·情书》中译本序 ①

　　在当事人心里，爱一来，翻江倒海，在旁人听来，那些绵绵情话好生无趣。唯当爱情与信仰、智性、苦难和社会冲突纠缠难解，爱情才成其为传奇。阿伯拉尔与爱洛伊斯的爱情是历史上最著名的爱情传奇之一。电视屏幕上、小说月刊里的爱情故事早不稀奇了，中世纪的真实爱情故事却少而又少，不过，等读者去读的，主要不是故事有多曲折，而是一个别样的精神世界。通过这几封书信，那遥远时代男女的感情方式，跃跃然映入我们的眼帘。爱、罪、愤恨与认命、悔恨与隐忍、恐惧与战栗，样样都来得单纯，样样都编织在整体的感情方式之中，形成复杂的图案。经受其他种种精神诉求的压抑和围剿，爱情格外彰显她难以幻灭的真身。直到最后一封信——那里，阿伯拉尔看来终于借信仰之力彻底斩断情缘，单独看来，这封信像是陌生的说教，但作为这些书信的尾声，让人感不到升华的极乐，只感到埋葬了一切的无际荒沙。

　　这部书信集是文学史上的名著，此外，我还愿推荐这个译本。译者葛海滨喜欢文字——英文和中文，他乐在其中地做着这件手工

---

① 阿伯拉尔：《绝·情书——阿伯拉尔与爱洛伊斯书信集》，葛海滨译，华夏出版社，2017年。［书中注释，凡未特别注明者，皆为作者原注。——编者］

活。他的译文有意尝试一种特殊的、富含妙味的调子。我们不会用这样的调子来写作，却正好可以借翻译阿伯拉尔和爱洛伊斯之机试弹一番——时空的间距给了译者一种自由，也让我们听到中文发出别具一格的声响。

军军诗序 ①

　　军军将出版她青年时的一些诗，重读这些诗，自然浮现出二十多年前的初识。我靠过道坐下，从书包里取出书来读。听到她问我右手的空位有人吗。我起身让她过去，高挑身材，清空神态。那个讲座我只听了个开头。她跟出来。路灯底下，自行车横七竖八连绵不绝。我有点儿淡，她有点儿冷，不怎么妨碍真率。她是谁，她从哪里来，她不知道往哪里去。没赶上几年前的大时代，现在的北京琐碎得让人窒息。我说，我从一个更窒息的时代过来，学会了在稀薄的空气里干点儿这个那个。

　　我这人基本无趣，后来军军经常在一起玩的，"混的"，是我那些生活更多色彩的朋友。她读书、画画、摄影、写诗。去看过她画画，她也把新写成的诗拿给我看，长诗如《冷的上演》，短诗如《红楼残影》。我对现代诗的感知能力很低，我读这些诗，更多读到的是直白的思考，呵呵，不是哲学老头那种缜密融贯的思想，而是青春心魂的直白：舞台上是漂亮双腿漂亮的旋转，笼罩着舞台的是壮观的冷漠氛围。她说，诗人是冷的代言人，我当时想，这个冷，一半是这个姑娘所是的，一半是她所要的。但当然，只有温血动物才

---

　　① 2017年2月9日，新泽西大雪天。

感得到冷。她的诗里，她的生活里，我读到尖锐的感觉，真实的或至少真实感到的渴望、失望、绝望，用流行语来说，那是"残酷青春"吧。在我知道的几代人里，军军这一代的青春岁月最适合用这话来刻画，此前，世界一视同仁严酷，此后，青年更多成了成年的预备队。对于90年代的年轻人，80年代还没有变成遥远的传说，21世纪的资本论还没成形。不过，我不大向他人的灵魂深望，那里有太多的沟沟壑壑，危险。最好是每个人去照料自己的灵魂，如果，幸运所至，从这些动荡的灵魂里有诗生长出来，我更愿意在已成为风景的地面上交往。人是风景，是诗让人成为风景。

这些青春的心魂没着没落，飘在北京，飘在唐古拉山口，漂到太平洋另一边。

　　羽毛

　　和不值一提的追求

　　在每一种飞翔间

　　谁和谁计较着理想

　　以及为理想袒露的时代

　　(摘自《掌心的房间》)

军军幸运，我们还在俗世浮沉，她依佛缘修得平和。诗属于青春，诗性属于我们一生——哪怕我们已经老了，已经心平气和。现在的青年还在写诗吗？没有诗，人能生存吗？我知道，没有诗，人仍然能像大动物一样健康，像电脑一样聪明，但若没有诗，人能生存吗？

漫谈人工智能 ①

我们年轻时候读欧洲思想史、观念史，读到巴黎的沙龙文化，欧洲各国的沙龙，好生羡慕，人家文化发达，都说跟这些沙龙有关。后来，我们自己也试着办沙龙，可一群五大三粗的男人，怎么办都像吵架会，不像沙龙。翁菱女士风雅宽容，她主办的"玉河夜话"是名副其实的沙龙。

今天的主题是人工智能。这个题目，我没做过研究，但翁菱指定我发言，我就说说我的零零星星的思考，抛砖引玉吧。

最近这些年，最火热的技术好像是两种：生物工程技术和人工智能技术。这两大门类的技术都很了得，不仅将大规模改变世界的面貌，而且将改变人自身。我常说，这是两面夹击，人工智能要把机器变得越来越像人，生物工程要把人变得越来越像机器。

生物工程技术和人工智能技术，两厢相比，我估计，生物工程技术带来的变化会更根本。据说，生物工程技术不用多久就能够让人长生不老。在很多人看来，长生不老是所有愿望里最大的愿望——无论什么愿望，都得人活着才能实现。但退开一步想，人终有一死，才会去努力实现愿望，真若永无死日，那还急什么？今天、

---

① 2017 年 6 月为"玉河夜话'人工智能'"研讨会准备的发言稿。

明天或任何一天，所有的日子都一样。人想多活几天，人有这个愿望大概是事实。不过，长寿作为一种可欲的东西，在各种文化里地位不同，好像在咱们中国摆的位置最高，在古希腊，极流行的观念是人过完了青壮年就该去死了。我其实挺怀疑人是不是真的都愿意长生不老。看着一群活蹦乱跳的孩子，大家都开心，看着年轻人旺盛生长，大家都开心，我们老年人要是都不让出地方，孩子和青年往哪儿长呢？

不过，今天的主题是人工智能，还是回到这个题目上来。我们街上的老百姓，说到人工智能，首先想到的大概是科幻电影里的电脑人。电脑真能变成人吗？人工智能进步飞快，在很多特定方面已远远强于人类。但我以为，电脑不会成为人。人工智能跟人的智能有根本的区别。人类智能是有机体的智能，所以，人类智能连着意识，连着欲望和感觉等等。我们需要有智能才能制作衣裳，才能生火，而这智能是跟感知连在一起的。我们知冷知热，感知到降温了，于是要添加衣服或生火。我们之所以感知到降温了，那因为我们是恒温动物。温度计可以测量温度，但它不感知冷热。我们感知这个世界，因为我们是有机体，有血有肉，有各种各样的欲望。所谓智能，并不只在脑力里，智能体现在手和脚上，体现在人的方方面面，比如，体现在说话的声调里。总之，计算能力这种"智能"跟人类智能不是一回事。人的智能跟感知连在一起，感知跟欲望连在一起，欲望跟血肉连在一起。智能在人身上很突出，但它仍然是人这个有机体的一个方面。

所以，我倒不像有些人那样担心电脑人有朝一日会统治人类。他们说，人工智能的威胁与原子弹的威胁不同类，原子弹的危险是毁灭人类，电脑人的危险是另一种，它们将超过人类，成为一个"更高"的群体，成为人类的统治者。可机器为什么要控制人类呢？人要控制别人，因为他要利用别人，人对人工智能毫无用处，他干吗要控制人类呢？人要控制别人，因为他害怕，人工智能没有 fear，他干吗要控制人类呢？电脑人控制人类，那只是科幻电影的遐想。

但机器人能不能发展出感觉、欲望、感情呢？就说自保这种欲望吧。就我们人类之为动物而言，自保是一种基本的欲望，有了这种欲望，就会生出其他多种多样的欲望，例如，口渴了要喝水，肚子饿了要吃饭，受到侵害要奋起反抗。也许，有朝一日，我们会为电脑也设置自保的程序。有了这个基本的程序，它也许会自己生成其他程序，电池缺电了它就设法充电，受到侵害就奋起反抗，等等。这的确是可能的。但我们仍然不可能为电脑设置总体的自保程序。或这么说，总体上的自保根本不是设置出来的，对有机体来说，自保是构成性的，是有机体的定义的一部分，不需要设置。而对电脑来说就不是这样，自保不是它的一部分，所谓给电脑设置自保的程序，指的本来就是设置一系列缺电了就设法充电之类的程序。

我们也许可以承认，按照我们今天所理解的欲望，电脑人不会产生这样的东西。那我们能不能重新定义欲望？我们不可能单单重新定义欲望，为此，我们需要重新定义感知、感情、理解、理想、精神，一句话，我们需要重新定义人。重新定义人没什么不可以的，本来就没有一种亘古不变的人性。今人的人性不是一万年前智人的人性。在那时的智人看来，今人的人性已经面目全非。不过，人性的改变和技术造就的改变不是同种类型的改变——人性的改变不是设计出来的。（历史上不止一次有政治家和思想家企图通过设计来改变人性，但他们无一例外都失败了。）简单说，人性的改变坐落在人性的连续性之中，这样的改变我们称作生长。对这种连续性的变化，调整定义是有意义的，但对人工智能，干吗非要用它来重新定义人呢？

我不怎么担心电脑会变成人，变成一种超级人类，然后来统治人。但我倒相信，人工智能技术会大规模地改变现有的人类，最后变得面目皆非。这是因为今天的技术的确厉害。

技术当然不是今天才有的。不过，今天的技术不同于以往的技术。粗略说来，人类技术经历了三个大阶段。最初，技术是工匠们琢磨出来的。后来，十八、十九世纪以来，技术是科学技术——现代技术不再是匠人摸索出来的，而是基于科学原理发明出来的。工业革命依赖的是这样的技术。人工智能代表的是第三波技术发展。这一波与前两波的主要区别在于它做的是"脑力劳动"。人的能力可以粗分为体力和脑力。工业革命引入了一系列新能源、新机器，它们把很多体力劳动接过去了。人工智能将把很多脑力劳动接过去。人们预料，人工智能将比工业革命给社会带来更剧烈的改变。因为体力本来就不是人的特长，脑力才是，柏拉图在《普罗泰戈拉篇》里就说过，人没有翅膀、四足、尖牙，胜过动物的只在于才智。要是脑力也用不着人了，人还能干什么呢？

脑力和体力的区分有时有点儿误导。刚才我说，智能并不只在脑力里，我们一投手一投足，动手动脚，都体现智能。这意味着，所谓脑力劳动不只是脑子的劳动，人类的一切活动，都有脑力在内。结果，人工智能有可能把几乎所有劳动都接过去。

人类发明各种技术，本来就因为技术可以代替人类劳动。但也有人担心，人工智能技术只有少数精英能够掌握，大多数人参与不到其中。一方面，他们的劳动将越来越"不值钱"。另一方面，他们的生活将越来越依赖于少数精英的发明。社会结构因此会发生巨大变化，只有少数人是有用的，大多数人变成了"无用阶级"。

我们也许觉得这是杞人忧天，不劳动了，还可以玩嘛。我们可以把世上的事情分成我爱干的和我不爱干的，有了电脑人，我们就可以把我们不爱干的事情派他去干，然后把时间省下来做我们爱干的那些事，比如说打球、听音乐会、谈恋爱。谈恋爱我就不派电脑人去，这么好的事派它去干吗啊？

我们是可以区分哪些事是我们不得不做，哪些事是我们乐意做的，但是这种区分挺有限的。比如说带孩子，换尿布不爱干，逗孩子笑爱干。但你不给孩子换尿布，逗孩子玩就没那么乐。好玩的事情怎么跟有点儿苦有点儿累的事情连在一起，我们弄不大清楚，但我们大致知道，你为孩子付出了很多辛苦，你跟他的相处就会有一些不同的品质。等到把不爱干的事情都交给机器人以后，剩下的爱干的事情的性质也会改变，你作为一个人的品质总体上也会改变。我们劳作得很辛苦，难免有时会希望别人做这些工作我们来享受劳动成果。不过，如伯纳德·威廉斯指出的，人并不是只要享受的生物，我们不仅希望获得结果，我们也希望这些结果是亲力亲为的结果。马克思认为，劳动创造了人，劳动是人的基本需求。劳动与享受割裂开来，劳动由机器完成，人单单享受结果，人的定义就改变了。

我们实际上正在经历这个过程。我们对世界的感知越来越集中到结果这一端。我们住在楼房里，不知道楼房是怎样盖起来的，打开餐盒，里面是大米饭，但我们没见过水稻长在地里是什么样子的。我们通过各种屏幕看到海底世界、太空、非洲的动物，世界各地的骚乱，但没有哪样事情是我们亲历的，没有哪样东西是我们亲力亲为的结果。不断进步的技术把人类劳动一项一项接过去了，我们不必经历劳动的艰辛就能够享受劳动的成果，这让技术乐观主义者欢欣鼓舞——技术把苦活累活难活都干了，我们享受成果，有何不好？但事情还有另一面，那就是，我们只享受结果，不再能感知产生结果的过程。仅仅感受结果是薄瘠的感受，而我们的感受正在变得越来越薄。现在哲学界讨论人类智能和人工智能的区别，很大一部分集中在人具有意识这一点上，而所谓意识，被说成是主观体验，是跟什么东西都不相连的 qualia[①]。人不再是欲望、劳作和结果之间的联系，人变成 VR 游戏室里一堆主观体验，当然，人的定义就变掉了。

　　人工智能发展起来，不仅社会结构会发生很大变化，人自身也会发生很大变化。技术不只是我们可加以利用的东西，技术改变我们自身。有一些改变是明显的。我们习惯了 GPS 定位，我们的方位感就退化了。等我们习惯了让电子设备来采集关于自己身体的数据，我们对自己身体的感知很可能变得越来越迟钝。技术改变我们与世界相处的方式，随着与世界相处方式的改变，我们自己也在改变。我不认为人工智能会演变为一种新人类，但人工智能倒是很可能把人变成新人类。

　　技术进步会改善人类生活，同时使未来面对更大风险。可我说

---

　　①　qualia，quale 的复数形式，感受性，可感受的特质。——编者

的好像都是风险那一面。这并不奇怪。有人把知识人的任务设想为指导社会发展。我倒觉得，知识人从来没有成功地指导过社会的发展。社会自行发展。知识人的任务与其说是指导社会，毋宁说在于指出这个发展过程中的危险。是啊，社会自行发展，这可不一定是朝着良好的方向发展。海德格尔就是这样看的，他说，技术是这个时代的存在天命，技术发展，你喜欢也罢不喜欢也罢，技术仍将征服世界。是啊，人能够控制其他人，控制异端思想，唯独控制不了技术的发展。如果有一天，人类只享受结果，产生的结果的过程都交给人工智能去施行了，真到了心想事成那一天，那么我们就不得不说，技术主宰了人。

借助技术，我们把过程和结果分离开来，我们只要得到结果就好了。这一点，在人工智能那里最为突出。去年，AlphaGo 战胜了李世石。有意思的不是人工智能赢了——这只是早晚的事儿。我觉得最有意思的是，AlphaGo 的设计者并不知道它是靠什么理路赢下来的。我跟围棋高手下棋，不论他多高，我们两个都是在用同样的"围棋语言"思考。而 AlphaGo 依靠的根本不是我们的思维方式，而是一种我们无法理解的思维方式——如果还叫它思维的话。

人们从各个角度思考人工智能，怎么提高人工智能的水平，人工智能会怎样改变我们的社会，改变我们自己，等等。我自己的兴趣则在另外一个方面。我更关心的是我们已有的东西，想要更恰当地理解我们已有的东西。比如，通过对人工智能的了解，更恰当地理解人类自己的智能。按现在流行的看法，人工智能的发展让我们看到，智能的本质是计算。我的看法正相反，通过围棋程序的发展，我们能够看得更加清楚，人类智能的本质并不是计算，而是对话，是互相理解。下棋是一种对话——围棋也叫"手谈"。实际上，人的所有智能都是一种对话，哪怕我是一个人在思考。我独自证明了费马大定理①，最后一刻我说，我明白了；我明白了什么？我看到了过程与结论之间的联系。因此，我明白了，我也可以让别人明白。然而，我们并不知道在 AlphaGo 那里，过程和结论之间是个什么联系。在我看，这才是人类智能和人工智能的本质区别。

---

① 费马大定理，由 17 世纪法国数学家皮耶·德·费马提出，此后经过多个天才数学家的猜想辩证，历经三百多年，1995 年，终于被英国数学家安德鲁·怀尔斯攻克，证明了费马的断言是正确的。——编者

海德格尔与未来之思 [①]

过渡之思与未来之思

海德格尔一直把自己的思想视作一个过渡，这一点在 20 世纪 30 年代之后更加明确，直到他最后的日子。过渡包含两个显而易见的要素：一是上一个时代的结束，即形而上学时代的结束；二是下一个时代尚未开始。

形而上学时代

海德格尔对形而上学时代有多种刻画，本文强调两个相互联系的要点。[②]

一是整体性及普遍性。《哲学的终结与思的任务》第一节开始就说："哲学即形而上学。形而上学着眼于存在，着眼于芸芸存在者在存在中的联属而把存在者——世界、人、上帝——作为一个整

体来思考。"① 然而，"'体系'时代过去了"。② 形而上学的终结在于：形而上学完成了——"完成了的形而上学的时代就要开始了"。③

二是哲学发展为科学。只有对象化的研究方式才能达至整体性。物理学家把这种整体性的探求称为"统一理论"或"终极理论"。

过渡之思

"并非随着哲学的终结，思也已一道终结。思正向另一个开端过渡。"④ 海德格尔一般把自己定位于过渡之思。

为什么不是新时代的开创者呢？因为有待思想之事太巨大、太伟大。

> 今天还没有一个足够伟大的思想家说话，直接地、以清楚成形方式把思带到思之质的核心从而也就把思引上正途。对于我们今天的人，有待思想之事的伟大处是太伟大了。我们也许最多只能努力沿着所行不远的狭窄小路为过渡到有待思想之事稍事修建。⑤

---

① 海德格尔：《哲学的终结与思想的任务》，载于《面向思的事情》，商务印书馆，2014年，第81页。本文所引的海德格尔文句有时是我自己的译文。

② 海德格尔：《哲学论稿》，孙周兴译，商务印书馆，2012年，第4页。

③ 海德格尔：《形而上学之克服》，载于《演讲与论文集》，孙周兴译，商务印书馆，2018年，第84页。

④ 同上书，第87页。

⑤ 海德格尔：《只还有一个上帝能救渡我们》，参见《〈明镜〉记者与马丁·海德格尔的谈话》，载于《讲话与生平证词》，孙周兴、张柯、王宏健译，商务印书馆，2018年，第811页。

稍事修建狭窄的小路，"这一任务只是准备性的而不具建树性质。它满足于唤醒人为一种可能性做好准备，而这种可能性的轮廓却仍晦暗不明，它的来临仍悬而未决"。[①] 未来之思是否来临仍悬而未决。的确，我们还有没有未来，这本身就悬而未决——"如果历史还将存在的话"。[②]

那么，我们为什么还要不懈地探究思的历史？正因为"这种可能性的轮廓却仍晦暗不明"，我们才需要不懈地探究思的历史，并不是为未来指明道路，而是无论怎样走上未来之路都有所追忆。"更原初地去深思那种原初地被思考的东西，这并不是一种要恢复过去之物的荒谬意志，而是一种清醒的期备态度。"[③]

未来之思的可能性

关于思的新的可能性是否来临，海德格尔并不总是这样犹豫，有时他说得很肯定。无论如何，事涉思想在未来的可能性，海德格尔说了不少。

理所当然，未来之思的可能性与他对形而上学时代的刻画相对照。它不是对一切价值的重估。在海德格尔看来，尼采一方面颠覆整个形而上学传统，另一方面自己仍处在这个传统之中。尼采判断，最高价值已遭废黜，而最高价值曾在的"那个旧位置"还作为

---

① 海德格尔：《哲学的终结与思的任务》，载于《面向思的事情》，陈小文、孙周兴译，商务印书馆，2014年，第87页。

② 海德格尔：《哲学论稿》，孙周兴译，商务印书馆，2012年，第26页。

③ 海德格尔：《技术的追问》，载于《演讲与论文集》，孙周兴译，商务印书馆，2018年，第24页。

空位保留着,将由新价值来填充。[①] 这不是海德格尔眼中的新的可能性。那么,我们是不是可以得出结论说:未来世界中,不再有最高价值的位置?

未来之思将从形而上学过渡到存有历史(性)的思想。[②] 它是"另一个"开端(第4页)。"另一个",不是一般意义上的"第二个";换言之,它不是在同一条长江里后浪推前浪。未来之思恐怕是一种对我们来说极为陌异的思想。它不是对象性的把握,不是"关于"某物进行论述,"把某个对象性的东西描绘出来,……而是……Vom Ereignis"。(第2页)未来之思乃是一种思想过程。(第2页)规定着这另一开端中的开端性思想的风格是"抑制"或"谦抑"(Verhaltenheit)(第17页),即"向Ereignis之转向的克制着的先行跳跃"(第40页),"在离-基深渊中的创造性的经受"(第41页)。

我们真能对其来临尚悬而未决的未来之思会有何种轮廓加以猜度吗,甚至能够知道规定未来之思的风格? 只是眼下正在做准备的思不可能取成形而有所建树的方式抑或未来之思将永远如此? 从海德格尔对他自己的思想的刻画来看,从他对过渡之思的刻画来看,过渡之思与未来之思的特点似乎相同。

实际上,倘若我们不是站在思外面把思的过去与将来作为对象来做一番观察和猜度,而是从所思之事的本质出发去思,那么为未来的思做准备恐怕已经是未来之思了。"在此小路上,不可预先思

① 海德格尔:《尼采的话"上帝死了"》,载于《林中路》,孙周兴译,商务印书馆,2015年,第254—256页。

② 海德格尔:《哲学论稿》,孙周兴译,商务印书馆,2012年,第1页。本段其他引文亦出自该书,随文注出页码,不另立脚注。

考的东西却能得到思考了。"①

海德格尔说，准备之思"小于哲学"。一个原因在于技术-科学-工业时代的公众意见之顽拒思的影响更甚于往日。更根本的原因则在于"这一任务只是准备性的而不具建树性质……"②我想，未来之思"小于哲学"，根本就不再可能有哲学体系类型的巨大之思，伟大之思了。因为我们不再相信思想者是真理的代言人，于是，未来之思不可能是哪个伟大思想家之思，而只能在思想者的交谈之际生成。

Ereignis 与物

从所思之事的本质出发去思，就是思 Ereignes。但 Ereignis 是什么呢？

"Ereignis 是什么"这一问本身不成立，因为 Ereignis 不是一物，不是"什么"；一问"Ereignis 是什么"，我们又陷入了表象思维，又把 Ereignis 当作对象来考察了，而不是从 Ereignis 来思，Denken vom Ereignis。

20 世纪 30 年代后，海德格尔无处不讲 Ereignis，在他对早期文著的边注中，处处把关键词改写成 Ereignis。作为海德格尔中后期文著的主要译者，Ereignis 之难以翻译也难以解说，孙周兴深有体会。困难很大程度上在于，"纯形式地描述存在-存有-Ereignis，（或，纯形式地从 Ereignis 道说）这是如何可能的"。③当

---

① 海德格尔：《哲学论稿》，孙周兴译，商务印书馆，2012 年，第 441 页。

② 海德格尔：《哲学的终结与思的任务》，载于《面向思的事情》，陈小文、孙周兴译，商务印书馆，2014 年，第 86 页。

③ 参见孙周兴：《译后记》，《哲学论稿》，海德格尔著，孙周兴译，商务印书馆，2012 年，第 581 页。

然不止 Ereignis 一词。这些 "纯形式的描述" 中的几乎每一个词，Stimmung，Verhaltenheit，等等，海德格尔都宣称它并不是平常所说的那个或那些意思，实际上他的确是在不同寻常的意义上使用它们——"这种基本 Stimmung 几乎不能用一个词语来加以命名，除非是用 Verhaltenheit 这个名称。但这时候，这个语词就必须在整个源始的丰富性中被看待"[①]。仿佛海德格尔自有一套语言，每个语词的含义都须在这个特殊的语言系统中才能锚定——如果真有可把握的含义的话。[②]

　　强为之译，孙周兴从前译作 "大道"，现在译作 "本有"。海德格尔所说的 Ereignis，若挑出一个比较主要的意思，指的是这样一些事情，在这样一些事情中，有一些存在者被牵连进来，在这种牵连中，它们各自成就自己，同时让他者成就他者自己。举一例吧——人所周知，海德格尔反复谈论诗思比邻，有一段说："把诗与思带到近处的那个切近本身就是 Ereignis，由之而来，诗与思被指引而入它们的本质之本己中。"[③] 依此，半翻译半解说，我会建议用 "归本生发"，有时用 "各自归本生发"，来对应 Ereignis。

　　我愿选一段我关于《物》[④]的解说来说明我的想法，在这个文本

---

　　①　海德格尔：《哲学论稿》，孙周兴译，商务印书馆，2012 年，第 422 页。

　　②　海德格尔会自辩说："所有基本语词都被用滥了。"见海德格尔：《哲学论稿》，孙周兴译，商务印书馆，2012 年，第 1 页。后世美国总统们的演讲所用的还是 founding fathers 所用的语词，其中的精神却已流失大半。

　　③　海德格尔：《语言的本质》，载于《在通向语言的途中》，孙周兴译，商务印书馆，2015 年，第 176 页。

　　④　海德格尔：《物》，载于《演讲与论文集》，孙周兴译，商务印书馆，2018 年，第 177—202 页。

里，多数语词的用法还算接近寻常含义。①

在《物》一文中，海德格尔考证，"物"的古德文 thing 本义就是召集，特别是召来会商适切的事务，从而它又指因涉乎人而入于言谈的东西。物不是现成摆在那里等待归类和利用的东西；物是存在者的现形，这一现形吁请万物到场，而其现形本身就受到吁请的制约。从而 dingen 又同 bedingen 联到一起：使作为物存在，作为有条件的、具时间性和有限性的物存在。

今有一瓮，盛水盛酒，或来自深井或来自溪泉。溪中有石，石下有土地，土地能领天上的雨露。水之饮酒之醉，赠与凡人息渴，祭祀不朽的神明。瓮之为物，拢集天地人神，是为四大。天地人神集拢于物的给赠，不为占有，不因占有而起纷争，故得共享这礼品而相亲信。物吁请四大，使齐聚共居，却非强求暴阻。此四大者，各携其光，照耀他方而复映本身，与他者嬉游而不失本真，各容他者自由而统归于相向相映的单纯朴一。这种戏游，海德格尔称之为 der ereignende Spiegel-Spiel，从上面所述，并参照海德格尔其他文本，我把这个短语解作"各自归本生发的镜映戏游"。唯在这种相互镜映之际，"每一物都如其所是地存在"②。Der ereignende Spiegel-Spiel 即是世界。这世界中有人，人与存在的共属，"事涉神之掠过与人类历史之间"，事涉"其中的本己化之支配地位。本己化既是归本生发又是转本"。③

----

① 本节下面的文字多一半引自我的《海德格尔哲学概论》。

② 这是荷尔德林《泰坦》中的一句，海德格尔在《荷尔德林的大地与天空》中引用，见海德格尔：《荷尔德林诗的阐释》，孙周兴译，商务印书馆，2000 年，第 217 页。

③ 海德格尔：《哲学论稿》，孙周兴译，商务印书馆，2012 年，第 30 页，第 338 页。

　　海德格尔的论物，无意求得一种符合于一切物体的普遍概念。普适定义适合于用来规划工业制作的对象，却不适合用来叙说物。物要求具体而微的经验，这经验不是在共相殊相中打转，而是在物的拢集中体认，在触类旁通中叙说。他讲"物的本质"，并不是要建立一个新的类加种差之类的定义。"两足无翅的动物"或可普遍适用于所有人，却仍无涉于人的本质。物与对象不同，它不是以类中的种或个例的方式显现其存在，因而也不由归纳或演绎的方式得到叙说。究竟何者为物？"物挽留四大。物吁请世界"。[①] 瓮与座椅，小桥与耕犁，溪塘丘树，书与画，鹿与马，王冠与十字架——"唯连环出自世界的，才一朝成其为物"[②]。物自到来，不靠人来制造。但若人不从表象思维退步抽身，就没有物的到来，而只有对象与人面面相觑。

　　Ereignis 是在相互镜映中自成一体。在相互镜映中，每一物得其所哉。天地人神各得其所，得其所哉，于是其乐融融。海德格尔在荷尔德林诗释中谈到诗歌创造的自得其乐，他说："这个自得其乐者本身又能使他物欢乐。"[③]

　　欢乐？世上到处可见悲苦，还有邪恶，还有平庸，相比之下，真纯的欢乐那么鲜见。然而，无论在过去的语言里，还是在未来的语言里——如果未来还有语言——思依之而行的，总是"欢乐"，总是"善好"。这不是说，思背过身去，超越到另一个世界，无视邪恶

---

　　① 海德格尔：《物》，载于《演讲与论文集》，孙周兴译，商务印书馆，2018 年，第 194 页。

　　② 同上文，第 197 页。

　　③ 海德格尔：《返乡——致亲人》，载于《荷尔德林诗的阐释》，孙周兴译，商务印书馆，2000 年，第 13 页。

和悲苦，于是获得欢乐。思不超越到另一个世界去把这个世界作为对象来思，思就在这个世界里引导万物各归其本，相互镜映。各自归本发生的镜映戏游才是世界。邪恶瓦解世界，平庸无可互相镜映。悲苦不是欢乐，悲苦是善好和欢乐之资，悲苦者在相互吁请之际迸发出善好与欢乐。

回过头来说说我对"本有""归本生发"这些蹩脚译名的一般看法。孙周兴在译后记里提到，他对这些译名"能否顺利进入汉语思想表达体系"还没有把握，但他的主要关心不在于此，而在"希望它们不至于给读者造成太多的阅读和理解上的困难"。[①]我会在这个方向上走得比周兴更远一点儿。我觉得这些译名大多没什么机会"进入汉语思想表达体系"。说到"进入汉语思想表达体系"，人们常谈到佛经翻译，但就我所知的一点儿，佛经汉译其实并没有为汉语一般论理（即，不是佛学内部的论理）引进很多新词，尤其考虑到佛经汉译创制了那么多新词。我认为——这里不谈我这样认为的琐琐碎碎的理由——我们一般说来应当把汉译过程中创制哪些新词与用哪些语词从事汉语论理分开来考虑。这样，我们在造作译名时可稍减负担。

未来之思

很多很多人，从很多不同的角度，谈论一个时代的终结，一个新时代的开始。这个判断越来越急促。海德格尔只是其中之一。

---

① 参见孙周兴：《译后记》，载于《哲学论稿》，海德格尔著，孙周兴译，商务印书馆，2012 年，第 583 页。

"我们是那种现在正急速走向其终结的历史的末代子孙吗?" [1] 但他的未来之思有独到之处。我捡出自己体会较深的三点。

关联性取代普适性

与普世性或普适性相对。——虽然海德格尔不愿跟任何东西相对而言,但这是言说无可避免之事。

海德格尔曾谈到 Ereignis 之为法则(Gesetz),他说:"Ereignis 不是那种无所不在地凌驾于我们之上的规范意义上的法则,不是什么对某个过程起调控作用的规定。" [2] 不再是普适性或普世性,而是家乡性。"依然完好保存下来的东西,在其本质中就是'家乡的'。" [3]

取代整体性的是关联性。是牵连进 Ereignis,各自成就自身,互相镜映,互相归属。海德格尔经常谈到在场者与非在场者的互相归属,例如,他在《阿那克西曼德之箴言》中说,"当前在场者之为当前的,是因为它让自身归属于非当前的在场者中", [4] "始终逗留者让一方归属于另一方:即相互顾视"(第 410 页);"在场者作为始终逗留者相互给予牵系"(第 412 页),而牵系是说:"重视某物,同意某物而允许某物成其自身"(第 411 页)。"始终逗留者即 eonta 在界限内成其本质"(第 420 页),这里的"始终逗留者"指的不是"始

---

① 海德格尔:《阿那克西曼德之箴言》,载于《林中路》,孙周兴译,商务印书馆,2015 年,第 368 页。

② 海德格尔:《走向语言之途》,载于《在通向语言的途中》,孙周兴译,商务印书馆,2015 年,第 260 页。

③ 海德格尔:《返乡——致亲人》,载于《荷尔德林诗的阐释》,孙周兴译,商务印书馆,2000 年,第 15—16 页。

④ 海德格尔:《阿那克西曼德之箴言》,载于《林中路》,孙周兴译,商务印书馆,2015 年,第 407 页。本段其他引文亦出自该文,随文注出页码,不另立脚注。

终逗留者寻求坚持于一味持存意义上的逗留"（第405页），的确，在场者的确有一种持续的危险，"出于逗留者的固守而僵化于单纯坚持"（第421页），然而，正当理解的始终逗留者"并没有完全消散于向单纯坚持的持续而展开这样一个过程的无限制自拗中，以至于在相同的渴望中出于当前在场者而相互排挤，因此，它们让嵌合（Fug）有所归属"（第412页）。

　　前面说到，过渡之思与未来之思的特点似乎相同。在一种极其重要的意义上，未来之思不仅与过渡之思相似，而且与过去之思相似。每一位思想家都往复走一条道路，他所经验的天地人神在这条道路上形诸语言；不仅未来的思想家如此，过去的思想家也如此。就此而言，过去的思想也不是普遍主义的。我们今天说，不再有体系，但以往的哲学体系会不会在相当程度上也只是在想象中成其体系？区别在于，我们今天领悟到这一点，而过去的思想家没有领悟到这一点而自以为其思想是普遍主义的。——本质的东西在历史过程的最后才显露出来，"那个从起支配作用的涌现方面来看更早的东西，对我们人来说成了更晚公开的东西"[①]海德格尔多次这样说。

对话

　　于是，未来之思，明显地，是一场对话。对话是适切于 Denken vom Ereignis 的言说方式。海德格尔说，阻碍 Denken vom Ereignis 有种种方式，讲演即其一。他还是就 Ereignis 做了不少讲演。不是说，不能讲演不能写书，而是说，要用对话的方式来著书，来讲演。

---

　　① 海德格尔：《技术的追问》，载于《演讲与论文集》，孙周兴译，商务印书馆，2018年，第24页。

海德格尔引用荷尔德林:"我们是一种对话,而且能彼此倾听"①,并对这句诗做了深入的阐释:人植根于语言,而语言唯发生在对话中。对话的核心在于倾听,这一点海德格尔经常以各种形式谈到。笼罩对话与倾听的,当是 Verhaltenheit,不是 Angst。谦抑不如畏来得其势汹汹,却也不那么须臾消隐,悠悠然,听着,说着。

在海德格尔看来,倾听也是希腊的伟大之处。"通过这种对他们来说异己的东西……希腊人才占有了他们的本己之物。"②这又何尝不是未来之思的道路?的确,不仅希腊人是这样,"未来德国诗人的本质"要得到奠基,也"唯当对异己之物的经验和对本己之物的熟练已经找到进入其历史性的本质统一的道路"。③未来之思的确与过去之思有贯通之处,实际上,对话中最重要的一种,就是与历史对话。海德格尔阐释上引荷尔德林诗句时说:人植根于语言,而语言唯发生在对话中。若如此,我们不仅回到希腊,而且回到语言的发生处,保持在对话之中。

共同文本的消失

海德格尔一向倾向于从思想发展的内在理路来谈论历史,不屑多看纷纷杂杂的历史演进。然而,在我眼里,内在理路并不是什么事先注定的道路,而是我们在回顾纷纷杂杂之时努力清理出来的线索。

在我看来,共同文本的消失是这样一条线索。这条线索被无数

---

① 海德格尔:《荷尔德林和诗的本质》,载于《荷尔德林诗的阐释》,孙周兴译,商务印书馆,2000年,第41页。

② 海德格尔:《追忆》,载于《荷尔德林诗的阐释》,孙周兴译,商务印书馆,2000年,第105页。

③ 同上文,第137页。

纷纷杂杂的历史事实环绕着，两千多年的文字时代的积累，印刷术的发明，民众时代的兴起。总归，我们现在不再有共同文本，这一点，回想一下诗经对春秋时代人，四书五经对宋朝明朝的儒生，荷马对希腊人，圣经对中世纪人，再清楚不过。

　　然而今天，我们不再有共同文本。没有共同文本，对话依托于什么呢？依托于无处不有的因缘，包括各式各样的文本。不再靠唯一一套共同文本保障多元思想的联系，连环的对话不断生成联系。与此相应，未来之思不再有唯一一个真实的或想象的主流传统。从前的异端，身在边缘，却在为成为未来的正统而奋斗。现代主义之后，不再有异端，这并不是因为异端已经成为正统，边缘占据了中心，简简单单：不再有中心。那些梦想一朝成为主流的偏离和反抗，其虚矫殊不亚于当下自视为主流者。

　　反过身来读到"思的最大的困境在于今天还没有一个足够伟大的思想家说话"，我们也许会想，形而上学的终结同时就意味着：不再有传统意义上"足够伟大的思想家"。我前面说，未来之思不是哪个伟大思想家之思，而只能在思想者的交谈之际生成。每一个思想者都是谦抑的思想者，思的目标不是伟大，而是诚实。

　　这样解读未来之思的可能性算是对 Ereignis 的一种应和吗？与"教化时代趋于结束"[①] 这样的断言相应和吗？"本真的听恰恰包含着这样一回事：人由于未听见根本性的东西而可能听错。"[②]

---

① 海德格尔：《科学与沉思》，载于《演讲与论文集》，孙周兴译，商务印书馆，2018年，第70页。

② 海德格尔：《逻各斯》，载于《演讲与论文集》，孙周兴译，商务印书馆，2018年，第236页。

人文学科的地位（述要）[①]

在"人文知识思想再出发"这个题目下，陈嘉映老师集中讨论了人文学科的地位与意义。人类知识是怎样分类的？现在的分法，基础学科大致可以分为自然科学、社会科学和人文学科。此外还有应用学科，其中最突出的是医学，也叫医学科学。医学跟物理学、经济学不同，没有一种理论叫作医学理论，医学是综合应用的学科，为医疗目的应用生理学、化学、物理学、心理学等，例如 X 光应用物理学，药物研究应用化学、生理学。

就现在流行的"科学"观念来说，自然科学是最典型的科学。自然科学的特点是什么？这里无法详论，最粗线条地说，自然科学把它们的研究对象之中的感知成分清除掉，例如，物理学把颜色还原为光谱，化学把蜜糖还原为分子结构。

人文学不是这样也不可能是这样。历史学不能把它所研究的历史人物还原为单纯的历史力或经济力，历史人物始终是对世界有所感知的、有爱有恨的存在者。古文献研究的最终目的是要听懂古人在说些什么。

---

① 2017 年 9 月在华东师大参加"人文知识思想再出发"会议的发言，这是会议举办方所做的述要。

　　社会科学夹在自然科学和人文学之间。它们研究客观的事物，要在这些事物那里听取人的存在。考古学家研究石器，不同于矿物学家研究矿石，他最终要弄懂的不是石器的成分和结构，而是在它们那里体现出来的人类心智。虽然社会科学常常有模仿自然科学的倾向，实际上，它们跟人文学的关系更加接近。只不过，人文学研究的是人的表达，例如诗歌、哲学、艺术、人的行为（人的行为多半是为了取效而不是为了表达，但大多数行为离开表达就无法取效），社会科学的研究对象不是为了表达产生出来的，例如石器。

　　近一两个世纪以来，自然科学独占鳌头，社会科学竭力模仿自然科学，人文学不但被边缘化，而且渐渐地仿佛不再是学问和知识，只是感想和主观意见的杂烩。格外糟糕的是，不单是无知之人抱有这类错乱的看法，人文学者自己也往往这样认为。其实，在科学革命之前，即使现在被归入自然科学和社会科学的大一半内容，都含有浓厚的人文含义。"科学"这个词来自 episteme[①]、Wissenschaft[②]，它们的本来含义是系统知识。在陈嘉映老师看来，人文知识思想再出发的一个重要内容，是重新以严肃的态度来看待关于文史的知识的系统性，不要把思想等同于随感。

――――――――――――

①　episteme，知识，认识。――编者
②　Wissenschaft，知识，学习，科学。――编者

爱　与　死①

　　狗子：我一直对两性关系这个话题关注得比较多，我之前跟嘉映在电子邮件中提到这个话题，嘉映你说这个话题不太容易展开。为什么这个话题不太好展开，是因为牵扯个人隐私还是什么缘故？

　　陈嘉映：我不知道，因为牵扯到性吧？性这个话题绝大多数时候基本上都是个禁忌。为什么这一直是个禁忌的话题，可就不容易说清楚了，也许这个问题本身就能成为一个话题，没准儿还真能谈出点儿别人没谈过的。那为什么到了近代或有些时代，它突然就可以谈了？但今天真的没禁忌了？今天虽然可以公开谈，实际上一定掺杂着一大堆掩饰、欺骗、自我欺骗，裹在这个话题上了，这里所谓的坦诚，其实都是大大打了折扣的坦诚。

　　有客：关于两性关系哲学家谈得多吗？

　　陈嘉映：不多。尼采啊、叔本华啊，一句两句话的，常见人引用，但专门写一本论爱情的，有，但没什么格外好的。有一个匈牙利的

　　① 朋友狗子以擅长困惑闻名。我们常常谈论各种话题，尤其是"爱与死"，他还专门采访过我两次，成稿分别收入《空谈——关于人生的七件事》（广东人民出版社，2013 年）和《爱与死——有客访谈》（中国社会科学出版社，2019 年）。此外，我在别的采访、对谈中有时也会谈到这些，内容难免重复，现在把这些内容整理一番，集中在这篇文字里。篇中的"有客"是参与对谈的其他人。

哲学家写过一本《爱情论》，在 80 年代还挺热卖的，因为这题目，你想啊，大家都爱读。但印象里写得一般般。我觉得文学家写的要好一点儿，比如司汤达的《爱情论》好一些。

狗子：为什么关于性、关于爱情哲学家会失语呢？不太关心这些事儿？

陈嘉映：那不可能吧，怎么谈是个问题。我觉得哲学一直瞄着普世理论吧，有些东西适合发展成为理论吧，物理学啊什么的，有些就不适合。爱情这个题目怎么来公开讨论呢？总得连着好多私人感受谈起了才有意思。像性这个东西呢，有可能在这个意义上它不可能成为一个公开的学说，不像知识论什么的，我也不知道啦，总之性这事儿好像不能用我们所理解的哲学方式来谈。谈得少不一定不重要，也许是因为没有找到适合谈论的方式。赵汀阳有一次就说，女人小孩的事儿最重要，但哲学都不谈。托尔斯泰从前也说过类似的意思。反正，这个话题不好谈，也许可以从一个案例开始谈。

有客：以你的生活为案例？不会只是柏拉图精神恋爱那种吧？恋爱，如果没有性，您会感到遗憾吗？

陈嘉映：会。不过，我个人的感受是，性欢爱最好从友情里涌现出来。

有客：友情？

陈嘉映：男女之间也有友情吧？

有客：那当然。但男女之间的友情是种特殊的友情吧？

陈嘉映：是，是，男女友情可能难免带一点儿性爱的意味。不过仍然是友情，有时候有点儿哥们儿义气那种。爱的种类太多了，母爱，珍爱，敬爱，都算在一起，我觉得，只有爱给人生以意义。

狗子：哦……我觉得跟嘉映聊还有一个不一样的，就是，我怎么觉得有时候会犯怵啊，但是不聊又不甘心。是不是因为多数的被访谈者，感觉对这两个问题的认识上大家都差不多，甚至有些我觉得我们比对方还明白。但在嘉映这儿就老感觉是他更明白，他更高……所以有这种犯怵，是这样吗？

陈嘉映：呃呃，我觉得有可能是，你希望掏心窝子的那种，可你很难跟我聊天让我掏心窝子，所以你有点儿怵？

有客：你是说只在思辨层面上说事？

陈嘉映：我聊也跟个人经验连着的，不过连法不一样。咱们聊写小说的时候也说过，写一篇小说，有的人他差不多就在写他自己的体验，写他自己这个人，有的人编一个故事，你从他写的不大看得出他那个人是什么样。比如卡夫卡，你不知道他掏的是啥。

有客：那你为什么不会掏心窝子的聊呢？是跟人多人少有关系吗？是不是人少点就……

陈嘉映：当然有关系啦。

有客：哲学跟所谓掏心窝子的那种交流，二者之间是冲突的吗？

陈嘉映：我觉得要跟文学比，哲学要更不掏心窝子一点。不过主要是人不一样，有的人他比较容易掏心窝子嘛，我这种就不怎么容易掏心窝子。

有客：你什么情况下会掏心窝子？

陈嘉映：反正不是这种采访啊对谈啊。咱们都知道，喝多了最喜欢掏心窝子。我在内蒙插队那些年，晚上一喝酒，老乡全掏心窝子，当然都是男的，掏得哭天抹泪的。狗子你们这些人对这个太熟悉了。我不像狗子一年喝高 300 次，但我有时喝得有点高也还是挺能体会那个掏心窝子，你敬一杯，我敬一杯，喝到那个程度，我觉得人都很可爱，特亲，他也觉得我很可爱，特亲，那个真情就迸发出来了。

有客：你觉得那种所谓真情是虚假的？

陈嘉映：一点都不是那意思。说它真，的确是真的。不过事后觉得也没什么特别深的东西。我怀疑这种真情有多动人。这个互相感动啊，我总是起疑，好多真情不适合放在大庭广众之下，电视里寻亲什么的，这东西你最好回家去。这世界真的需要这么多感动吗？西方国家没有那么多煽情节目，但是等到一出什么事儿的时候，你看西方人都啥样，你看我们充满了感动的中国人都干了啥。也许是缺了真实货色，就拿这种你感动我、我感动你来填补空虚吧。

有客：感动中国我们也不爱看，但是我认为那种掏心窝子，更多指的是对真实的直接表达。您好像不是这样，您更愿意通过一些"媒介"去表达。您是不是有非常强烈的精英意识？

陈嘉映：我不否认我有挺强烈的精英意识——不对，我不愿意把那叫精英意识，我是觉得一种感情有适合它的表达方式，不一定是掏心窝子那种。我忽然想起柳如是来，她用情非常之深，无论是对中国文化传统还是对陈子龙啊钱谦益啊，她的情都很深，你从来没见柳如是掏心窝子。她那些诗文都不是那种直通通的，用你的话说，通过媒介，通过文化传统这种中介。我有点觉得柳如是那个真情更真，尤其是，我觉得我们现在的社会有点忘了真情可以是那样表达的。这也不是什么精英的想法，并不是说好像我们农民就特别好掏心窝子，不一定的，他有他表达感情的方式，你看福克纳小说，谁掏心窝子呀，连话都不说。

有客：那就别让嘉映说了，两性的事儿，还是狗子你先谈。

陈嘉映：是，我这生活太枯燥了。

狗子：我一直疑惑的是，为什么这些事老搞不定，我的大多数麻烦，或者所谓痛苦，差不多都来自两性关系，比如失恋啊、想摆脱啊之类的……

陈嘉映：失恋或者让别人失恋？

狗子：差不多吧，那种和平共处的恋爱是少数，多数都比较纠结，这是我个人的情况。然后我观察我周边的朋友，有在这方面不是特麻烦的人，但是和我平常一块儿玩儿、一块儿混的朋友，两性关系还是一个相当重的或者说相当困扰的那么一个问题，你会发现他们情绪低落的时候，八成是来自两性方面的困扰。于是我就一直在琢磨这个问题——这个现象正常吗？

陈嘉映：这正常吗？这类纠结应该人人都有吧。只不过别人不一定总在谈恋爱，你们作家比较闲嘛。

狗子：我老觉得吧，这个男女关系能不能有个新型？比如像你说的，比照哥们儿之间的关系，为什么我跟哥们儿之间的相处就没那么多事儿，一到男女关系这儿就……这问题出在哪儿呢？

陈嘉映：因为男女关系很明显具有排他性啊。

狗子：对，就是在排他性这一点上。为什么男女关系要排他呢？为什么女人好像更希望通过婚姻来证明自己，实现自己……

陈嘉映：现在流行从生物学来解释这个，都是"自私的基因"惹的祸，男女双方都要最大限度传播自己的基因，但男女需要采用不同的策略。对男性来说呢，最好的模式是"家里红旗不倒，外面彩旗飘飘"，家里的孩子养活了，其他的遍撒种子，碰碰运气，他去跟很多女性发生关系是绝对不亏的，一百个女人只要有一个给他生养个孩子他就不亏。他投资少，哪儿碰巧赚了一笔就把所有投资都捞回来了。

有客：所以女人骂男人没一个好东西，看来是真的。

陈嘉映：女性无法采用这个策略，她传播基因的成本很大，不能瞎碰运气，女性怀孕、哺乳，没有到别处去撒种子让别人去养活自己基因这种好事儿，她要的是把男方留在家里，两个人共同保证把这个孩子养大。

狗子：固定的男女关系就好养孩子吗？

陈嘉映：应该是吧。你知道，别的动物没有像人这样的，出生以后一直到十来岁都不能自理。人这个样子是因为人有语言，人有语言就必须有一个大脑袋，等到这个大脑袋发育好了孩子就产不出来了，因为女性的骨盆没有那么宽。所以有人说个金句：人类都是早产儿。孩子十来年不能自理，当妈妈的就得守着他，就得有一个爸爸去觅食，去保卫领地，所以人类发展出了一夫一妻这样一套制度。

有客：也有好多例外吧。比如法国诗人艾吕雅，他有个毛病，就是喜欢拿他的太太来招待朋友。家里来客人，他就会故意营造一种气氛或提供某种环境来怂恿他的太太跟他的朋友做爱。从前好像是男人的占有欲排他欲特别强，现在反过来，女性特别排他，男性倒不一定那么排他。

陈嘉映：在有些地方，所谓比较原始的文化，还有拿自己的女人款待客人的。

狗子：能不能这么说，我之所以在这个问题上纠结，是因为我认为这种两性之间的排他性，以及由此导致的一种占有，我觉得不好？能不能……

陈嘉映：改改？

狗子：对，改改。

陈嘉映：嗯，改改呀……

狗子：现在大家在两性关系这方面都有这么多困扰或纠结——至少我以及我身边的好多人是这样的。能这么说吗，我跟他们的不一样，是我不认可这个，现有的男女关系形态它极大地限制了我的自由恋爱，所以我想把两性关系导入一种所谓的新型——不那种排他性的？

有客：萨特和波伏娃那样的一个新型。

陈嘉映：萨特和波伏娃的关系一开始被当作一个新型，但你也知道后来披露了大量材料，了解了那些细节，就会发现，那个所谓新型实际上有很多复杂的东西交织在里面，欺骗、哄骗、自欺、扭曲了的嫉妒、权力。

有客：他们的关系跟普通情人差不多，波伏娃实际受到很大的伤害。

陈嘉映：从一个例子来谈，会有这个麻烦：细节我们了解多少？

狗子：生物学这个你以前也说过，但后来我看赫拉利那本《人类简史》，他提到在远古的时候，男女关系以及养育后代的方式很多，不见得都是男人养一个女人由她来带孩子，也有互相换着来那种。

陈嘉映：有，摩梭族特出名就是这个。

狗子：但摩梭族不只是一个例子吗，赫拉利那书里说的也不见得少。

陈嘉映：男性希望有更多的性自由，或者事实上有更多的性自由，也许有生物学上的原因，我们讨论两性关系什么的，了解点儿生物学肯定没错。不过，人类的男女关系，文化政治的因素更主要吧，比如跟男权社会什么的有关系吧。再说了，我们平常那些考虑，我们该怎么做，大概都不能从理论里汲取多少指示，不管生物学理论还是社会学理论，那就太理性主义了，我没法用哲学理论指导我明天该跟哪个姑娘谈恋爱。

狗子：反正就是说，因为我一直对于这种婚姻制度，这种一夫一妻，就是极端反对吧，想不明白为什么这样。当年聊到这些，因为这些东西我不知道——生物学以及远古人类生活的研究，既然这制度其来有自，既然有缘故，那可能在这儿是我错了，太由着性子了，太想为所欲为了，这种婚姻制度这么存在，既然它有它的合理性，不说自我克制吧，至少我们也得多少尊重一点。当然后来随着年龄，随着处境的变化，两性关系这方面也不是特别的纠结了。但是即便如此，这个问题还是没有解决，就是我觉得这一夫一妻制还是不合理，至少造成了很多问题吧。但是你要换一个角度说，如果没有这种婚姻制度的保障可能就乱了，问题更大了，是这个道理吗？

陈嘉映：我也觉得现代生活以及生活观念很成问题，我的有些观点甚至很极端吧，很多人相信的事情我是不相信的，至少持怀疑态度和保留态度。可能太极端了反而不好说吧，有的人想什么就说什么，我做不到，说的时候我得看着谁在听，他是个孩子呢，有些话我肯定不会对他说。

狗子：有个言说的责任在里面。

陈嘉映：言说的责任，对，我是比较注重言说的责任的。不过得把话说回来，眼下所说的这种纠结会不会只是因为它对咱们——男人——不方便？女性也会认为不排他的新型更好吗？两性关系困扰这么多人，会不会是一个比较近现代的现象？

狗子：婚姻制度是在没落吧？

陈嘉映：婚姻制度是在没落，这个好像足够明显。

有客：现在不愿结婚的女孩儿也挺多的。

陈嘉映：听有的女孩说，我不要结婚，我就想要个孩子。

有客：对有能力的女性这是最好的生活方式。反正现在女性也不指望男人养活。原来一个家庭，经济是一个重要的事儿，安全是个重大的事儿，还有医疗什么的，现在这些东西都社会化了，有医院，有保姆、月嫂。安全，原来靠男人，现在有110、120、派出所。男人要是混蛋，让那男的滚蛋就是啦，女人一个人带孩子过，舒服多啦。

陈嘉映：我觉得现在整个社会-经济发展对女性越来越有利。坐办公室，男人呢心猿意马老坐不住，女人呢相对就能坐住。再比如说合作，女性好像也优于男性，在黑猩猩那儿，雌性就比雄性更善于合作。世界上好几十年没打大仗，和平环境有利于女性，和平的环境有利于抚养孩子嘛。我刚看了本《黑猩猩的政治》，作者20年后写后记的时候，他研究的那个黑猩猩群落，雄一号已经死了好几茬儿了，但最早就在那里的雌性黑猩猩都还健在。

有客：我觉得随着女性社会地位的提高，未来的家庭模式，更倾向于单亲家庭。

陈嘉映：你们知道吗，媒体上说，去年法国的单亲孩子首次超过了双亲的孩子，这算是婚姻史上的一座里程碑。不过，婚姻还没有完全瓦解，大多数人还是结婚吧，一个是，一男一女养孩子比较方便。就我经验所及，孩子现在变成了很多很多家庭得以维系的一个很重要的东西。你们也知道，离婚有两个高潮，一个是七年之痒，一个是孩子上大学，其实两人早就处在一种离婚状态，只是为了不伤害孩子，一直等到他上大学。不过婚姻也不只是为养孩子，一男一女互相喜欢了，就想要厮守，这大概是人性的一部分吧，咱们说了，男女之情跟其他感情不一样，有它很特殊的一面。

有客：爱情毕竟不同于友情。

陈嘉映：只靠爱情来维系婚姻，不是很靠得住。婚姻本来是一种社会建制，由一个社会结构来维系。以前两个人结婚，绝不是两个人的事儿，它是两个家族的事儿，它是一个村子的事儿，它承载着很多社会功能，这些社会功能也使它相当的稳定，婚姻破裂绝不是两个人的事儿，是破坏了两个家族的关系啊诸如此类。现代婚姻呢，靠爱情纽带系在一起。从前好像不是这样，夫妻可能很恩爱，恩爱、信赖，主要是通过事情上的沟通。

有客：你不能说古人没有爱情吧，"十年生死两茫茫"，你看，多么深情、感人肺腑。

陈嘉映：还有李清照。更早的，西方，萨福。但不一定是当代人说的那种爱情吧？我们不知道东坡夫妇怎么过日子的，不一定是风花雪月，可能也就是过日子，但过着过着，过上十年，会有一种很重的感情，叫它爱情吗？老夫老妻之间那种的。也许叫它珍惜更好，我好像还写过这个呢，说什么"爱慢慢地变成一种珍惜"，诸如此类。我相信对于好多人来说，珍惜是一种特别重的感情，可能别的没有了都不要紧，但这个东西得在；但对狗子来说恐怕不是，要是没有更生动的爱情，也就没什么可珍惜的了。

狗子：对，单纯过日子，不行。

有客：在我看，狗子搞得太复杂了。我对性，肯定也关注，也有需求，包括跟女性精神交流的需求，但大部分时候也就是聊聊而已。一想到谈个恋爱什么的那么麻烦，我肯定就跑了。这可能跟我早期的生活经验有关吧，我要为生存付出很大的精力，我可能还更关心别的一些什么事儿——文化啊、政治啊，而我关心的那些事儿呢，我不觉得女性应该关心，在那些事儿上，我对女性没有期待。所以我对女性的看法可能是更古典的那种，这样反而获得某种轻松，反正，麻烦少嘛。我不知道，也许哪天我会掉到那个坑里去了也没准儿。

陈嘉映：反正，现代人的爱情观念有些独特之处。帕里斯对海伦，你说那叫爱情吗？他把海伦拐走了，然后海伦的丈夫、斯巴达国王墨涅拉俄斯就鼓动阿伽门农发动一场战争，把海伦抢了回来。你看这个故事，我们现代人就会想，怎么整个故事我们都不知道海伦是怎么想的？

有客：这一点跟现代人的爱情观太不一样了。

陈嘉映：我喜欢干的一件事儿是，指出很多我们在不经反思的时候被当作天经地义的东西，实际上都来历不长，当然这个"来历不长"也就暗示了实际上它也不是那么天经地义，就是在人类的绝大多数时代和绝大多数地方，人不是这么想的。当然，这不说明我们的想法不对，但至少它不是天经地义。

有客：就说"爱情"这个词，或者说"爱"，这是20世纪才有的，是白话文之后才有的词。现在女的总问男的"你爱我吗"，你爸爸你妈妈会这么说话吗？我就想，我们上两代人的感情生活是什么样呢？这里有一种怎样的认知的差异？

陈嘉映：从前，社会有一大套规矩管理人和人的关系，现在这些规矩没有了，人和人的关系更要靠感情来确定。我们现在的爱情观，至少是主流的明面儿上的爱情观，把感情放在第一位，一直发展到"爱情至上"。

有客：爱情里好像有一种神圣的东西。

陈嘉映：至少，我们现在设想的良好的男女关系，要有一种灵魂相照。灵魂的东西，神圣性，这可能都跟基督教相关。基督教骑士爱情里有一种精神性的东西，有时干脆只有精神性，无关肉体欢爱。男女之情中的精神性好像也很特殊，其他种类的精神都不能替代它。小说、诗歌专在这种东西上做文章。男女之情被赋予某种崇高神圣的东西，某种超越其他一切事物的忠贞不渝，就像对上帝的信仰那样。一个人不管做对做错，如果他是出于爱情，似乎就可以得到大家的原谅。

有客：甚至你杀人、自杀。

陈嘉映：从前哪儿有这种事儿，古人最推崇的品质，比如勇敢、智慧、自制，都跟爱情没有太大的关系。爱情观念笼罩一切是个典型的近代现象，跟我们的平民社会连着。勇敢、智慧、自制，这些都不是普通人的品质，但爱情是人人都可以有的。平民社会的文学形式是小说，从前是诗歌，诗歌歌颂那些英雄人物的丰功伟绩，而小说的主人公是普通人，这些普通老百姓没啥丰功伟绩，有什么可写的？可写的就是爱情故事。你现在想一想，哪本小说跟爱情无关？爱情故事多半是小说中的主线，尤其这些小说被改写成电影、戏剧之后，最后几乎只剩下爱情，都成了纯粹的爱情故事了。

有客：我们一直谈得比较抽象，最后还是想问你一些具体的问题，虽然你不肯掏心窝子。特别让您触动的爱情发生在什么时候？

陈嘉映：一般来说是越早的爱情触动越大吧，这真是没办法。

有客：上次跟张弛聊，他描述他 80 年代的爱情生活的时候，那确实是我们很难想象的，感觉极度疯狂。如果让你来描述呢？

陈嘉映：怎么描述呢？一开始你想简单讲几句吧，出不了五句，你就开始要讲，当时的环境是啥样的，社会是啥样的，当时我们都是怎么感受世界的，怎么想事儿的，否则听的人就完全不明白你怎么会这么做，女方怎么会那么做，完全不可索解。爱情镶嵌在那个环境里，所以它才不但有意义，而且有特别丰富的意义。不连着环境讲，的确没有太多可说的。我 70 年代从内蒙回到城里，那时候还年轻，朋友们常常会聊爱情什么的，我说这城里人怎么谈爱情呢？爱情这事儿，你得骑着马，穿过一片原野，到山后头的树林里，那叫爱情，这在水泥房子里头，那叫爱情吗？办公室里头，你算计我，我计算你的，这怎么爱情呢？当然我那想法不对。但我还是觉得，这爱情都是看你整个环境，自然环境、社会环境、文化环境，你讲一个异时异地的恋爱，不同时代、不同的民族的这个恋爱，其实没有办法单讲恋爱这个事，你只能讲一个恋爱故事，甚至你就得写本小说，感受的方式，交往的方式，一切都不一样。所以我们有一千本、一万本的爱情小说还有人在读，这是俄罗斯的爱情，山楂树的爱情或者是什么。这些复杂而微妙的区别，我个人觉得甚至只有文字才能最好表现出来，电影、电视剧不行。反正，这爱情，脱离了它的那个环境，干巴巴的，没什么可说的。我又想起柳如是和钱谦益的爱情，它的动人之处……你要把它一层层剥开来还原出来，就是一个五十多岁老头，一个二十几岁的姑娘，一个是名满天下的名士，一个是妓女，这就没意思了吧？但是他们正好生活在明清易代之际，他们面对的都是这种问题——降清还是不降清，他们都对古典诗词文化浸润得那么深，诗歌唱和的时候，你说那叫爱情诗吗，都是国恨家愁，当然里面有点爱情。陈寅恪那么一个老学究肯用十年时间，实际上还不止，给柳如是立那么一个传，当然主要不是去写爱情。就说柳如是的爱情吧，那样的一种爱情是那么的不可重复。要是没有丰富的时代，没有深厚的性情，就写写你爱我我爱你，就跟白开水一样，都差不多，大概是那意思。

有客：你是个负责任的人吗？

陈嘉映：跟大多数人比，我是个高度重视责任的人。没过上自由自在的生活，生活中好多好事都错过去啦。

有客：但您说过，以前做过一些荒唐的事。

陈嘉映：以前？唉唉，恐怕现在也会，将来也还会，但愿会少一点儿吧。

有客：能举个例子吗？掏心窝子吧，当然你可以拒绝回答。

陈嘉映：这个……大概不能说，这说不了，这太糟了。

有客：糟到不能说的程度了，人人都干过糟心的事，陈老师也不例外。但做荒唐事在某种意义也是在负责任，是吗？做一个我认为的我自己，这也是一种责任是吗？

陈嘉映：是有对自己负责任这话，但这话太容易用来诡辩了。责任不是自己想出来的，它暗含在社会规则之中，我是想过个自由的生活，他又说了，那好，你争取自由就别跟我结婚，只要你去结婚，你已经做了点承诺了对吧。你要孩子，你已经承诺了好好养活他的责任。

有客：责任分两方面，一方面是对他人的责任，一方面是对自我的责任，就是我要忠于我自己，对我自己负责任，是吧。

陈嘉映：举个对自我负责任的例子我听听。

有客：咱就还是说两性关系，比如我是一个在婚姻内的人，但是我遇到了一个跟我聊得非常好的异性。

陈嘉映：不光聊得好，接着说。

有客：形象也好，气质也好，各方面，所以出于我自己的一个本能反应甚至性的冲动，我必须忠于它，我可能就有去牵她手的冲动……

陈嘉映：不光牵手，也可能上床。

有客：对。

陈嘉映：然后上完床你说，虽然我没有对我的太太负责任，没有对这女孩负责任，没有对社会负责任，但是我对我自己负责任了，是吧？

有客：……

陈嘉映：任何时候我有个欲望，我都可以放纵欲望，然后我说，啊！你看，我终于对我的欲望负责任了。当然，我不是说，人出轨都只是因为屈从于欲望，也不是说，欲望要跟责任冲突，必须放弃的必须是欲望，但似乎不大好把这个说成是对自己负责。

有客：最后问一个例行的问题，就是你还会谈恋爱吗？

陈嘉映：这说不好啊，但我这把年纪应该是没什么机会了，要是30岁那得另说。

有客：我们访谈的里面，男的通常都这么说，但是一般都没有后面的一句话。

狗子：我们分两个话题，爱与死。爱与死这两个问题，应该是不对等的吧？换句话说，是不是爱情、两性关系比死亡更轻或者更不根本？

陈嘉映：至少有这么个差别：爱情还是有人能不经历吧，死亡谁都躲不过。

有客：你会跟人谈论死亡吗？

陈嘉映：80年代初，那时我刚刚读完研究生，赵越胜、胡平、徐友渔他们时不时到黑山扈我家来聚会，谈哲学谈政治什么的，有一次，午夜后了吧，在我家门前的河边，忽然谈起死亡，每个人都讲了第一次意识到自己会死的经历。这样的话题，最好是在夜深人静的时候，我现在12点之前睡觉，所以这些话题已经很久不谈了。

有客：你有过濒死经验吗？

陈嘉映：没有。不知道这个算不算。七八岁的时候，有一次，从船上掉到水里面，人往下沉，大概很短的时间，那个镜头我会永远记得——一个充满阳光的上午，我看着水草，看着鱼，游着、飘着，在水里的阳光里，感觉非常愉悦，只是在欣赏，一点点都没有恐惧感。再有一次我三十几岁了，那时候在美国，有一次登山，我吊住一块突出的石头，想从一个山崖悠到另外一个山崖，但是那块石头松掉了，我从山崖上掉下来，有个三四十米高，那块大石头追上我砸到我头上，同游的 Denise 说我晕过去了，我自己没觉得。往下掉的过程，根据自由落体公式算算可能也就三四秒钟，但是好像过了很久，眼前看到的一切都非常清晰，看岩壁上的植物向上飞升，那是一个雪后的晴天，阳光打在砂岩上，打在冬季枯萎的树叶上。思绪也非常清晰，我想那时候肯定潜意识里知道死亡，但是当时没想到死亡，而是在那么两三秒钟里，平生的事好像都从脑海中过了一遍。跟小时候落水的感觉非常相似——不知道这是不是事后编的。那几秒钟是对阳光、对生命的一种享受、一种赞叹，挺轻松愉快的感觉，不是那种要解脱的感觉，但是很愉快，没有丝毫的恐惧。

狗子：我们有个例行问题：你怕死吗？几年前跟嘉映谈过一次，我估计你现在的回答也差不多。

陈嘉映：在我这把年纪不太容易变化很大啦。

狗子：你当时说，相对于大多数人来说，你算相当的不怕。怎么个不怕呢？能举例吗？

陈嘉映：比如登山的时候有的地方很陡很危险，很多人不敢上了，我比较敢上。我觉得我比一般人肯冒险一点，至少以前是。

狗子：这个就叫胆大吧。

陈嘉映：嗯嗯，胆大跟怕死……比如像非典来了，我不太在乎，这是不是跟怕死不怕死稍微接近一点？当然你那么干肯定就死了，那我肯定不去。我在街当中站着一辆汽车飞驰而来，我肯定闪是吧。这事儿上人人都怕死。但死亡临头的时候会不会瘫软，知道自己得了癌症会不会惊慌失措，这个人与人不同。飞机要失事了，我猜想，我不会特别惊慌失措。当然真来了是什么样子，我也不知道，有些朋友面对死亡或面对绝症，他们的态度让我非常敬佩。这可能跟一个人的整个行为方式有点关系，我对不得不然的事不是特别抗拒。

狗子：必然的事，来就来了。

陈嘉映：对，我比较顺着，该怎么着就怎么着，不是做很多挣扎的那种人。

有客：知道您刚刚去了南极，看到冰川、企鹅，各种景色吧，我想问，就说您的生命在这个时候就结束了，您会觉得死而无憾吗？

陈嘉映：在南极没觉得。不过人是会有那种时刻。很多人都有这样的时刻。

有客：您在南极留下最深印象的是？

陈嘉映：一群企鹅在冰天雪地里挤在一起，在那么荒凉的世界里，它们还是要生得那么漂亮，那么可爱。

有客：但若此时此刻，你确知你还有三天时间生命就结束了，您对您的生活还有没有遗憾？

陈嘉映：会吧。不过我觉得真的到了那时候——我现在完全是瞎想着说啊——我觉得如果说三天之后就完蛋了，我觉得我不会再去想这个遗憾，我估计我会反过来想，我可能更会想到曾经有过的这么一个生命，还是挺感恩的吧。

狗子：这大概没人统计过，如果真有人统计的话，可能多数人如果还剩三天，恐怕还是恐惧啊、遗憾啊、什么的，很少有人说是感恩吧。

陈嘉映：我这么说的时候当然是瞎想，但好多人在死之前所说的，像维特根斯坦，他最后一句话是，告诉他们，我过了 wonderful

的一生。但是你知道维特根斯坦活着的时候，一直特别纠结，可以说很痛苦吧，但他最后会感恩他的生命。记载濒死体验的，基本也是这样的。

狗子：我怀疑那是心灵鸡汤吧。反正这个问题要问我的话，要我现在想，我觉得我做不到感恩或者是什么，我恐怕情绪会很低落，然后就开喝吧，我大概是这种状况。

陈嘉映：你也够本了，喝了不少了。

有客：您对您自己这一生，到目前为止还是很满意的，是不是可以这么说？

陈嘉映：这两说着，在没什么可抱怨的意义上我可能挺满意的，但有很多遗憾，有忧虑，说不上满意。

有客：或者假定您没有成为一个知名的、著名的哲学家，没有获得这样的成就，您还这样吗？

陈嘉映：我不知道获得了多少成就，我就当了一个教授，满街都是教授。对自己的工作谈不上满意，出过几本书——我也干不了别的——出版了，我不会去读，想的全是它的缺点，哪儿哪儿没做好。过了几年读到一段，比如说要节选其中一段，去读读，一读哈哈也没那么差，自己还挺惊喜的。还想做出更好一点儿的工作，还剩三天，做不了了，这时候会遗憾吧。

狗子：像你这样没有宗教信仰，对死亡又抱上面那种态度的人毕竟是少数，我不知道是否可以说用"达观"来形容这种态度，反正我觉得多数人还是怕死，对死亡更多是一种回避的态度，好多人要么不谈这个，也有一些人好像看开了，跟我同龄的朋友里面有这种，就是说人活一世、草木一秋，我总怀疑他就是这么一说。我就是想问，大多数人的这种怕死算正常的分寸吗？或者说死亡这个铁定的事实就是那么难以下咽吗？

陈嘉映：我也不知道大多数人怎么想，但你说他们觉得那么难以下咽……我不是特别觉得。我不知道，这可能还真是得掏心窝子的时候你才能知道他真正的想法。举一个比较近的例子，这次去南极在船上的时候，一个姐儿们让我张罗一个 50 后的聚会，大家都是六七十岁了吧，我们二十来个人一桌，我们也会聊一点，不是像你这么赤裸裸地聊这个，就是聊怎么度余年吧，刘小汉、我、邹博士我们三个是那种只要能干活咱就干活，干到干不动了，小车不倒只管推，推不动了就拉倒，就那种的，有的人想的是趁着有生之年旅行等，感觉上大家都觉得活到这把年纪了，就是差不多了，就是该的了，然后还有几年该干事的干事该玩的玩，挺好。你们还年轻，可能到我这把年纪就是这样。而且我一向有这种感觉，就是在一个稳定的社会文化里面，死没有那么吓人，这是因为有人信宗教是吧，信佛的，信基督教的，信伊斯兰教的，他不是不怕死，你也不能说那个自杀式袭击者不怕死，这我根本不相信，反正汽车来了都躲，但是他们的确不到你说的那个咽不下死亡，我亲身认识的就不止一个，这些有信仰的人。中国总体上没有全民族的宗教，中国人更多把安慰留在子女、家族上面，把家族、后代的事情做好了，他可以安然死去。在传统社会里头，你子孙满堂你老了，那就想想后事啊什么的，真的没那么恐惧。这可以从旧时的书里读到，也从现在的农村的一些老年人身上看到，我觉得很大程度是因为社会变了。所以我挺赞成上次狗子那个话的，他用了个"死亡观"这个词，他老问当代人有没有死亡观，三观里是没这观吧，我觉得以后应该谈四观，建设四观，的确是可能三观出了问题，或四观出了问题。

狗子：所以我们现在这种社会，不是传统社会，造成了大家更怕死这种情况。

陈嘉映：我觉得主要还是这样，我觉得在现实意义上的怕死跟生活中的意义丧失有关。死亡在这个意义上真的是生的另外一面。反正，不知生焉知死，你还是得把死亡连着好多事儿一起聊。你要把一切都剥离开来说死亡啊爱情啊，我觉得大家都说得差不多，不同的可能要说具体的那个爱情和具体的死亡。这个爱情你把它像剥笋似的，都剥完了，最后有那么一个什么东西，你叫作男女关系或者叫作爱情，我觉得它就没什么可说的了，也许就是上床这事了，那死亡也是这样，就是你把别的都剥掉了，那死亡也就是最后咽气那一下。

狗子：你好像说过，年轻人不那么怕死。

陈嘉映：的确，最不怕死的是年轻人，虽然他们的生命格外珍贵。一个有生命力的人，生活富有意义的人，不会特别怕死，衰老的人反倒怕死，生命已经没意义了，反而会特别怕死，因为他已经没有不怕死的生命力量。如果人生有所安的话，他不会特别怕死。

有客：在死亡临头的时候，能够有更大的一种生命力，让自己能够镇静下来，是因为自己获得了对死亡的某种领悟，还是说就是想让自己死的时候更体面一些，这两种是因为哪一种？

陈嘉映：我觉得两种都有。

有客：换句话说可能你比较担心的就是死亡的方式，过于痛苦或者是过于狼狈，可能这是担心的。

陈嘉映：对，那是更担心的。死亡也许不是最可怕的，我倒是比较怕这个，就是，等到死亡真临头的时候，你没有那个生命力来镇定住了，这个比较可怕。

有客：你相信灵魂不死吗？

陈嘉映：不。估计咱们几个都不相信灵魂不死。

有客：可我们有时也说精神不死，什么什么精神永在。

陈嘉映：灵魂、心灵、精神这些词，比较接近，不过在我听起来有些细微的但是挺重要的区别。我把灵魂理解成多多少少有点独立的东西，比如人们会说到灵魂转世，却不说精神转世。亲人去世之后，人这个时候想到也许灵魂还在——人走了，灵魂之间的交通还在。我不是特别愿意这么说——这个比喻有点儿凄苦，但如果一定要说，我还是想把灵魂比喻成黑茫茫中的一点亮光。精神，我更多把它理解为体现在现实生活中、体现在身体中的。没有什么单独的生活叫作精神生活，挑水担柴都可以是精神生活。不同的人在不同的事情中找到了精神生活的方式，可能是在做艺术，或者做哲学，或者可能是做一个企业，一本杂志。把精神寄托于某种特定事业要安全些，但精神太活跃了总归有点危险。没有百分百安全的精神生活，这个我觉得我深深知道。精神在各种生活中得到体现，有的精神性强，有的精神性弱。我不是很超脱，我的眼光总是离不开实际上生活是什么样子，也许因为这个，我谈精神比谈灵魂多一点。灵魂更多与宗教连在一起。

有客：中国没有宗教传统，是不是灵魂生活就少一点儿？

陈嘉映：中国传统中纯粹灵性的追求少一点儿，没有一个独立的灵性生活的传统。中国的几种比较重要的思想传统对超越现实生活的纯粹灵性追求都颇为禁忌。但中国文化很丰厚，灵性生活融合在士大夫的治国安邦琴棋书画里面，也融合在老百姓的日常礼仪里面，中国社会并不只是一团世俗——明朝时候世俗的东西更其泛滥，同时，明朝的艺术家对纯粹灵性的追求也更多一点儿。现在，有精神厚度的日常生活瓦解了。这种融合着精神的社会生活一旦瓦解也很难恢复。一眼望去，没有什么具有感召力的东西来聚拢我们的精神诉求。你要想在普通社会生活中重新培育饱含精神的生活，反倒比我们大家去信一个宗教困难得多，因为那是个慢工。

有客：海德格尔谈死亡谈得挺多的，他用过一个词，anxiety[①]，这个是灵性生活吗？

陈嘉映：嗯嗯，Angst[②]，大概不是。它好像是一种富有现代特色的精神样式，这个词一旦这么用了之后，很难用别的词替换。跟灵魂不一样，跟宗教信仰也不一样，跟世俗生活更不一样。要说它是焦虑，这种焦虑跟一般讲的焦虑也不一样，不是要参加高考，或者想发财那类焦虑。心理学里有时候把它叫作存在焦虑，存在焦虑是一种莫名的焦虑。说到死亡恐惧，我觉得也要分，一种是存在性的恐惧，这跟怕死差别挺大的，一个人可能对死亡有深深的存在性的恐惧，但在现实中面临死亡的时候很有勇气。

有客：是不是灵魂生活活跃的人格外容易有这种存在焦虑？

陈嘉映：相当普遍，我与年轻朋友们会聊到这个，互相讲讲，尤其是夜深人静的时候。白天，我们会保护自己的灵魂，把它掩藏起来，否则会很危险。我有这样的朋友，我有时说，他们的灵魂写

---

① anxiety，焦虑。——编者

② Angst，畏。——编者

在脸上。把灵魂直接展现出来很容易受伤。这样的朋友不会保护自己，让灵魂面临更多的危险，的确，不止一个终结于自杀。

有客：灵魂生活越活跃人可能就越痛苦，但也不能就不去想事儿吧？

陈嘉映：是啊，身体如果不感到疼痛，身体就会失去反应，灵魂如果不感觉到疼痛，就会萎靡，就会死掉。从来没有一个时代像现在这样，痛苦成了纯粹负面的东西，那么憎恨痛苦，一切都围着开心快乐打转。你看，在电视屏幕上，出镜的人都是欢蹦乱跳的，观众在底下一片喝彩，就像是一片虚无主义的狂欢。

狗子：上次咱们也说到虚无，你说了一句，你说虚无它可怕就在于它不是什么都没有了，彻底没有了，什么都在那里，但是没区别了。这个能多说说吗？

陈嘉映：我也不知道怎么说，但是我有一个感受，这感受挺古怪的。我看了一个电影叫《海边的曼彻斯特》，我想可能我把电影完全理解错了完全看错了，我现在就说我这错的感受，就是那电影写的就是那种状态，就是一切都 make no difference①，这里无法说太多细节，在整个片子里头，没有一个镜头让你觉得：哇，真有意思——这个人真有意思，这件事真有意思，这句话真有意思，没有。爱或不爱，no difference，死或不死，no difference，带女朋友回家睡觉，爸爸不让，那就不带，无所谓。所有人都那样，没有一个人打起精神来。没有冲突，也不再有什么东西激动人心。你看这片子，没有什么社会批判，社会是个好社会，警察也不恶，惩罚也不

---

　①　make no difference，无差别，不重要。——编者

重，里头没什么坏人，都挺好的，所有人都挺好的。一切都在那儿，但是都拉平了，没有区别了。我整个印象那就是尼采说的 the last man[①]，"末人社会"，不再有任何事情让我们感到有兴趣。嗐，跟我们的话题没关系，说到别的地儿去了。

狗子：有关系，接着说。

陈嘉映：我们现在都不接受等级社会，但如果完全没有等级了……你得在某些方面有等级有差距，它才是个社会。有些是上等级的人，他对自己的身份有一种意识，所以他就会对自己有一种要求——至少在比较好的历史时期——他不能落入低俗，他不能做出那种低贱的事。比如说泰坦尼克号上的人，不能说妇女还没下船，我先抢着下去坐船，这不可想象，是吧？就说大革命把我拉到断头台上了，我也得体体面面的，穿件像样的衣服上去，因为我是个上等人。我是下等人，如果这社会有流动，我看到上等人真不错，我得好好努力，或者我多挣点钱，或者我多学点东西，我努力成为上等人。所谓等级社会，等级是固定的，这种努力就被闷死了，所以我们不接受等级社会。但即使这样的社会，也有某种激动，我是一只蝼蚁，但是法老有金字塔，我们所有的埃及人就跟着荣耀。

有客：您接着说。

陈嘉映：我也说完了。我的意思是说，这至少是尼采所担心的"末人社会"的一种状况，当你真的把等级社会取消了之后，你以为你会看到一个平等的、大家都有权利的欣欣向荣的社会，尼采说不

---

①　the last man，末人，出自尼采《查拉图斯特拉如是说》，意指无创造力，浅陋渺小的人。——编者

是的，等你把等级都取消了，把差别都取消了，就是一个"末人社会"。《海边的曼彻斯特》，我知道我很可能一开始就看错了，后来我就不会换别的角度去看了，我觉得这不就是尼采说的"末人社会"吗，活着好没劲，但还是活着呗。

狗子：就特颓，所有人都颓。

陈嘉映：也不是那种颓废，王尔德那种颓废，他不是。

狗子：这样的社会为什么不能快乐、充实呢？没等级怎么就不能快乐充实？

陈嘉映：没等级了，就像熵不断增加，到了热寂，每个人都是一个等距离的，等价值的，你没有什么可奋斗的、可追求的，没有什么更高的品德，大家都挺好的。哈哈，所有的势能都转化成热能了。你说的那种"虚无"的人，颓废的人，也都没有了。我们平常说的那人特虚无，这"虚无"还有点意思。

狗子：现在有这种社会吗？

陈嘉映：没有吧，还没有。

有客：我们之前访谈孙柏时，说到当代人"不会死"了，怎么说呢，如果把死亡作为一个权利的话，这个权利是在被剥夺的一个过程，就是我们现在的死法、死亡的那个尊严感这一块问题很严重。

陈嘉映：很多人在谈论这个问题，我推荐一本书——《最好的告别》，它从好多角度，主要从医学的角度在说这个事。

有客：还有那个王一方，也在写文章说这些，当代医疗与死亡的关系，等等。

陈嘉映：王一方，他的想法我差不多都挺同意的。

有客：在这简单说一下这些基本想法。

陈嘉映：基本想法，像刚才说的，一个是，死亡反正是一个不可避免的结局，所以人到了晚年，尤其到了重病的时候，无论社会还是他本人，应该都不是以怎么来抗拒死亡当作他最主要的任务，而是在面临着不可避免结局的时候，我们怎么来接受这个结局。我相信大多数人都会同意这个，可能程度不一样，但是都不是特别赞成现在的这个医疗制度，把人的生命在毫无质量的情况下，不但毫无质量，而且是极为痛苦和狼狈的情况下，能延长一天就延长一天——赞成这样做的人应该是不多，反正大家聊起来是这样。当然，你真的身处于其中的时候你的想法可能会不一样，我们现在觉得不要那样，但是真正你躺到那儿的时候，也许你就是想着能耗一天就耗一天，这就有一个矛盾，到底是应该听我现在的，还是听我那时候的？

有客：要是大多数人都不赞成，这个情况就不会继续下去吧？

陈嘉映：嗯，是啊，明显地大家都不喜欢，它却一直在维持甚至不断地强化，这样的事情是最值得琢磨的。那它就有什么值得探讨的原因了吧？人们是在琢磨这些，就是当代医疗制度背后的这个权力结构。

有客：权力结构？

陈嘉映：医疗机构和医疗机构背后的这些权力啊、金钱啊，所有的这些运作机制吧。

狗子：大家都不喜欢？但是我现在经历的是这样，现在我爸正在医院呢，那医院的干部病房，至少有一半是毫无尊严、狼狈，甚至痛苦的老年人。刚才你说大家都在谈这个，但我看那些保姆、护工，他们谈论的就不一样，老百姓还是觉得多活一会儿是一会儿。

是不是这样谈论这些事的还是知识分子居多呢？

陈嘉映：我不知道了，我也不认识几个人，用你的话当然是跟知识人谈的时候多，但我也跟老百姓打交道，他们不像你说的那样，就是能耗一会儿就耗一会儿那种。

狗子：我刚经历的，我爸那病房前两天死一老人，他那儿子肯定也是个干部什么的，那孩子就让那医生抢救，各种措施，电击什么的，说还有一个妹妹在路上正在赶来，就这个理由，那老头就多遭了半宿罪，就这种。

陈嘉映：儿女坚持要抢救，有一种可能是，如果他不那样去抢救，他就将受到指责。王一方他们，包括刚才讲到的印度医生，就在尝试改变人们的观念，停止抢救这样的事不该受到指责。知识人能做的大概也就是这个，慢慢推动观念的改变。

狗子：五年前我们聊死亡时曾谈到长生不老，那时纯是"假设"地聊，现在，人工智能来了，据说30年还是50年之后，人工智能可以让人长生不老，或叫永生。这事从科学上我也不是特别清楚怎么个永生法，你要知道可以说点。主要我想问你，如果人工智能可以让你永生，这事就摆在你面前，你会怎么弄呢？

陈嘉映：首先我不太相信科学技术能让人永生，但是不管这个，真要有那一天，我会怎么想？首先你不愿自己一个人长生不老，一起玩的哥儿们姐儿们都没了，这个感觉就像鲁迅说的，故友云散尽，我亦等轻尘。你身边的人都没了，来的是一代一代的陌生人。跟年轻人打交道是高兴，但你得同时有自己的同辈人，你光剩一老头儿，人家全是年轻人，那不行。要是大家一起永生呢，你说这世界吧，变成一敬老院，一帮老头儿老太太，哼哼唧唧，也是挺烦的，是吧。

狗子：不啊，老头儿老太太都不死，同时还有很多年轻人。

陈嘉映：这边都老不死，那边接着生，地球上的人越来越多。我现在都已经嫌它人太多了，我有个亲戚特别恨人多，他说嘛，要是全世界的人同意抓阄，二分之一抓到就自杀，他就不抓阄了，他就去自杀，他情愿以死去换大家同意一半人自杀。要么，我们这代人都老不死，但不再生新的了。不生吧，生生不息的快乐就没有了，孩子成长的快乐没有了，没有少先队员了……

狗子：生啊，可以去外星啊。

陈嘉映：移出地球这事我是断然不信的。

狗子：有一种技术手段是那样一种永生方式，不是你的肉体永生，是你的意识永生，然后把您的记忆、意识存在一个U盘或者一个什么里，可以永远存在。这种方式您觉得呢？

陈嘉映：我更不愿意，我要永生我也得吃点喝点吧，哈哈，意识永生这玩意儿……

狗子：人工智能可以把喝酒的快乐注入意识里面，还有吃的快乐，性快感等，跟真的一样，要这样呢？

陈嘉映：你说的是"钵中之脑"吧？一个著名的思想实验，把人的脑取下来，放到一个营养液容器里头，然后插上无数多的电极，让他觉得自己还在踢足球，还在流汗，踢完球之后喝个啤酒之类的。我认为钵中之脑不能成立，这个讨论起来有点儿麻烦。我就说，要是让我变成一个钵中之脑，那我还是死了算了。

狗子：我觉得那个想法至少对我来说还是有点诱惑的，就是意识永生，哪怕痛苦也伴随着，但还能活着，活着就有意义，好像对于大多数人，永生，第一感就跟秦始皇一样的，自古以来，可能人类至少帝王什么的都有这念头。但是人又必死，这又是确实的，谁都知道，所以我们以各种方式想克服它，不行就回避吧。嘉映经常说的一句话，"你得把硬的东西先咽下去再说"，包括人必死这种东西。人必死这东西是不是就是硬的东西？

陈嘉映：当然，当然，人必有一死这事儿是最硬的东西吧，反正以前的人一直是这么认为的，比如说希腊人就把人叫有死者，the mortal，他们用"有死"来定义人，用 the immortal 来定义神——希腊的神不像希伯来的神那样高高在上，希腊的神吃喝玩乐干坏事，跟咱们一样，又跟咱们凡人不一样的，他不死的。海德格尔也说，这世上最确定的事就是人有一死。现在有的人在设想这个"不死"，或者是永生，可能有点诱惑力，但这事其实经不住细想。不过咱们聊得不少了，下回有机会咱们接着聊。

海德格尔《存在与时间》导读 ^①

  《存在与时间》是海德格尔最出名的著作，是他此前哲学探究的总结，也是他后来几十年进一步思考的基础。大多数读者研读海德格尔，也是从这本书开始的。由于时间有限，这里我不谈海德格尔的生平。海德格尔对 20 世纪哲学的影响十分巨大，对哲学之外其他很多领域的影响也很巨大，例如对文学艺术的影响。海德格尔在中国的影响，按比例说，可能更大。《存在与时间》译成中文出版之后，卖了总有十万本吧，我遇到的很多人都读过这本书，虽然其中也有不少坦承这本书不大好懂，读了个不了了之。

  近几十年来，海德格尔的影响有所减少，新的哲学家和新思想不断涌现，总有个此长彼消。在海德格尔这里，还有个特殊情况，他曾经跟纳粹跑了一阵子，人称作"纳粹牵连"，关于这段牵连，他事后又不肯检讨认错，这让很多人对海德格尔这个人产生反感，对他的哲学也有点儿拒斥了。海德格尔的纳粹牵连跟他的哲学是个什么关系，以及一般说来，一个思想家的生活跟他的思想是个什么关系，是个复杂的问题，这个等将来有机会可以深入讨论。现在回

---

  ① 2017 年底，刘苏里要在"得到"做一个系列名著介绍，找到我为海德格尔的《存在与时间》和《林中路》写稿。老朋友，我就答应了。其实多年未做海德格尔研究，货是旧货，但一篇短文介绍一本书，也许对有些读者会有点儿帮助。

过头来说《存在与时间》这本书。

《存在与时间》，书名里就已经给出了两个关键词，一个是存在，一个是时间。我们先说存在。

一、存在与此在

这本书一上来就说明，我们的任务是追问存在，我们的问题是存在问题，这个存在问题是哲学的根本问题，可这个根本问题，在西方两千多年的哲学史上一直被遗忘了。这个指责听起来很严重，有点儿过于严重了——要是哲学一直遗忘了自己的主要问题，那它还叫哲学吗？海德格尔的指责也许对，也许不对，但让我们先看看他这个指责的内容是什么。

海德格尔说，西方哲学遗忘了存在，其中的一层意思是说，大家眼睛里只有存在者，却不问存在者的存在。存在者和存在的区分，das Seiende 和 das Sein 的区分，对理解海德格尔哲学有头等的重要性，但我恐怕这里讲不清楚，只好跳过去，只讲一点。不问存在而只关注存在者，难免就把世上的东西都看成是一些现成摆在那里的物体。最适合用来研究这些物体的，是物理学。实际上，由于西方哲学遗忘了自己的根本问题，遗忘了存在问题，到最后的确把哲学弄成了物理学。

物理学把世上存在的东西看作跟人没什么关系的物体，然而，世上的事物一开始并不是这样显现出来的。为了说明这层意思，海德格尔造出两个概念，das Zuhandene 和 das Vorhandene，上手事物和现成事物，前者指工具、器物等等，工具、器物当然都跟人有关系；后者指跟人不相干的中性的东西。上手事物和现成事物不是两类事物，它们是事物的两种面相、两种显现方式。海德格尔认为，世上的事物，一开始不是作为跟人不相干的中性的东西显现出来的，它们首先是些有用的东西，或者无用的东西，是些可爱的东西或可恨的东西。简言之，它们是些上手事物。

海德格尔提出上手事物这个说法，他所要强调的一点是，人和事物的关系，首先不是单纯的认知关系，而是做事、操劳。锤子不是放在那里让我们静观的东西，而是用来钉钉子、敲核桃的。要说认知，也是我们在用锤子来敲打之际对锤子有了最真切的认识——那把锤子太轻，那把锤子松了，这一把锤子最合适、最上手。用海德格尔的话说，锤子首先是工具，是上手事物，而不是现成事物，更不是物理学所研究的"客观事物""客体"。

我们回想一下，像罗素这样的哲学家在举例的时候，习惯上举桌子之类的例子，然后谈论桌子的形状、颜色等等，海德格尔举例的时候，举的是锤子之类的例子，然后谈论锤子的使用。这里也可以看到所谓上手事物和现成事物的区别。当然，桌子其实也首先是上手事物，桌子太高了、太矮了，桌腿不稳摇晃了，桌面裂了，不过，通常情况下，桌子更像是现成摆在那里，我们不怎么说使用桌子来做这做那。

锤子是用来敲打的，敲打是为了加固某种东西，例如加固一个棚子，棚子是为了防风避雨。谁避雨？人避雨。一样上手事物连到另一样上手事物，连到最后，都是连到人身上。

《存在与时间》的根本问题是存在问题，不过，这本书的主要内容讨论的是人。人当然也是存在者，不是存在，不过，海德格尔说，人这种存在者不是一般的存在者，他跟存在有一种特殊的关系。

简单说，没有人，存在就不会成为一个问题——只有人会问出何为存在，什么是什么这样的问题，也就是说，只有对于人这样的发问者，存在问题才是个有意义的问题。

为了突出人与存在的这层特殊的关系，在《存在与时间》里，海德格尔通常不说"人"，而是说"此在"。表示存在的是 Sein，表示此在的是 Dasein，这样一来，此在和存在两者在字面上就连在一起了。我们下面讲这本书，有时用人这个词，有时用此在这个词。

总结一下吧。首要的问题是存在，但讨论存在只能从存在者开始，因为存在总是存在者的存在。但不能从别的存在者开始，必须从此在开始，因为此在跟存在有一种特殊的联系——只有此在追问存在问题。哲学里，集中探究存在的部门，一向被称为 Ontology，汉语译为存在论或本体论，现在，既然此在问题是存在问题的基础，对存在的追问是从分析此在出发的，海德格尔把自己这本书称作基础存在论。

关于此在，首先要说的是，此在对自己存在的领会对此在的存在具有构成性，通俗一点说来，此在是什么，此在怎么存在，始终跟他把自己理解成什么有关。张三和李四都是奴隶，张三心甘情愿承认自己生来就是奴隶，李四不承认，他的奴隶身份是恶劣的社会制度加到他身上的，从天性上说，他跟自由人是同样的人，是个自由人，于是，李四所是的，就不同于张三所是的。李四这样为人做事，张三那样为人做事。

这里要强调的是，人并不是先存在好了，然后再去领会自己，然后再去对他自己的存在有所作为。人之为人，恰在于他一上来就对存在有所领会，这包括对自己"是"什么有所领会。跟别的存在者不一样,人一向对自己是谁有所领会,对世界是怎样的有所领会。

如果说一般事物不是现成摆在那里的东西,那么,此在就更不是现成摆在那里的东西了。人是什么?你是谁?这个问题不像质子、电子是什么,把你的各种性状描述一番,并不能回答你是谁这样的问题。

人的存在方式不同于其他事物的存在方式,为了表明这一点,海德格尔用 Existenz 这个词来表示人的存在,此在的存在。Existenz 这个词有个前缀,ex,这个前缀表示出离,例如高速公路上的出口,都写着 Exit。海德格尔用 Existenz 这个词来表示人的存在,是要说明人只有出离他自己才是他自己。后面第 3 节会说到,人通常沉沦在他的日常生活里,只有从这种沉沦状态中挣脱,从已经摆布好的现成状态中出离,人才真正存在。说得更大一点儿,人通过超越他自己获得真正的存在。

这层意思,无论把 Existenz 翻译成什么,都很难传达出来,勉为其难,我把这个词译为“生存”。如果再大胆一点儿,我们干脆把它翻译成“生生”,借用“生生大德”的意思。据海德格尔的解释,希腊人用来表示“自然”的词,physis,本来说的就是在升腾变化中成就其自身。草木通过日新月异的生长成就其本身,玫瑰因绽放成其为玫瑰。人也生长,但不是像植物那样生长,人不仅一点点生长,而且他以超越存在者整体的方式,获得真正的存在。

二、世界与认识世界

一个人是个啥样的人,跟这个人把自己看成啥样的人连在一起，这是说，此在的存在包含着此在的自我理解。这是关于此在要说的第一点，这上一节已经谈论过了。

关于此在要说的第二点是，此在的存在总是我的存在。上面说到，这篇讲稿里通常把此在和人当作同义词使用，现在看来，这种做法有点儿毛病。此在的存在总是我的存在，但我不能说，人的存在总是我的存在。

作为一个定义，海德格尔当然可以说，此在的存在总是我的存在，但问题是，为什么要这么定义呢？或者干脆问：干吗要生出来此在这个概念呢？后面会讲到，海德格尔并不是要主张唯我论，他要谈论此在和世界的联系，要谈论"他人的此在"。但海德格尔的的确确想说，谈论存在问题，"我"占据一个特殊的位置。比如说，我们有时会问：人应该怎样生活？这样问的时候，我们其实是在对自己应该怎样生活产生了困惑。很难设想，我已经清清楚楚自己该怎样生活，还在那里问：人应该怎样生活？对生活的追问，乃至对世界的追问，追问到头来，难免把我牵扯进来。我们甚至会得出结论说：真正存在的，其实只是我，你说世界存在吧，那是我看见它，我感觉它，要没有我，我怎么知道世界存在不存在？可要是这么说下去，我们似乎是在主张唯我论。王阳明主张没有心外之物，学生问他，一株花树在深山里自开自落，跟我的心有啥关系？王阳明答说："你未看此花时，此花与汝心同归于寂。"这差不多就是"唯我论"了。

很少有哲学家赞成赤裸裸的唯我论，海德格尔也不例外，他再三强调，此在总是生存在一个世界之中。人生在世，这话听起来不过老生常谈，但海德格尔别有新意。此在生存在世界之中，说的并不是一个现成的我放置在一个现成的世界之中，像饼干装在饼干盒子里那样。他从希腊人的 kosmos 来谈论世界，世界不是一个容器，世界说的是事物的秩序。各种文化里差不多都有这样的观念：起先是一片混沌，chaos，后来，阳清上升，阴浊下沉，天地分离，万物各得其所，于是有了我们所称的世界，kosmos。

任何一样事物都是在一定的秩序中显现出来的，在它跟其他事物的联系中显现出来的。例如锤子，它首先是作为用来捶打的工具显现的。这么说来，不是东一样西一样事物组成了世界，世界倒是无论哪一件东西能够显现的基本条件。

上一节说到，每一样上手事物都连到另一样上手事物，我们从锤子说到防风避雨的棚子，连到最后，连到此在这里。说到底，没有此在，锤子也就不成其为锤子了。现在，海德格尔又说，没有世界，就说不上哪样东西是哪样东西了。那么，事物获得它的存在，事物是一样事物，到底是靠了此在呢还是靠了世界？

我们提出这样的问题，海德格尔会回答说：怎么说都行。因为，照他的说法，世界本来就是此在式的存在者，泥石草木都是无世界的，而"此在生存着就是它的世界"。

前面说，此在的存在总是我的存在，现在说，此在生存着就是它的世界，这两句话合在一起，岂不就等于说：每个人都有自己独特的世界？一花一世界，这话的确有点儿意思。我们有时也说，这个人生活在他自己的世界里。到底我们共有一个世界，抑或每个人都有他自己的世界？赫拉克利特说："人在梦中各有各的世界，清醒的人有一个共同的世界。"的确，世界依其本意就是共同世界，要是一个人只生活在他自己的世界里，那是他有毛病了。

海德格尔一方面说，此在的存在总是我的存在，另一方面又说，此在总是存在在一个世界之中。但这两个方面并不平衡，总的说来，海德格尔看来是偏于此在一方，偏于我这一方。这是后来学者对《存在与时间》的一项主要批评。

我认为这项批评是成立的，但《存在与时间》对人与世界关系的刻画，还是提供了很多值得追随的线索。从认识论开始说吧。主流认识论设想这边有一个认知主体，对面有一个有待认知的客体世界。那边是客体，这边是主体，于是就有了主体怎么超出自身去认识客体的问题。海德格尔质疑道：如果人一上来先是囚禁在自身之内的意识主体，那么，这个主体是怎么从他的意识里走出来，出征到世界里捉住他所认知的事物，然后带着赢获的猎物转回到意识的密室？海德格尔断定，在传统认识论的框架里无法解答这个问题，因为这条错误思路的根子连在传统存在论上。认识被视作静观，而纯粹静观所对应的，正是纯粹客体——在传统认识论中，纯粹静观具有优先地位，在传统存在论中，以物理学方式来处理的纯粹客体具有优先地位。

在希腊，所谓认识说的是存在者怎样显现自身，说的是存在者在这个显现过程中把人吸引到它那里去。而在当代认识论里，人始终作为主体立在万物的对面，人不是要被存在者吸引过去，而是要作为主体去把握客体。下一讲会说到，主体的任务还不仅仅是去把握客体，主体是要去支配客体。人为了支配世界才去认识世界。

要克服当代流行的认识论，需要从基础存在论入手。不是这边有一个现成的认识者，那边有一个现成的世界，仿佛认识者在那里静观世上的事物。在海德格尔的存在论里，具有优先地位的不是现成事物，而是锤子、钉子、木板这样的用具、器物。此在首先操劳于世界之中,这些操劳已经包含了对世界的认识。要想知道锤子是什么,知道锤子的性质,我们靠的不是盯着锤子看,靠的是使用锤子,用锤子来锤。使用里已经包含着认识,使用不是盲目的,它有它自己去看的方式。而且,恰恰是我们使用锤子之际,我们对锤子有最原始最真切的认知。这正应了尼采那句话:"我用锤子来思考。"

主流认识论把什么都说成是实体和属性的关系,它断言,"锤子重"这个句子的意思是"锤子这一物体具有重这一性质",然而,在操劳活动中,"锤子重"这话可以在说"太重了,换一把",或甚至一言不发地把不称手的锤子扔开。传统认识论更多把认识比喻成镜子,镜子反映现实,反映得正确不正确,要看镜子里的物象是不是符合于现实。这就是真理的符合论。与此对比,海德格尔更多把认识比喻成锤子、锯子之类的工具。与其说它们反映现实,不如说它们对现实做出反应。这是一个重要的视角转变。

主流认识论赋予纯粹静观以优先地位,这种纯粹静观相当于纯粹理性的认知,与此同时,感情、感受、情绪都被排除在理性认识之外,在认知活动中,它们似乎只是负面的干扰作用。理性认知是客观认知,情绪却总是主观的,是我们涂到客观事物之上的一层"情绪色彩"。海德格尔把这视作浅薄之见。我们并非先认识事物的客观性状,然后再做出好坏美丑的判断,把这类感情涂抹到客观事物上去。我们一上来就是带有好坏美丑这些感受来认识事物的,例如,这头机灵的小鹿,那道可口的点心,这股恶臭,那个猥琐的家伙。当然,为了达到某种类型的认识,例如科学认识,我们需要把认知中的感情成分剔除出去,但如此这般得到的所谓客观认识,只是人类认知的一种衍生形式。

　　在跟当代的流行理论争论的时候,海德格尔常常借用希腊思想。跟进步论者相反,他认为一开头的希腊思想比较纯正,后来发展出来的理论反倒芜杂不经。我们译作"理性"的,是希腊词noein。海德格尔把它译作 Vernehmen,意思接近于我们所说的感知。但这个感知不同于传统认识论所说的感知。有一种很流行的认识论,认为我们先获得纯粹的感性材料,然后通过联想等等形成关于事物的认识。海德格尔不认可这种看法,他认为我们最先感知到的,已经是树林的绿色,汽车的引擎声,换言之,我们直接感知到事物,要去感觉纯粹的感觉材料,反倒需要训练和抽象。如果真有感觉材料这回事,我们对它们也没什么感知——我们对之最多只能有所知,而没有所感。

　　希腊人所说的理性并不脱离感觉和感情,真正的理性是有感有情的认知。甚至可以说,情本来就是一种知。海德格尔说:"我们称之为情的东西,倒比理性更理性些,这就是说,更富有感知,因为它对存在更加开放。"

　　前两年,神经科学家达马西奥写了本书,《笛卡尔的错误》,根据很多临床实例说明:情绪在人类认知中发挥着十分积极的作用,情绪和感受的阙失会严重损害人的理性能力。海德格尔多半不会在意是否得到神经科学的支持,不过,感情和理智是个无所不在的话题,值得我们从各种各样的角度来展开讨论。

三、共在与沉沦

　　上一节讲到,此在从来生存在世界之中。此在在世,始终在与其他存在者打交道。我们已描述过此在怎么跟用具或事物打交道。当然，此在不仅跟这些东西打交道，他还跟其他人打交道。他人不是用具那样的东西，他人是此在这样的存在者，用海德格尔的话说，他人的存在方式"与此在本身的存在方式一样……他人也是此在"。他人也在此，与我的此在共同在此。

海德格尔不愿先设定一个孤立的主体，然后再把他物和他人附加到这个主体周围。只要此在生存，它就已经被抛入一个世界，抛入他人之中。因此，他把共同在此，把这个共同在此或共在视作此在的本质规定性。"此在的世界是共同世界"，在世就是与他人共同在世。即使无人在侧，此在的存在仍是共在。一个人可能很孤独，但他之所以感到孤独，是因为此在在世本质上是与他人共同在世。

在讨论共同在此也就是共在的时候，海德格尔强调此在从来都与他人共在，从《存在与时间》的具体描述看，仍然是先有一个此在，然后他人才来相遇。而且，"他人来相遇的情况总是以自己的此在为准"。上一节说到，谈论此在和世界，海德格尔偏于此在一方。现在我要说，谈论此在和共在的时候，海德格尔也是偏于此在一方。在我看，海德格尔的阐述一开始就不大对头，照他的刻画，他人是随着用具到来的，然而，现象实情似乎是，围绕着我们的存在者，首先被领会为有生命、有人格的，此后我们才区分出哪些是有人格的他人，哪些是没有人格的器物。更进一层，由于一开始围绕我们的世界是一个有生命有灵魂的世界，我们才能够形成自我。我们并不"以自己的此在为准"形成他人的观念，相反，"我"是很晚才形成的，我们倒是以他人为准，才能形成"我"这个观念。

上一节说到，海德格尔像多数哲学家那样，不赞成赤裸裸的唯我论，但这并不意味着他就一定摆脱了唯我论。他对此在和他人的描写，也有很重的唯我论倾向。他虽然强调共在是此在的一个根本的规定，但《存在与时间》全书中几乎没有谈到与他人共在如何积极建树此在。具体说到共在，差不多都是在谈论芸芸众生的生存状态。这些议论绘声绘色，我们不妨来引用两段——

> 他人从此在身上把存在拿去了。……这些他人不是确定的他人。与此相反，任何一个他人都能代表这些他人。……人本身属于他人之列并巩固着他人的权力。人之所以使用"他人"这个称呼，为的是要掩盖自己本质上从属于他人的情形。这样的"他人"……就是芸芸众生，有了公共交通工具，有了报纸这样的传媒，每一个他人都和其他人一样。公众意见对高水平与真货色的差别毫无敏感，把一切都弄得晦暗不明，同时却又好像所有事情都已经众所周知。……芸芸众生展开了他的真正独裁。芸芸众生怎样享乐，我们就怎样享乐；芸芸众生怎么谈论文学艺术，我们就怎样谈论；乃至于，芸芸众生怎样从"大众"抽身，做出与众不同的样子，我们也就试着怎样与众不同。①

这个芸芸众生，海德格尔称之为 das Man。人们的日常生活大致就是 das Man 的生活。一切差异都被铲平，人人都生活在平均状态之中——

① 海德格尔（Heidegger）：《存在与时间》（*Sein und Zeit*），马克斯·尼迈尔出版社，2006 年，第 126—127 页。本文所引《存在与时间》内容，皆由作者根据以上版本译出。——编者

平均状态看守着任何挤上前来的例外。任何优越状态都被不声不响地压住。一切原始的东西都在一夜之间被磨平为早已众所周知的了。一切奋斗得来的东西都变成唾手可得的了。任何秘密都失去了它的力量。……芸芸众生（Das Man）到处在场，但又可以说"从无其人"。在此在的日常生活中，大多数事情都是由我们不能不说是"不曾有其人"者造成的。[①]

在日常世界里，此在不是他自己，而是 das Man。此在并不作为自己本身存在，此在消散在芸芸众生之中，沉沦于种种事务之中。

沉沦有三种基本样式：闲谈、好奇、两可。在沉沦中，言说变成了闲扯，分不出什么是原始创造，什么是鹦鹉学舌。在沉沦中，芸芸众生贪新骛奇，刚看过一样新奇的东西，马上又去寻找另一样代表新潮的东西；人们似乎对什么都关心，却并不专注于任何事情。沉沦的第三种样式是两可。芸芸众生耽于闲扯——这也是可能的，那也是可能的，却并不投入坚定的行动之中。倾心投入实际行动的人，有败有成，芸芸众生却又说：我不是早就说了，这事做不成的，或者反过来，这又有何难？我不是早就想到该这样去做的。

我们听到这些观察，很可能把它当作对当代社会的批判，不过，海德格尔声称，他刻画的是此在的本质结构，沉沦不是个人或社会的某一不幸历史阶段，仿佛可以靠社会的进步消除。没有人从纯洁的伊甸园沉沦到尘世中来这回事，此在只要生存着，他就沉沦着。

---

① 海德格尔（Heidegger）：《存在与时间》（*Sein und Zeit*），马克斯·尼迈尔出版社，2006 年，第 127 页。——编者

日常此在从来就不是他本身，而是芸芸众生。

不过，读者恐怕很难相信海德格尔的描述不是针对现代社会而发。下一讲讲到《林中路》，我们将看到，海德格尔关于此在沉沦所说的，的确主要是针对现代人的，是他的现代性批判的一部分。其实，依照海德格尔的一般思想，存在始终是历史性的，因此，此在似乎不可能有脱离历史性的固有结构。即使人真有跟时代性无关的本质结构，那么，我们在刻画这种结构的时候，似乎应该把它跟时代特点分开来刻画。

此外还有一点我也存疑。海德格尔再三强调：他说到沉沦，不是在做道德评价，他是在存在论层面上讨论问题。这我也很怀疑。我怀疑无论谁来谈论人的生存，或隐或显都带有某种道德评价。其中的一个原因是，像沉沦、芸芸众生这样的语词本身就带有评价，你用这些语词来刻画现象，自然而然就已经带有评价了。

《存在与时间》里的大多数段落，文句弯弯绕绕，而刻画芸芸众生的那些段落写得痛快淋漓，晓畅易读，读起来蛮过瘾的。不过对我来说，虽然其中不乏真切的观察，总体说来还是太偏于愤青了。

回到义理的层面上，我认为，从义理上说，海德格尔对共在的阐论是《存在与时间》中给出启发较少的一个部分。而之所以如此，是因为海德格尔总是从我的此在出发来谈论他人谈论共在的。

四、本真生存

上一节说到，此在只要生存着，他就沉沦着，沉沦的要害则在于：此在不立足于自己本身而以芸芸众生的身份存在。失本离真，故称之为"非本真生存"。相应地,本真生存就是立足于自己生存。

那么,此在怎么获得本真的生存呢?在讨论共在的时候,海德格尔区分了两类共在的样式。一类是越俎代庖,把他人应做之事整个拿过来,这时候,他人就成了附庸;或者反过来,把自己应做之事整个交出去,于是,他人就成了主子。与此相反的是本真的共在,那就是让他人去做他人应做之事,人人都保持独立人格,做他自己该做的那一份事情。

这一番论述相当潦草。总地说来,海德格尔对与他人共在有什么积极意义没表现出很大兴趣,共在的实际内容都是在刻画"芸芸众生"。上面说到,日常此在一上来就处在沉沦之中,完完全全被器物与芸芸众生所攫获。这就带来一个难题:非本真生存无所不包,本真生存又能从哪里透露消息?沉沦的此在如何能回升?又回升到哪里去?

海德格尔答说:这一切都要通过畏实现,畏将把此在带到本真生存。畏,畏惧的畏,Angst。畏跟怕看似接近,其实不然。我们害怕,是害怕某种有害之事将要临头,畏却不是怕任何具体的事情,这一点,我马上就会说到。

此在沉沦着,丧失真实的自己,错把芸芸众生当成他自己,他消散在各种事务之中,却以为他过着真实而具体的生活。陡然之间,畏袭来。

畏其来势也汹。畏一下子笼盖一切。存在者全体消隐,只剩下畏。我们自己也沉入一无所谓之中。我们在畏之中飘浮,无所依靠。是的,因为所有存在者都消隐了。只还留下这个"无"压境而来。畏启示无。畏把我们带入无何有之乡。这一点,等到畏消退之后，看得最为清楚。我们会说：我们所畏的，原来并无其事。

刚才说，我们害怕，是害怕某种有害之事将要临头，畏却不然。畏之所畏不是有害之事。实际上，当畏来临，万事万物都已消隐，有害无害的都已消隐。畏向此在开启的，是本来无一物，是空无。

说到无，我国读者定不陌生。老子云，"天下万物生于有，有生于无。"[1] 庄子《天地篇》有言云："泰初有无。"[2] 但怎么可能议论无呢？泰初有无，但"有无"这话本身不就矛盾吗？

但另一方面，海德格尔指出，自从人们开始追问存在，人们同时也就开始追问无。例如，莱布尼茨就提出了这个根本问题：为什么存在者存在而无却不存在？

无不简简单单地是存在的对立面，也不简简单单是存在的否定，相反，无是存在者之能作为存在者显现的条件。无，名天地之始；有，名万物之母。浅浅说来，某物存在，某物是什么，总是针对它不是什么才能得到领会。

在畏之中，此在摆脱了日常生存中种种事务的包围，直面虚无，这时候，我们发现，此在彻头彻尾是超越的。对存在者有所作为，这就是要求此在既在存在者之中又在存在者之外。他既在庐山之中沉迷流连，又能在庐山之外审视庐山的整体。人能够超出他的现成状态，能够背靠虚无反过来重新审视纠缠他的种种事务。人不仅像鸟兽鱼虫那样对世界做出反应，人还依照他自己制定的目标引领自己行动。可以说，人的存在半踏实地半悬虚空。

海德格尔还用另外一些德文词来刻画超越，这些词可以译作

---

① 《老子今注今译》，陈鼓应注译，商务印书馆，2020 年，第 228 页。——编者
② 《庄子今注今译》，陈鼓应注译，商务印书馆，2021 年，第 363 页。——编者

"出离自身""绽放""迷狂"等等。他用这些语词所要刻画的,我们也许可以说成是"放浪于形骸之外"。人所超越的,不仅是万物,他也超越自身,用尼采的话说,"我就是那必须一再克服我自己的东西。"[1] 人保持其自身,靠的不是墨守成规一成不变,正相反,人在他出神忘机之际是他自身,就像玫瑰在绽放中是其自身。

思考无,议论无,丝毫不增益我们关于世间事物的认识,但这有什么关系?为学日益,为道日损,哲学本来就不是要增益知识,而是求道。

问题倒在于,求道而至于无,我们还能言说吗?道可道,非常道,于是,老子说"知者不言。"[2] 海德格尔也说,"畏使我们忘言。……面对无,一切'有'所说皆归沉默。"[3] 当然,老子还是说了点儿什么,海德格尔也说了不少。到底能说不能说,该说不该说?庄子答曰:"知而不言,所以之天也;知而言之,所以之人也。"[4] 也许,哲学本来就是穷究天人之际的尝试,在这个有无相邻的领域,即使言说,也不是寻常的言说,"以真实的方式来言说虚无从来是异乎寻常的"。言说转变为隐喻,转变为提示或暗示。

有与无的玄思太过玄妙,我们还是转回到先前的问题上来。我们曾问:在非本真生存包揽一切的日常生活中,本真生存从哪里透露消息?海德格尔的回答是:在畏这种情态中。第二节曾讲到,情

---

① 尼采(Nietzsche):《查拉图斯特拉如是说》(*Also Sprach Zarathustra*),德古意特出版社,1998 年,第 14 页。——编者

② 《老子今注今译》,第 277 页。——编者

③ 海德格尔(Heidegger):《路标》(*Wegmarken*),维多里奥·克劳斯特曼出版社,1978 年,第 112 页。——编者

④ 《庄子今注今译》,第 958 页。——编者

本来就是一种知，而且是更原本的知，因为它对存在更加开放。海德格尔所说的畏，就是一种情态，是最根本的情态，它对存在最为开放，开启了对本真生存的知。

畏袭来之际，所有存在者，所有他人，都变得无关宏要。畏剥夺了此在从世上事物以及芸芸众生那里来领会自身的可能性，于是，畏使此在个别化，使他真正成为他自己。我们一开始就说，此在总是我的此在；但这个我是谁，其实并不分明。在日常生存中，此在并不是我，而是作为芸芸众生生存的我，如今，通过畏，此在才真正是他自己。

作为真正的自己来生存，就是本真生存。本真生存的核心则是个别化。本真生存是一种独立的生存，但并不是遗世独立，不是脱离了世界的生存。"找到你自己"这话并不是说，你从世界抽身回来，牢牢盯着自己，专注于自己的体验。去除了你在特定现实中的特定位置，也就没有你独特的自我，我们不是靠关注自己的体验找到真正自我的，我们靠的是承担自己独特的命运，在世界上有所作为。此在永远是在世的此在。在非本真的日常生活中，此在操心忙碌于种种事务，在本真生存中，此在仍不减其操心忙碌。海德格尔说："本真生存并不是任何飘浮在沉沦着的日常生活上空的东西，它是日常生活的某种变式。"[①] 悟道不离日用常行，我们曾经劈柴担水，现在仍然劈柴担水，只不过，现在，此在已有所了悟。本真的此在是自身通透的，我们会说，他现在活明白了。

本真和非本真不是刻在额头上的印记，一眼看去就分辨出来。

---

① 《存在与时间》(*Sein und Zeit*)，第179页。——编者

我们无法问：本真生存到底是什么样子？本真生存有好多好多样子。恰恰是我们每个人的独特性构成了我们各自的本真生存，于是，谁也不可能为本真生存提供一块通用模板。

好吧，我们不从终点上问：本真生存到底是什么样子，但我们似乎可以从起点上问。我们记得，是畏把此在带入本真生存，那么，我们怎样才能进入畏这种情态，从而达乎本真生存？依海德格尔，这个问题同样问得不对头。畏或不畏，不是我们自己决定的。绝大多数人根本无法进入畏的境界。唯大勇者能畏。但就连大勇者，也不是想畏就能畏的。海德格尔说："我们是如此地有限，乃至我们简直无法靠自己的决定和意愿把自己带到无面前。"[1] 我们所能做的，最多是为畏的来临作准备。我们现代人往往认为一切好东西都要靠自己去争取才能得来。这不是古人的想法，也不是海德格尔的想法。人所能做的很有限，生存中真正重要的东西，是命运使然的东西。晚期海德格尔认为，人类深陷于当代技术社会不能自拔，要说拯救，那也"只还有一个神明能救渡我们"，[2] 但天意从来高难问，神明显现还是不显现，不是我们说了算的，我们最多是为神明的到来作准备。

我们在第二节曾讨论此在与世界，海德格尔一方面说，此在总是我的此在，另一方面说，此在总是在一个世界之中生存。他把世上万物视作用具，用具千差万别，但归根到底是为此在所用，于是，兜了一圈，所有存在者兜回到此在身上。这两节，我们讨论此在与

---

[1] 《路标》(*Wegmarken*)，第 118 页。——编者

[2] 海德格尔(Heidegger)：《讲话与生平证词》(*Reden und andere Zeugnisse eines Lebensweges*)，维多利奥·克劳斯特曼出版社，2000 年，第 671 页。——编者

他人，海德格尔主张，此在的生存总是与他人共同存在，但这个共在大体上是从负面刻画的，要进入本真生存，此在必须个别化成为他自己。

我们看到，海德格尔在处理此在与世界、此在与他人的时候，给出来的结构是相似的。前面已经说过，这个结构难免唯我论的嫌疑。那么，问题在哪里呢？在我看来，问题在于海德格尔没有真正重视他者。世上的物事并不都是我们的用具，只作为有用之物显现出来。更不用说他人了。世界和他人自由各自地独立存在。我不是自然的主人，更不是他人的主人。那些硬邦邦的他物，硬邦邦的他人，横亘在那里，无论如何都没办法完全统一到我的此在之中。人要赢获本真生存，赢获自身的独立，先就要把他物与他人的独立性接受下来。这个想法，我们在《存在与时间》能够找到一些萌芽，在海德格尔后来的著作里，渐渐成为主题。

五、时　间

前面说过，《存在与时间》，书名里就已经给出了两个关键词，一个是存在，一个是时间。有人说过，和，and，这是哲学的敌人。大概的意思是说，哲学不是要把一些概念并排放在那里，哲学探究概念之间的内在联系。那么，时间跟存在是怎么内在地联系在一起的呢？海德格尔说，时间是探究存在的地平线，存在在时间的地平线上才显现出来，才凸显出来。

我们可以从一个很简单的角度来看存在与时间的内在关系。曹孟德曾经存在，在长江上横槊赋诗，而今安在？曾经存在的，大多已经死灭，现今活蹦乱跳的，不久也将消逝于无形。方生方死，万物都在变易之中；变易和存在形成一个对子，一边是 being，另一边是 becoming。也许，只有免于变易免于朽坏的才真正存在，那么，存在就等于永恒存在了？我们把 becoming 译成"变易"，这也许不对，跟 becoming 连着的，是 becoming something，那么，becoming 就该译作"生成"。becoming 并不只是变来变去，它成就着什么，或至少，它是向着某种可成就的东西运动。也许这种可成就的东西才是真正的"存在"？就像尼采所说的强力意志那样，它给"变易"打上了存在的烙印。那么，就像黑格尔所言，一时绽放的玫瑰并不比长存的岩石较少存在？或者像海德格尔所说，人的生存在于"成为你所是者"？

不管怎么看，存在与时间显而易见纠结在一起。

尽管对于《存在与时间》的总体构想来说，时间具有头等的重要性，但书中讨论时间的部分，往往杂乱而重复，海德格尔后来也说，那时候，他对时间的思考还远远不够成熟。在这个讲座里，我也只扼要介绍几点。

首先，海德格尔像他习惯的那样，认为我们平常的时间观念是流俗的时间观念。按照流俗的时间观，时间分成过去、现在与将来，在这三者之中，现在居于中心地位，过去被看成"以前存在过，但现在不再存在"，将来被看成"今后会存在，但现在还不存在"。跟这种流俗的时间观相对的，是海德格尔的本真时间。刻画本真时间的时候，海德格尔用"曾在"来代替"过去"，用"当前"来代替"现在"。在本真时间里，曾在并不曾过去，它只是不再现成存在而已，但它仍然以某种方式包含在当前之中。我们说此在作为他自己生存，这恰恰是说，他在当前仍然承担着他的曾在，或者说，承担着它的被抛状态。用我们平常的话说，割断了历史，生活就飘起来了。一个人忘本了，当然就不可能是本真的了。本真的将来也不是尚未到来，此在从来是面向将来的存在，它必须先行进入到将来才可能开展它当前的生存。我们记得，海德格尔不是从现成存在来理解世间万物的，至于此在，就更不是一个现成摆在这里的存在者了，此在是他将成为者。

我们由此可以看到，所谓本真时间，不是把时间当作跟我们无关、在我们身外不断流逝的东西，海德格尔是基于此在的生存来理解时间的。于是，时间不再是由过去、现在、将来一个个同质的瞬间先后相续形成的线性的、均匀流逝的东西，曾在、当前、将来结合在一个统一的立体结构里面。这个结构是：此在先行进入将来，在当下把自己的曾在承担起来。

此在先行进入将来，这一点，在此在有死这个事实那里看得最清楚。

死亡不是一个对生存漠不相关的终点，唯因为有死亡这个终点，生命之弦才绷紧了。没有张力就没有生命。绵绵无尽的生命是不可设想的，任何作为都有时机，如果生命绵绵无尽，我们今天做什么事情都跟明天做它一样，我们就不会有任何作为了。至少在这个意义上，生存的确可以说是"向死存在"。

向死存在揭示出：此在根本上是有限的。人的有限性是海德格尔哲学的主题之一，在后来的著作里，他经常直接用"有死者"（mortal）来称呼人。然而，沉沦中的众生却不敢直面人固有一死这个最确定的事实，即使在临终者的床头，"最亲近的人们"还无谓地告慰他，让他相信他将逃脱死亡，重返他沉沦于其中的各种事务。我们刚才讲到畏，现在海德格尔说，畏才能把此在唤向他的向死存在。心怀大畏者才能大无畏。死亡的空无把此在从患得患失中解放出来，敞开了生存的一切可能性，任此在自由地纵身其间。

本真的此在在死的眼皮底下昂然直行，把它自身所是的命运整个承担下来，毅然决然投入真实的处境。此在我行我素，摆脱了蝇营狗苟的偶然性，不再被它偶然陷入其中的种种事故牵着走。当然，此在实际上都决定要到哪些地方去，要做些什么，则不是生存论分析所能讨论的。陶渊明也许知其不可为而采菊东篱下，孔夫子则知其不可为而为之，鞠躬尽瘁死而后已。

无论从什么角度看，死亡都是个绕不过去的话题。不过，存在哲学格外少不了对死亡的思考。信仰某种宗教的人，可以把死亡看作通向另一个世界的大门，那另一个世界甚至可能是更好的世界。在传统的宗族社会，只要子孙满堂，后世一代一代有人祭祀，香火永续，一个人老了、死了，也没那么可怕。可是在存在哲学里，人靠不上上帝，靠不上子孙，人归根到底是他一个人。这也的确是现代人的真实状况。在元气饱满时，他自由自在，他特立独行，但代价是，元气流失的时候，他孤孤单单的，要单独去面对那种局面。总不能说，那时候我退回到宗教里去吧。自由思想最终要达到齐万物一死生的境界，否则，自由思想是残缺的，甚至是不真诚的。

《存在与时间》涉及的论题很广，存在论或本体论的，认识论的，伦理学的，历史哲学的。这篇讲稿提到了一些，还有很多没有讲到，例如语言、罪过与良知、解释学等。有些论题很深，有与无、时间、自我，这些都是很难理清楚的论题，我们也只是浮光掠影说了一些。此外，《存在与时间》采用的是建构大型理论的路子，一个大范畴分成几个小范畴，一个小范畴又分成几个更小的范畴，不同范畴又有对应关系，这个形式结构，我在这篇讲稿里完全没有涉及。

换句话说，这篇导论，只给出几个线头，很多重要的内容我都略过了。要了解《存在与时间》，当然还是要去读这本书。说到这儿，我还有个建议，我编写过一本《〈存在与时间〉读本》，我建议读者去读这个读本。我有时夸口说，这个读本篇幅小了很多，行文顺畅了不少，但这本书的基本内容应该都包括进来了。一般读者，不妨先去读这个读本。就像我们学微积分，都是去学教科书上的表述，不见得一上来直接去读牛顿或莱布尼茨。

当然，虽然《〈存在与时间〉读本》好读一点儿，读起来仍旧会有点儿难。好的哲学书总是有点儿难的。这里我又有一个建议。普通读者读哲学书，不一定要求自己完全读懂，你读了有收获，这是最重要的，不一定要计较你是不是读出了海德格尔的原意。不像哲学教师，哲学教师不能只讲自己的感悟，你讲海德格尔，不能离开他的原意太多。

最后我还要说明一点。海德格尔哲学，以及这一哲学的影响力，跟海德格尔的独特语言连在一起。他的语言的这种独特之处，在翻译成汉语的时候已经失去了很多，在这篇讲稿里则丢失得更多了。

好吧，我就讲到这里，剩下的就是自己去读书了。

六、答疑

第一讲：存在与此在。

问：为什么海德格尔强调人与事物间的操劳关系？

答：海德格尔所讲的"操劳"（besorgen）是从亚里士多德的"实践"（praxis）来的。他想突出人与世界的关系首先是人在世界之中做各种事情，而不是像近代认识论所突出的，仿佛人在世界之外静观世界、认识世界。

第二讲：世界与认识世界。

问：请再举一个类似锤子的例子，分析说明我们与世间上手之物的关系。

答：在《存在与时间》第 17 节，海德格尔讨论了一类特殊的"用具"：标志，例如路标、旗帜、汽车转向指示灯等等。我们不可把指示灯看作一种现成存在物，仿佛我们首先凝视它然后琢磨它的意义或指示。

我们首先处在行驶或过街之类的活动之中，标志恰恰是在这样的活动中作为特定的存在者显现，起到指引作用。通过对标志这类"上手事物"的分析，海德格尔还希望揭示用具中包含的互相联络互相指引等因素。

第三讲：共在与沉沦。

问：海德格尔说："常人一直'曾是'担保的人，但又可以说'从无其人'。"请谈谈你对第二段原话中"从无其人"的理解。

答:很多事情一哄而上,看起来人多势众,事败之后,如鸟兽散,似乎从没有一个人认真参与其中。

第四讲:进入本真生存。

问:海德格尔说:"我们是如此地有限,乃至我们简直无法靠自己的决定和意愿把自己带到无面前。"你认为海德格尔说的"有限"包含几层意思呢?

答:在一切方面都不要忘记人的有限性。最直白的是,人是有死的,不像希腊的神祇更不像基督教的上帝。人的感知和经验是有限的,理性能突破感知和经验的限制,但人的理性仍然是十分有限的。我愿补充说:没有人拥有无限的同情心、爱和耐力,所以我们要珍惜这些美好的东西,善用它们。

第五讲:时间是探究存在的地平线。

问:你怎么理解"死亡既限制了也决定了此在的可能性"这句话。

答:死亡限制了此在的可能性,这不须多说。但也由于这个限制,人才可能拥有真实的可能性,例如,在你父母的有生之年善待他们,例如,继承前辈为我们留下的精神遗产。

海德格尔《林中路》导读 ①

　　跟《存在与时间》不一样,《林中路》不是一本专著,是一本论文集,海德格尔在其中收录了他20世纪30、40年代的六篇重要文章,可以说,它们都是海德格尔中期的代表作。中文译本是孙周兴译的,实际上,海德格尔的中译本,大一半是他译的。

　　在一个授课单元里,我没办法把这六篇文章都讲一遍。我挑出三篇来讲。前两节讲《世界图像的时代》,中间两节讲《艺术作品的本源》,最后一节讲《诗人何为》。

一、科学

　　《世界图像的时代》一上来先总结了现代社会的五个基本特征。我们知道,希腊哲人通常认为他们探求普遍的、永恒的真理,他们不把希腊社会当成自己的主题,近现代哲人跟他们不一样,尤其是20世纪的哲学家,即使他们仍然相信永恒真理,他们往往也十分关心我们自己所处的时代,努力去理解现代世界是怎么回事,它是怎么来的,它会变成什么样子。这就是所谓现代性问题。

---

① 2018年1月。

在《世界图像的时代》里，海德格尔总结了现代社会的五个基本特征。这五个特征是：1.科学的兴起；2.技术的统治；3.艺术被归结为体验；4.用文化来理解人类生活；5.去神圣化。这五个方面，海德格尔在他的中期和后期，翻来覆去地进行考察。《世界图像的时代》这篇文章，主要讨论第一点，即近代科学的本质。此外也涉及第二点，即技术的统治。我这一节讲科学，下一节讲技术时代。其他三个方面，我们后几节会讲到。

近代世界的一个重大改变是科学的兴起，这通常被视作人类的巨大进步。人类是否在不断进步？在有些方面，可能会有争议，例如，我们的道德水准比宋朝人的道德水准更高吗？我们现在的艺术比希腊艺术更优秀吗？人们可能会争议。可说到科学，人们一般认为，进步是那么明显，无可争议。

海德格尔不接受人类不断进步的观念，他的很多说法，听起来像是说人类在不断退步，不说退步吧，那也只能说人类社会在不断改变，说不上进步还是退步。即使说到科学，他也持这样的看法。

在他看来，我们不能把近代的自然研究与古代的自然研究拿来直接比较，因为两者对"自然"抱有完全不同的观念。近代科学革命所实现的，不是简简单单的进步，而是一整套观念的转变，例如，位置转变为绝对空间，运动转变为位移，物体转变为质点。这些转变的总体结果是，我们现在能够用数学来刻画自然。

《〈存在与时间〉导读》曾说到，海德格尔把希腊人表示"理性"的 noein 一词译作 Vernehmen，意思是说，希腊人所说的理性，或得到正当理解的理性，并不是电脑那样的计算能力，也不是经济学里所谓"理性人"那样的计算能力，而是包含感知在内的能力。真正的理性是有感有情的认知。对无生命的自然现象，数学化的研究是可行的，虽然即使在这里，数学化的研究也只是偏于一隅的研究。可人们现在试图用同样的方式来从事一切研究，甚至对人文学和历史学，也想用数学来研究，那就完全不得要领了。海德格尔断言，在这些领域，"非精确性不是缺点"，而是这些学科的本质要求。

近代科学大量使用数学，所以，人们常常把近代科学叫作精确科学，好像古代科学不那么精确。但若我们考虑到发生了改变的是自然的整体观念，那么，谈论谁比谁精确没多大意义。对科学来说，只有可测量、可计算的东西才是个东西，用普朗克一句言简意赅的话来概括："现实就是可以测量的东西。"古代人不是这样看的，实际上，除了在科学那里，我们也不是这样看待现实的。所以，我们无法直接比较牛顿和亚里士多德，就像我们无法谈论莎士比亚和埃斯库罗斯谁更高明。

我们都知道后来库恩提出的"科学范式"，按照库恩的想法，牛顿的范式完全不同于亚里士多德的范式，两者之间无法通约，也无法比较。库恩的主张和海德格尔在这里表述的主张颇有几分相似，要说的话，海德格尔的叙事更加宏大，考虑的是存在者整体的显现方式发生了什么转变。

能否谈论科学的进步？范式与范式能不能比较？牛顿与亚里士多德的区别是否相当于莎士比亚与埃斯库罗斯的区别？在这些事上，我不认为海德格尔和库恩有充分的说服力，不过，他们的主张至少有助于我们不再简单地看待"科学的进步"。

在《世界图像的时代》里，海德格尔概括了科学的三个主要特点。

第一个特点是学问转变为专业研究。在科学之前的时代，学者们拥有广泛的知识和兴趣，探究多种多样的道理，科学兴起之后，世界被划分成一些固定的方面，由不同的学科加以研究，例如物理学、化学、生物学。每一个学科都有自己特定的基本概念、研究程序和解释框架。例如牛顿的《自然哲学的数学原理》，看上去它研究世上的一切现象，但它只从力学这个角度来研究这些现象，只讨论事物的机械运动这个方面。

近代科学的第二个特点是科学实验。近代科学高度依赖于实验仪器和实验技术，同时自豪地把自己叫作实验科学，把注重实验视作自己的一大优势。但在海德格尔看来，这只不过表明科学对自然采取了一种新的态度。在科学那里，实验取代经验获得了促进人类认知的核心位置。从前，人们整体地经验自然，而现在，事物被分解成各个方面，每一个学科都从一个特定角度来看待存在者全体，要求我们从这个特定角度来经验世界。在自然状态下，我们不是这样经验世界的，于是，科学实验是要改变事物的自然状态，把一些人为的条件强加给事物，在这些条件下，事物会提供一个特定方面的新信息，而它在自然状态下不会提供这些信息。这就是培根所说的，我们得"拷问自然"才能让自然回答我们的问题。与此对照，亚里士多德要探究的，是真正的自然，是处在自然状态下的事物，而实验所设置的那些条件，恰恰破坏了事物的自然状态。"自然科学"不再认识自然。

近代科学的第三个特点是企业化和体制化。科学越来越费钱，必须跟商业结合在一起才能持续发展。不过，海德格尔在这里所说的企业化，主要不是指科学与商业结合，而是指近代科学内部的发展。科学的企业化、体制化，早在韦伯就已经看得相当清楚，他说：科学体制正在把学者改变成学术"生意人"，他们没有自己的思想，只是一套制度之中的螺丝钉。刚才已经引用了海德格尔的话说，科学不思，到今天，科学中最主要的工作都是操作。海德格尔早在那时就断言，全部物理学都装在粒子加速器里面。这一点，今天看来更加明显。

海德格尔一生关心的，是存在的真理。"存在的真理"这话，用日常的话说，大致相当于"是真的""真的是""其实是"。真理，在今天大多数人那里，跟科学是一回事，真理就是科学真理——科学告诉我们世界真正说来是什么样子的。我们看到日落西山，但科学告诉我们，"真实的太阳"几分钟以前已经落山了。更确切地说，不是太阳落山，而是地球在旋转。我们看到的是罗密欧和朱丽叶相爱的故事，科学告诉我们的是基因寻找复制自身机会的故事。我们还不能说，此亦一是非彼亦一是非——科学并不是在讲述另一个故事，它声称自己提供的才是世界的真实存在。我们更不能说，科学无非是科学家们建构出来的世界图画，跟现实生活没有什么关系。汽车、宇宙飞船、苹果手机，这些都来自现代科学。所有这些全都是现实，科学实实在在地改变了地球和人。

我们不一定懂科学，但人人都看到科学改变世界的巨大力量。科学的这种巨大力量是怎么来的呢？如果用一个词来概括，海德格尔大概会选"客体化"这个词。科学把万物都放置到人的对面，成为对象或客体——海德格尔说："没有什么东西能够逃脱这种客体化。"科学把我们的生活世界转变为一个对象化的客体世界，而不是深入到人与自然的丰满本质之中。所以，无论科学取得了多么巨大的成就，对我们理解人类生存都没什么帮助。在海德格尔看来，只有艺术、诗、思想才能深入到人和自然的丰满本质之中，科学做不到这一点，据此，他口出惊人之语：科学不思。

像薛定谔这样的大物理学家也认为，科学把最重要的东西，心灵，排除到自己的眼界之外去了。他希望未来的科学把心灵包括进来。在海德格尔看来，这是不可能的。成也萧何，败也萧何，科学的所有巨大成就恰恰来自它把一切，包括心灵在内，都变成了客体。

海德格尔进一步指出，把万物都视作客体，这不仅是科学的一个特点，这也是整个近代世界观的一个特点，说起来，科学态度本来就坐落在整个近代态度之中。

与万物相对的，是人，人与万物面面相觑。跟把万物理解为客体相应，近代世界把人理解为主体。那边是客体，这边是主体。上一讲讲到，第一步，主体要去认识客体、把握客体，进一步，主体是要去支配客体。人为了支配世界才去认识世界。

人支配世界的观念扩展开来，不仅要支配万物，而且也要支配他人，他人也被当成工具或者"人力资源"。我们也许认为那是不对的，应该像康德那样主张，人是目的，谁都不应该把人当作工具。但即使康德这样的主张，仍然是把人当作了主体。把人从自己的小我里解放出来，放到社会之中，放到大我之中，这并没有摆脱"人即主体"的观念，甚至反过来更加巩固了这样的观念。用海德格尔的话说，这里出现的是"人的全球性的帝国主义"，在这种全球帝国主义之中，"人的主体主义达到了登峰造极的地步"。

科学曾经是哲学的一部分，18世纪的启蒙哲人总体上都为科学的进步欢欣鼓舞，把科学引为奥援，共同建设他们所向往的开明社会。然而，到了20世纪，不少人开始对科学的发展表示忧虑，海德格尔是其中一个突出的代表。

二、技术时代

上一节说到，《世界图像的时代》总结了现代社会的五个基本特征。首先是科学的兴起。其次是技术的统治。我们知道，无论中西，学问和技术从前都分得很开，做学问的是上等人、士大夫，从事技术的，无论什么样的能工巧匠，都是手艺人、劳动者。近一两百年，情况发生了根本的改变。今天的重要技术，都是基于科学发展出来的。反过来，发展新技术成为科学发展的强大推动力，上一节说到，近代科学高度依赖于实验仪器和实验技术，没有这些技术，就没有我们今天所知道的科学真理。据此，海德格尔认为，我们切不可以为技术只是科学的应用。固然，先发生的是科学革命，技术时代是随后到来的，然而，其实是技术的本质规定着科学的发展。一切真正的开端都是最后显现出来的。所以，海德格尔把当代社会的本质定为技术时代，而不是科学时代。

《世界图像的时代》主要讨论科学，对技术说得不多。这里结合他后来的论著稍做补充。

现代人拥有强大的技术，这是常识，把我们的时代称作技术时代，看来没有什么新意。但海德格尔说到技术时代，却是完全从另一种眼光来说的。简单说，在海德格尔看来，不是我们在支配技术，而是技术在支配我们。海德格尔感慨说，直到今天，人们仍然怀抱老掉牙的看法，把技术当作某种中性的东西，当作供人类支配的工具。但若我们睁眼看看现实，我们看到的却是，技术早就开始支配我们现代生活的方方面面。

现代技术从一开始就把自然视作榨取的对象，视作"自然资源"。这样一种态度，从培根的"拷问自然"到康德的"理性为自然立法"就已经出现了。这种基本态度带来的必然后果是，不仅自然不再是人类的家园，而且人类自己也变成了可供榨取的资源，变成了"人力资源"。

现代人在意的，只是那些能够用技术来处理的东西，不能用技术来处理、来利用的东西，就好像不再存在的东西。你用利用、摆布的态度来对待世界，你就不可避免地陷入被利用、被摆布的境地。技术是现代人的天命，现代人受到技术的摆布，这种境况，海德格尔称之为"技术阱架"（Ge-stell）。总之，我们再也不应该把技术看作为人所操纵的工具，相反，现代人早就落在技术阱架之中，技术拘囚着人，控制着人，使得人们找不到路径去经验该怎样生存的本真指令。

现代人说起技术进步，往往欣欣鼓舞，先是蒸汽机、飞机，后来直到人工智能、基因编辑。而海德格尔说到现代技术，听起来主要是从负面说的。就说吧，生物工程技术看来有望大大延长人的寿命，甚至有人说最后能让人长生不老，这该是好事了吧，不然，在海德格尔听来，这不像是什么好消息。人终有一死，这对人之为人是根本的，可如今，有死的凡人竟然想自己变成不死的神明。在当今的技术统治下，天地人神四大尽毁，世界简直不再成其为世界。

本来，世上万物有远有近，有疏有密。现在，技术不断缩小时间和空间的尺度。从前经年旅行难到之处，而今飞机一夜就到了；从前数年后才听得到的消息，收音机转瞬就告诉了我们。远古的文化放映在银幕上，我们坐在现代化的影院里观看。新兴的电视更大有垄断一切信息传播之势。但距离的缩小并不带来亲近，缩小距离的结果也许只是把所有事物都挤成一堆。在原子弹和氢弹里，能量被聚集了。一旦爆炸开来，可以把地球上的生命收拾干净。

有时候，海德格尔干脆把技术称作"原子时代的形而上学"。因为，可怕的不是原子弹，而是那要求把原子弹制造出来的技术本身。即使我们把现存的原子武器统统销毁，它们还是可以随时被制造出来。看到从月球拍回来的地球照片以后，海德格尔大吃一惊，他说道："我们根本用不着原子弹了，人现在已被连根拔起。人今天生活在其上的，已不再是大地了。"[1]

但干吗非要住在地球上呢？我们可以迁到别的行星上去嘛。实际上，在这个技术时代，人类确实把自己的全部兴趣和能量都投入到计算之中，算计着人怎样能够脱离地球，进入到"无世界性的宇宙空间"。然而，在海德格尔看来，只有在大地上，人才能营建栖居之所；只有营建起栖居之所，人才像人那样生活："从我们人类的经验和历史来看，只有当人有个家，当人扎根在传统中，才有本

---

[1]　海德格尔（Heidegger）：《讲话与生平证词》（*Reden und andere Zeugnisse eines Lebensweges*），维多利奥·克劳斯特曼出版社，2000 年，第 670 页。——编者

质性的和伟大的东西产生出来。"可如今，"无家可归成为一种世界命运"。技术的发展也许真能把我们带到银河系里的另一个行星上去。好吧，海德格尔回答说，假使这样的事情真的发生了，那也不是人到达了哪个行星，因为，那时候已经没有人了，人已经变成了机器，已经"从狂妄转变为疯痴"。

冤有头债有主，技术从哪里开始了它的狂妄统治？美国，苏联。在 20 世纪 30 年代的海德格尔眼里，美国苏联是两只乌鸦一般黑。"俄国和美国是一回事：同样都是脱了缰的技术狂热，同样都是放肆的平民政制。"①

带来技术统治的是美国和苏联，不过，要追溯思想的源头，这源头是在西欧。他说："美国主义其实是某种欧洲的东西。"解铃还须系铃人，要从技术的统治下解放出来，还得靠西欧，尤其靠德国人，因为德国地处欧洲中心，与此相应，"德国人的历史此在正是欧洲本身的中心"。德国人有可能发展出新的精神力量，引导人类摆脱技术统治的绝境。

可惜，结果不如人愿。二战以后，美苏成为两个超级大国。现代技术不断膨胀，占领了各大洲最偏僻的角落。尽管欧洲以外的居民往往对世界怎么发展到了这一步茫然无知，可是那些所谓不发达国家也照样一心一意忙着发展，忙不迭地服从技术世界的指令。人类进入了全球化的技术文明。 这个文明的特点是精神世界日益萎缩。

精神的萎弱早有苗头，而在 19 世纪上半叶变得相当明显。那

---

① 海德格尔（Heidegger）:《形而上学导论》(*Einfüehrung in die Metaphysik*)，麦克斯·尼迈耶出版社，1953 年，第 49 页。——编者

时候，德国古典哲学开始衰落了。人们把这称作"德国唯心主义的破产"。其实，并非德国唯心主义破产了，而是我们的时代不再有力量来承受这一精神世界的伟大分量了。人不再向高处攀登，因为不再有品级，不再有高低。此在开始滑入一个没有深度的世界，所有的事物都被摆布在同一层面上，摆布在表层上，就像一面没有光泽的镜子，反映出来的是一片空白，而不再是各种事物的互相镜映。

精神萎弱的首要特征是把精神曲解为智能，曲解为计算的能力。作为计算式的智能，精神沦为为其他事情服务的工具。精神仿佛只是所谓"现实"的附属物，最多只是一些文化摆设，用来装饰现实。其实，"精神才是承载者和统治者，是首先的也是最终的。"肉体的力量和美丽，斗士的信心和勇敢，理智的真切和敏锐，无不基于精神，随精神的起落而消长。

在精神萎弱的种种方面中，海德格尔最痛惜的是创造性的丧失。在他的作品中，充满了对创造性的敬慕和颂扬，对平庸的蔑视与憎厌。可现在，创造者伏匿了。人人都变成了群众，自由创造招来的只是憎恨和怀疑。在当代的精神没落中，"拳击手被奉作民族伟人，千百万人的集会成了凯旋。"而同时，创造者，如诗人、思想家，还只被当作不懂人生的怪僻人物保留着。

当代世界已经深深陷入技术阱架。我们不知道世界文明是否马上会被突然毁灭抑或它会在不断变化中持续一个长时期。我们不知道人类最终有救没救。

海德格尔有一处说，或许，俄国或中国的古老传统哪一天会帮助人建立对技术世界的一种自由关系。不过，单靠接受东方世界观是不行的。"思想的这一转变须求助于欧洲传统及其革新。思想只会通过具有同一渊源同一规定的思想才能转型。"

海德格尔也曾猜想，诗和艺术将提供出路。不过，一方面，我们还不曾想清楚技术的本质，但另一方面，艺术的本质也同样奥秘莫测。反正，现代艺术看不出有什么建设性。

但海德格尔也不是一无所知，他知道，若还有拯救，拯救者必定从阱架本身中生长出来。我们所能做的，是为拯救者的成长和来临作准备。怎么准备？那就是，不要盲目地被技术发展所裹挟，也不要无望地诅咒顽抗。要做的是不懈地深思技术的本质所在，尤其是注视技术阱架的威胁。这些工作，海德格尔称作"克服形而上学"。当然，我们不可能通过克服形而上学克服技术时代。没有哪个个人可能看透世界现状的整体从而能从实践上加以指导。思想与提供权威指示是截然不同的两码事。在他晚年的一次重要采访中，海德格尔说："哲学不能引起世界现状的直接变化。不仅哲学不能，而且任何纯粹人类的反思和努力都不能。"接下来他说了那句名言："只还有一个神明能救渡我们。"①

海德格尔对当代技术社会的刻画颇为生动有力。不过，我们在别的作家那里也能找到类似的刻画。更具海德格尔特色的是他对技术时代的深层反思。他提出了很多新颖的、有冲击力的论旨。技术就其本质而言不是中性的工具，而是世界的一种显现方式。技术发展到今天，不是人在控制技术，而是技术在控制人。技术不只是科学的应用，是技术推动着近代科学的发展。这些思想对后来的技术社会研究产生了巨大的影响。

----

① 海德格尔(Heidegger)：《讲话与生平证词》(*Reden und andere Zeugnisse eines Lebensweges*)，第 671 页。——编者

三、艺术的本质

前面两节讲的是《林中路》里的《世界图像的时代》一文，这一节和下一节讲这本论文集中的《艺术作品的本源》。

在他早期的主要著作《存在与时间》里，海德格尔没有谈到艺术作品。《存在与时间》里的中心是人，或此在，存在、真理等等都是从此在出发来讨论的。在这本大书里，除了人，其他东西都被看作是用具或器具。在这个格局里，艺术作品的确没有适当的地位——作品不是人，但也不是用具。进入 30 年代以后，海德格尔不再采用此在和用具这样的讨论框架，同时，他越来越经常地讨论艺术和诗。他一直关注的存在、真理等等话题，通常是通过艺术、诗等等来讨论的。当然，他讨论这些话题的思路，自然是从《存在与时间》那里延续下来的。

海德格尔的思路经常有出奇之处。他对艺术的看法也与众不同。与亚里士多德不同，他认为艺术作品不是对现成事物的模仿。与黑格尔不同，他不认为艺术作品是事物普遍本质的再现。"这普遍本质存在在什么地方？一座希腊神殿究竟与什么东西的什么本质相符？"[1]艺术作品不是附加在物的底基之上的审美价值或美感上层建筑。艺术作品不是一种文化现象。不是供我们鉴赏用的，不是供我们陶冶性情用的，更不是供我们消遣娱乐用的。艺术变成了文

---

① 海德格尔（Heidegger）：《林中路》（*Holzwege*），克劳斯特曼出版社，1977 年，第 22 页。——编者

化的一部分，只是艺术的堕落。20世纪的艺术，海德格尔一般都说成是堕落的甚至是具有破坏性的。

艺术作品不是上述这些，那么它是什么呢？海德格尔从描写一件具体的艺术作品着手。他选的是一座希腊神殿。

一座希腊神殿，它不摹画任何东西。它只是矗立于此，矗立于嶙峋岩谷之中。这座建筑环封着神的形象，环封掩蔽，同时又任这形象通过开敞的柱廊伸延而出，达乎神圣之域。有了这殿宇，神便可在这殿宇临现。神这样临现，这本身就是神圣之域的扩展延伸。……神殿这一作品第一次把种种路径与关联勾通聚拢，使成一统；而在这些路径与关联之中，生与死，祸与福，凯旋与耻辱，坚久与衰败，乃以命运的形态展现在人类面前。这种种业已开放的关联所御制的疆域，即是这一历史民族的世界。

殿宇栖立于岩基之上。岩石支承着殿宇，笨拙却无所迫求。高高矗立的作品从巉岩中从这支承中掬捧起一团晦秘。风暴肆虐在殿宇上；殿宇在风暴中屹立，才反衬出风暴的肆虐。山石闪着辉光；这辉光本来不过折射着太阳的恩赐，却复显示出白昼的明朗、天空的寥廓、夜幕的昏黑。殿宇横空雄立，一望无际的辽远便落入眼界。殿宇如磐屹立，与拍岸的浪涛恰成对照；它的泰然更衬托出大海的喧腾。树木和青草，鹰和野牛，蛇和蟋蟀，于是始获其各自有别的形态，从而如它们各自所是的那样显像。①

---

① 《林中路》(*Holzwege*)，第27—28页。——编者

海德格尔借着描述一座希腊神殿，表达出了他关于艺术作品的基本思想。一件艺术作品打开了一个场所，在这个场所里，天地人神前来聚会。这当然不是说，一座建筑要把天地人神都供在那里，一幅画要把天地人神都画在画里，而是说，一件艺术作品开启了一种视野，使我们能够看到世上万物的另一番景象。一座希腊神殿让我们看到的，绝不止是几根立柱，一片山墙，它让我们看到的，树木和青草，鹰和野牛，是生与死，凯旋与耻辱。梵高的向日葵远远不止于让我们看到向日葵的另一种样子，它让我们看到的，是世界的热烈生机。

我说"另一种样子"，这个表达不怎么准确。在我们庸常的世界里，事物的样子是扭曲的，我们看到的，是可加利用的东西，是我们可以用来算计的东西，而不是事物的真相。梵高让我们看到真相，看到事物的如其所是。再说一遍，梵·高展现给我们的，不止是向日葵的如其所是，透过这一株向日葵，我们打开了看到万物生机的眼睛。

梵高的向日葵展现了事物的真相，莫奈的向日葵展现的又是什么呢？世界的同一个真相吗？说到真相，我们一下子想到物理学真理，世界只有一个真相，那就是物理学揭示出来的真相。海德格尔说到真，说到真相，说的当然不是这个，仿佛世界的纷繁现象都是假象，它们背后的物理实在才是真相。倒不如说，纷纷繁繁的世界现象之中，有假象，也有真相。何为真，何为假，也不是凝固的，真具有历史性，真不断演变，在它的演变中展现不同的面相。

海德格尔一般地反对在现成状态中理解事物，更不用说艺术作品了。他一般地把真理理解为发生和演历。

海德格尔一向反对把真理理解为认识与实在的符合。他说他是从希腊的真理观来理解真理的。我们说真理，希腊人用的词是aletheia，意思是去除掩蔽，还其本来面目。之所以需要去除掩蔽，是因为事物的本来面目，我们自己的本来面目，首先与通常对我们是掩蔽着的。我们并非一开始生活在真纯境界里，后来学会了掩饰伪装；事情也并非一开始明明白白，都是后来被理论弄糊涂了。真纯的人格从来是从芜杂的环境中锻炼出来的，事物的真相从来是从纷纷芸芸的假象里识别出来的。而且，真纯的人格复会堕落；真相大白，日久复又暧昧。真，不像一个定理，一旦获得就不会再失去，而是需要"时时勤拂拭"的。

我们不可以把去蔽理解成某个单独的事物露出了真相。每一个存在者，它愈是从自己的真本性得以展现，其他事物也愈加随之得到展现。艺术作品之真，不在于它符合了现实，而在于它揭去了蒙在现实之上的日常掩蔽，透露出事物的真际。随着艺术作品展现的，不是所有事物的相似性，而是每一事物自己各个不同的本来面目。正是在这样的意义上，艺术和真紧密相关。

作品开启了世界，但这并不是说，世上万物都向我们敞开来了，可以让我们里里外外来透视、浏览。真实的存在者自有它固守自身、深藏不露的一面，而正由于世界现在开敞了，我们才明白它们是深藏不露的。我们休想通过分解或分析看到那一面。我们把大块岩石切成小块岩石，看到的还是岩石；我们把色彩分析成光的波长，它们就不再是五彩斑斓的色彩。科学把一切都拿来分析，以为借此就可以钻透宇宙的核心。聪明人以为把世情人心看得透了，人世间的真相就摆在眼前了。艺术却把奥秘作为奥秘呈现给我们，教会我们用不同于科学的方式也是深于科学的方式来认识真相。

艺术作品开启世界，是为了让我们看到世界里固守着自身的种种物事。恰恰因为岩石承载着神殿，岩石才作为厚实凝重的岩石呈现出来。作品所使用的材料并不消融在作品整体之中，恰恰相反，在出色的作品里，作品本身并不张扬，倒是让它所使用材料得以彰显。我们都强调一件作品是一个统一体，好像作品整体才是要紧的，材料服务于这个统一体。在作品里，退隐的是材料，张扬的是整体。海德格尔的看法正好相反：固然，作品是统一体，但这个统一体是为它的部分服务的。或者，倒过来说，每一个部分之所以需要统一体，因为它只有在统一体中才能彰显其自身。只有在梵高的画里，颜料才得以斑斓，只有在肖邦的钢琴曲里，音响才得以歌鸣，只有在荷尔德林的诗里，每一个音节才得以铿锵作响，每一个语词才得以诉说。

在统一体里，个体的优异之处才得以张扬，反过来，统一体是为个体张扬其优异之处服务的。海德格尔的这一基本思想，不限于艺术作品的讨论。我们不妨从这个角度来出发做更广泛的思考，思考社会与个人，思考什么是一个真正的统一体，什么只不过是很多东西的堆积。

我们已经看到，在《艺术作品的本源》里，真是核心概念。艺术的美也来自真。这说的当然不是模仿来得逼真，它说的是存在者如其所是的显现。这是一种纯净的显现。在我们的日常世界里，到处都是磨疲了的物体，灰头土脸，不再显耀，也不再照耀他者的个性。而当存在者是其本身，依其本真显现之际，存在便得以显耀。因此也是一种显耀。这一显耀就是美。

在这个上下文，我愿引用一位希腊学专家依迪丝·汉密尔顿的一段文字："希腊人想象不出有什么东西比真实的东西更美，更富有意义……希腊艺术家呈现神明之际，绝不愿借用一些神神秘秘稀奇古怪的特征，以使他们超离凡尘。诸神拥有的是人的形象，在希腊艺术家看来，这些身周的形象是最美丽的形象，无须修修补补再来表现神明。"[①]

在同期的另一部著作《形而上学导论》里，海德格尔对流俗的美学观念不屑一顾。在流行美学那里，"艺术是对美的东西的表现，而美指的则是令人愉快讨人喜欢的"。要找这种让人享受的美，我们最好是到糕点师傅那里去找。艺术享受、艺术鉴赏，这些都是海德格尔不能接受的俗套。这些话题就把我们引向他关于作品创造和作品葆真的讨论了。

四、作品的创造与葆真

艺术作品是创作出来的。讨论艺术，就不能不谈到创作、创作者等等。然而，谁要是期待海德格尔会从我们所熟悉的创作过程着手分析，他就对海德格尔还缺乏基本了解。首先，海德格尔认为，在伟大的艺术那里，艺术家和艺术品相比无足轻重。艺术家只不过像一条通道，作品通过艺术家进入其独立存在，而通道却自行消亡了。我们可以想想荷马、莎士比亚、曹雪芹，他们的作品无与伦比，

[①]　依迪丝·汉密尔顿（Edith Hamilton）：《希腊精神》（*The Greek Way*），诺顿出版社，1993 年，第 41 页。——编者

但他们是谁，有什么事迹，我们几乎一无所知。就说歌德吧，他曾经说：我的作品是署名歌德的集体创作。

于是，海德格尔绕开了我们平常所说的创作者、创作过程等等，他谈论的是真和真相落实在一件作品中的过程。上一节说到，艺术作品一方面开启一个世界，另一方面让隐匿者固守自身。作品的创作过程就是这两个方面的斗争。用海德格尔的语词来说，在创作过程中，世界和土地互相撕扯。撕扯造成裂隙。裂隙不是一条鸿沟，把世界和土地远远隔开，相反，正是沿着裂隙，世界和土地互相吻接，显示出二者是不能互相分离的。艺术创作的难处在于，一方面要让世界开放以容纳土地，另一方面又要允许土地保持其自依自存。最后的结果是，世界和土地的冲突被保存在作品的统一体之中。作为统一体的作品是安宁的，但这种安宁包含着张力和冲突，所以，整部作品是"运动的内在聚集和最高的动势"。

我们一直在说，海德格尔对"存在"或"是"的理解是动态的。某物存在，说的不是一个对象摆在那里，说的是某物从被遮蔽的状态显现出来。每一个存在者都是在一个意义整体里显现出来的，同时，一个存在者显现出来都照明了其他存在者。这一点，在艺术作品那里最为明显。德文里面表示作品的词是 Werk，它既是作品，也是工作、作用。作品不是摆在眼前的某种对象，某种物品，某种玩意儿，而是某种正在起作用的东西。

艺术作品怎么起作用？简单说，作品的出现使得我们司空见惯的事物进入了一种全新的光照。

每一件好作品都是独一无二的。科学试验关心能够不断重复的现象，工业生产成批生产出一模一样的产品；创作活动则是一次性的，不可重复的。艺术作品的独特性并不要求艺术家刻意去标新立异，这种独特性的根据在于：作品越是独一无二，它提供的光照越是新鲜。关键之点不在于作品的不同寻常，而在于作品的作用不寻常——作品使得寻常事物变得不寻常了，使得世界变得不寻常了。

作品的不寻常使我们这些寻常人转变了对世界和土地的习惯方式，使我们收束起流行的行为方式、评价、识知和眼界，以便延留于在作品中演历的真相。我们超出寻常之境，进入艺术作品初辟的新境界，这是一个新境界，因为真理现在展现出它的新面貌。一件作品照亮了一个或大或小的世界，为一个或大或小的世界提供了意义。

作品的另一个特点是独立性。这一点，拿艺术作品跟器具比较一下就十分清楚。器具不具有独立自依的存在——器具不是为它自身造出来的，而是为它的用途造出来的。用什么材料来制作它，这些材料怎么配置，都要看它服务于什么用途。实际上，器具用得越凑手，我们就越不注意器具本身是什么样子。一把锤子正被用得顺手，谁会在乎这把锤子是用什么样子呢？与此对照，作品是为它自身创造出来的，它采用如此这般的材料，这些材料以如此这般的方式配置在一起，这些都不是为了服务于作品之外的某种目的，而是为了它自身的完美。艺术作品虽然是艺术家创造出来，但若那是一次成功的创造，这件作品就非得是它所是的那个样子不可。"东风不与周郎便，铜雀春深锁二乔"——一首诗是不可能换个说法说出来的。前面说到，作品通过艺术家进入其独立存在，作品一旦创造出来，艺术家倒消隐了。这也就是人们所说的，作品有它自己的命运。

　　我们由此也看到，作品的独立性跟作品的独一无二是一回事的两个方面。一样东西是独立的，就是说，它自在自为，没有别的东西可以取代它。旅馆老板雇一个保洁员，只要他能好好打扫卫生就好了，他并不关心这位保洁员有一个什么样的自我。你交朋友就不是这样，没有哪个朋友能够取代另一个朋友，他们每一个都有他独一无二的性情，有他独立的自我、独立的生活。一样东西，一个人，独一无二、无可替代，你非得把他如其所是的那样接受下来，这就是它的独立性，是它的独立存在。

　　说过作品的创造，最后再说几句作品跟受众的关系。

　　当代人，尤其是城里人，"热爱艺术"的有很多，他们热衷于收集关于艺术品的种种情报，凡有展览，必定到场，这样，别人谈论艺术的时候，自己也能说上几句；即使独处的时候，他们仍然爱艺术，仔细欣赏一幅画作的奇巧神妙，或者聆听一曲音乐，带动起心灵深处的体验，默默流泪。我们说，艺术给人以美的享受。我们说，艺术带来心灵的体验，然而，所有这些说法，在海德格尔看来，不仅流俗，而且对理解作品的本性是有害的。

　　海德格尔不说欣赏、鉴赏、体验，他在这里使用的关键词是Bewahren，这个词平常是说收存、保存的意思，不过，海德格尔希望我们注意到这个词字面上说的是：使某物成其真，保持其真，葆真。前面说到，作品的作用在于它使得寻常事物变得不寻常了；所谓葆真，要从这里着眼，要从作品起作用的方式着眼。葆真是保护作品中呈现出来的真理，从而让作品作为作品起作用。葆真者不是鉴赏家，把作品放到自己的对面去欣赏、鉴赏。鉴赏家鉴赏一幅作品，靠的是对作品的熟悉，靠的是他积累了好多关于艺术的知识，而葆真者恰恰要把这些旧有的东西尽行搁置，以便进入作品开启的新境界。这时候，作品不是摆在我们对面的客体，我们被作品吸引，进入作品，去经验作品所开启的真理。

这里须注意，去经验作品开启的真理并不是要获得某种内心体验——那就把作品当成了用具，作品就沦为我们的体验的激发器了。作品始终保持自己的独立自在，不是为这个主体那个主体服务的工具。作品的作用不是让我们各自沉陷到自己的体验之中，而是把我们一道引到作品之中，共同归属于在作品中敞开的真理。

人们常问：艺术有什么用？艺术作品不是用具，它不像用具那么有用。但若艺术作品当真转换了我们看待世界的眼光，使得世界具有更高或更深的意义，那么，不妨说，这是无用之大用。

海德格尔的艺术论对很多当代艺术家产生了巨大影响。但也有人认为，哲学家讨论艺术，我们不能当真。一个理由是，哲学家不一定有多深的艺术修养。在《艺术作品的本源》这篇文章里，海德格尔讨论梵高的一幅画，梵高画的是农妇的一双鞋。海德格尔从这双鞋说起，说到晨露，说到土地与世界。他真能从一双鞋看出那么多内容吗？还有艺术史专家考证，海德格尔看到的那幅画，画面上的根本不是农妇的鞋而是梵高自己的鞋。

这段公案至今没有结论。但我们的问题是，我们要有多少艺术方面的知识才能讨论艺术？莱辛的《拉奥孔》是美学史上的名篇，但他并没有亲眼见过拉奥孔这件作品。温克尔曼被广泛认为是艺术史的奠基人，他的主导的艺术观念是从希腊艺术来的，但他没去过希腊，看到过的希腊艺术品不多，跟现在的随便哪个艺术史家相比也少得可怜。

这里无法展开来讨论这个问题，我只说一句：艺术家、艺术评论家、艺术史家、美学家、哲学家，他们是从多多少少不同的角度来讨论艺术的。这些讨论往往是互补的，而不是互相排斥的。而且，艺术说到底是我们的生活的一部分，所以，别说这个家那个家的，就是我们普通人，不是也经常为一部小说，一首歌，一部电影争得面红耳赤吗？

五、诗人何为？

在《艺术作品的本源》接近尾声处，海德格尔断称"一切艺术本质上都是诗"。这是一句惊人的断语。对这个惊人的论断，海德格尔做了不少讲解，但我们这里不去深究。实际上，海德格尔并不经常讨论绘画、雕塑、建筑，讨论诗的文著则很多。在《艺术作品的本源》之后，他就开始以荷尔德林诗为题授课，他后期的很多思想，都是借着对诗歌的诠释发挥出来的。荷尔德林是海德格尔最钟爱的诗人。荷尔德林是贫瘠时代的诗人——这个时代，众神遁走，只留下踪迹，在荷尔德林的诗里可以看到，贫瘠时代的诗人的任务就是寻找这些踪迹。可以想见，作为哲学家，海德格尔会认为自己做的也是同样的事情，只不过是以另一种方式去做罢了。《诗人何为》这篇文章就是对荷尔德林诗的诠释。当然，听众诸君一定能猜到，海德格尔的诠释不会是我们通常读到的诗歌解析，在他的诠释和讨论中，他继续思考存在、真理、技术时代这些主题。这一节里，我也不准备复述《诗人何为》这篇文章，而是谈谈他对诗的一般看法，以及他借诗歌诠释展开的一些主题。

海德格尔关于诗歌所说的不少内容，他在讨论艺术作品的时候已经表达过了。当然，诗与其他艺术形式不同，诗是通过语言表达出来的。不过，这不是说，语言已经现成摆在那里，诗人使用这种语言工具来表达他的思想。倒不如说，诗造就了语言。"本真的诗绝不是日常语言的某种较高品类；毋宁说日常言谈是被遗忘了的诗，是精华尽损的诗。"①

那么，精华未损的诗是什么样子的呢？让我们从诗歌与栖居的关系说起。海德格尔有一篇文章，题目是荷尔德林的一句诗，"人诗性地栖居……"。这句诗在中国很有名，我的朋友王炜在90年代开了一个民营书店，"风入松"一进门，就读到这句"人诗性地栖居"。

我们可以从德文词 Bauen 说起。这个词不仅指盖房子居住，也指播种耕耘，制造器物。加在一起，就是让人乐业安居。但仅仅有吃有喝，人还不算安居，因为人还没有获得人的存在。人固然须汗流满面才得糊口，但人之为人，受到神明的特别的眷顾，能够在劳作之际仰望天界。仰望天穹并不是要立地飞升，脱离大地，恰恰相反，正因为人居住、劳作在大地上，他才能仰望，天穹才高高在上，可供人仰望。所谓栖居，说的就是凡人居住在土地之上，天空之下，居住在天地之间。

---

① 海德格尔（Heidegger）：《在通向语言的途中》（*Unter Weges zur Sprache*），维多里奥·克考斯特曼出版社，1986年，第28页。——编者

人为什么要仰望天穹呢？因为神明居住在那里。人区别于鸟兽鱼虫，因为人需要神明，人以神性衡量自己。用海德格尔的话说，"人之为人，总已经以某种天界之物度量自己了。……神性是尺度，人依此尺度量出自己的栖居，量出他在大地上在天穹下的羁旅。"①

诗人的任务就是承接神明的尺度。在海德格尔看来，诗不是生存的装饰品，诗人写诗，也不是在表达他个人内心的喜怒哀乐，这些激情一时慷慨激昂，转眼又消失得无影无踪。海德格尔对诗的理解跟我们平常所说的写诗、吟诗差得太远，我们实在不能把他所说的 dichten 译成"写诗"，勉为其难，我把它说成是"为诗"。

为诗是怎样一种活动？海德格尔断称，"为诗即是为度"。②诗人为度，不是任性妄为，而是从神显现之处承接尺度。然而，我们凡人能知晓神意吗？不能，天意从来高难问。神不可知，诗人又怎么为度？海德格尔回答说："神明恰恰作为不可知者而成为诗人的尺度。"③这尺度不是神明本身，而是神作为不可知者公开的方式。那么，这尺度是不是太异陌玄秘了？是的，天上并没有画好现成的尺度，好像诗人可以找到这样现成的尺度，复制下来，把它交付给人民大众。诗人为度，也绝不是用某种已知的量度去测量某种未知的长度。诗人始终面对陌生的东西，他的本事恰在于他能把无形之道化为有形之象。这形象里就隐藏着尺度。神明以不可知者公开的东西竟能成为人度量自身的尺度，"全靠诗人把陌生之物纳入熟

---

① 海德格尔（Heidegger）:《演讲与论文集》（*Vorträge und Aufsätze*），维多里奥·克劳斯特曼出版社，2000 年，第 199 页。——编者

② 同上书，第 200 页。——编者

③ 同上书，第 201 页。——编者

悉的景观。"①

这里我引用一段海德格尔的文字,听众可以听听他行文的调子。

　　诗人把天空诸景观之光华、天之运行与和风之声息唤入歌鸣之言,以使之昭明振响。不过诗人之为诗人并不仅仅描述天地的外貌。景观使不可见者得以自现,作为陌生者自现并始终保持其为陌生者,保持其为不可知者……透过这些景观,神明令人惊异。在这种惊异之中,神明昭示其不间断的临近。②

　　荷尔德林问:"大地之上可有尺度?"他自答曰"没有"。③所以我们需要诗人。一方面,诗人截取诸神的无声之音,把它们变为有声之言传给他自己的人民。另一方面,诗人从民族的古老传说中听取对存在者整体的原始领会。这种领会多半在流传过程中磨得愚钝了,必须由诗人重新予以解释,使之重新振响。诗把这相向又相离的两方面结合在一起,诗人立在诸神和人民之间。

　　人们有时轻忽诗歌,说"那不过是诗人的想象而已",好像现实是硬邦邦的,诗歌则是轻飘飘的。在海德格尔那里,事情却恰恰相反,"诗人所言说的,诗人所承担起来的东西,才是现实。"④我们所

①　海德格尔(Heidegger):《演讲与论文集》(*Vorträge und Aufsätze*),第205页。——编者

②　同上书,第204—205页。——编者

③　同上书,第205页。——编者

④　海德格尔(Heidegger):《荷尔德林诗的阐释》(*Erläuterungen zu Hölderlins Dichtung*),维多里奥·克劳斯特曼出版社,1981年,第45页。——编者

谓的现实才是梦影呢。

是啊，如果我们终身匍匐在大地上，从不仰望天穹，那土地可能是硬邦邦的，太硬邦邦了，没有给人的自由留下任何空间。为诗松动了这个所谓"现实"。诗人从天穹承接尺度，用来度量大地，使得人能够建筑家园，安居乐业。人离不开大地，但他不是匍匐在大地上，人在大地上建造屋宇，以便他能够诗性地栖居在大地上。

海德格尔最喜爱的诗人是荷尔德林。他承认，荷马、索福克勒斯、维吉尔、但丁、莎士比亚、歌德像荷尔德林一样伟大甚至比他更伟大。但他自有偏爱荷尔德林的理由。首先，在他看来，荷尔德林明确地就诗的本质写作，所以他称他为"诗人的诗人"。其次，荷尔德林与海德格尔同属一个时代，同属一个"贫瘠的时代"。

这个时代之所以贫瘠，因为众神离开了这个世界。基督教徒仍然上教堂礼拜，但上帝却缺席。不仅诸神遁走，上帝缺席，而且，神性的光辉也从世界历史消失。时代已贫瘠到无力辨明上帝缺席的事实了。

诸神遁走，却并非丝毫不留踪迹。贫瘠时代的诗人，就有一种使命，引导我们寻求这些踪迹。

然而，在我们这个贫瘠的时代，众神隐遁了，生存的根据垮塌了，剩下的一片深渊，诗人还能到哪里去寻找神的踪迹？在这世界暗夜的时代里，诗人必须探入深渊，因为一切都藏匿在深渊里，神性的踪迹也必在那里。这是一场冒险。海德格尔断言：诗是一切事业中最危险的事业。海德格尔更以荷尔德林晚期陷入精神病状态这一实例佐证这一危险。关于这种精神病状态，海德格尔说，那是因为"诗人暴露在神明的闪电中。……过度的明亮把诗人驱入黑暗"。①

　　正因为诗人冒着最大的危险,因此,诗是一切事业中最纯真无邪的。"纯真无邪"并不是说诗是单纯的兴味娱乐。为诗这件事之纯真无邪,是用以保护诗人的。为诗实在太危险,不能没有保护。海德格尔说道:"假如诗人不被逐出日常生活之外,假如没有为诗无关利害这层表面来保护诗人不受日常生活之害,这种最危险的事业如何能生效如何能保存?"②

　　神明偏爱洁净,这一点,人们自古就知道。古人迎神,必先沐浴焚香。迎来的不仅是神明,迎来的是天地人神四大的友爱团聚。最后再引一句荷尔德林的诗来结束这个讲座吧:

> 只要友爱,这纯真者仍与人心同在,
>
> 人便不会不愿
>
> 用神性度测自身。

---

　　① 海德格尔(Heidegger):《荷尔德林诗的阐释》(*Erläuterungen zu Hölderlins Dichtung*),第 44 页。——编者

　　② 同上书,第 44—45 页。——编者

读《自由的进化》[1]

决定论和自由意志孰是孰非是最难缠的问题之一。决定论者主张一饮一啄莫非前定——凡事都有个原因，因此世界是决定论的，所谓自由意志只是幻象[2]，自由意志主义者坚持人的自由是实实在在的，倒推出世界不可能是完全决定好的[3]。第三派是所谓兼容论者，同时承认决定论和自由意志。的确，一方面，近代科学——宇宙发展史、生物演化论、脑神经科学——似乎无不在揭示世界的决定论本质；另一方面，我们谁都很难想象自己（和他人）实际上只是一台机器，很难想象当前发生的一切，包括我自己的一念一言一动，在宇宙大爆炸的时候都已经决定好了。就此而言，我们绝大多数人都是兼容论者。但要说明自由意志怎么一来就与决定论并不矛盾，可不是一件容易的事。

不难看到，决定论／自由意志之争直接牵涉到其他好多重要问题。如果一切都被上帝安排好了，个人还能为救赎做什么努力？如果我们所行之事都是前定的，还谈得上道德缺德、合法非法吗？若

---

[1]　丹尼尔·丹内特：《自由的进化》，辉格译，山西人民出版社，2014年。本文作于2018年。

[2]　可以参见萨姆·哈里斯思想平庸但态度强硬的《自由意志：用科学为善恶做了断》，欧阳明亮译，浙江人民出版社，2013年。

[3]　可以参见《自由的进化》第四章对罗伯特·凯恩（Robert Kane）的介绍。

谈不上合法非法，法律凭什么惩罚"罪犯"？

　　丹内特是近几十年超出学界对一般读书界最有影响的哲学家之一，他出版了很多半通俗的著作，其中好几部都与决定论与自由意志相关，这一部更是突出地以此为主题。丹内特是兼容论者，认为决定论与自由意志并不矛盾。他为此提供论证的主要思路是，如书名显示：自由意志是生物演化的结果。丹内特学识渊博，思想敏捷，能言善辩。丹内特在不少问题上别出新意，提供了巧妙的论证，这样的智者，在论证未见得成功之处，也往往有趣，给人启发。不过，他的写作有时失于芜杂——在我看来，在这本书里像他的其他著作里一样，作者有时候忙于抖机灵，反倒使论证线索变得芜杂起来，至于论证本身是否成立，则需要更专门的讨论，而且难免见仁见智。

　　我只在一个很有限的意义上认可决定论，并认为这个意义上的决定论与自由并不矛盾。单就后一点说，我也是兼容论者。但我不认为丹内特成功地论证这个主张。自由意志、自我、规范，这些东西是怎样演化而来，的确可以写成好多有趣的故事，但要讲出一个说明问题的故事，我们首先得恰当地理解自由意志这个概念。丹内特在这方面也做了不少尝试，但在我看来，他的尝试并不成功。这里无法展开讨论，只简单说一点吧。我像丹内特一样，认为这个问题的很大一部分困难来自对自由意志的肤浅理解，把自由意志设想成寓身在我们心里或大脑里下达指令的矮精灵，在当事人的言行之外指挥和评价这些言行。然而，我不能同意他所说的，要驳斥这种肤浅理解，首先要看到"大脑是个没有指挥的交响乐团"[1]，与此相

---

　　[1]　丹尼尔·丹内特：《自由的进化》，辉格译，山西人民出版社，2014年，第275页。

应，所有被想象为矮精灵做的事情，"必须被拆开并在空间和时间上分散到大脑各处"[1]，当然，随之，"你也必须将道德主体性分散到各处"。丹内特采取这一条论证路线，基于他的一个更根本的看法：自我的"去神秘化"，而去神秘化唯有一条路可走，那就是科学知识[2]。在我看来，他列为神秘化的主张，未必神秘，例如他所引的沃尔夫对自我的刻画，十分恰当，丝毫没有什么神秘之处。真要去除那些围绕自我的神秘化，靠的是概念探究而不是神经科学——科学所做的不是去除自我的神秘化，它所做的倒是连根去除自我。这一点，叶峰教授向来直言不讳：所谓主体，"本身就是一个人脑，即物理世界中的一个物理系统"，这必然导致"无我"的结论。[3] 当今的主流学界期盼神经科学为我们解开自由意志之谜，这在我看来是在往错误的方向张望。丹内特像他所要驳斥的论者一样，认为自我居住在大脑里[4]，仿佛侦探虽然还没有找到自我，但至少找到了他的寓所。但在我看来，只要把自我设想成住在大脑里，无论是作为乐队指挥，还是作为各司其职的演奏者，都从根本上想错了。自由，连同自我，这些概念是从社会规范方面获得的，也一直是从社会规范方面得到实际领会的。并非我们进化出了自由意志，从而能够肩负"道德责任"，自由意志本来就必须连同"道德责任"等才能得到理解。如果是这样，"自由的进化"就主要是个社会发展的故事，跟大脑结构没什么直接关系。

---

[1]　丹尼尔·丹内特：《自由的进化》，辉格译，山西人民出版社，2014年，第293页。

[2]　同上书，第338页。

[3]　叶峰：《从数学哲学到物理主义》，华夏出版社，2016年，第4—5页。

[4]　同上书，第301页。

思想增益元气 ①

汤唯：当今时代，科学占领话语权，哲学如何自处？何去何从？以及先生如何看待科学技术哲学这一门学科，是当今时代科学与哲学最好的结合吗？

陈嘉映：感知和思考按自身的逻辑起伏进退，科学和技术按自身的逻辑要求进步，不断进步，最后取得压倒的优势。何况，科学技术制造出有用的东西。哲学早已退下王位。这是好事，有利于不张声势、更真纯地思想。

智慧的一个要求是，不让任何一种智慧充当王者，来统治世界，统治自己。我们有智慧，形成智慧之友的朋友圈。智慧之光照射多远，不由我们决定。

科技哲学要么是协助从事科普，要么是思考在科技统治的时代怎样保护思想和感知的活力。

尚心：在科学横扫一切的时代，尤其是科学进步日益挑战原有人文观念的时代，人文学该怎样发展，人文学者该有怎样的作为？

陈嘉映：人文学在不断社会科学化，大势所趋；不过，只要你愿

① 2018 年 3 月 2 日《新京报·书评周刊》书面采访。

意，不见得必被大势裹挟。

摘星星的孩子：经常进行哲学思考、审视人生的人被认为是多愁善感，经常用科学数据进行分析的人才被认为是理性，明明这两者都是对现实世界的思考，只不过一个是量化的，一个是描述性的，可为什么现在的人只崇拜数据，却鄙视文字的描述呢？

陈嘉映：因为人们渐渐不那么在意在友爱的意义上理解世界，更在意利用世界。数据帮我们大力开发世界，利用世界。

缺了感受和思考，世界就索然无味了，然而，世界好像是为横冲直撞的人设的，不是为善感求真的人设的。也不尽然，想想希腊人。第一位的是活力，活力既是鲜活地感受、好奇，也是敢作敢为。不要盯着自己的感受，放开来去感知世界，不要盯着自己的善意，出手去为你在意的人多做点儿什么。

陈彬华：这些年多多少少读了些哲学的著作，很可怕地有了所罗门说的加增智慧的同时也加增忧愁。想问老师，究竟该如何面对尼采、萨特揭示的悲观一面后，再能够学会他们面对人生强大的力量呢？

陈嘉映：忧愁也不是坏事，只要你扛得住忧愁。要是快扛不住了，就别读哲学了，去看娱乐节目什么的。不说变得强大吧，说保护、增益元气。你觉得读哲学增益了整个人的元气，就读，觉得气短了，就放下。

谢玉：2015 年您在和周濂老师访谈里说："伯纳德·威廉斯认为，这种无所不在的反思会威胁和摧毁很多东西，因为它会把原本厚实的东西变得薄瘠。我们是否能够以及在什么程度上以何种方式不陷入过度反思，这是当代生活面临的一个很重要的问题。"您建议人应该多做事，多实践，《何为良好生活》的主题是建议人要多实践。但有时候反思也是一件挺费时间和心力的事情，我就有这个问题，您可以说说该怎么减轻过度反思，或把反思引导到帮助更好地实践上？

陈嘉映：瞎说几句，只说防止过度反思，不说反思不足。1. 我们循着道理反思，反思时，时不时停一下，跟自己的经验对勘。别只被道理领着走，因为我们认之为道理的，不一定是真道理、实实在在的道理。更不要事事"上纲上线"。2. 跟不那么好反思的人交谈，跟未经反思的想法对勘。3. 体会一下自己的生性有多厚，反思以不压垮生机为限。4. 参加足球、篮球之类的团队体育活动，要求你即时反应，即时与他人互动。归结为一点，用厚实的生存托起反思。

陈徐颖：箴言式的哲思到底在什么层面上有意义？我总觉得成体系、有坚实的论证过程的思考更让我信服，但不少哲学家也写了很多箴言式的哲思。我们该如何去阅读、理解这种哲学？

陈嘉映：像"成为你自己"这样的箴言，可以有无数不同的理解，深者得其深，浅者得其浅。很多人好道，但没有时间或心力去阅读、去理解系统的哲理，记一些箴言在心里，随自己的实践成长，时不时回味对照。这跟系统研习有坚实论证的哲学不是一回事，但从实践领悟来说，两者也会有殊途同归之妙。箴言也分好多种，像"己所不欲，勿施于人"这样的箴言，内容相当确定，可以视作一种系统伦理观的概括。

揭乐：我记得 2015 年您回首师大图书馆做了一期关于读书的演讲，提问环节有个女生问您文学理论和文学创作的关系。您说："做理论就是做理论，不会带动别的发展，理论只是学院的派生物。"我对此记忆犹新，想请问您能不能再具体说说理论到底对于我们的生活意味着什么？

陈嘉映："理论"的一个意思是概念层面上的反思，这是我理解的哲学，是一种重要的精神活动。一个意思是把握深藏在可见事物背后的唯一的实在结构，也就是科学理论。科学理论促生现代技术，技术改变历史进程。若在这个意义上看待哲学，哲学的理论化将误导哲学思考，接受哲学理论指导的人将伤害他的人生，如果从事政治，则将伤害政治实践。艺术和诗保持在可见的、可感的事物之中，抗拒对世界的唯一正确解释。文艺理论有多种类型，现在流行的理论往往喧宾夺主，不是围绕着作品生发，而是把作品理解成了社会学心理学理论的示例。至于创作的一方，我一时想不出谁按一种理论创作出好作品来。

谢东阳：在阅读中我发现哲学史的书写和学习似乎很少涉及哲学家的生平及社会背景，但文学史总会考虑到作家一生的经历。为什么我们几乎不从哲学家的人生经历去理解他们的思想而更多地从他对之前的哲学家思想的继承与创新来解读？

陈嘉映：你的问题很有意思，可以沿着它想很远，我只说个开头。你的观察大致成立。即使我们对荷马其人或莎士比亚其人没什么了解，我们至少很在意他们的时代背景。哲学家的情况更多样些，例如蒙克的《天才之为责任》，也许为我们理解维特根斯坦提供了不少助益。想来，是否关注母鸡，要看了解母鸡对理解鸡蛋有多大帮助。举个典型的例子：学习解析几何，不怎么需要了解笛卡尔其人及其时代。这跟我们的一般印象相吻合：在好多方面，尤其从个人性和时代性来看，哲学介于数学／科学和文学之间。数学史在更强的意义上是自成一体的问题史：后人解答前人未解决的问题。一件文化-思想产品，一方面跟具体经验相联系，一方面跟同类产品相联系。诗人、小说家、画家的创作，更多是处在特定时代中人的精神表达，虽然他同时也可能有兴趣回应前辈同行遇到的困难，发展他这个特定行当中的某些技术。

徐晓娟：我本科是学习哲学的，研究生研究康德的宗教哲学。我想问陈老师您觉得有没有一种所谓的哲学性格，就是感觉非常敏锐、细致，易于察觉事物或问题的丝丝扣扣。

陈嘉映：当然有。各行各业都有与之相应的禀赋。你列举了几项适合哲学的禀赋，还可以添上很多，例如视野宽阔。尤其独特的，是对概念差异（这该叫作"行动"还是叫作"行为"）和概念联系（"功能"和"目的"是怎么联系的）敏感；代价是对物质差异不敏感，对八卦不敏感。

郑锐君：前几天去香港，发现那边有吸毒人员，会聚集在天桥，行人不敢路过，对整个城市的文明、市民的生活其实造成了困扰。但是香港又是个讲究人权的地方，没有法律规定可以抓吸毒的人，只能抓贩毒的人。所以我很纠结，在这样的情况下，部分人的人权跟大多数人的生活诉求，该怎么去抉择和平衡。

陈嘉映：个人权利和当下集体利益时有矛盾。负责任的政府尝试解决这类矛盾的时候，不可能只是就事论事，必须在现行法律等一般社会框架下行事。现代社会总体上给予个人权利较大的权重，我个人认为，有时给予了过大的权重。但不管更重视哪一端，这类矛盾不可能完全消除。我倒觉得，一个城市不要太过追求整洁，这里那里有点儿芜乱并不是坏事，学会生活在这种环境里，心更宽，说不定还有一番乐趣。

陈杨：陈老师如何看待道德与自然之间的关系？道德更多是人对自然的超越与建构，还是自然与人类演化的一种衍生？换句话说，道德的确定性应该更多地从人类间的共识中寻找还是从人类演化历史中寻找？

陈嘉映：我相信实际生活中的道德追求是以社会共识为参照的（这是道德／自然关系的一种）。各个社会的道德形态和水准差别极大，此一社会中人很难依彼一社会的标准行事。在一个特定社会里，有道德追求的人努力比平均水平做得好些，有人多多少少好些，极讲究道德的人好得多些。即使自利受损，他们也愿意这样做。放长眼量，也不见得自利受损。一则，诚信有时是有回报的。二则，不走歪门邪道，多半会加紧锻炼自己的正经本事，这些正经本事多半也有回报。

但若去思考道德起源，恐怕必定要把演化论一道考虑进来（这是另一种道德／自然关系）。以演化论为背景来探究道德起源是一个理论难题。

江小鱼：我一直有个困惑未能解开，借此机会想向您请教。假设，是您在日本侵华时的沦陷区生活，您是有名望的学者，日本人以您全家及一个学校的学生的性命来胁迫您做校长，如果不做，就杀人，那么，这样的境况下，是否没有一个忠孝两全的办法？因为我知道，那些曾被迫为日本人做事的，都会被认定是"汉奸"，所以，为了保全自己的名节，就只能死么？可是，自杀以后，不是还会有别人来做么？是不是没有两全的办法？

陈嘉映：对生活在平顺时代的吾侪小民，你的问题很"虚拟"，但在动荡的年代，对那些处在潮头的人，这类问题可以实实在在。两全的办法恐怕没有。该怎么两难择一，恐怕也没有一般的答案。具体评价历史人物的选择，需要好多好多细节。但你的问题里有两点，我有比较明确的看法。第一个，我不做恶事别人也会做，不是我去做恶事的理由。第二个，我要是方孝孺，恐怕会向暴君屈服。当然，这有一部分是我无法深入骨髓地体会忠君观念的分量。大忠大勇的故事可歌可泣，但我承认我更多从一介升斗小民来设想自己的生活。跳开来说，平常时候，咱们都多少做点儿这个那个，改善我们的环境，防止暴君和暴虐局面出现。

丁雷：在今天，当现实与正义冲突时，追求正义往往会被认为是"单纯""不成熟"的表现。原本应该公平的驾照科目三考核中，拒绝绝大多数人都默认的潜规则，宁可凭自己实力的情况下不合格，也不要在输送利益后得到额外帮助而通过，这样不切实际的理想主义，是否有价值呢？而如果要破坏潜规则又必然会伤害一些被裹挟的人，又是否值得呢？

陈嘉映：我不是康德主义者，不认为有放之四海皆准而具体可循的道德要求。但各个社会、各个人都有些确定要求。我希望自己比平均水准做得好一点儿。

朱利安·巴吉尼《无神论》
中译本序言 [1]

作者说，他这本书的主要目的是"要为无神论的肯定性提供论证"。作者是西方人，是广义的"基督教世界"中人，在那里，过去很多很多个世纪，所有人都信仰上帝，今天，很多人不那么信了，或根本不信了，但愿意说自己是"无神论者"的，仍然不多。所以作者要提供论证，为无神论辩护。

大多数中国人不信上帝，似乎没必要为无神论作辩护。不过，作者提供的论证，涉及很多有意思的问题，例如帕斯卡赌注问题（帕斯卡说，即使我们无法确定上帝是否存在，我们最好也相信上帝存在，因为不相信的风险要比相信的风险大得多）。再例如，无神论本身是不是信仰？宗教跟道德是什么关系？什么能够充当有效的证据？这些都是一般的"哲学问题"。作者的论证有助于澄清一些常见的误解。

就拿宗教跟道德的关系来说吧。很多人叹息当今中国人道德败坏，叹息之际加一句，中国人没有信仰嘛，好像中国人若信上某种宗教，道德水准就能得到提升。作者的主张则是，宗教和道德满

---

① 2018 年 5 月。

是两码事。很多人听来会觉得这个主张相当激进，但我是一直同意作者的。要说宗教信仰，十字军骑士信仰坚定，ISIS 圣战战士信仰坚定，要举宗教之外的例子，那就举纳粹吧。我当然不是说，有信仰都会成为纳粹或者自杀式袭击者，我只是说，信仰不一定能带来更高的道德——除非你认为最高的道德本来就是坚定的信仰。我不知道中国人的道德水平与半个世纪前相比低了多少，但若当今的道德水准偏低，毛病不一定出在信仰不信仰上，救治之方未见得是让信仰坚定起来，更不是让信仰狂热起来。

再说说"无神论"这个词吧。上面说到，在西方，人们多半不愿意自称"无神论者"。这是因为，atheist 从构词上就带着否定性的前缀 a-。"无神论者"有强烈的针对性，似乎他蔑视宗教，敌视宗教。在通常语义里，还有否定道德，否定人生的意义之类的意涵。作者为无神论辩护，自然要辩明，把这些意涵加在"无神论者"头上是不公正的。不信仰哪种成建制的宗教，不一定要去敌视宗教，更无关乎道德不道德。只不过，语词的意涵多半不是经由一番理性辩证就能够改变的。我就一直不愿自称无神论者，但在这个上下文中的确不容易找到一个合适的词。反正，我不反对宗教——除非这种宗教鼓励杀人放火，而且，我一贯相信头上三尺有神明——唯当人这种动物能够抬起头来仰望什么，他才成为人。

本书篇幅不大，写得平白易懂，不需要先做导读。受命写序，就写以上几句吧。

答阿坚问"何为颓废精神"

老朋友阿坚喜欢瞎玩，例如想出个问题散发给朋友圈，我偶或应他一次。

问："何为'颓废精神'？"

答："颓废精神"？颓废不就是打不起精神吗？你编出"颓废精神"这个短语，看来心里藏好了答案，有诱供之嫌，我想象的颓废人是那样的：他有本钱积极上进过得烈火烹油，可这样的日子过腻了，或者还没去过看人家那样子先就觉得腻了，于是打不起精神去奔任何目标。我这么想象啊，没亲眼见过——我这一代人从小穷苦，没有颓废的本钱。

持自然态度面对生死 [①]

胡军军： 作为一个佛教徒，以我所接触的佛法经典，按照我个人的理解，佛法是在解决生死问题；请问哲学在解决什么问题？哲学对解决生死问题有帮助吗？

陈嘉映： 我知道佛教有好多宗派，好多不同的学说，但比较起来，哲学更多种多样吧。比如说像古希腊的哲学，你要是再加上把中国思想也叫哲学的话，那实在是特别多种多样，所以很难说哲学解决什么问题。总地说起来，从西方哲学来说，最早在希腊哲学的时候，它主要是探究本原的问题。这个本原当然可以从很多方面来想，比如说宇宙的本原，世界的本原，当然也包括人的本原，善的本原，等等。说到这里，当然就牵涉生死，但是我不觉得都是围绕着生死问题在讲。但也有哲学家认为哲学的根本问题是死亡问题，甚至自杀的问题，加缪会这么说。这个所谓自杀的问题，也可以说是解决生命的意义问题，我的生命有意义还是没有意义，这里有些和佛教的那种根本问题是相通的。不过，就像我刚才这么简单地说起来，角度还是有点不太一样，甚至包括解决自杀问题，也和一般

① 佛教徒胡军军访谈，2018 年 11 月 4 日，杭州。

的生死问题不是完全一样的。

胡军军：那么哲学对解决生死问题是有帮助还是没帮助？还是它就不在这个层面上来讨论？

陈嘉映：我觉得佛教把生死问题放在第一位，也许基督教或者伊斯兰教不完全是这样，我对每一种宗教的了解都不是很多，但是一般说起来，我会觉得宗教总是跟生死问题牵连很深很深。

哲学是一种反思，你可以说，反思从源头处跟死亡意识连在一起。史前的考古有很大一块是研究墓葬，史前人类安葬死者，有坟茔，坟茔有一定的型制，有陪葬物品，也有迹象表明，他们会举行特定的安葬仪式，等等，总之，那是人类文化的开始，或者说人类自我意识的开始。这样一种自我意识，在很大程度上，我想，就是宗教意识的起源。大致可以这么说，所谓自我意识的根本就是对死亡的意识吧。拿人跟其他动物来相比，这一点颇为突出。有些动物是不是也有某种死亡意识？动物学家也在研究，比如说鲸鱼或者大象等。但是，宽泛说来，其他动物大概是不知道生死的。那么人之为人，人之有自我意识，大概跟死亡的意识紧紧相连。

哲学的发生要远远晚于宗教。从希腊哲学的起源来说，它把人的生死放到一个可以说更大的问题里，放到整个宇宙的生命里。你也可以这么来说佛教，不过希腊哲人是基于一种自然态度来探究这些问题的，他力求这种探索跟我们对世界的经验能够相合。我们现在说到求真，是在这个意义上说的，所以我有时候会说哲学是系统求真的活动，大概会这样。

那么它对生死的事情会不会有帮助？我个人认为，一个好的哲学应该是有帮助的。信教的人，信另外一个世界，这种信仰对解决生死问题的帮助是挺直接挺明显的。实际上有很多人就是在大病或者在爹娘或者在其他亲友生死的那种环境中信上一种宗教的，这一点就足以说明宗教对这些事情有帮助。哲学呢？不一样。哲学思考是从自然态度出发的思考，所谓自然态度，差不多可以说，从此生此世出发，不借助超自然的世界，守在现世。即使像苏格拉底那样，似乎暗示有另一个世界，他仍然是从此生此世出发来论证的。守在这样一种自然态度上能不能够解决生死上的烦恼？这是一个问题，我有时说，坚守自然态度的思考能不能让人坦然面对死亡是对这类思考的终极考验。伟大的哲人无不经得起这种考验，从苏格拉底到维特根斯坦。华夏文化同样富有这种自然态度的资源，孔子、庄子、苏东坡，明显地，都始终秉有自然态度。他们把生死连到大河奔流，连到混沌初开，连到天地一瞬，他们显然都从他们的思辨中获得了这种，你可以叫力量，力量这个词稍微有点突兀，获得一种心量吧，就是坦然面对死亡的心量。

胡军军：您一定听说过佛教的一个法义，叫"涅槃"，您怎么理解"涅槃"？

陈嘉映：肯定听说过。谈不上有什么特别的理解，就是像普通一个不通佛教的人，听说过这个词，它的基本意思好像也理解，不知道佛教的学者会怎么理解，大致有一点像庄子说的"齐死生"吧，进入"道通为一""方生方死"的境界，没有什么再能够伤害他。我不知道涅槃跟圆寂的关系，涅槃应该是最高的境界，只有高僧大德能够进入这样一种境界？普通的佛教徒可能这两个都说不上？说到这时候我突然有点不明白，为什么普通的佛教徒就不说他圆寂，也不说他涅槃，是没达到那境界吗？

胡军军：佛法认为生命可以通过修行的方式抵达涅槃，所谓不生不死常乐我净的境界。您并不是佛教徒，请问您相信这种超越生死的价值观吗？如果不是，那您相信什么？

陈嘉映：以我对佛教的粗浅的了解和理解，它是更多讲无差别境界的，但是我个人，第一我看不见无差别境界，我看不见也感觉不到。当然，在某些特定的意义上，我能理解无差别境界，但一般说起来，我会看到差别，体认差别，你说无差别也很难打动我，因为差别就在那儿，其中当然包括生与死的差别，生死有别。我觉得这一点上，可能是自然态度和佛教的态度之间的挺根本的一个区别。

胡军军：我个人相信轮回，相信来世，相信净土，相信因果，这让我觉得我的存在是有意义的。请问您的有意义的存在，是什么标准？

陈嘉映：有些哲学家也讲灵魂不死，比较突出的是苏格拉底。在近代比较突出的有康德，康德他认为灵魂是不死的，在他看来，要是没有灵魂不死这样的一个预设的话，对善的论证就一定不能成功。我自己不接受康德的论证。但我会承认，人为什么要向善？人生为什么还有意义？等等。不接受灵魂不死，这些都会变得很困难。但有点像我一开始说的，哲学要求真，当然，任何一种宗教它也说它是求真，但哲学的求真指的是跟我们现在所有的知识能够相协调，跟经验事实能够吻合。我看不到灵魂不死怎么跟我现有的知识相合。不认下灵魂不死，可能使得人生意义和为善的问题变得更加困难，但困难不一定是个缺点。

困难是困难，未见得持有自然态度就不能坦然面对死生。在这一点上，比起苏格拉底，我觉得自己更多与庄子和苏东坡同道。人生在某个意义上本来就是无意义的，不过渺沧海之一粟，寄蜉蝣于天地，我们难免哀吾生之须臾。但此时此刻，江上清风，山间明月，洗盏更酌，却不因为吾生之须臾就没有意义。东方既白，韶华易逝，这我们知道，但苏轼说的偏偏是不知东方之既白，也许这不知才是大知呢。我年轻时候翻译《存在与时间》，书里一个核心概念，Sorge，熊伟先生译作烦，很传神，但我觉得最好不要把海德格尔跟佛家连得太紧，改掉了，好多读者抗议。要说的话，佛家似乎是要去烦恼，但在海德格尔看来，人生在世，烦恼是去不掉的，我们能做的，是如其本然把这个烦恼接受下来。我们哀吾生之须臾，那就把这个哀叹接受到吾生之中来。

人生很有限，人生的意义也很有限，但有限不等于无意义，在造物主之无尽藏的背景下体认自己的有限，这是意义。眼光拘囿于有限，人生的确怪没意思的，但我也不靠把自己的短短一生延伸到永恒来获取意义。我只取今晚的清风明月，但今晚的清风明月自连到造物主之无尽藏。

胡军军：所以这个求真的态度，您认为还是相对来讲是有意义的？

陈嘉映：求真的态度我认为肯定是有意义的，但是刚才我说的有意义还不只是说求真的态度有意义，而是说一般自然态度下的生活是有意义的，哪怕我的生命我的生活很短暂，此前没有，此后也没有了，就这么几十年，而且这几十年里也没什么大的事儿，没有跟什么更大的意义连在一起，它就这一小块，它也有点意义，我大概就这意思。我希望我们能够满足于这么一点意义。

胡军军：东方哲学和西方哲学最大的区别在哪里？除了佛法对生死的解剖，我也很心仪庄子阐述的洒脱的生死观，在西方哲学里有类似这样的生死观吗？

陈嘉映：东方包括印度吗？你也许主要是说中国。跟中国思想相比，西方思想更加是好多思想源流的总称，最突出的是人们常说的，希腊思想和希伯来思想。我们谈论东方思想和西方思想的时候，一定要记着这些。中国思想跟西方思想的差异很多，很根本。我刚才说，希腊哲学一开始关注的是本原问题，世界的本原，人的本原，善的本原。从流传下来的记录看，一开始，宇宙论意义上的本原占据核心地位，几乎所有哲人的著作的名称都是"论自然"，当然，这些著作本身都失传了。到苏格拉底那里，有个转折，把注意力集中在善的本原上。粗说，苏格拉底开始把人的问题放到了哲学的中心地位——灵魂是怎样构成的？良好的城邦应该是什么样子的？何为良好生活？宇宙本原的问题，先秦思想家很少考虑，从孔子开始，核心问题是怎么来建立良好的社会秩序。墨子、老子、孟子，这都是核心问题。在庄子那里这倒不是核心问题，他看来对良好政治绝望了，所谓政治、所谓道德不过是弱肉强食的一种掩饰。他关心的是在恶劣生态下的个人，这个个人怎样不被恶劣的环境吞噬。我们说老庄老庄，其实在古代的时候并不称老庄的，《史记》

里老庄也不放在一起。后来的道家才把老庄放在一起。我觉得庄子是个异类，他对当时的政治取了一种绝对叛逆的态度，他不是站在统治者一边考虑怎样建立良好的政治秩序，而是在考虑一个自由人怎样才能不被恶浊的社会环境同化。

我这样说到政治和个人，可是，希腊人的政治观念跟先秦人的政治观念又有很大差异。古典时期希腊人的政治思考是城邦本位的，柏拉图思考政治和个人，往往复复拿城邦的结构和灵魂的结构比照，中国人没有这样的参照，他不大会去考虑灵魂的结构。

我不是思想史专家，这些完全是个人读后感。而且，西方思想，中国思想，都经历了很多根本的转变。例如，到了宋朝的时候，思想家考虑问题的方式跟先秦哲人就很不一样了，他们的一个根本关切是要对佛教思想作出回应。当然，他们仍然借助先秦的思想做出回应。从这点说，可以说有一个比较完整的中国思想传统。可以从不同的角度来刻画这个传统的特点。一个比较常见的角度是说，西方思想是外在超越的，中国思想是内在超越的。基督教的上帝是超越这个世界的，不过，即使在希腊哲学里，已经有这个超越者的影子。希腊人本来是崇拜诸神的，希腊哲人对这种多神崇拜提出质疑，有的哲人从根本上质疑神这回事，有的哲人仍然承认 devine 这回事，承认神性的东西，但这个 devine，渐渐被理解为一个唯一的神，从 gods 变成 God。到希腊化时期，在普罗提诺那里，在斯多葛哲人那里，他们的神的观念跟基督教的上帝很接近了，实际上，他们的思想后来汇入了基督教思想，或者说，基督教思想在很大程度上吸纳了晚期希腊的思想。

跟这些思想相比，中国思想可以说完完全全是此世的，this-world-ness。后来讲中国人的精神也不是没有超越，那么叫作一种内在超越，人人都听过这词。内在超越在字面上不那么协调，是吧？——超越、超出，从内部到了外部。不过，内在超越有它一套说法，也蛮有意思的。这里不详谈，反正，人们常用外在超越和内在超越来刻画中西思想的区别。退回来说，不管用不用超越这个说法，中国思想更明显地保持在 this-world-ness 这里。

至于西方有没有跟庄子类似的生死观，我真不知道谁是最接近的。单说洒脱呢，洒脱的多了。苏格拉底就很洒脱。雅典人判他死刑，喝毒酒，他的弟子要想办法让他逃出雅典，他拒绝了，他坚持说，城邦的法律不可以被私人取消，即使对他的判决不公，逃亡也是以错对错。他喝下毒酒前，他的学生朋友围着他，都很悲伤，苏格拉底却谈笑风生，继续讨论正义、至善、灵魂不死这些话题。神是我们的主人，死亡也是听从神的召唤，谁知道呢，也许我死后去的那个地方比咱们生前待的地方要更好些。我还可以提到一个思想家叫伊壁鸠鲁，你可能也听说过。伊壁鸠鲁被认作是在古代世界比较少见的一个所谓唯物主义者，我们都知道马克思的博士论文写的就是伊壁鸠鲁，也许唯物主义是伊壁鸠鲁吸引他的一个方面。伊壁鸠鲁也谈论神，不过，他认为神并不关心我们这个那个的，神不干预世间的事物，所以也有人认为他其实是无神论者。在当时，在后来一段时间，伊壁鸠鲁的影响极大，有哲学史家认为殊不亚于柏拉图和亚里士多德，只不过，后来的世界是基督教世界，柏拉图、亚里士多德虽然是异教徒，但他们毕竟是信神的，他们的思想跟基督教思想有相通之处，伊壁鸠鲁的思想就太不正确了，很多世纪里基本上不传了。伊壁鸠鲁在本体论上是持原子论的，他思考生死问题也基于原子论。身体和灵魂都是由原子构成的，原子以特定的方式组合起来，形成了身体和灵魂，形成了我们，形成了有感知的生物，死亡说的是这种组织形式瓦解了，瓦解之后，身体和灵魂就不存在了，人死了，原子还在，绵绵不绝，但没有什么东西能感知死亡了，所以，死亡跟我们无关。这个思想跟庄子在《知北游》里说的确有几分相似，"人之生，气之聚也，聚则为生，散则为气"。[1]

当然，你可以说，死亡跟我们还是有关系，死亡跟死人没关系，他不能感知死亡了，他死了，他什么都不知道。但我们不是死人，我们活着的时候会去思考甚至感受死亡。死亡跟已经死去的人没有关系，跟我们活着的人有关系。

要是只提一个西方思想家，我会想到伊壁鸠鲁。反正我个人特别喜欢庄子的人生态度，也特别喜欢伊壁鸠鲁的人生态度。

胡军军：以我有限的对西方哲学家的了解，似乎他们总显得沉重，像尼采等人，而我想到中国的王阳明等人，就有豁然开朗之感，我年轻的时候是很迷恋西方文化的，反而中年以后重新认识东方文化，才发现老祖宗留下的宇宙观世界观有那么多可品味和效仿的地方。您是一直在追随西方哲学的精神吧？东方哲学一直没有引起您足够的兴趣吗？

陈嘉映：我不知道该怎么比较。庄子似乎特别通达，但你细读庄子的话，他可能是对人生的苦难或者政治上的黑暗感受最深，有切肤之痛。孔子当然也通达，但那种知我者其天乎，也够苍凉的。

---

① 《庄子今注今译》，陈鼓应注译，商务印书馆，2007年，第646页。——编者

我还可以举好多例子，但我不知道举出来有多大意义。

倒也可以说，西方思想家有它更沉重的一面，我会说，西方思想注重结构的探究，行星是在什么样的整体结构里运行的，城邦的阶级结构，各种政体的结构，灵魂的结构，概念的结构。中国思想很少去探究这些结构。探究结构的真相很辛苦，需要更艰苦的思考。从精神气质上说，西方人更多开拓性，中国人更多守成，偏于享受，我不只是指所谓物质享受，也包括精神上文化上的享受。我这都是信口说说啊，你就这么一听。我个人很愿意中国思想里能增加结构探究这个维度，让中国思想变得更丰富，更实在。

胡军军：所以您对东方哲学不是说没兴趣，只是说没有把它作为一个研究的方向。

陈嘉映：中国的东西我读得不少，后来这些年读得少一点。年轻的时候，诸子啊，唐诗宋词啊，都读。有一次，我在华师大的时候，跟几个做中国哲学的，喝酒喝多了之后，我们就开始胡扯起来了，你一句我一句引些诗文之类的。他们做中哲的朋友，当然他们是年轻人了，他们说陈老师对这些文本比我们还熟悉。年轻的时候读的这些，记住的多一点。

我后来的确读西方的东西更多。也可以这么说，我从小生活在中文里面，一辈子生活在中文里面，更多去了解那些我本来不是生在其中的，是件好事。可能跟另外很多东西也有关系。年轻的时候，对西方的政治制度充满了向往，比现在的向往要强烈得多。后来当然会看到西方的政治制度的更多缺陷，但那个时候是这样一种态度。这样的一种态度会让你觉得西方的思想家对政治的、对人生的论述来得更加贴切。这我在课上也常讲,西方的政治思考和人生思考的一个核心是个人的自由和权利。这个观念中国人没有——我说的是政治上的个人自由,这两千多年都没有,我觉得你再怎么弘扬中国的文化,这一课,我觉得作为一个现代人是非补不可的。

胡军军:您理想中的死亡状态是什么样的?

陈嘉映:死亡有几种,一种突然死亡,正在买火车票的时候心脏病发作,前两天听到一个朋友是那样。没什么可说的,应该说挺幸运的。还有一种,一个老人,八十九十,睡下了,第二天早上没醒来。这叫作纯自然死亡。这些都比较少有,大多数人都经历了或长或短的痛苦折磨病痛之后而逐渐死亡。

我想象我不会幸运到那样子,突然心脏病发作,或者躺下去就没醒过来,我觉得我没修到那么好。我还是把自己想象成第三类吧,像歌德那样,他是1832年过世的,1749年出生,他到83岁仍然骑马出行,骑马着凉了,回来后发烧生病,一周之后去世。我觉得能修到这样就非常好,受一点折磨,但是很短暂,也不是折磨很深。

胡军军:说到"修"字,我觉得是我们佛教徒经常用的一个字眼。那么哲学家如果要替代的话,应该是用什么词汇,更加接近你们的习惯?

陈嘉映:"修"这个词在佛教里用得多,但在儒教里用得也很多,修身养性本来是一个儒家的态度。我说汉语,汉语在这里就是说"修",不是从佛教来的,可以做一番解释,但没有哪个词来代替"修"。

总的来说，西方哲学跟中国思想比较起来，它的智性追求要更突出一点，就是要把这个事情弄明白，有时候，智性追求会占有压倒性的优势，比较典型的是现在的分析哲学，讨论的一些问题，讨论的方式，你怎么都看不到跟个人有什么联系，哲学变成一种纯智性的追求，乃至于最后变成一种智力游戏。有这种倾向，但是大哲学家没有这样的。拿哲学跟科学相比的话，任何哲学思考都是和人生和你的生活相联系的，它是很强调智性，但从来都不是一种纯智性的活动。硬说，那是要让"修"变成充满智性的"修"吧。

胡军军：您有过濒死经验吗？

陈嘉映：那种濒死我没有，就是说病得要死那种。或者像陀思妥耶夫斯基那样，他已经上了绞架，这时候沙皇的特赦令到了，就这么巧。这些濒死经验没有。另外的，我不知道叫不叫濒死经验，比如说从悬崖上摔下来。我觉得不像濒死经验，但它是平常不大有的那种感受，是种特别的感受吧。

我有过一段描述。我跟两个美国朋友到一个叫作 Capital Reef 的国家公园去，冬天没什么人，我们去滑雪，那种野外滑雪，cross-country skiing。到一座山边上，解下雪橇，开始爬山。两片山壁之间有个不宽的裂缝，我想从这个山壁到另外一个山壁，我想悠过去，我觉得悠起来我能够着对面。悠的时候，那是砂岩地带，石头断裂掉了，人就这么掉下来。我后来算了一下，用自由落体公式算过，我现在忘了，我算过大概七八十米，大概掉了几秒钟。挺幸运的，不是一直到底的悬崖，到了一半它就变成了个斜坡，所以我先是垂直掉下来，后来是沿着斜坡上往下滑。但是断掉的那块石头跟下来了，砸到头上，把头砸裂了，现在头发都白了看不出来了，以前黑发的时候就那里有一撮白头发。

就在落下来的几秒钟，有一种平常没有过的体验。那几秒钟什么都没想，但是你看到冬天的阳光打在岩石上，岩石上有绿色的植物，很细小的植物，山岩的裂缝、光泽，都看得特别清楚。脑海里浮过了很多很多，你觉得在三四秒钟里绝对浮现不了那么多的镜头或者印象。现在有点年深日久了，我记得当时好像说，有点儿像从前的几十年的重要镜头都在眼前闪过，而且还挺从容的，不是那种快闪镜头。没有恐惧，一点点都没有恐惧，没有想到生死，来不及想那么多。

胡军军：落地的那一刻有感觉到身体的苦痛吗？

陈嘉映：没有，脑袋砸裂了也没有。那两位朋友在另一侧，一男一女一对夫妇，他们叫我叫不应，就开始找我。说找到我的时候，我是无意识状态。我自己觉得我始终都保持着意识状态，看到他们走过来，此前也听到他们一直在叫我的名字，还在想：我不回应，他们能不能找到我这里？但没苦痛的感觉。

胡军军："无常"是佛教里经常强调的，西方哲学范畴里有类似的词语可对应吗？哪些哲学家用到过像"无常"这样的概念？

陈嘉映：非常之多。我个人的体会是，希腊哲学的一个很重要的起源就是面对无常——希腊人对无常的感受还格外强烈。为什么希腊人对无常特别敏感？我觉得好多原因。第一个，希腊人特别有活力，他们对什么都有强烈的感受。第二个，希腊人几乎永远在打仗。《伊利亚特》好几十处写到，一刻前他还是个英气勃勃的男子，下一刻他滚进尘埃里，双眼罩上了黑暗。还有，希腊是个航海民族，跟农耕比，航海更是时时要面对无常。这让我想起威尼斯帝国，商队和商船出海，每一次出海，全威尼斯人都出来送行，教堂开始鸣钟，然后这条船驶出海港。那时候也没微信，船一出去你不知道下落。说是一年为期的，一年它可能回来了，但一年也可能没回来。它也可能第二年回来也许第三年回来，也许永远不回来了。你读到这类描述，印象深刻，比起农耕民族，他们对命运无常的感受实在是格外鲜活。

西方人的信仰、上帝、灵魂不死、至善、道德，我在课上也讲过，这些在好大程度上本来可以看作对抗无常的努力。你信共产主义，我们也能想象达到这样的效果，宗教信仰这样的效果。刚才说到"修"，比如像庄子，修炼最后修到"无待"："列子御风而行，犹有待也"，列子能驾风而行，庄子说，这个本领高，但是还没高到头，因为他"犹有待也"，他还需要某种东西，最高的境界是无待，修到啥都不需要了，修炼到那种绝对不受命运影响的境界。我自己不相信能修到无待，但能够修到，用个比较鸡汤的说法吧，接受无常，与无常和解。

胡军军：西方哲学里有没有提到过"圆满"？

陈嘉映：很多。我甚至觉得西方哲学可能比中国思想更突出圆满。柏拉图的最高理念，亚里士多德的沉思静观，阿奎那的至福。他们对绝对者有一种信托，比我们中国人更信任。这些比较当然都过分笼统。孔子就不怎么讲"圆满"，他讲"知其不可而为之"的那种。我特别推崇孔夫子那种人生态度。

胡军军：我是第一次听到您居然是这么喜欢孔子的。

陈嘉映：从自然态度讲，拿哲学跟宗教比，我会觉得哲学更是自然态度；在思想家里面，你要让我举自然态度的典范的话，我可能最先想到的是孔子和庄子。他们两个差别很大，但都是自然态度的典范。孔子的自然态度体现在好多方面，最简单的，孔子不言怪力乱神，《论语》里还有一处说，他不言性与命。其实《论语》里有时也说性与命，不过，在孔子那里，性与命就在具体的事情中，不是跳出来讲性与命。他不言怪力乱神，他说要敬神，祭神如神在，不是说假装有神，是说祭这件事本身是件恭敬的事。孔子有他的道，吾道以一贯之，他的道大了，在中国传了两千多年，但他在颠沛流离的时候，听到人家在那里骂他、讽刺他，他就派学生把这人找来，听他们怎么说的。听了，孔子说了那句著名的话：道不同不相与谋。他有他的大道，但他不说他是唯一的道，多数哲学家、宗教家都不是这种态度，他如果有一个道，那就是 the 道。好像只有孔子说，这道嘛，我有我的道，别人有别人的道，我就行我的道。

胡军军：您有本著作叫《何为良好生活》，请用较短的篇幅阐述到底什么是良好生活？

陈嘉映：那本书，别说较短篇幅，那么大长篇幅，我也没回答这问题。因为没有一种唯一的良好生活，有好多种良好生活。那本书写的是，当一个人追求良好生活的时候，他恐怕会要想何为良好生活这个问题，虽然我们设想的良好生活不尽相同，但是我们的思考肯定有交集。那么我提供出我的思考，可能这里那里能帮上你想。大概是这个意思。

胡军军：作为一个哲学家，您最大的困惑是什么？或者您面临最大的课题是什么？

陈嘉映：未见得能说得很好。我开始读哲学的时候是有这么一个问题：这世界是不是一个纯粹必然的世界，或者说决定论的世界？碰巧呢转了一圈，我最近这两三年又在集中思考这问题。硬这么说的话，也许这是真正缠绕我的问题？能这么说吗？我不知道。

胡军军：能简要说说这个什么样的问题吗？

陈嘉映：每个问题都跟别的问题套着，没有一个单独的问题。但你有时候可以用一个题目把它集中一下。这个问题描述起来不难，起步不难。比如说这杯子掉地上了，或者是我把它推到地上了，或者风把它刮到地上了，或者是桌面上有水这么滑，总而言之，有个原因，不会是无缘无故就掉到地上了。为什么桌上有水，为什么起风，当然也是有原因的。追到头来，每件事情都被此前的原因链决定好了。

但若这世界是个被充分决定的世界，我们就面临另一套问题。比如说我们以为至少有时候我们是自主的，有自由的。我自己可以决定把杯子放在左边还是放在右边，但是决定论会告诉你说：是的，看起来你好像在做自由选择，但你这么选择，是你脑子里神经早搭好了。你认为的自由选择，其实都已经被决定好了。可是我们就觉得，如果这样的话，我们的生活还有什么意义？——要是在大爆炸发生的那一刻起所有的事情都已经决定好了。大概是这样。

再举个例子。我们觉得一个人有德，另一个人，强奸犯，强奸之后他还把人家碎尸，我们觉得特别义愤。但决定论会说所有这些都在大爆炸那时候就决定好了。人被他的神经系统和社会环境决定好了，他是个无赖，但是你看看人家生活在贫民窟，七岁时候父母离异，诸如此类的，他干出这种事，这都是由社会条件决定好的。你是个道德君子，当然了，你从小衣食不愁，你爸妈都是教授，所以你自然就被培养成这个样子了。其实两个人有什么差别？那也是一种无差别境界，高低好坏之分都只是表面。

胡军军：您通常用什么手段来解决您的各种烦恼和苦闷？

陈嘉映：各种各样的烦恼，当然用各种各样的办法，但有个比较一以贯之的办法，那就是忍着。我年轻的时候读《浮士德》，有好多金句印在我脑海里头。其中一句是这样：我真是不耐烦这世界的一切，尤其不耐烦的就是忍耐，尤其不能忍耐的就是，人要忍耐。

胡军军：日常生活里，我们总是喜欢用缘分这个词，哲学家相信缘分吗？

陈嘉映：每个人都有对缘分的不同理解，我不能代表哲学家，我个人相信缘分。不一定是好意思，你生在这里，你有这样的父母，这样的子女，好也罢坏也罢，这一切对你都有特殊的意义。

胡军军：您有很多学生追随您，请问他们跟您学的主要是哲学本身，还是生活态度？他们大多数是健康阳光的人群？还是更偏多于阴暗狭窄？您如何指导他们？

陈嘉映： 大多数学生都阳光。他们跟我怎么学的我不知道，从他们后来零零星星的回馈来看，我教他们的那点哲学，他们大多数说后来都忘光了。

胡军军： 所以跟您学的是生活态度？

陈嘉映： 我觉得有可能。这些问题我平常不大会留意。

胡军军： 我认识您这么多年，知道您在朋友、亲人、家庭各种关系中，是个"面面俱到"的人，几乎接近完美。是您学习的哲学主导了这一切吗？还是您天性如此？

陈嘉映： 这问题分两层，第一层是事实层面的，第二层面是判断层面的。事实层面我抱有相当怀疑。倒是前不久有一次在聚会上，他们都说我是最充分社会化的人，"社会化"这个词有点儿怪，我就记着了。可能跟你说的那个意思有点接近，就是说不太敢得罪人吧。这个我觉得跟哲学没关系，可能是从小有一帮哥哥，后来有个老婆，都不敢得罪。

胡军军： 所以你还是偏向于是天性如此。

陈嘉映： 要说学哲学跟生活有什么关系，哲学是反思活动，我天生比较多反思，一件事我有点想把它想明白。我觉得哲学接受不了智性太低的东西。我自己呢，本来智性好奇心比较重，你看我喜欢下棋、打桥牌、数学——直到现在做数学题还兴致盎然。

胡军军：现在提倡幸福指数，哲学家眼中的幸福是什么？哲学家对幸福的获取感会比常人低还是高呢？

陈嘉映：我肯定不能代表哲学家发言，只能代表我自己发言，这绝不是矫情。我想象，一个人能够做他爱做的事情，肯定幸福指数会比较高。相比之下，从事哲学比作金融更容易幸福。如果你不只为挣钱，你还爱金融这个行当，你当然也可以幸福。但你做金融，毕竟有好多细节，你必须做，却是不愿意做的。像做艺术、哲学这些，连细节都吸引你。要说这个，哲学家的幸福感应该是很高的吧，包括维特根斯坦，包括尼采。不管他性格如何，不管他对痛苦有多敏感，应该是幸福的，一种内在的满足。

胡军军：您希望您的哲学研究完成怎样的高度？您希望您的哲学思想给世间传递什么信息？

陈嘉映：这是个相当年轻的问题。我们做事情，一开始做的时候会放一个标杆，然后尽量去达到标杆。你做啊做啊，这个标杆的意义越来越少，你越来越多考虑的是这件事情应该怎么做，这变得比最后达到的高度更重要。我已经临到生命的尾声，基本上完全在这种状态里了。达到什么高度？不是虚伪，真的是不会在意。也就我还能做什么，怎么能把它做好，想一个事的话怎么能把它想明白，基本就这么一点儿。

向世人传达什么信息？回到你刚才说生死这件事，或者再扩大一点，就是说人怎么生活这件事，我觉得我主要是对持自然态度的人说话，在这事上，自然态度有它比较难的地方，因为他如果有信仰，他的问题大概已经解决了。我希望我们持自然态度之人能像有信仰的人一样，坦坦荡荡面对死亡，面对无常。

胡军军：所以这个还是一个终极的目标？

陈嘉映：如果你这么说。

胡军军：对于大部分人，哲学是高深晦涩的。如果您给初学者上课，您会从哪里讲起？

陈嘉映：哲学高深莫测，但它的高深跟科学不一样。学科学，你去向更深的地方探索，你必须先接受一些硬性的规定。你要学牛顿力学，你就得接受他对静止、惯性、加速度的定义。哲学思考，可能会想得很深，深到很难明白，但是他从浅显到深入，中间没有重要的技术性规定，没有哪个东西是你不管懂不懂你必须接受的，然后咱们才能往下讲。你可以跟小孩子讲，跟街上的人讲，你就从他最能够接受的道理讲起。哲学思考可深可浅——当然，太浅就没意思了。

胡军军：您现在会恐惧死亡吗？您相信灵魂吗？

陈嘉映：这要看对灵魂的定义了。我当然相信灵魂，但我不相信脱离了身体的灵魂。我相信尼采说的，一个人的身体就是他的灵魂。

恐惧死亡，分好几种。我跟狗子他们聊过，比如我站在马路中间，一辆小汽车飞快地开过来，我肯定跳开，我肯定不站在那儿等它撞上来。我不会像皮浪这位古代怀疑论者那样，走到悬崖边上还接着往下走。在正常的意义上我是恐惧死亡的，而且这种恐惧跟另外的一些恐惧是有内在联系的。

胡军军：您看过我的涅槃画展，您有什么感受？可以提些创作上的建议吗？

陈嘉映：我看画展，我的那些感觉只对我个人有意义，没有什么能够帮到别人的地方。我看你的展览，注意到那些形象在某种意义上它是比较单一的，卧佛，佛躺在那里这样的一个形象，但是通过色彩的变化，通过一些细微的姿态的变化，让人感到精微的多样性。你看我又是看到差异，要是同样的精神用单一的方式来表现的话，我会觉得索然无味。我看涅槃展，我特别喜欢的是这一点——虽然始终你都被同一种精神笼罩着，但是你感觉得到精微的、丰富的变化。

现代技术与终端感知 [①]

技术对人类生活的方方面面产生了巨大的影响，这人人都知道。今天我们更是生活在方方面面都由科学-技术营造起来的世界里。与此相应，近世以来，人们从方方面面开始研究技术对人类生活的影响。技术发展在生产上和社会生活上带来了哪些改变，例如，新技术对就业的影响，一直是技术史研究的重心。不过，技术不仅改变世界，技术改变我们自己，改变人之为人，庄子早已说过，有机事必有机心。我今天要讲的，是技术改变人自身的一个方面——技术发展怎样改变我们感知世界的方式。这种改变的一个突出之处是，由于现代技术的发展，我们对世界的感知越来越甚地集中到对物事终端的感知。

要说明这个转变，我先简单说几句近代技术与传统技术的区别。

一、科学-技术与经验

在广泛的意义上，人类始终是与技术结伴生长的，就说技术造

① 2018年11月23日在同济大学主办的未来哲学会议"技术与未来"所做的报告。载于孙周兴主编《未来哲学》第一辑，商务印书馆，2019年10月。

就了人类本身也不为过。制造和使用工具，利用火、产生火、保存火，没有这些技术，就谈不上史前人类发展。种植和蓄养技术造就了农业文明。接着是书写技术——文字把人类带进了与"史前"相对的人类"历史"阶段。

怎样划分技术发展的大阶段，各有各的说法。但是在科学革命之后，技术的性质发生了根本的改变，这一点十分显著。在科学革命之前，技术的发展是各行各业的匠人通过经验摸索出来的，大致上是偶发的、手工的、缓慢的。与之对照，这两三个世纪以来，重要技术都不是单靠经验摸索创造出来的，而是基于科学成果发明出来的。这种新类型的技术可以适当地称为科学-技术。

从前，科学是科学，技术是技术。亚里士多德式的科学意指系统的知识或系统的认识，这层意思仍然保留在德文的 Wissenschaft 这个概念里。为避免与近代科学混淆，我有时称之为"哲学-科学"。哲学-科学的根本目的在于认识世界的深层道理，这个世界是一个天地人神的世界，哲人通过发展系统的知识，力求揭示天地人神之间的深层联系。哲学-科学没有技术方面的应用，获得这样的认识本身或求得真理本身就是哲学-科学的终极目的。依今人对"用处"的主流理解，这样的哲学-科学没有什么用处，硬要说到用处，哲学-科学的用处在于：人是理性存在者，达至理性认识是人这种存在者的实现。这也不妨说成是"无用之大用"。

为生活带来种种便利的技术发明，不是哲人的任务，而是普通劳动者的任务。各行各业的匠人通过经验摸索出各行各业的技术。农民发展出选种技术、耕耘技术，游牧人发展出马鞍、脚蹬，渔民和海河行商贩子发展出造船和风帆的技术，郎中发展出正骨技术，其他的匠人发展出炼铁的技术、雕刻的技术、造桥的技术。当然，少不了发明与改善兵器和作战技术。技术发明和发展大致上是偶发的、手工的、缓慢的，各行各业的技术之间没有什么理论上的联系。早在农业文明的黎明，人类就开始培植农作物和果树，驯养家畜，虽然他们对基因甚至繁殖机理一窍不通。中国人很早就开始制造罗盘，但没人知道磁针为什么会恒定指向北方。也有知识人发明出一套理论——阴阳五行理论等——来说明技术是怎么起作用的，但这类理论都是马后炮，对促进技术发展没有做出过什么真实贡献。

近代科学改变了这种局面。首先，它改变了科学与经验的关系。我在《哲学·科学·常识》中论述说，近代科学的基本进路在于用实验取代经验，凭借这样的转变，科学方法把研究对象中的感知-经验清除出去。一般说来，经验包含经历、参与、体验、观察等等。科学当然是从经验开始的，不过，科学探究的一个特点是，逐渐排除掉经验中体验的、参与的成分，尽可能转向观察。相对而言，体验因人而异，观察则可以达到公共性，为了突出这一点，人们经常采用"公共可观察的"这一表述。古代"科学"是基于经验观察的科学，其典型是亚里士多德式的科学。近代科学则远远不限于经验与观察，而是越来越依赖于实验，依赖于实验产生出来的结果，进一步，依赖实验产生出来的数据。人们有时说，观察仪器和科学实验大大扩展了我们的经验世界，但认真说来，大大扩展了的是事实世界而不是经验世界。实验表明，空气是有重量有压力的，然而这是我们平常经验不到的，乃至我们的经验正好相反，也正因此，才需要由实验来表明。量子物理学所依据的事实则完全超出了我们的经验范围。强力中子轰击原子核引发链式反应，这是实验室里产生出来的事实，我们完全经验不到。当然，核反应产生的有些结果人类曾经经验到，并且一直在祈祷不要再次经验到。

近代科学同时也改变了科学与技术的关系。最明显的是，近代科学不再限于观察，而是越来越依赖于实验，于是，科学家就不能只坐在摇椅上思考，他要动手制作实验工具。伽利略不仅思想了得，他动手能力也超强。他听说有望远镜这样的东西，就自己动手做了一台，大概是那个时代最出色的望远镜，他用这台望远镜看到了月球表面上的粗略地貌，看到了金星的相变，单单这些新了解到的事实，就足以动摇流行了两千多年的月上世界和月下世界的古老宇宙观。固然，这些技术不是用来生产商品的，是专门为科学研究本身服务的，但它们为应用技术开辟了道路。其实，直到今天，大多数的尖端技术本来也是为科学研究本身服务的，例如基因组编辑技术，但科学家一旦掌握了这些技术，它们就可能被用到医学上。

近代科学不仅由于实验的要求发展出新技术，近代科学的整个理念也有助于技术的发展。新兴科学逐渐脱离理解天地人神深层联系的原本目标而集中于理解物质世界的运行机制。新类型的技术可以依据对事物运行机制的真实把握被创造出来。依赖于科学理论来发明技术，这从根本上改变了技术发明的性质。

科学革命刚刚兴起之时，人们就开始设想科学会带来技术革新。不过，在科学革命之后的两个世纪里，科学和技术大体上仍然各行其是，科学并没有大规模地促进技术发展。科学家关于科学将怎样带来技术进步的设想通常可以视作争取赞助的说辞，并不是他们当真找到了利用科学来系统改善技术的具体办法。

技术发明对科学的依赖是逐步加深的。托里拆利、帕斯卡他们探究气压是怎样起作用的，这时候并没有去考虑怎样利用他们的科学知识。然而，只有依据这一科学知识，蒸汽机才被发明出来。在工业革命早期，煤炭的需求不断增加，矿井越来越深，于是英国人发明了蒸汽机来抽水。借助蒸汽机水泵的广泛使用，全球采煤量在19世纪里增加了55倍。工业革命从这大量的化石燃料获得推动力，而没有蒸汽机就不可能开采这样大量的煤炭。蒸汽机对工业革命的贡献那么突出，成为教科书上的典范，然而，就科学和技术的关系而言，蒸汽机仍然处在旧技术和新技术交界之处：这项发明固然需要一定的科学知识为背景，但纽科门（Newcomen）和瓦特他们所要克服的主要困难是制造工艺方面的而不是科学知识不足。科学在技术发明上大展身手还要再等上差不多一个世纪。19世纪，德国人研制出各式各样的合成染料，促生了近代的染料工业，而这一领域的技术发展根基于现代化学科学的进步。更突出的例子是跟电力有关的技术，它完全依赖于电学的发展。从那以后，基于科学的技术完全取代了基于经验摸索的技术，再没有什么重要技术不是基于系统科学知识发明出来的。没有任何一个能工巧匠能够通过经验来摸索出利用原子能的办法。这种新类型的技术可以适当地称为科学-技术。

二、终端感知

近代科学革命之后，技术的性质发生了根本的改变。在科学革命之前，技术与亚里士多德式的科学没有直接的关系，技术是通过实践经验摸索出来的，人熟悉技术被发明出来的过程，同时，也能够借助此前的经验来吸纳新技术带来的改变。新型的技术，即科学-技术，与人类经验的关系则完全不是这样。技术发明更多依赖于科学知识而非依赖于生产者对生产过程的经验认识。塑料是由化学教授而不是由哪一行业的工匠发明的，这一发明依靠的是 19世纪化学科学的长足发展，依靠的是对物质构成的系统了解。20世纪以来，所有材料科学都是物理-化学的应用学科。再说现在人人都在谈论的转基因作物吧。农业文明之始，人类就摸索选种、杂交、嫁接、驯化技术，把野草转变为粮食作物，把狼变成狗，把野猫变成家猫。这些技术以间接方式来控制动植物的基因组改变，最后获得的都是"转基因产物"。现在不再有谁用这种方式来摸索基因组的转变了。现代的转基因技术百分之百地依赖于对基因构造和基因功能的系统科学探究。

在传统生活中，各种各样的技术过程差不多都在人们的眼前展示出来。上一代人发明技术、使用技术，然后教给下一代人使用这些技术。现代技术则不然，它们是在实验室里发明出来的，是在流水线上投入使用的。今天的城里人身周的种种物事，差不多都是现代技术生产出来的，或者经过现代技术的加工，但我们不知道这些技术的来历，也不了解这些技术在生产过程中是怎样使用的，我们看到的只是终端产品。我们生活在一个终端产品的世界里。要照明，我们不需要火石和火绒，也不需要点着煤油灯，按下手电按钮，按下墙上的开关，就有了光。我们不需要走到河边或井台上，拧开水龙头，就有水哗哗流注。

年轻时候我生活在农村，我们那里主要种植苞米，四月开始播种，五月六月铲地，九月收割，苞米运到场院，手工脱粒，人工扬场，最后，一麻袋一麻袋玉米粒扛回住处。很少有肉吃，吃到的，是队里养的羊，邻人养的猪，自家养的鸡。鸡蛋，是自家的鸡下的，从鸡窝里柴草垛里捡出来。回到城里，从粮食店买来米面，从菜市场买来白菜萝卜，拎回家里，洗净、切好、烹煮。后来，不管什么，都从同一个超市买来。到我女儿这一代，超市也不大去了，一个电话，烧好的饭菜送到家里。他们不再经验到事物生长的过程、制造的过程，他们眼里只有终端产品。

生活在农村的时候，每一座房子都是村里人自己盖的，从挖地基到上茅，人人都参与其中。新一代里很少有人还有这样的经验，他们看到的是建好的楼盘，用来吸引买主的广告词说，拎包入住。

现代生活的一个突出特征是我们对人和事的过程越来越少感知，世界越来越多只把终端呈现给我们。现代技术取代自然过程生产出终端产品，我们街上人不仅不再能够看到这些产品的自然来历，我们也不了解这些产品的技术生产过程。我们到处看到的都是终端产品。绝大多数现代技术是普通人根本接触不到的，这还因为大量的现代技术不是用来生产一般产品的，而是为开展进一步的科学活动本身服务的。显微镜是无数例子里最容易想到的一个例子：我们街上人也许用得上放大镜，而从普通的放大镜到高倍显微镜再到光线显微镜再到电子显微镜，这一系列的发展都是为发展科学研究服务的，跟我们街上人没什么关系。当代生物学家用来在活细胞中追踪蛋白质活动的荧光标记技术也是一个突出的例子。

我们对世界的感知本来是跟我们的经历和经验连在一起的，而经历、经验，说的是一个过程。现在，我们对世界的感知改变了，终端感知成为占主导地位的感知。我们看到的是成品，电视、手机、汽车、楼房、即食食品。所谓终端感知，也不妨说是逐渐脱离了经验的感知。

我们一开始说，技术不仅改变世界，同时也改变我们的经验和感知，借助技术，我们把过程和结果分离开来，我们只要得到结果就好了。与此相应，科学-技术的一个后果是，世界不再被感知为种种过程，而是省略了过程的、起点和结果直接关联的世界。在这个方面，新技术与传统技术的区别在于：以往的技术造成的直接改变更多是世界的改变，从而间接改变我们的经验和感知，而以基因工程技术以及 AI 技术为代表的当代技术则直接改变我们，直接改变我们的经验和感知。[1]本来，人通过自己的一番努力获得了自己想要的东西，获得了成功，他就快乐。这被理解成了：人不就是想获得快乐吗？生物学揭示了多巴胺与快感之间的联系，研制成功古人曾经幻想的快乐丸，服用药物就让人不劳而获得快乐。现代生物技术连药丸也省去了，用光来激活促生多巴胺的神经元，人就快乐起来了。快乐不再被理解为一个过程，一种经历、经验，而只被视作终端感知。这种与经验隔离开来的感知，很多人已经在 VR 环境中体验到过。在 VR 环境中，感知和体验不再与经验相连，当事人什么都没有经历，他可以是个没有任何经验的孩子，但是，他感知了很多很多，这些感知引发了很多很多体验。VR，或 Virtual Reality，本身就是个有意思的词组，似乎有意模糊了对现实的经验和虚拟世

---

[1]　我常说，这两方面的技术两面夹击，AI 要把机器变得更像人，基因工程要把人变得更像机器。在一个不尽相同的方向上，布莱恩·阿瑟说，生物正在变成技术，而技术也正在变为生物，参见他的《技术的本质》，曹东溟、王健译，浙江人民出版社（湛庐文化），2014 年，第 231—233 页。

界感知之间的界线。

火车是近代技术改变生活的一个重大实例。在钢轨上喷云吐雾一往无前的大机器根本改变了长途旅行的方式，行行重行行、舟车劳顿，这些长途旅行经验随着火车的疾驰逐渐变成浪漫故事。英国人说，火车 lapped the miles，火车把英里卷了起来，几百英里朝发夕至。好吧，我们可以说，火车并没有消灭我们的旅行经验，它用新的经验替换了旧的经验。的确，对我们这代人来说，火车旅行还真是一种记忆深刻的经验：车窗外不断退去的景色，车厢里的零食和闲话。不过几十年，人类进入了飞行时代。"经验"这个词很难用于飞机旅行。除了第一次坐飞机的孩子，没谁向舷窗外张望，客舱里没有人交谈，你不会在这里交上新朋友。你飞往洛杉矶，洛杉矶不再是一段旅行经验的终点，它简简单单就是终点。把机场叫作 terminal，就像把个人电脑和手机叫作终端，不亦宜乎。

从前，我们的朋友像是长途跋涉的旅伴，后来，像是火车上的新交，现在，我们的朋友在微信朋友圈里，他的样子是经过美颜的几张照片，从他的终端发到我的终端。朋友见面了，同坐在一个房间里，仍然用微信交流，仍然是一张无垠巨大的互联网上的两个小小终端。

终端感知蔓延到生活的方方面面。不知几万年，人们要面对面才能交谈。面对面的交谈传递的不只是信息，还有温度和色彩。后来，有了书信，写信的人不在眼前，但展开信笺，看到笔迹，仍然有几分见字如晤。后来，我们使用伊妹儿，使用语音-文字转化软件，我们从某个系统的一个终端输入点儿什么，这个系统的另一终端就将输出些什么。我们若反过来把书信说成输入输出，那会是多么奇怪的表述啊。

当然，感知终端化不是从近代开始的，也不单单是科学-技术直接带来的。历史发展的多重因素如工业化、都市化、人口爆炸、生活节奏的加快等共同造成了这种改变。不过，上面讲到的事例已经表明，科学-技术极大地加剧了感知终端化的进程，现代科学-技术在这个转变中起到核心作用，这一点相当明显。

三、感知终端化的延伸思考

感知终端化是现代生活的一个主要特征，我们可以在生活的方方面面列举有趣的实例。上面我相当随意地描述了几种我们熟悉的现象。还有很多其他现象，可以从终端感知这个角度来看待。这里讲几句初步的观察。

我们都知道，现代生活似乎充满了风险，有人干脆把当代社会叫作风险社会。[①] 从各种指标看，现在的生活远比从前安全。然而，我们的风险感为什么不断增加呢？大致有两个方面。一个方面是，虽然我们生活在一个远为更加安全的世界，但一旦灾难发生，灾难的规模有可能极其巨大。另一个方面则与感知终端化相关：由于我们缺乏对事件过程的了解和掌控，我们不知道危险来自哪个方面。这两个方面都是技术造成的，今天我们谈及的则主要是第二个方面。上面提到，吃进嘴里的东西，从前我们看着它怎样种到地里，怎样长起来，怎么加工，现在我们看到的都是终端产品，在超市买

---

① 乌尔里希·贝克:《风险社会:新的现代性之路》,张文杰、何博闻译,译林出版社,2018 年。

到，甚至只在打开快餐盒时才刚刚看到。即使商品包装上有蚊头小字说明产品的来历，即使你读了，即使说明是诚实的，你只是知道了这些，你还是没有感知。从前你把钱借给邻人，这总是有风险的，不过，你认识他和他的亲友，你了解他拿这钱去做什么，你了解他做得怎么样，现在，一笔钱打出去了，随之进入一个复杂的周转迷宫，有时候金融监管部门也查不清它的来龙去脉。古代人面对很多危险，但他大致知道哪些事情是危险的，危险大致从何处来，现在人的麻烦则是，我们身周世界的一切，我们都不大了解它们是怎么来的，我们缺乏对事件过程的了解和掌控，我们不知道哪些事情安全哪些事情危险，危险会从哪里冒将出来。于是，现代人更多谈论的不是危险而是风险。

终端感知跟现在热门的 AI 话题也有联系。2017 年，AlphaGo 战胜了李世石。在我个人看来，有意思的不是人工智能赢了人——这只是早一天晚一天的事儿，我觉得最有意思的是，AlphaGo 的设计者并不知道它是靠什么理路赢下来的。我跟围棋高手下棋，不论他多高明，我们两个都是在用同样的"围棋语言"思考，他使用这种语言向我解释他这样行棋的道理，我慢慢懂得了这些道理，棋艺逐渐提高。而 AlphaGo 依靠的根本不是我们的思维方式，这里的"我们"不仅是我们这些街上人，也包括 AlphaGo 的设计者在内。AlphaGo 用一种我们无法理解的思维方式运行——如果能把那叫思维的话。

我们不要被"深度学习"这个说法误导，好像电脑的学习变得更像人类的学习。实际上，我们，包括程序的设计者，都不再了解电脑是怎样学习的，我们所知道的，是它最后赢了人类棋手。赫拉

利这样论述 AlphaZero 战胜 Stockfish8：AlphaZero 从零开始学习
国际象棋，在跟 Stockfish8 的 100 场比赛中，AlphaZero 赢了 28 场，
平 72 场，这样惊人的成绩是怎么来的？"AlphaZero 完全没向任何
人学习任何东西，许多获胜走法和策略对人类来说完全是打破常规
的。"[1] 我们知道电脑赢了，但我们不知道它是沿着什么思路赢下来
的。在一个差不多的上下文，赫拉利说，"没谁知道这套算法背后
的道理。"[2] 这是因为，如拉斐尔·阿尔瓦拉多与保罗·汉弗莱斯在
《大数据与不透明表征》一文所言，"现代机器学习方法是针对计
算机的需求而不是针对人类量身定制的。"[3] 我同意这两位作者的结
论：我们不大需要对满怀恶意的机器人将要统治世界这类事情惴惴
不安，对人类带来更大挑战的是数据域里的神秘世界。[4]

很多论者注意到，大数据和人工智能的发展也许标识着科学研
究方法的一个根本转变：用统计模式来代替因果模式。这一转变也
与感知终端化的转变相呼应——能够确定的是最后的结果，于是不
必再问也不能再问中间过程发生了什么。深入研究这一呼应关系
远远超出了我的能力，这里只能稍作提示。

我们的感知不断转向终端感知，这一点也反映在现代的哲学反
思之中。我不是说，哲学反思十分关注感知的终端化，我说的是，
很大一部分哲学反思在不自觉之际把终端感知错当成了感知的典

---

① 尤瓦尔·赫拉利：《今日简史》，林俊宏译，中信出版集团，2018 年，第 29 页。

② 同上书，第 63 页。

③ 拉斐尔·阿尔瓦拉多、保罗·汉弗莱斯：《大数据与不透明表征》，薛永红译，
载于《哲学分析》，2018 年第三期，第 128 页。作者接着说："如果大数据的方法和结果
不能被人类理解和解释，那么我们将会创造一个人类不可知的神秘世界。"

④ 同上书，第 131 页。

型形态。刚才说到，今人普遍把快乐乃至幸福视作一种与过程无关的感知。与此相应，当代关于意识的讨论往往集中在 qualia 或曰感受质之上，仿佛把意识与无意识区分开来的终极标准是主观的红色感、疼痛感，理论上，人工智能人在一切方面都可以跟人一样，但它也许仍然不能拥有感受质。意识本来是一个宽广的层面，在这个层面上，人的感知、行为、语言渗透着意识，并通过意识获得了新型的联系，与此相应，意识现象的探究必然要在感知、行为、语言这样广阔的原野上展开，但在相当一批理论家那里，意识变成了薄薄的一层感受质。这样的进路，正与生活中的终端感知遥相呼应。在我看来，与其向感受质这样的终端感知这个方向去寻找何为意识的答案，不如从"在意"来理解意识，例如，在意友人。[①]

　　跟过程连在一道的感知是深度感知，厚实的感知，与此对照，终端感知则是失去了景深的平面感知。海德格尔把技术时代称作"世界图像的时代"。世界本来不是一幅画面吗？于是我们有了"世界观"这样的观念。不，世界本来是我们参与其中被卷入其中的种种过程。是近代科学和技术把世界转变成图像，像美术馆里悬挂的图画一样跟我们面面相觑。世界的对象化，其中的一个特征就是人类感知的终端化。

四、结语

　　技术不仅改变世界，技术也改变我们自身，改变我们的经验和

---

① 这是侯世达建议的，见侯世达:《我是个怪圈》，修佳明译，中信出版集团，2019 年，第 425 页。

感知。在我看来，感知终端化是这种改变的一个突出现象。随着现代技术的发展，我们对过程的经验和感知越来越稀薄。也许最后会把我们领向终极的终端感知？现代技术可以把获得营养和饱足感分离开来，通过一些技术途径让我们获得营养，通过另一些技术途径让我们获得饱足感。正在改变的是"感知"的定义。有人也许会说，无论联系于过程经验的厚实感知还是脱离了过程经验的终端感知，即使在 VR 游戏环境中的感知，都是感知。不然，技术语境改变了感知与过程经验、与现实、与理解的关系，从而使得"感知"概念变得面目全非。今天的生物工程技术已经可以通过对特定大脑神经元的控制让生物产生根本没有可感来源的"感知"。何止感知？现代技术正在改变"记忆""感情"等等一系列概念的定义。通过刺激连接处理一个感知脑区和一个反应脑区的神经元，生物工程师不但可以让生物"忘掉"发生过的事情，也可以让生物"记得"从来没有发生过的事情。[1]技术的突飞猛进似乎要整体上抹掉人对世界的感知。

早在 1993 年，预言家弗诺·文奇就声称人类创造的技术手段 30 年内即将超越人类智能，再过不久，人类时代即将终结。[2]现在，25 年过去了。听众中年轻的一代也许当真会迈进所谓"后人类时代"。我这一辈老年人，对世界的基本感知方式是在几十年前形成的，虽然只是几十年，但那时候，现代技术似乎还很遥远。不足深怪，终端化的感知方式对我难免显得有点儿陌异，看到小孩子对面

---

[1] 约翰·帕林顿：《重新设计生命》，李雪莹译，中信出版集团，2018 年，第 77 页。

[2] 弗诺·文奇：《技术奇点》，转引自杰弗里·韦斯特，《规模——复杂世界的简单法则》，中信出版集团，2018 年，第 433 页。

坐着仍用微信交流难免觉得奇怪,对这些现象背后的整体剧变难免忧心忡忡:由于我们不再对物事的整体过程有所感知,感知不再有深度。随着感知深度的降低,感情和意义也变得越来越稀薄。但孩子们大概有着完全不同的感受。他们省略了对过程的感知而集中于终端感知,看到的东西增加了很多很多,世界像万花筒一样变得更加丰富多彩。换到生存适应的角度来看,现在的年轻人要在这个世界里行走自如,重要的不是播种、铲地、收割,而是灵巧拨弄手机上的各种软件。也许,就像吃农家菜呼吸乡野空气已成为一种奢侈,悠悠地去感知发芽抽穗这些丰富的过程也一样。不管我们站在现代变化的哪一端,了解到发生了些什么变化,并不完全多余。

知识人的任务是建立"说理的文化"[①]

　　谢谢杨晓华。本来是来听会的，现在还是要我发言，也好，听了诸位的发言是有些感想，就借这个机会讲讲这些感想。

　　我先从"知识分子"这个汉语词说起。这个词刚才也说了，它是有些渊源的，特别跟德雷福斯案件之后法国左拉他们那些知识分子有关，也跟十二月党人之后俄国的知识分子有关。"知识分子"这个词除了西方的渊源之外，在中国还有很强的时代特征，我不知道你们怎么听，在我听起来不是特别好听。一般讲"坏分子"，不讲"好分子"，比如"四类分子""五类分子""恐怖分子"等等。难怪一说知识分子就说要改造他们。好人很少说"分子"，"共产党分子"，那是电视剧里国民党讲的，坏人才把共产党叫共产党分子。所以"知识分子"这个词在我听起来有点儿别扭。我自己倾向于用其他词，比如知识人、学者等等代替。

　　第二点想讲，自古以来，无论叫作知识分子还是叫作读书人，我不知道，反正在中国和在西方，他们很不一样。这是个特别大的话题，几分钟时间，我只能蜻蜓点水点上几点。希腊，至少到柏拉图、亚里士多德那时候，没有知识分子，或者读书人，或者学者这些，

---

　　①　据 2018 年 12 月 8 日北师大"人文知识思想再出发会议"发言整理。

要说，有哲人、哲学家。我们讲读书人和社稷的关系、读书人和君王的关系、读书人和社会的关系，希腊就讲哲人与城邦，讨论这个的，最典型的像鼎鼎有名的《理想国》。哲人这个称呼在西方传统中一直传下来了，跟我们今天所说的知识分子不尽相同。哲人有几个特点。首先他是追求真理的，不管他是否参与公共事务，他首要的追求是真理。他是求真的：世界怎么构成的、社会怎么构成的、人的灵魂怎么构成的，哲人探讨这些问题。其次哲人是贯通之学，要说做学问，他做的是一般的学问，不是某一门学问的专家。当然我们也知道，"专家"这个词在希腊是个难听的词，奴隶才会成为专家，专门弹琴，专门做算术，做个记账先生。自由人是全面的人。

到了西方中世纪的时候，跟读书人、知识分子对应的大概是僧侣、教士之类。他们当然也和世俗社会有千丝万缕的联系，但是有一条，不管什么联系，他们首要的服务对象是上帝。如果说希腊哲人是服务于真理的话，那僧侣们、教士们，是服务于上帝的。单就这一点看，就能看到他们跟中国以前的读书人的位置不太一样。在中国古代，你叫他哲学家也行，叫他思想家也行，一般来说他不怎么关心宇宙结构、原子结构、灵魂结构，这些他从来都不怎么热心去讨论。其实，他讨论的差不多只有一个主题：怎么建立一个良序社会。孔子如此，墨子如此，老子也如此。唯一的例外可能是庄子，即使不唯一，也是个最突出的例外。庄子觉得建立良序社会这个事，哲人干不了。其实庄子这种想法，可能柏拉图也有，别看柏拉图说哲人王，有的诠释者认为那是反讽，说柏拉图认为哲人不能够也不应该去管城邦的事儿。

他要是专门关心建立良序社会，他就难免有得君行道的想法，除非哲人直接当王。其实连理想国里的哲人王,也不是他想办法得到统治权。柏拉图说得很清楚,是别人硬要把统治权给他。

我是说,西方知识人和中国传统知识人的追求、气质等等都不大一样。西方的知识人有他独立的追求,他有自己的最高目标,无论真理还是上帝,都不完全在这个世俗社会之中。西方知识人在很大程度上一直是独立学者,像伽利略那样的,他关心的就是自由落体,这样的关心形成了一个传统,一个独立的传统。

你可能会想,中国有道,读书人求道,道给了中国读书人独立性。尤其,后来有了个道统的观念,和治统相并列的,好像是个独立的传统。有了道统之后,读书人好像除了政权之外还有一个依托,就是读书人自己形成的传统,从孔子开始的道统。道统主要是宋朝读书人发展起来的想法——宋朝的政治格局比较特殊。道当然是无所不包的,但这跟西方的自由学术追求仍然很不一样。首先,道统限制在儒家的学术之中,单说这一点,就不能算自由思想。而且,道统的道,主要还是治国之道,所以还是要得君行道。这个得君行道,跟先秦不同。在先秦的时候,这些读书人也好、思想家也好、政治思想家也好,他们的好处就是买家多,此处不留爷,自有留爷处,所以到了孟子的时候,读书人气势最大,孔子还没那么大的气势,孟子气势最大。中国一统后,大家知道,只有一个买家,所以得君行道只能卖给这一家一姓。有分裂的时候,读书人不喜欢,喜欢大一统。道统的确给予读书人某种独立性,朱熹就是个榜样,皇帝召我,我讲的是我的一套,你不听,我走人。但别无买家,我走人,只剩下退隐。习得文武艺,货与帝王家,售得成就售,售不成就退,大概就是这么一套出处进退的二择一。

西方知识人没那么热心热肠去指导政治，或者向君王献计献策，或者当帝王师。亚里士多德倒是当过亚历山大的老师，教啥咱们不知道，反正那时候亚历山大还是个孩子，大概不会去教他统治术。亚里士多德关心政治，但他不教统治术。那他干吗？他研究政治。刚才说，哲人传统是求真理，西方的政治学者也更偏于研究政治，而不是想去当帝王师。即使像马基雅维利那样，像洛克那样，有心献计献策，有心影响政治或政治家，他们从根本上说还是研究者。没想到，海德格尔那样的人，倒希望去影响希特勒了，倒不去好好研究政治。

你可能想，学术啊，理论啊，最后是为了指导实践，指导社会。知识人做研究，从事教育，从教育到指导实践，是一个非常迂回的过程。柏拉图和孔子参与了一阵政治，最后到晚年都回到学校里面，以教书育人结束了他们的一生。

我先讲了讲"知识分子"这个词，第二点我讲了讲中西知识人的区别。第三点我想讲讲在当下我们把哪些人叫作知识分子？通常的想法，他首先得有知识，有个专业；这还不够，他还应该有公共关切，我们刚才说到，知识分子这个概念就是从法国、俄国传过来的，指有公共关切的知识人。比如一个专门做分子生物学的，有很深的专业知识，但他要是不对公共事务发言，那他也不是个人们常说的知识分子，当然，在政策上他是知识分子。

但反过来呢？他没有什么专业知识，但他对公共事务发言，他算知识分子吗？比如一个艺术家算知识分子吗？别说艺术家，作家、诗人算知识分子吗？诗人当然有的也很博学，有很多知识，但他不一定是好诗人，有些诗人，他不读书，不像知识分子，但他不一定是差诗人。还有企业家呢，他可能读了博士，在哈佛读的，他还常常对公共事务发言，但他在做企业了，他算知识分子吗？还是代表企业家发言？这都是一些问题。我觉得尤西林的说法挺好的，他说把知识分子看作个动词，这个说法比较高深，我换个说法，那就是，他是不是知识分子，要看他做的是什么，是怎么做的。做什么事？我个人想法，就是从事一般的说理活动，讲道理，讲理由的。

他可以提出自己的主张，但是他提出主张，是连着道理提出来的；他坚持一个主张，或者支持一个看法，他告诉我们为什么，告诉我们理由。用理由是 reason，reason 也可以说是理性，这是大词，但这些概念的确连在一起。我说的不是经济学讲的理性、理性人什么的，我讲的是说理的理性。知识人本着理性态度讨论公共问题。

那你会说，科学家，比如天体物理学家，他说不说理？当然也说理，不过，你要听懂他的道理，你得先学会好多专门的天体物理学概念，否则你根本不知道他在说什么道理。我讲的是一般的说理活动，一般，一方面是说，这里你面对的是公共事务，另一方面是说，这里的说理没有专业门槛的限制，听众不需要事先去学多少专业概念就能听懂。

所以，这个会上讨论的知识分子，跟他有多少知识关系不大，跟他有好多专业知识更没啥关系。他来理性地讨论公共问题，他是个艺术家，算不算知识分子？他是个企业家，好啦，他是个农民，他有理有据地提出他的主张、诉求、辩护，那他就是在参与你们所说的知识分子的活动。不能把这类活动想成是有知识、有专业的人来关心公共问题。他的专业和关心公共问题有什么关系呢？当然你可以说他是一个学科的大专家，在专业里名头很大，说话有分量，这个意思不太大，一个二流演员可能比他名头还大呢。你说他把专业知识调动来讨论公共问题，也不见得，大多数的讨论用不上他的专业知识，比如我是研究楚辞音韵的，你说我能用上什么专业知识？

今天我们来重新省视知识分子，难免不说起在当前世界里知识分子能干什么。这事儿我提不出什么特别好的建议，而且我也不觉得会有什么一揽子的建议适合每个知识人。要说的话，知识人的事业，大家所说的知识分子的事业，按照我刚才的说法，说起来挺简单的，就是理性地来讨论公共问题。

我来讲道理，想着以理服人。既然我来说理，我就希望说服持不同主张的人，这个我当然不会否认。但是在这件事上，我认为有一个比较普遍的误解，以为你真能说服谁。其实大家也知道，没几个人说服得了谁。谢泳上午也谈到了，即使有人转变了观点，那也跟说服关系不太大。十年前他是一个自由主义者，现在给专制唱赞歌了，他转变了，但恐怕不是被谁说服了。硬要说的话，权力和金钱有更强的说服力。那说理还有什么用？我想说，说理这个活动，说理的根本目的，不只在于说服不同意见，而是要建设一种文化，这种文化就是一种说理的文化，一种理性的文化。我和我政治观点不同的朋友，说得上话的朋友，有可能很多年没有谁说服谁，但是我们都在共同进步。很不幸的是，就像刚才谢泳提示的，有的人，我说不服他，不是因为我说理说得不好，他让你难过的不是你没有说服他，而是他不在乎道理不道理，他在乎的是别的什么。

这里我好像是在谈读书人的品格了。讲到读书人，难免讲到读书人的风骨，今天上午也提了一些十分让人感动的例子，我们以前在书里也读到过很多。但是如果直接把风骨、品格跟知识分子连在一起，其实也很难说。因为很明显，我们知道不读书的人有的品格极好，读书的人有不少是品格孬的，哪个比例大，我没统计过，但直觉上，我不是特别相信大学教授的品格就格外好一点，副教授就稍微差一点。但我仍然要说，知识人的确有他特殊的品格，那就是，他以说理的方式来对待公共事务。你坚持这种宽泛意义上的理性，你就会培养一种品格，就应该不会差到哪儿去——倒不在于你是教授或者不是教授。一开头就讲了，哲人服务于真理，僧侣服务于上帝，以前的读书人服务于道统。不管他以什么为目标，他都有一个独立于统治意志的目标，哪怕他愿意当帝王师，愿意建立理想国，愿意去干嘛，他都不会认为他是政权的仆役。哪怕他服务于这个政权，他仍然有自己独立的诉求，有自己的传统。至少在这方面的品格，我觉得还是应该期望的。一个人可能有很多知识，但在这方面的品格却很败坏，这意味着他已经退出了知识人的行列，因为他不再以理性、真理或者独立的道统为依归了。

我就讲这么几个简单的想法，谢谢诸位。

《在-是——海德格尔与维特根斯坦》 评审书 ^①

建议出版《在-是——海德格尔与维特根斯坦》。

本书围绕海德格尔与维特根斯坦关于存在的探究展开系统比较。这是一个极为艰深的主题。海德格尔与维特根斯坦都是 20 世纪极为重要的哲学家，思想都极为复杂深刻，读通其中一个已很不容易。本书作者对这两位哲学家都做了深入研究，实属不易。哲学文本的解读从来都要求解读者本人拥有哲学思考能力，作者对两位哲学家的解读展现了他的这种能力。

本书用于阐释海德格尔的篇幅，大大超过阐释维特根斯坦的篇幅。用中文研究海德格尔，绕不开怎样翻译他的一些主要概念（这点在维特根斯坦那里不那么突出），本书有相当篇幅讨论 Sein、Ereignis 等概念的翻译，这些讨论显示，作者对几十年来海德格尔中译的情况了解得相当清楚。这些讨论中也显示作者对中国思想经典有一定的了解。

海德格尔与维特根斯坦各自是具有高度特质的哲学家，各自的探究是从不同的传统中生发出来的，把他们两位放到一起来讨论，

---

① 2019 年 1 月 5 日。

即使貌合难免神离。一向以来，时不时有文章与著作致力于海德格尔与维特根斯坦的比较研究（有点儿遗憾，本书没怎么关注这方面的研究），或从一个特定的侧面如 situational 入手，或笼统不限主题。本书则围绕“存在”这样一个核心论题展开比较，难度更高。在这样的背景上衡量，本书的成绩相当突出。比较研究容易流于表面排比。上乘的比较研究有互相发明之妙：通过阐发这一位的思想，使另一位的晦暗思想获得理解，或使另一位的深意得到彰显。本书在这个方向上做出了初步的然而是可贵的努力，提出了不少洞见。

本书并非泛泛引用两位哲人的文本在浮面上做一番对应，作者不畏论题的艰深，直面海德格尔与维特根斯坦的很多不易通解的命题，提出自己的解读。作者的解读和阐发常有独到之处。尤为可贵的是，作者一方面不惮提出自己的新阐释，另一方面力求守护文本本身的逻辑，不像另一种流行的做法，为赋新意而对文本妄加发挥。

本书的论点，有不少我尚存疑。例如，作者从《逻辑哲学论》中发现了一个“新的可能的集合论悖论”：“世界-语言悖论”——一方面，世界和语言等势；另一方面，世界和语言不等势。作者的论证未使我信服，不过，我还需要更仔细的阅读才能拿出确定的意见。

在另一些事绪上，我的质疑更确定一些。例如，作者力主 Sein 应当译成“是”，并为此做了大量论证，特别是阐发了“是”本身包含“存在”这一想法。在我看来，“是”与“存在”的关系错综复杂，说不上哪个包含哪个。若把相关西文概念引入讨论，更其如此。在解释 “Und hier bedeutet Sein nicht existieren—dann wäre es unsinnig” 这句话的时候，作者说：

　　维氏此时心中的 Sein 和 existieren 究竟有何区分呢？……
对照海氏的术语区分，或许我们可以这样来方便理解：对于此
时的维氏来说，我们可以用命题来追问或规定所有"存在者"
（Sein）的本质，这是有意义的；但是，我们绝不可以用命题来
追问或规定"存在本身"（existieren），那样将会是完全无意义
的；"存在者"（Sein）可说，而"存在本身"（existieren）不可说。

　　我不同意作者对这句话的理解。维特根斯坦这里对 sein 和
existieren 所做的区分，与海德格尔对 sein 和 existieren 所做的区分，
是从相当不同的旨趣出发的。在我读来，粗略说，这里的 existieren
指的是事实上的存在，sein 指的则是逻辑关系成立。当然，我也注
意到，"也许""方便理解"等用语表明，作者在这里保留有相当余
地。而且，在这些基本问题上，分歧难以避免，谁也难以自恃拥有
定于一尊的解读。

就吕超论文回陈德中 ①

德中，谢谢你邀请我与吕超讨论他的论文。然而，很难。这主要是因为我关于自由问题的思考在很多根本点上跟主流的思考方式不一样。我以吕超的文章为例解释一下。

先说康德的绝对自发性吧。绝对在康德那里有相当复杂的用法，如果把它理解成完完全全的，我们在什么意义上能够完完全全截断因果作用？我二十几岁就怀疑从截断因果作用来考虑自由是一条死路。吕超认为绝对自发性不足以识别人的自由，因为上帝和魔鬼也能有绝对自发性。在这种地方，我的考虑要通俗得多，会拿人和动物对照，动物当然有自发性，可怎么一来，人就有了"绝对的"自发性？

吕超接下来讨论决断，认为决断不足以界定人的自由，在于它不分道德不道德。自由与道德的联系是德国古典哲学中很深的一层思考，但如你所知，我认为康德的道德概念本身大为可疑，这里涉及的深层思考必须另取路径才能得到清晰的讨论。

吕超认为自律也不足以界定人的自由，他仍然是从善恶来说的：一旦道德意识已然觉醒，那么一切自愿选择的他律都是恶。

---

① 2019 年 1 月 14 日。

　　论文一——否定了自发性、决断、自律可以单独界定人的自由，相当自然地走向三者的结构性统一并引入生存论来阐发这种统一。这在形式上是个漂亮的论证结构，无奈我在自发性、决断、自律这些前期问题上都与作者相距很远，于是很难认同作者后面的论证。更主要的是，我一向怀疑康德式的建筑术，用经过修整的概念建设形式整饬的理论体系。我自己以完全不同的方式推进概念考察。

　　我不是说吕超的论文写得不好，实际上我认为论文很不错。我是说，我对哲学的根本理解以及随之而来的思考方式跟他的以及主流的哲学方式离得太远，要想对话，需要大量的铺垫，这是我不愿意花费精力去做的。

　　江璐的文章也很不错，同时，在我看来，要比较清楚地处理文章中所涉及的错综复杂的概念关系，同样需要对道德、善恶做一番更新的理解。

《生命的逻辑》序 [①]

　　这本书的书名是"生命的逻辑：遗传学史"，顾名思义，是从遗传来理解生命的逻辑。本来，生命是个较宽的概念，遗传是生命现象中的一支。不过，越往现代，生命概念就与遗传概念交织得更紧，从科学着眼，生命体跟其他物体的根本区别有二，一个是新陈代谢，一个就是生命体会遗传。

　　人们当然早就通过繁殖现象对遗传有所了解：龙生龙，凤生凤，老鼠的孩子会打洞。然而，直到几十年前，我们才把繁殖理解为组成生物体的分子的复制，这种复制与晶体的复制不同，生物体中的大分子的结构完全是由遗传物质的碱基序列决定的。从这个角度来看待生命体，生命科学的大多数分支都可以视作遗传学，用光或声来操控活体组织中的神经元就叫作光遗传学、声遗传学。新陈代谢，生命体跟环境的互动，包括生命体之间的互动，也是重要的生命现象，但要对这些活动进行科学研究，最后仍离不开对遗传基因的研究。

　　作者说到，在很长时间里，生物学里有两条迥异的进路。一条

---

　　① 弗朗索瓦·雅各布：《生命的逻辑：遗传学史》，傅贺译，陈新华校，湖南科学技术出版社，2019年。

是综合论或者演化论，另一条是原子论或者还原论。演化生物学关注的是群落、行为、生物体之间以及生物体与环境之间的关系，关注的是远程原因，目的在于说明是何种力量和路径指引生命系统演化为今天这个样子。对综合论者来说，整体绝非简单的部分之和。与此对照，还原论者关注的是近程原因，关注器官、细胞和分子的结构和作用。还原论者努力把复杂的现象拆解开，进而以物理和化学里典型的精度和纯度来研究各个组分。整体可能表现出部分所不具备的特征，但是这些特征必然源于其组分的结构。演化论和还原论关注的是两类不同的秩序，而这两类秩序在遗传层面上相遇了。不妨说，遗传组成了生物秩序的秩序——促成演化的正是遗传程序出现的随机改变。

两条进路也许在这个意义上相遇了，但这不意味着它们合二为一。作者说："个体的规律与群体的规律不是直接相关的规律，无法互相导出。"在微观生物学领域，主导的是因果探究，在宏观演化论的领域，主导的是统计学。作者提示，19世纪中叶，达尔文提出演化论那时候，统计学思想也正在其他学科兴起，突出的如波尔兹曼开创的热力学。格外有意思的是，与牛顿力学不同，演化论与热力学都含有时间不可逆的观念。就像熵的增长有一个方向，演化过程也是不可逆的：一旦某些变异体被自然选择保留下来，某一个生物群体就确定了进一步的方向，不可能再回到先前的状态。

生物学已经挺进到分子层面，然而，这并不意味着生物学今天回到了还原论。在还原主义时代，科学分析必须排除所研究系统或其独特功能之外的任何其他考量，与此不同，今天的生物学无法把结构与功能分开，而"功能不仅取决于生物体，而且也受制于塑造了生物体的所有历史事件……无论是哪个层次的研究——分子、细胞、组织体或者种群——历史的视野都不可或缺"。无论在哪个层面上，对生命系统的研究都需要在两个方向上展开，一个是纵向上的组织逻辑，一个是横向上的演化逻辑。

我在这里介绍本书的一点点内容，是想说明，一般说来，一部好的科学史必定富有思想性。遗传学的发展像任何门类科学的发展一样，主要内容是技术性的，本书也的确介绍了很多技术性的细节。然而，一门科学，除了处理技术性内容，还会面临一些我们普通人也会问出来的一般问题，例如，生命是怎样产生的？生物和非生物有没有本质区别？若有，它们的根本区别是什么？生物学能不能还原为物理学？当然还有：人为什么必有一死？科学能不能创造出永生的人？科学史不同于科学教科书的一个特点在于，它帮助我们从这些一般的思想问题来理解一门科学。

20世纪下半叶以来，生命科学的发展最为迅猛。这本书初版于1970年，中文译本所据的一版出版于1993年。鉴于生命科学的发展日新月异，这本书是本老书了。不过，思想不那么怕老，从我一个外行看去，生物学的基本理论这几十年似乎没有发生重要的修正。就此而言，这本书并不过时。至于这几十年来生物学技术的发展，我在这里顺便推荐一本，约翰·帕林顿的《重新设计生命》[1]，我读到的同类著作里，这一本既新又全面，介绍了基因组编辑技术、光遗传学、干细胞技术、合成生物学等方面截至2016年之前的技

---

① 约翰·帕林顿：《重新设计生命：基因组编辑将如何改变世界》，李雪莹译，中信出版集团，2018年。

术进展。

本书包含大量的专业内容，得要傅贺这样攻读生物学的博士来翻译。另一方面，本书面对的是普通读者，贺傅的译文为此增添了方便，译文多使用较短的句子，行文明白晓畅。

生物学科普我一向爱读，爱读而已，始终是个外行，当然没资格写序。但我猜想，这本书的读者大多数也是外行，我不妨把自己的几点想法写出来，供其他读者参考，或博一哂。

美德与幸福①

一、幸福的内涵

我们今天来谈谈幸福。先要向诸位说明一声，我不是来教诸位怎么获得幸福。能不能在课堂上把人教得幸福起来，对这一点，我颇有保留。即使能，也轮不到我来教，因为我不怎么肯定，我自己的生活是幸福生活。即使我自己十分幸福而且还愿意教你也获得幸福，你恐怕也不大可能听一小时课就变得幸福，那可真是，幸福来得太突然。

但我来做什么呢？我来谈谈，当我们说到幸福，我们是在说什么。

幸福是个重要的题目，也许是人生问题中最重要的题目，因为很多人都主张，人人都追求幸福，人生的终极目标是幸福。

对很多哲学家来说，这不是什么原理，这是个基本事实：所有人都希望获得幸福，有了幸福都不愿意放弃它。

那么，什么是幸福，什么样的生活是幸福生活？我们的幸福观

---

① 2019 年 3 月 9 日在"一席"的讲座，后来为三联生活周刊做了音频课程。

念，大面上，差不了很多。

亚里士多德列举了一些让人幸福的东西，健康、财富、好出身、聪明、长寿。我相信，很少有人觉得这些不是好东西。这些东西带来幸福。你身体健康，工作有成，薪水不低，夫妻恩爱，孩子出息，那你够幸福的。一个老年人，一辈子一事无成，儿子斗殴伤人进了牢房，女儿嫁了人远走高飞，孤孤零零住在破瓦房里，谁也不会说他有个幸福的晚年。你问 70 岁还在靠捡破烂为生的老太太，问她过得幸福不幸福，你显然是问错了人。

我们对幸福有大致相通的观念，这是就典型的情况来论的，这么泛泛说来，所有人都追求幸福。不过，在这个大范围之内，什么最让你幸福，什么最让我幸福，可能有很多差别。对有些人来说，锦衣玉食住大房子最幸福，对另一些人来说，竹篱茅舍，无人打扰读几本书听听巴赫最幸福。要这么说起来，不仅不幸的人各有各的不幸，幸福的人，也各有各的幸福。

那么看起来，虽然我们都希望过得幸福，但我们每一个个人，还是需要弄清楚自己要的是什么样子的幸福。

我们开场说的这些，都是老生常谈，但从这些老生常谈，我们似乎可以引申出几个看法。

第一个看法是，幸福指的首先是一种生活状态，而不是指主观心理。有人说，幸福不幸福是主观的，你欲幸福，则幸福至矣。不是的，至少不完全是，不主要是。你一个朋友，出了一场车祸，妻女遇难，他自己撞得满身是伤，躺在病床上，你可以鼓励他挺住，但要求他感到幸福，似乎有点儿过分。幸福不是你这么一感觉就幸福起来的。

当然，在大多数情况下，生活状态和心理感受差不开太远。一个人处在幸福状态中，他主观上也感到幸福，一个人处在不幸之中，他通常也感到不幸。我们的感官和感觉，本来就是为了反映现实发展出来的。感官有时欺骗我们，但不会始终欺骗我们，要是生物看到的听到的永远是错觉，是幻觉，眼睛耳朵这些器官就不会发展出来了。

我承认也有那样的情况，一个人整个陷入幻觉之中，有时候，甚至可能很多人，一大群人，同时陷入虚幻的感觉之中。我们可以设想有一个部落，那里的人衣不蔽体食不果腹，还被大大小小的长官欺凌，但他们从小被教育说，他们是世界上最幸福的人，其他部落里的人都生活在水深火热之中。如果他们的信息被完全控制起来了，他们得不到任何外界信息，那么有可能，在很长一段时间里，他们还真以为自己挺幸福的。这时候，生活状态和心理感受就完全岔开了，他们生活在不幸的状态之中，但他们主观上却感到幸福。这种情况下，我会说，他们生活在虚假的幸福感之中。如果虚假这个词有什么意义，那它说的就是类似这样的情况。

有时候，我们处在不幸的环境之中，又没有能力去改变这种环境，这时候，我们也许会想，与其徒劳地去改变环境，还不如去改变自己。这时候，我们最希望幸福只是一种主观感觉。我们无法获得幸福的状态，那就让我们获得幸福的感觉吧。这有时是个好主意，不过我想提醒一句，改变自己不一定真比改变环境来得容易，我们并不能咬咬牙就把自己的心理改变过来，改变自己需要做很多很多事情，比如说，你去修行，一直修到对什么都不动心，这种修炼来得往往比改变环境还艰难呢。

上面说的第一个看法是，幸福指的首先是一种生活状态，而不是指主观心理。我要说的第二个看法是，幸福通常不是一个人的事儿。我们说到幸福，常会提到的是父慈子孝、夫妻恩爱之类。你有个儿子，啥正经事都不会干，成天跟几个狐朋狗友混在一起吸食麻醉品，没钱买药了就去偷点儿抢点儿。是，你有钱，住豪宅开豪车，但你还是挺不幸的。为人父母的大概都会是这样：孩子幸福他就幸福，孩子不幸或不肖他就不幸福。

这一点跟上一点连在一起：幸福不是一个人的事儿，当然幸福就不可能只是主观的。

那你说，我就是我自己，我就自己幸福，我要是有这样一个儿子，我就不认他，断绝父子关系，我能因此变得比较幸福一点儿吗？闹到不认亲生儿子，一般我们会觉得怪不幸的。

我们平头百姓，固然没有范仲淹那样的胸怀，先天下之忧而忧后天下之乐而乐——那可能永远也乐不起来了，但我们也不是只关心自己，我们还关心家人，我们还关心朋友，关心弱势群体，多多少少，我们还关心自己的民族国家。你从叙利亚移民到美国，办了个公司，办得红红火火的，家人也都过得不错，但你的祖国内战连绵，外敌入侵，宗族里面，死的死伤的伤，你幸福吗？

从前的人，在这个方面更突出一点儿。古希腊人那里，一般把一个人的幸福跟他所在城邦的繁盛连在一起，中国古人那里，一般把一个人的幸福跟他的宗族兴旺连在一起。现在我们说到幸福，更多跟个人连在一起，不过，今天的人仍然不完全是原子，幸福仍然不完全是个人的。

我们说了两点：幸福不是主观的，幸福不是一个人的事儿。进一步想，我们可以得到第三点看法：我们一般只把幸福这个词用在善良的人身上，说到坏人恶人，我们一般不说他幸福。

初一想，幸福也就是过上好日子，吃好喝好玩好，但细细琢磨一下，一个人日子过得风光，我们不一定就会说他幸福。一个人，当上了大官，对上吹牛拍马，对下颐指气使，作威作福，他贪污了好几亿人民币，置办了十几处房产，一处房产一个女人，要说，钱财权势女人他都占了，可我们说他过着幸福的生活吗？好像不说。

说到幸福，我们首先会想到一个人享有的东西，比如衣食不愁啊等等，但幸福还有一层比较微妙的内涵：幸福还跟一个人的品质连着，跟天真、善良、通情达理连着。我们说一个孩子幸福，因为孩子天真，说一个老人幸福，除了衣食不愁，也在说这个老人善良、通情达理。

这第三点，跟上面说的第二点有联系。幸福不只是一个人的事儿，幸福牵涉一个人与他周边人的联系。他倒是锦衣玉食，过得烈火烹油，但他滥施淫威，给好多人带来苦恼甚至苦难，他滥用自己的权势，败坏了社会。所以，幸福这个词用不到他身上。幸福不只是一个人自己吃好喝好玩好，幸福跟人的品性有联系。好人才配享幸福。

到这里为止，我们说了三点，第一点是，幸福不只是一种主观感觉，第二点是，幸福不是一个人自己的事儿，幸福还包括一个人与他人、与社会的关系，第三点是，幸福不完全等同于过上了好日子，除了日子过得好，幸福含有良心、平安之类的意思。

这么说起来，幸福把人的好处都包括进来了，既包括外在的好处，又包括内在的好处，难怪人们会说所有人都追求幸福，说幸福是人生的目标。

幸福真的无所不包吗？你家养一只宠物猫，每天吃得饱饱的，你喂它，给它铲屎，逗它玩，它好像过得很幸福。

但即使如此，大多数人还是不满足于做一只宠物猫。人类的幸福似乎要求更多的东西。

一个幸福的幼儿，跟宠物猫差不多。有吃有喝，有人抚爱，他就挺幸福。现在，这个孩子长大了，十五六岁了，每天吃得饱饱的，别的啥都不学不做，成天窝在沙发里打手游，你会觉得那是一种幸福的状态吗？如果让你自己过这样的日子呢？

宠物猫的幸福生活里，幼儿的幸福生活里，似乎缺点儿什么。缺的是什么呢？

简单说，它缺了有所作为。宠物猫什么都不用做，也谈不上有什么德性。宠物猫尽可以无所事事，可是一个人似乎不能这样，人总要做点儿什么。

人似乎不仅仅要享受幸福，人还要做点儿什么，这是我们下一讲要讲的。

二、幸福的两面

上一讲，我们讲到宠物猫，它有吃有喝，有人抚爱。对一只猫来说，不妨说它蛮幸福。但多数人似乎不满足于这样的幸福，人除了有吃有喝，还要做点儿什么。

我们说到幸福，首先是从一个人享有的状态来说的，然而，人不仅要享有，人还要做点儿什么。我们不要以为，人凡事所要的只是好的结果。不是的，我们不仅希望有个好结果，而且要自己去做点儿什么来求获这个结果。我们希望自己得到的东西，跟自己的品性跟自己的行为有点儿联系。你希望这个女孩儿爱上你，但你不希望她是因为糊涂才爱上你，你希望的是，你是如此这般的一个男人，所以她爱上了你。

让宠物猫幸福的，不一定让人感到幸福。于是，人们想到，实际上，幸福有不同的等级。比如，心理学家马斯洛就把幸福分成五等。这里不说细节，只说，最低一等的幸福，是满足生理需求，最高一等的幸福，是自我实现。人不仅要享受，人还要做事，通过做事展现自己的才能和品德。

把满足生理需求定为幸福的标准，这个标准的确是太低了，但幸福可以把自我实现也包括进来吗？这是有点儿疑问的。我们这么问吧：自我实现是不是一定带来幸福？屈原和诸葛亮，做了他想要做的，发挥他的才能，展现他的德性，但他们幸福吗？我们好像不会说，屈原过得很幸福，诸葛亮过得很幸福。

我们一开始说，人都追求幸福。现在，我们有点儿怀疑了。也许，屈原和诸葛亮追求的另外什么东西。看起来，幸福之外，人生还有不少别样的追求，例如有所作为，例如德性。

话说到这里，我们就不能不停下来，看看"幸福"这个词本身了。

毕竟，"幸福"是一个现代汉语里的词汇，我们不能保证，其他语言里一定有一个词，意思恰恰跟幸福一样。大家都知道，要把"幸福"这个词译成英文，多半会译成 happiness，但 happiness 的意思，显然跟幸福不大一样。

如果我们说的是一个更久远的时代，例如荷马时代，这一点就更加明显了，我们就更不能确定他们有没有我们现有的这种"幸福"观念。阿喀琉斯、赫克托耳这些人，追求的是我们所说的幸福吗？荷马会说，这些英雄追求的是 Arête，卓越、优异。当然，像阿喀琉斯、赫克托耳那样的人不多，但整体上看，希腊人的特点不在于他们格外幸福，而在于他们充满活力。要说希腊人也追求幸福，他们的幸福里一定包含着勃勃生机。

在基督教时代，人们大概也追求幸福，但他们的幸福，总是跟对上帝的信仰连在一起。比较极端地说，人在这个尘世上得不到幸福，真正的幸福在天国里。不那么极端地说，如果一个人失去了救赎的希望，即使他有钱有势，也说不上他是幸福的人。人要获得幸福，那也主要不是靠你自己的努力，而是来自上帝的恩宠。

跟荷马相比，跟基督教相比，亚里士多德的看法跟我们所说的幸福更接近，虽然如此，他所说的 eudaimonia 更多跟品格、跟有所作为相连。所以，eudaimonia 说的主要是成年男人。我们常说幸福的童年，亚里士多德却说，eudaimonia 用不到孩子身上，因为他们还没有成熟的品性。而我们知道，在成年人身上，重要的总是品性与识度，幸福不幸福倒在其次。 所以，比较讲究的英国学者，不赞成把 eudaimonia 译成 happiness，而是译成 well-being，我也觉得把 eudaimonia 译成"幸福"不大合适，我更愿意把它译成"良好生活"。

中国古代也没有"幸福"这个词，也没有哪个词刚好跟我们今天所说的"幸福"相当。孔子说，回也不改其乐，没说颜回过着幸福的生活。

颜回那样的圣人或亚圣人我们不去说他，就说普通人的幸福观，古人也跟我们不同。在传统中国社会，幸福的一大要素是子孙满堂，家族兴旺发达。我们当代中国人，前一两年还只让生一个，谁能子孙满堂？你要是坚持只有子孙满堂才叫幸福，那么，整整一两代人都很不幸。幸亏当代人的幸福观念变了，不少青年人，别说子孙满堂，他一个孩子都不想要，省去了生养孩子的辛苦，丁克夫妻过得那叫一个幸福。

总之，说起幸福，不同文化的观念不尽相同，古今的观念不尽相同。我们刚才说到亚里士多德的幸福观，孔子的幸福观，这些都是不那么准确的说法。但除了这样说，也没有别的办法。

比较一下我们今天的幸福观和其他时代的幸福观，是件饶有趣味的事情。当然，我们这里做不了这项工作。但不妨说到一点，那就是，我们的时代是一个平民化的时代，在这个平民化的时代，人们不再把德性当作主要的追求，更不把卓越当作主要的追求，幸福不幸福成为头等大事。坏蛋尼采有一段话是这样写的：我们发明了幸福——末人说，一边说一边眨巴眨巴眼睛。这个平民化时代的幸福观念，其中的德性因素越来越淡，幸福的意思好像主要是过上好日子。即使我们还能够在今人的幸福观里看到一些德性的因素，这里的德性主要指的是善良和勤奋。善良与勤奋本来就是平民的德性，古希腊人的德性表里没有这两项。

我们一开始说，幸福是所有人的追求。现在回过头来看，这话是要打点儿折扣的。"幸福"这个词，是现代汉语里的词汇，所谓"所有人"，首先是我们现代人，首先是平民社会中的人。我们平头百姓，大概一心想过上幸福生活，古人不一定是这样，艺术家不一定是这样。诸葛亮要的，是建功立业，梵高要的，是画出他心底的激情。他们可能也愿意过得幸福，但幸福不幸福似乎是次要的，他们追求另外一些东西。

其实，我们想一想，也用不着梵高和恺撒那么特殊的人物。我们来想一想古往今来的文学作品，哪个主角是幸福的？那些吸引我们的、各种各样的人物，哪个过上了幸福生活？林黛玉、安娜、娜拉？童话里的公主王子最后过上幸福的生活，童话故事的基本套路是这个样子的，公主遭遇各种各样的危险，王子去救公主，克服了重重困难，最后，公主王子"从此过上了幸福生活"。公主后来的幸福生活是什么样的？过上了幸福生活，故事就结束了，完了。据说，幸福的生活都是一样的，都一样，还有啥讲头？

小说里的主人翁多半不是幸福之人，小说家、诗人、艺术家，他们自己往往也过得不那么幸福。是啊，要是梵高过着幸福的生活，我们大概就看不见他的星空和向日葵了，屈原要是过着幸福的生活，恐怕就写不出《离骚》和《九歌》了。

"从此过上了幸福生活"，故事就结束了，但还不只是因为后面没有故事可讲，是讲出来怪庸俗的。王子公主的故事听起来是有点儿庸俗啊。

我们前面说，说到青年人、壮年人，过着幸福生活，听上去有点儿怪怪的。青年人、壮年人，一味追求过幸福生活，是不是显得有点儿庸俗啊？要是更苛刻一点儿，幸福整个有点儿庸俗，至少有点儿平庸。父慈子孝、夫妻恩爱，挺好，挺幸福，可是，可是，听上去也挺平庸的。

我们刚才说，我们这个时代是平民化时代，在平民化时代，幸福，大家说得格外多。你也不妨说，平民化时代本来就比较庸俗，至少比较平庸。

这一点，尼采早看到了，他说，并不是人类都追求幸福，只有英国人才追求幸福。他说英国人，那是因为，前面我们提到一句，唯功效论主张人人都追求幸福，而唯功效论是一种典型的英国理论。

这的确是现代社会的一个特点，一方面，我们这个时代格外追求幸福，另一方面，我们这个时代，有很多人，格外把幸福看作庸俗。这类人里，最突出的是艺术家。你要是说他的作品，好倒是挺好的，就是有点儿平庸，他非跟你急不可。尤其是现代以后，艺术家最怕平庸、庸俗，无论什么作品，好不好还在其次，首先是要花样翻新，与众不同。在观念上，他们也最反对庸俗。现代主义艺术差不多就是从烦庸俗、反庸俗开始的。他们的反对目标就是中产阶级的庸俗趣味。

从社会学角度看，中产阶级最幸福，肯定比穷人幸福，而且也比身家亿万的财主、比权势熏天的大官幸福。从美学角度看，中产阶级也最庸俗，比穷苦人庸俗得多。现代艺术家差不多都号称自己站在劳苦大众一头，虽然他们自己有房有车，出入大酒店，看上去跟中产阶级没什么两样。

如果幸福不是人生的目的，那什么是？尼采的回答是超人。这个超人，有一点儿荷马的影子，我们刚才说了，阿喀琉斯、赫克托耳他们那些人，好像不怎么在意幸福，他们更在意的是卓越。

不过，在近代哲学家里，尼采是个异数。我们已经说了，唯功效论者主张人人都追求幸福。跟他们相反的是唯道德论者，他们主张，我们应当追求的，不是幸福，而是道德。对，如果幸福不是人生的目的，那什么是？对，道德。

下一讲，我们来讲讨论道德和幸福的关系。

三、幸福与美德

这一讲，我们来讲讲道德与幸福的关系。

说到道德与幸福的关系，我们可以粗略区分出三种基本主张。

一种是把幸福视作人生的最高目的。他们也主张人要遵守道德，不过，在他们看来，道德是为幸福服务的，有道德是达到幸福的手段。唯功效论的哲学家大致是这样主张的。

另一种是把道德视作人生的最高目的。为方便，我称它作"唯道德论"。他们只认道德，不管道德能不能给我们带来好处。据说，这种主张是苏格拉底最早提出来的。古代有代表性的是斯多葛主义者。近代以来，道德主义最突出的代表是康德。

第三种主张是，美德重要，但富贵这些俗气的好处，也是可以追求的。这是孔子和亚里士多德的主张。

功效主义者坚持幸福是伦理学的首要原则，功效主义的主张是，所有正当的行为都是为了促进人类整体的最大幸福。他们不排斥道德，但是把道德看作达到幸福的手段。

功效主义听上去有点儿俗气，不过，这种主张似乎有不少事实支持。有些德性显然能带来好处，比如勤劳——通常，勤劳的人要比懒人过得更像样子。

功效主义说道德是获得好处的手段，这个，我们不妨再来看看道德教育。所谓道德教育，它多半也是用功利来说服人的。家长教育孩子要诚实，家长怎么说？他说，你撒谎，早晚要露馅的，一旦老师、同学知道你是个好说谎的孩子，谁都看不起你。

自由战士也是这么教育民众的。他们一面挺身而出反抗暴政，一面呼吁群众跟上。他怎么呼吁？他们警告民众说，暴政今天在欺侮这个无辜者，不要以为他与你无干，你今天不站出来伸张正义，不义明天就会落到你头上。说白了，你不跟我一起来反抗暴政，最后你自己也要倒霉。

其实，就连上帝也用功利教育我们。《圣经》上说，正直人的后代必要蒙福。[①] 他家中有货物，有钱财。他的公义存到永远。

唯功效论的想法不是全无根据，但还是无法让人完全信服。

从事实上看，虽然在很多情况下，也许在大多情况下，德性有助于带来好生活，但我们也看到很多例子，在那里，德性没有带来好生活，反倒带来很多苦恼，甚至苦难。虽然我不相信在这个世界上，总是劣币驱除良币，但似乎，这个世界也不是为德性造的。

从道理上说，把道德当作获取好处的手段也说不大通。要说德性一定带来幸福，那等于说，一个人得了双份：他既是个有美德的人，又是个得了好处的人，这样的好事，谁不愿意？若真有这样的好事，岂不人人都会变得德性高尚？

跟唯功效论相反的，是道德主义或者唯道德论。

道德主义坚持道德即幸福，不是平常意义上所说的，道德能够带来幸福——那种想法恰恰是功效主义的想法。道德即幸福说的是，你有道德，你就已经幸福了，只有在这个意义上可以说道德带来幸福。你有道德，你就已经幸福了，哪怕你穷困潦倒，哪怕你身

---

① 《圣经·旧约》，诗篇，112:2。——编者

陷囹圄。我们刚才说到颜回，就是这样，人也不堪其苦，回也不改其乐。

我们刚才谈到了唯功效论主张的难处，唯道德论也有难处。种种理论上的难处不去说它，最明显的难处很简单，只要道德，不管它带来不带来好处，这个要求太高，普通人做不到。庄子笔下的圣人或真人，餐风饮露，可以只问道德。我们普通人，虽然愿意在一定程度上坚持道德，但他们还是要有好处。只问道德固然是个很高尚的思想，但完全不考虑自己得到什么好处，普通人的日子怎么过下去呀？

现在我们来看看亚里士多德的幸福观。健康、财富、地位、安全、宽松的环境、和睦的人际关系、德性，总之吧，就是我们平常所说的那些好东西，我们都要。好生活，人之所欲也，德性，亦人之所欲也。而在所有这些东西里，亚里士多德把美德放在首位。

孔子的想法好像跟亚里士多德的想法差不多。有些理想主义者比较高蹈，视富贵如粪土，跟他们相比，孔子比较朴实，他觉得富贵蛮好的，只不过，要通过正当的途径得到富贵。富与贵，是人之所欲也，不以其道得之，不处也。

说到这里，我要加个脚注。在这个报告里，我一直混用道德、德性、美德，其实，在伦理学说里，这些概念有很大的差别，老庄的"道德"跟康德的"道德"也不是一回事。只不过，我们在这里来不及去加以分辨。只讲一点最突出的，所谓道德，是一种人必须服从的指令，它来自一种高于人的力量，无论来自上帝还是来自绝对命令，所谓美德，则更多是从一个人的自然的一部分，是他的完整生存的一部分。康德伦理学讲的是道德，亚里士多德伦理学讲的是美德。

在哲学史上，亚里士多德的幸福观最有影响，也比较合乎常识，跟他们相比，唯道德论看来是太极端了。我有时甚至觉得奇怪，唯道德论怎么会提出他们那么极端的主张呢？

我想，一个原因是，他们想用一个唯一的原理来概括一切。唯功效论和唯道德论是近代伦理学中两种主要的理论。它们有一个共同的特点，那就是要用一个原理来解释所有的事情，这个原则，要么是功效，要么是道德。但我恰恰不相信，能有一个唯一的原理，可以概括所有的生活，可以解释所有的生活现象。没有哪样东西能概括所有人的追求，幸福未必行，道德也未必行。

此外，还有一个原因。

我们也许可以承认，既有德性，又过着好生活，这是最幸福的生活。可是，我们前面已经说过，事情往往不如人意。德性和财富等，往往互相冲突。而且，健康、财富这些东西，虽然是好东西，很好的东西，但今天属于你，明天就可能消失得无影无踪。昨天他还体壮如牛，今天突发脑溢血瘫痪了，今天他还在地下室藏着两吨人民币，明天中纪委把他隔离审查了。人们说财富是身外之物，大概就包含这样一层意思。

我们的主题是幸福。然而，也许，更值得一谈的是不幸，是命运无常。人的一生，会有种种不良的遭遇，欺诈、冷漠、暴力，更不要说此起彼伏的小烦恼，不要说生病和死亡，那更是人人都躲不过的。你今天幸福，可是，幸运无常。据记载，梭伦曾经跟吕底亚国王克洛伊索斯有一段对话，其中有一名句：神让人瞥见一眼幸福，然后把他们抛入毁灭之中。

　　自古以来，人对这样那样的无常命运就深有感受。人们从方方
面面努力，来对抗无常。其中最深刻的一条路径，就是发展道德。
健康、财富、德性，这些东西共同构成幸福。不过，在这些东西里，
德性占据一个特殊的地位。这是因为，德性最内在地属于一个人，
最少受到运气的影响，是人身上最难被剥夺的东西。

　　你的幸福如果主要依赖于财富这样的身外之物，那么，你可能
幸福一时，但这样的幸福是靠不住的。你的幸福越多地依赖于德
性，你的幸福就越牢靠。

　　而要超脱命运，获得完全的可靠，人就需要摆脱一切受运气摆
布的东西，进入纯粹的道德境界。所以，庄子笔下的"神人"，不食
五谷，吸风饮露，列子御风而行，庄子还说他没到最高的境界，因
为他还要靠风，还"有所待"也。斯多葛派的爱比克泰德身为奴隶，
遭到尼禄皇帝的迫害，他说，你可以给我的腿带上镣铐，但你无法
禁锢我的心灵。康德的道德主义不排斥幸福，但他所谓的幸福不是
私人幸福，不依赖于道德以外的任何东西，甚至跟人的感情也没有
关系。

　　庄子所谓道德跟康德所谓道德，含义相差很远，但在希望摆脱
无常命运这一点上，我们可以看到他们的相通之处。

　　这种摆脱了一切无常的境界，他们称之为绝对的幸福，至福，
至乐。

　　这么说来，唯道德论不像它一上来听起来那么武断，它诉诸我
们对无常命运的深深恐惧。不过，我仍然不接纳唯道德论。认真
分析起来，这是因为，这里有一个隐含的思想，那就是，我们必须
有一把绝对的尺子，才能够衡量世间纷纭万态的苦乐得失。而我认

为，没有这样一把尺子，我们也不需要这样一把尺子。

不过，这种分析有点儿枯燥，我就不拿它来烦诸位了。

也的确，我啰里啰唆，现在该收场了。

我还有好多没有说到，例如，幸福与社会制度的关系。

但我希望，我还是说了一点儿什么。的确，我承认，我没有能够教会你怎么变得幸福——我连自己都没教会——但我希望，以后我们思考幸福的时候，会想一想，你要的是哪一种幸福，你要的就是幸福呢，抑或是某种不尽相同的东西。

好了，谢谢诸位。

《威廉斯的本真性伦理学研究》
评审书 [①]

刘佳宝的博士论文《威廉斯的本真性伦理学研究》以本真性为主线展开威廉斯伦理学的整体内容。我是抱着审读论文的心态打开这篇论文的，不久，审读就变成了愉快的阅读。威廉斯我读过很多，并自信有相当全面、适当的理解，而读这篇论文仍受益良多。

伯纳德·威廉斯是20世纪下半叶最深刻、最重要的伦理学家。他的很多主张极富创意，引发大量讨论和争论。联系这些讨论和争论系统阐明威廉斯的基本伦理思想是一项十分重要也十分艰难的工作。本论文从事这项工作，具有重大的、深远的学术意义。

作者的阐论基于威廉斯已发表的几乎所有主要伦理学文著，如作者自己强调的，这也包括《羞耻与必然性》《真理与真诚》等晚期著作。作者对这些文著做出深入的通盘解读，据以梳理成论文中所表述的威廉斯伦理学主导思想。众所周知，威廉斯的很多文著十分艰深，即使在表层上读通已属不易，而作者对这些文献的准确、深入的把握彰显了他极强的哲学理解力。而且，威廉斯的这些著述各有重点，从中梳理出连贯的本真性伦理思想进一步彰显了作者极强

---

① 2019年5月4日。

的一般哲学能力。

威廉斯在阐发自己思想的时候，广泛参照古今哲学思想，并且介入不少当代哲学的讨论和争论。本论文作者相应地需要了解包括亚里士多德、康德、麦金泰尔在内的很多重要哲学家的思想。他在这方面同样做得很好。在为威廉斯思想辩护的同时，作者能够为这些哲学家提供妥帖而公允的解读。

本论文涉及对大量论题的论证，多数论证篇幅并不大，但作者显然考虑周详，不回避难点，合情合理推进论题。

威廉斯一向在深处运思，要阐论威廉斯思想的实质，仅仅读懂威廉斯的文句是远远不够的。在阐论威廉斯的时候，本论文的作者表现出极高的悟性，即使在很多精微的关节点上，仍能紧紧把握威廉斯的深刻思路。说到底，哲学解读要求的不止是阐明这位或那位哲学家的问题，而是要阐明问题本身；本论文表明了作者对所论问题本身的深入思考。

本论文的表述简要紧凑，篇幅并不大，但内容丰富。作者没有沾染当下流行的各式哲学写作疾病，始终以问题为指归，以清楚明白的语言表述之。在我看，这达到了哲学写作的最高要求：用平易的文字阐述深刻的思想。

本论文是我审读过的博士论文中最好的一篇。

本论文作者总体上认同威廉斯的伦理思想，对威廉斯的个别论断，作者提出了质疑和批评。我像作者一样，总体上认同威廉斯，但对威廉斯的具体立论似乎比论文作者更挑剔些。

例如，威廉斯提出道德运气，这是个引发广泛争论的概念。他的相关论说是否证成了道德运气呢？我个人认为不曾。本论文作者对这一点似乎也存疑,他说:"我们得出的结论就并不只是'道德'会受运气影响……我们应该说人类实践生活或者说本真性的生活免不了受运气的影响"(本论文第99页)。作者并没有全盘接受下威廉斯的"道德运气",这一点值得赞许,然而,结论是"不只是'道德'会受运气影响"呢抑或道德根本不受运气影响?如果道德确实受运气影响而威廉斯的阐论并没有证成这一点,那么,我们应该通过什么方式来阐明道德运气呢?作者止步于一个有点儿含混的结论而没有更进一步探究随后的问题,让人稍感遗憾。

再举一个更细微的例子。在《羞耻与必然性》中,威廉斯引用了塞内卡的一段名言,说的是灵魂自主——灵魂是如此自由,没有任何囚笼可以将它拘禁。威廉斯认为,塞内卡表达的是这样的信念:生活不能从根本上是不合正义的。我不认为塞内卡在这里受到了公正的对待。固然,把塞内卡的说法加以延伸,也许可以得出威廉斯的结论,但这显然不是塞内卡这段话的本旨。何况,"生活不能从根本上是不合正义的"这话我们难免从今人的一般观念来解读,如威廉斯本人提示,这话放到塞内卡的信仰框架里也许有相当不同的含义——从根本上必然合乎正义的不是我们所理解的生活,而是神恩笼罩下的精神生活。本论文作者进一步认为这段话表明塞内卡支持奴隶制(本论文第102页),恐怕更难服人。

本论文最后几段(论文第174页最后一段到第176页论文结束)似不属于第七章第3节,应单立为简短的结语。

《从本真到本有——海德格尔的"克服美学"》评阅书 [①]

《从本真到本有——海德格尔的"克服美学"》联系海德格尔对主体-客体框架的批判、对技术时代的批判等等论题探讨海德格尔"克服美学"的思想。这一选题对拓宽和加深我们对海德格尔哲学的理解有重要意义,对一般的艺术阐释尤其是当代艺术阐释也有重要意义。海德格尔从根本上反对在美学框架中探究艺术,对这一反对态度的系统阐论即使未必构成禁断后世论者把海德格尔艺术思想纳入美学的做法,但无疑会要求后世论者为自己这种做法提供更明确的辩护。本论文作者切实掌握相关文献,并纳入了较少得到讨论的克利笔记等材料。作者对海德格尔的基本思想有深入的理解。写作规范,论文结构合理。

本论文把海德格尔对艺术的讨论置于海德格尔以存在、真理、本有等关键词勾勒出来的整体思想之中,置于海德格尔从此在中心到存在中心的转变之中,从而把"克服美学"这一论题置于广阔的视野之中来予以讨论。

本论文把海德格尔的"转向"阐述为从此在本身作为 Lich-

---

① 2019 年 5 月 11 日。

tung^① 转向此在被置入 Lichtung，同时指出在这一置入中，此在与 Lichtung 的关系是双向的（第四章）。这一阐述路线有相当的依据，不过，这里有一个困难的问题："此在被置入 Lichtung"这样的表达很难与此在与 Lichtung 的双向关系兼容。换言之，在后期海德格尔那里，人归属于存在这一命题得到了相当充分的阐释，但存在需要人这一命题却常常一带而过。面对这一核心困难，本论文似乎不曾提供更具启发的解读线索。

上述困难在海德格尔后期思想中有多种多样的反映。例如，本论文简短论及希特勒和时代状况各自应为第三帝国的罪行负何种责任（本论文第 96 页），这一问题的探究与上述困难遥遥呼应。就本论文的主题而论，上述困难也反映在例如作品与作者的关系问题那里，反映在作品与作品的创造那里，毕竟，作品并非在充分意义上是自行开敞的。

海德格尔虽然提出要克服美学，但他对传统美学所涉及的种种问题讨论得不多，因此之故，在克服了美学之后我们应当怎样理解与艺术相关的种种问题，海德格尔只提供了少许颇为笼统的提示。本论文的作者没能够结合实际的艺术现象和艺术发展为这些笼统的提示注入更具体更丰满的内容，使得本论文更像是在论述海德格尔思想的大结构，而不是从艺术内部出发去探讨与艺术相涉的特有问题。这一短处，想必作者自己有所觉察。本论文有一段说道：（本论文）"看上去只是把海德格尔对存在的各种表述整合在一起而已。但让人无奈的是，我们唯一能够比海德格尔多做的也只能是这样。"

① Lichtung，明敞，澄明。——编者

（本论文第 117 页）我不确定这是不是我们唯一能做的，但我了解，不管海德格尔明述的主张是什么，他的论说方式很容易束缚诠释者，把他们束缚在复述的范围之内。因此，选择海德格尔作为论文选题不一定是最明智的；好在，本论文作者能够恰当理解海德格尔的不少重要论点，这应是选择本论文论题的良好收获。

公益人与良好社会 ^①

问： 我先提一个也许有点儿幼稚的问题：我虽然做了很多年公益工作，但其实我并不是很清楚我的工作最后的结果会是什么。

答： 大家做公益，是为了得到善果，但每个人只能做这么多，每个阶段只能做这么多，最终结果会是怎样，我们都不知道。没有人能像上帝一般看穿事情的走向，确切知道我们所做的事情最后的结果是什么。我们明白一点道理就去做，做的过程中时常反思，在这个过程中我们的目标变得更具体，也更确切。我有时想，最重要的不在于你一开始设立的是什么目标，而在于你后来一步一步是怎么走的。

当然，我们所能控制的行动是有限的，只能做这么多。每个个人、团体不仅在空间覆盖面是有限的，而且所做的事情永远是整体生活的一个方面，没有个人或团体能够涉及生活的方方面面。比如垃圾分类、环境保护、村民互助贷款，这些都重要，但是每一个都只是生活的一个方面。我们做事，就像传接力棒一样，做完自己的这部分，总要传给下一个人、下一个团队去做下一步的事。我们把自己的这部分做清楚，把这个阶段的事情做清楚，然后，所谓尽人

---

① 2019年6月7日在丽江公益人工作坊座谈。

事以听天命。

问：如果说，从政是追求权力，从商是追求利益，那么，您觉得公益追求的是什么？您如何看待公益？

答：比较有想法有抱负的青年人选择未来发展方向的时候，可以从政，可以去办商业实业，可以走学术道路，这些是大多数人的选择。走社会公益的道路的人比较少，在中国格外是少数，比如跟印度、巴西比。要说把日子过好，比较可靠的道路是官路和商路。从学差一点儿。做社会公益不大可能变得富有。选择去做社会公益的青年通常更富有理想主义。

当然，从政从商的道路都可以是理想主义的，从商不一定都是要为自己挣钱，如比尔·盖茨、稻盛和夫，他们虽然富可敌国，但是他们的生活依然简朴，他们的财富只有一个小零头用在个人生活上。他们在很大程度上是在为社会做企业。20 世纪 80 年代初的时候，我们这一代大学生、研究生理想主义色彩比较重，想的主要不是自己将来怎样过上好日子。打算从政打算从商的，也是真正想做点儿事情。要是当时有社会公益这条路，也许有不少人会去走这条路。

公益事业的目标当然是帮助他人，发展社会。做政治、做实业，也可能帮助到别人，但做官、从商，难免从地位、财产来考虑问题，公益人好像不是这样，他们更多从精神活力和人格品质来考虑问题。

在官场，在商场，有很多确定的游戏规则。社会公益的体量不大，但形式极其多样，怎么做才对，结果会是怎样，都不那么确定，要求大量反思。什么事情都不容易做，但做公益的，在精神上、在思考上，多半要更经常接受考验。这可能正是公益人士的一个特点，公益人更富反思，反思自己，反思自己正在从事的事情，更直接地跟自我打交道。你一开始从政从商，想的是为社会做事，三十年四十年之后，也许官场商场把你变成了一个毫无生气的官僚，一个唯利是图的商人。从事公益事业不大容易名利双收，不过自我发生变质的危险要少一点吧。

问：我之前一直做公益，最大感触是以前的生活和世界特别简单，今年开始涉足商业，我才知道，原来商业世界是浑浊的，生意人追求"利益最大化"与我的三观相冲突。然后我就不断地追问自己，我该怎样生活？

答：做商业的倒也不见得都追逐"利益最大化"。有人去开书店，开店的时候就知道非常辛苦，利润不大。当然你得有基本的利润，否则你做不下去了。我有一些工商界的朋友，他们完全不是唯利是图的那类人。就算追逐利益，也不一定要反对，我觉得不要把名利污名化，好像名利完全沾不得。从另一个角度看，工商界的朋友会说他对社会做出了很大贡献，他给一千多名工人发了三十年的工资，工人养活了自己的家人，单讲这一方面，他比做公益事业的人贡献更大。

当然，商业世界里的确有好多浑浊的东西。不过，别的界也差不多，你去看看学界，你的观感不一定好多少，甚至比商界更糟。工商业的产品大多半最后得由消费者检验，你可以吹可以骗，但东西到了消费者手上，他还是知好知坏的。相比之下，学界产出的东西是好是坏，更少可靠的评价。现在的中国学界几乎没有任何信得过的评价体系。

现在的问题不是你在商界还是学界还是什么界，而是各行各业普遍失范，乱象丛生。我们也不能指望政府来治理，结果常常是政府干预得越多事情越乱。比较理想的是一个行业的从业者自己逐渐建立起一套行为规范。商业也是一样，即使你要利益最大化，你首先要遵守正当的商业准则。

从个人角度讲，做什么职业好呢？这个只能是每个人根据自己的才能、性情、机缘选择。你做公益的时候觉得生活特别简单，是，做公益可能没有太多个人利益考虑，大家相处起来就比较单纯。不过，也有人有不同的经验。我有一个学生毕业就去做公益，大概是七八年前，先后在几个不同的公益组织工作，他的经验就很糟，看到了很多钩心斗角的事情。现在他在出版行业，刚开始，有干劲，不知过两年会怎样。我个人的感觉是，同一个行业里面也有很大差别，有的年轻人在这家公司做一段，好多钩心斗角，换了一家公司，同事们相处得很愉快。

问：很多人觉得做公益其实还是在为"名"。有了"名"之后会有更多的社会支持度，然后才能达到更好的社会效应和实现目标。您如何看待？

答：我当然不同意无论谁做什么都是为了名利，人的目标多种多样。我特别反对把所有的事情都拉平了来说。名利之徒这么说，可能是在为自己开脱。另一些人是被利益最大化之类的理论蒙住了，这种理论简单，好多人容易信。其实，照你的说法，公益人求名，最后还是为了达到更好的社会效应才求"名"的。是，你做公益，籍籍无名就得不到关注，得不到支持。所以你需要造出名声——造出名声是手段，不是目的。蒙头做事情，谁都不知道你，谁来支持你？但到了具体情境里，手段和目的往往摘不清楚。媒体来找你，你配合不配合？来报道公益的多半是有责任心的媒体，他干吗不省点儿心去做做娱乐节目就完了？但身为媒体，难免要制造热点，难免报道片面、夸大。这时你配合不配合？怎么配合——会不会弄成表演？一开始，你去做宣传，知名度只是手段，但做着做着，手段后来变成了目的。大家都在争取知名度上做文章，为了追求曝光率，把越来越多的精力用来做宣传。结果成了弄虚作假，公益界也成了名利场，扭曲了原来要做的事情。

我个人赞赏邓仪的路子，始终把主要精力放在你一开始要做的事情上，有多少资源做多少事情，做不大就做不大，但始终保证所做的事情的品质。我曾经和邓仪长谈，觉得他的做法值得推广。邓仪说他并没有要推广的想法，他更希望的是不同做法的人之间互相交流分享，就像这样的工作坊，我看能从你那儿学到点什么，你能从我这儿学到点什么。人一般都会倾向于，如果我做得好，就想大家都承认我做得好，把这个做法推广出去。后来我也感觉，在我们这种环境下，任何模式的大范围推广都涉及太多作秀。邓仪是对的，慢慢把一个有限的事情做好，就在有限的范围内建立信心、获得意义，而不是事情稍稍做好了就想把它做成一个普遍的东西。

问：我是从商业领域跨到公益做工作，特别想追寻刚刚提到的良好生活。我现在感觉到自己工作的无效、失望以至于生活的混沌。毕竟青春很容易过去，我到底应该怎样处理和自己的关系，让我在我的范围内创造我的价值？

答：刚刚讲到各个行当有各自的问题。刚才那位朋友说到商界的混沌，你现在说到公益圈里的混沌。说起来公益是比较理想主义，但也始终要和钱、人、政治打交道，一到具体现实里，难免都有点儿混沌。但我试着回答一下你的问题吧。做公益的朋友，我相信理想主义多一点，更希望为社会做点儿好事，但我们这一生毕竟不光要为理想而活，不光为他人活，也要为自己而活。像你说的，创造自己的价值，用一句老话说，自我实现。你说毕竟青春容易过去，到了我这个年纪，我说人的一生也很容易过去；如果不是机会把我们锁死的话，我们还是希望在这一生中，尽量把自己的品性、才能发挥出来。如果我做的事儿限制了发挥我的才能，展现我的品格，那就觉得不是那么开心。简言之，我们选择做一件事情，不只是因为它是好事、重要的事，也是因为它能够发展自我、展现自我。这是一个你和自己做的事业不断交流、对谈的过程。

我不知道在这个场合这样说是不是合适，如果你发现公益工作确实妨碍你的自我实现，你不一定要坚持做公益。我 1993 年刚回国的时候，参加公益活动比较多，那时候，国内公益组织刚刚起步，国外的公益组织资金比较多、经验比较丰富，而且愿意到中国来发展。我在这个领域能帮上忙。我能说英语，我对国外情况比较了解，我在国外就跟一些公益组织有联系，所以刚回国那段时间我参与公益工作比较多，但是后来我还是回到了学院工作，我比较擅长读书吧，学术工作更适合我自我实现吧。

问：您从哲学的角度怎样看待当代中国公益或者公益环境？

答：我做过一点儿公益，做得不多，而且那是二十年前的事儿了，我对现在的公益环境不是很了解，说不出很多，只宽泛说几句。

我觉得公益这个行当天然更加复杂，个人、社团、社会目标、利益，纠缠在一起，不像学术、商业，目标相对单纯。在我们国家，做公益更多了一层困难。有很多社会传统上一直是国家-社会-个人的三元结构，但在中国，一直以来主要是官家和个人的二元结构。不光今天是这样，在整个中国历史上社会力量都比较弱，比较边缘。我们国家两千多年来，总体来是官本位社会，吴思所说的"官家社会"，政府主导一切，由上而下，没有民间社会。民间社会、市民社会、公民社会，不管怎么翻译，本来就是个西方的概念。有些学者认为"士绅"可以对应于西方的民间社会，但两者有很多不同之处，单说一点，我们把 civil society 翻译成"市民社会"，提示这里谈的是城市而不是乡村。中国的城市跟西方城市在源头上、结构上有很大区别，西方有自由城市的传统，才形成了民间社会。很多国家有大批成规模、成传统的民间组织，而我们没有这个传统。比如说环保，在西方，一般是民间促动，政府跟上。而在我们中国，民间不是没人做，但很难做成局面，真正有实际效果到最后还要由政府来做。所以，在中国，公益组织除了会碰到很多具体困难，还会碰到额外的政治、文化方面的困难。

人们常把我们这样的官家社会称作家长制，还说，家长都是为了孩子好。

即使你为了孩子好，也不能一厢情愿，还要看孩子买不买账。尤其在今天，家长觉得对孩子好的事，孩子不一定觉得好。回到社会的场景中，这是说，统治者是不是为民众考虑，这是社会是否良好的一个标准，但这远不是事情的全部，民众的感觉也是社会是否良好的一部分。很多事情，本来是我自己的事情，我要自己来做，自己来管，你非要来管，无论你是不是在替我着想，我都不领情。所以很难简单说家长式的管理好与不好，如果民众没有自我管理的要求，那么，只要官僚家长们给了大家足够的好处，社会可以是挺满意的，如果民众有自我管理的要求，要求自己来争取把事情做好，那么，仅仅得到好处就还不够，不管民众是否得到好处，家长意识是不对的。

　　总的来说，跟古代社会相比，现代社会中，个人更多地要求自主，社区更多地要求自主，这已经在个人生活和社会生活中相当明显。这也体现在，在现代社会中活跃着大批民间组织。在这方面，我们的民间组织要比外国同行艰难不少。我对国内的公益人士与公益组织格外敬佩，这也是一个原因。

游 居 延 海

黄沙忽尽海光开，

鸥鹭轻云结伴来。

八骏西巡经此景，

可曾起意筑瑶台。

2019 年 8 月 15 日

大风沙中游黑城

千里黄沙过黑城，
依稀蒙骑铁蹄鸣。
苍头不识兴亡事，
别觅泉田度此生。

2019 年 8 月 15 日

《信睿周报》年终特辑访谈 [①]

问：首先想请您谈谈今年您投入精力最大的事是什么，以及您为什么想去推动这件事。

答：我的阅读和思考都挺杂的，强说，我今年的深阅读更多围绕因果性、预定论（决定论）、意识、"自由意志"。实际上，这个方面的集中阅读已经好几年了。少年时候把我吸引到哲学思考的就是预定论和自由这个问题。一个问题套着一个问题，最后又绕回来。比较起少年时候，现在的思考要厚实很多。随着系统阅读和系统思考，问题的脉络也清楚起来。

我为学术做的工作主要是翻译。虽然译文的数量不很大，但做得相当认真，得到学术界和非学术界的不少朋友肯定。我自己的思考则主要跟随困惑自己的问题走，没怎么考虑对学界有什么影响，更不曾打算去推动什么。我的写作也是老式的，是为读书人写的，不是为专业人士写的。我考虑的事情都是普通人如果好琢磨事儿都可能碰到的问题，只有专家感兴趣的问题对我没什么吸引力。

其实，这本来就是我对哲学的理解。我读得比较多的几位哲学家，海德格尔、维特根斯坦、伯纳德·威廉斯，的确都相当深奥。

---

① 2019 年 11 月 30 日。

不过，在我看来，深奥跟专家性蛮不是一回事。

哲学领域里的专家工作，一类是文本诠释，例如在文本水平上疏解亚里士多德的《尼各马可伦理学》或《物理学》。这不仅需要对哲学问题本身有相当的敏感，而且需要古典语文学等好几个方面的根基，我完全做不来。功夫不深的学者，偶或也能提出一得之见，但很少做得出当真值得称道的贡献。

分析哲学领域里的专家化倾向，在我看来，主要是自觉不自觉地卷入科学主义浪潮的后果。你需要大量的技术性训练才能开始讨论弦理论，外行理所当然读不懂。学院里，不少人模仿这种进路来讨论因果关系、自由等等。这里无法讨论哲学探究和科学研究的实质性区别，但贸贸然望去，不难看到两者的很多区别，其中一个是，科学前沿领域的争论有望最终得出公认的结论，哲学领域里却从来没有发生过这样的事情。

要说想"推动"什么，我倒是希望看到青年哲学工作者能够少被科学主义裹挟，我也希望自己的工作能够对此有所助益，虽然知道这个希望相当渺茫。

问：您认为2019年在您的专业领域最重要的人物／事件／趋势有哪些？您认为2019年在您的专业领域被忽视了的人物／事件／趋势是什么？

答：学科领路人必须掌握专业领域的人物／事件／趋势，现在的年轻学者国际化程度高，对各自的专业领域的人物／事件／趋势往往也相当了解。我既不年轻，也不是领导，而且，从一开始就没有十分以专业为意，说到专业领域的人物／事件／趋势，只有零零星星的了解，不说也罢。

问：请您谈谈明年的研究计划，会特别关注哪些方向？

答：谈不上明确的计划。我希望还有两年可以进行有效的思考，受时间、精力所限，这些思考恐怕难以形成著述的模样。我有不少读者和听众，其中不乏才智健全之士，这一直给我很大鼓舞。有几个甚至愿意更系统地了解我的工作进展，我愿给他们讲讲所思所想，希望能对他们自己的工作有点儿启发。

问：最后，请您推荐一本您今年读到的让您感到眼前一亮的书。

答：只提一本的话，特伦斯·迪肯（Terrence Deacon）的《未完成的自然：心智如何从物质涌现》（*Incomplete Nature: How Mind Emerged from Matter*）。物理主义还原论虽然荒唐，但仿佛手握当代科学的背书。不少思想者在各个方向上努力开辟摆脱还原论的道路。迪肯的这本书在"突现论"的方向上，广泛综合古今的相关观念和科学成果，提供了一个远比此前研究更加系统的方案。

动物的智能 [①]

一、智能不是人类的专利

非洲灰鹦鹉亚历克斯面前摆着三个倒扣的杯子，有些小物件扣在杯子下面。实验者艾琳依次拿起杯子，停留几秒钟后再扣回去，以便亚历克斯能够看到这些小物件。最后，三只杯子都扣放在它面前。艾琳问它：总共有多少物件？在十次测试中，亚历克斯有八次答出了正确的总数。答错的那两次，它重新听一遍问题就答对了。

一只鸟居然会数数，会做加法？也许，也许不然。要做出清晰的回答，不仅需要参照其他大量观察和实验，还需要重新审视"加法"这一概念。不管最终答案如何，这个实验，以及其他无数观察和实验，不能不让我们对很多动物的认知能力刮目相看。

《万智有灵》这本书的主题就是动物认知。通过大量的实例，作者德瓦尔（Frans de Waal）尝试表明：动物并不只是通过条件反射来学习，很多动物像人一样，在恰如其分的意义上具有认知能力。

① 本文是《万智有灵：超出想象的动物智慧》（弗朗斯·德瓦尔著，严青译，湖南科学技术出版社，2019 年）一书的书评，以《智能不是人类的专利》为题首发于《信睿周报》，2020 年第 19 期。

动物认知与人类认知构成了一个连续统，从前标注为人类独特性的很多能力，都需要重新加以审视。（"人和动物"有语病。人当然也是动物，而且主要是动物，不是智能、天使或电脑程序——人若不首先是动物，我们就无法适当地理解智能和道德。本来应该说"人和非人动物"，只是那样行文过于累赘。）

年轻的雄黑猩猩步坐在屏幕前，屏幕上随机地先后显现五个个位数字。步要在触摸屏上把这些数字依照它们显现的顺序按出来，它一旦开始按，这些数字就被白色方块取代。步只需对这些数字看上大约 1/5 秒就能完成这项任务。数字增加到九个，步仍能达到 80% 的准确率，迄今为止，尚无人类能够做到这一点。这类案例显示，在有些特定方面，动物拥有更强的认知能力。

按说，达尔文以后，物种间的连续性是默认的前提，否则，我们怎么会为了治疗人类的恐惧症去研究大鼠脑的杏仁核呢？我们现在都知道，黑猩猩与人的基因相差甚少，黑猩猩的脑比人类小，但其构造跟人脑没什么不同。但另一方面，人类与其他动物实在太不一样了，难免让人觉得两者之间有一条鸿沟。无论东西，失去人性的人常被称作禽兽。笛卡尔认为唯人有心智，动物实则只是机械。与达尔文同时提出演化论的华莱士，主张人的头脑是演化的例外，只能归因于"不可见的精神宇宙"。从古到今，人类不断尝试发现人类的独特性：人是唯一一种没有羽毛的两足生物，唯有人手上长着对生的拇指，唯有人没有门齿骨；唯有人会使用工具，或至少，会制造工具；唯有人拥有语言；唯有人拥有心智、认知、意识；唯有人会模仿，有文化，能够合作，还能够做出纯粹利他的活动——道德，是啊，唯有人拥有道德。

二、工具、游戏、“文化”

人们曾经认为，人与动物的重要乃至首要的区别，在于人能够制造和使用工具。现在，人人都知道不少种类的动物会使用工具。海獭会用石块砸开蚌壳，秃鹫会从空中掷下石块砸开鸵鸟蛋。

也许有人愿意把这些行为称作本能而非智能，毕竟，这些动物只会以特定的方式使用一种工具。那么，下面的事例就很难视作本能了。乌鸦会用喙把直电线弯成钩状，以便把装着一块肉的小桶从透明管子里拉出来。管子里的水面上漂着一只黄粉虫，乌鸦把喙伸进管子，仍然差一点儿才能够到，结果，它们像《伊索寓言》里的聪明乌鸦那样把小石子投进管子，水面上升，它们果然如愿以偿。大猩猩在蹚水过池塘之前会用棍子测量水深。黑猩猩会自发地把两根短竹棍插到一起做成一个长杆来够笼子外面的香蕉，会把矮箱子叠高来够高处的食物。大象会把箱子放在食物下面，踩上去够到挂在高处的食物，它还会跑到离开食物很远的地方去找来箱子。野生黑猩猩在去采蜜之前就会准备好五件套的工具包。

动物不仅会制备、使用工具，它们还会玩各式各样的游戏。很多动物都喜爱游戏。我们多半听说过，乌鸦有贮藏食物的天赋。这不仅是储存食物的简单本能，乌鸦还会由此发展出它们乐此不疲的游戏。德瓦尔经常跟他养的寒鸦玩藏东西游戏，把橡木塞子之类的小物件藏在枕头下面或花瓶后面，寒鸦来找，或者它们藏东西，他来找。这类游戏还表明，乌鸦有关于物体持存的认知——这的确可以适当地称作认知，认知发育研究的先驱者皮亚杰（Jean Piaget）曾针对儿童何时发展出物体持存认知做过出色的实验。

智能较高的动物尤其乐于游戏。猿类不仅游戏，而且常常发明新游戏。作者那里有一群黑猩猩，它们发明了一种"烹饪"游戏：在泥土上挖个洞，用桶到水龙头下接水，然后倒入洞里，围坐在洞周围用树枝搅拌。这个游戏让猩猩群津津有味地玩上了几个月。

说到游戏，离文化不远了。日本幸岛上有一群猕猴，其中一只雌性最先开始用海水来洗红薯，后来，岛上几乎所有的猴子都学会了这一做法。这个案例已成为习得性社会传统的最为知名的例子。在另一个事例里，一只雌性黑猩猩率先把一根草秆插在耳朵上走来走去，给其他黑猩猩梳毛，随后几年里，群里其他的黑猩猩都跟着学会了这种"妆容"。在一个野生动物保护区，实验人员给猴子两种颜色的玉米，一种颜色的玉米可口，另一种掺了难吃的芦荟。猴子学会挑食前一种颜色的玉米。后来，它们不再在另一种颜色的玉米里掺芦荟，但猴子始终不再选这种颜色。奇特的是，新出生的幼猴和临近区域迁移过来的猴子也不选这种颜色的玉米。

从前，人们倾向于用条件反射来解释动物的学习，实验人员通过即时奖励来诱导它们学习。上述的事例显示的则是颇为不同的结论。动物互相模仿，形成新习惯，在这个过程中，重要的是获得归属感而不是获得奖赏。这些集体游戏和风尚是不是文化？这也许主要是语词问题，它们跟人类文化的相似之处一目了然。

三、合作与他者视角

人类常标榜自己是唯一拥有道德的生物，虽然我们很难确定人类做过的缺德事儿更多还是道德事儿更多。而近年来，道德研究往往绕着合作研究打转。我总觉得这是个古怪的倾向——恐怖袭击通常需要良好的合作，党卫军比犹太难民合作得出色很多。君子不党，小人喜欢拉帮结派。

且不论合作的道德方面，只说合作的能力，动物那里颇不乏其例。大量的观察和实验表明，猴子、鬣狗、鹦鹉、秃鼻乌鸦、大象都会合作。它们会合力拉一条绳子——如果独自一个拉不动——把牢笼之外系在绳子另一头的食物拉到身边来。座头鲸会合作围猎鱼群；猿类会合作抬很重的树干；一只黑猩猩会扶着树干让一个同伴翻过障碍。

通常，合作是为了分享合作的成果。可还有不少案例表明，动物会超出就事论事的互惠，做出单纯的利他行为。一只未成年的黑猩猩被一条绳子缠住，差点儿被勒死，雄性首领跑过来，把它举起来，小心翼翼地把绳子解开，救了小猩猩一命。海豚也会营救受伤的同伴——一次爆炸炸晕了一只海豚，两个同伴从两侧游过来，把伤者架到水面上，让它能够呼吸。拥有水果的猴子会主动把食物分给两手空空的伙伴。猿类会跳进湖里营救同类，而且它们不会游泳，营救伙伴的行为有可能危及它们自身。观察者发现，在野外，绝大多数互相帮助的事例都发生在没有亲戚关系的猿类之间。

从认知方面看，这些案例的一个有趣之处在于，很多动物会转换到他者的视角上来看待问题。如果首领猩猩使劲拉扯那只小猩猩，那只会把事情弄得更糟。猴子会分享食物给伙伴，但若它们的伙伴刚刚吃过，它们就会变得吝啬。"令人惊异的是它们考虑的是另一只猿遇到的问题。"①

德瓦尔用 perspective taking［观点采择］来概括这些现象。不妨更平白地称之为"他者视角"。实验人员安排了这样一个实验：他们在院子里分别藏起一只香蕉和一根黄瓜，地位较低的黑猩猩雷内特看得到他们的活动，地位较高的乔治娅则看不到。他们放出这两只黑猩猩。雷内特走来走去，同时慢慢把乔治娅吸引到藏黄瓜的地点，后者刨出黄瓜吃起来，这时，雷内特来到藏香蕉的地点，开始享用它的香蕉美餐。黑猩猩中有一条不成文的规矩：一旦东西到了你手上或嘴里，那它就是你的了，哪怕你的地位较低。事情还没完。几次实验之后，乔治娅琢磨出个中奥妙，它会仔细观察雷内特的眼光所向，利用对方的知识，抢先找出香蕉。拥有他者视角的不仅是猿类。松鸦藏虫子的时候如果发现被同伴看到，会在同伴离开后把虫子换个地方藏起来。

四、计划与意识

灵长类能够形成特定情景记忆（episodic memory）。受试猕猴可以看到实验人员把生菜或者香蕉藏到杯子下面，它被放出来以后，无论找出哪一样，都会开心地享用。但若让它看见藏的是香蕉，放它出来前却偷偷换成了生菜，受试猕猴就会拒绝生菜，同时向实验人员尖叫抗议。

---

① 弗朗斯·德瓦尔：《万智有灵：超出想象的动物智慧》，严青译，湖南科学技术出版社，2019 年，第 77 页。

　　这类情景记忆与表征式的预期可以连在一起。有时，黑猩猩第二天要起早赶到某处无花果树林，它们前些年曾在那里找到丰富的食物，现在它们要抢在其他动物之前去享用早餐。黑猩猩不惯摸黑赶路，但这种情况下它们会克服恐惧，天不亮就起身上路。如果那些无花果树距离较远，它们就会动身更早，不管去哪里，它们都会在差不多的时间抵达。

　　这说明黑猩猩是在为未来行为做出计划吗？我们都知道，松鼠会在秋天收集坚果，藏好，以备冬天和春天食用。我们能把这种行为称为计划吗？可是该怎样区分松鼠的行为和黑猩猩的行为呢？心理学家恩德尔·塔尔文（Endel Tulving）提出两条标准：1. 动物现在的行为不能直接来自当下的需求和渴望；2. 该行为必须使这一个体为某个与当下情境不同的未来情形做好准备。雌性倭黑猩猩莉萨拉捡起一块巨大的 15 磅重的石头，放到自己的背上，它的宝宝则紧贴在它的下背部。路上它停下一次，放下石头，捡起一些棕榈果，然后重新背上石头继续前行。这样走了 500 米，来到一块上面平坦的大石头跟前。莉萨拉清理掉石面上的落叶碎石，放下石头和宝宝，把棕榈果放在石面上，用那块 15 磅重的石头砸开这些坚果。弗朗尼娅的行为跟松鼠贮藏坚果的做法大不相同。松鼠的做法受限于单一的环境，而且，这一物种的所有成员都这样做——只要松果成熟、白天变短，幼年松鼠也会做同样的事情，虽然它们对将要来临的冬季毫无经验。前面说到，野生黑猩猩在去采蜜之前会准备好五件套的工具包，这却只能视作事先计划。

　　事先计划涉及推理能力，而从前，人们普遍认为推理能力独独属于人类。德瓦尔不敢苟同。只举一个实验为例。黑猩猩能够看到两个封闭容器，一个装香蕉，一个装苹果；把黑猩猩领开之际，实验员取出其一；然后把它领回来，当它的面吃掉香蕉；这只黑猩猩立刻知道装香蕉的容器已经空了，它会到另一个容器里找出苹果。

　　这些认知能力跟通常所说的意识有密切关联。在动物有没有意识这个问题上，人们争论不休。一部分麻烦显然是由于很难确立拥有意识的标准。人们当然也会争论什么叫制造和使用工具，但这里的标准比何为拥有意识要清晰很多。

　　若说意识跟脑的发展相关，那么，有些动物的大脑分量不轻。人脑 1.35 公斤，海豚的大脑 1.5 公斤，大象的 4 公斤，抹香鲸的 8 公斤。当然，大象的体重不止人类的两三倍，但为什么紧要的是大脑重量对体重的比例呢？为什么不是神经元的数目呢？大象的脑中有 2570 亿个神经元，是人类的 3 倍。

　　在一个实验中，两只僧帽猴需要合作完成一项任务，奖品是黄瓜片或它们更加喜爱的葡萄，如果它们得到同样的奖品，就会很好地完成任务，但若一只得到的是黄瓜片另一只得到的是葡萄，前者就会暴怒不已，扔掉自己的奖品。猿类的反应更加奇特，得到葡萄的那一只也同样可能拒绝领取自己的奖品。不过分挑剔的话，蛮可以说猿猴具有某种公平意识。

　　本书作者走得很远，乃至于主张所有物种都有意识。这超出了我们平常说到意识时所设想的范围。在这类事情上的考虑很容易陷入字词之争，避开这个陷阱，要看我们怎样界定意识，才能使得有意识和没有意识的界线具有实质内容。这一点在自我意识概念上更加突出。

　　不少心理学家用镜像测试来研究动物是否能产生自我意识。

镜像测试指的是受试者把自己的镜像与身体联系起来，并据此检视自己身上的记号。只有黑猩猩、大象、海豚等少数几个物种能够不经训练就通过这一测试。不过，虽然大多数动物无法在镜子里识别出自己，但它们对镜像的反应是不同的。小型鸣禽和斗鱼会对自己的镜像求爱或进行攻击。猫、狗、猴子却不会这样做，它们能学会无视自己的镜像。猴子还能把镜子用作工具，轻易学会借用镜子来找到藏在视线不及之处的食物。猿类更进一步，它们会用镜子来检查自己的口腔内部或臀部，借用镜子来清洁耳朵。

德瓦尔反对将镜像测试视作自我意识的标准，一个理由就是"对镜子的理解有许多不同的阶段"[①]。的确，何为自我意识这个问题要求大量概念层面上的考察，镜像测试至多能提供很多线索中的一条。而且，如德瓦尔在多处强调，各个物种的认知并不能排列成一条整齐的序列，同理，我们也不要指望能为自我意识提供一个普遍适用的简明定义。

五、语言

动物也有意识，会推理，能够制造和使用工具，要说有什么是动物没有的，那就是语言了——"我们人类是唯一有语言能力的物种"[②]。

当然，动物之间随时在进行各种交流，包括用信号交流。蜜蜂

[①]　弗朗斯·德瓦尔：《万智有灵：超出想象的动物智慧》，严青译，湖南科学技术出版社，2019年，第293页。

[②]　同上书，第126页。

可以传递远离蜂巢的花蜜的位置，青腹绿猴针对猎豹、老鹰和蛇有不同的预警叫声。有些种类的猴子没有针对各类天敌的特定叫声，但它们会把同样的叫声用不同方式组合起来，用于不同的场合。猿类有大量特定的手势，例如在另一只猿头上挥动自己的整个手臂以表明自己的优势地位。它们的手部信号极为灵活多变，通过有意使用使信息交流更加完备。

包括德瓦尔在内的绝大多数论者认为，所有这些交流方式都不是语言。流行的语言定义，简单说来，要求包括象征符号、句法规则和递归性这些要素。并不是所有论者都接受这个定义。我最近读到丹尼尔·L.埃弗里特的《语言的诞生》[1]，埃弗里特主张语言起源于100多万年以前的直立人，与之相应，他所界定的语言较为简易，不包括层级语法和递归性这些要素。在他看来，很多有意义的会话并没什么语法。"象征符号加线性顺序，我们就拥有了语言。"[2]德瓦尔在《万智有灵》中不是从语言结构着眼，而是从语言功能着眼：动物的交流内容几乎完全局限于当时当地。一只黑猩猩在打斗中受了伤，它无法事后告诉另一只黑猩猩它当时是怎么受伤的。

动物没有语言能力。尝试教会黑猩猩说话的大批实验都以失败告终，表明语言是种十分独特的能力。不过，德瓦尔认为，语言能力并不是一项孤立的能力，而是由多种能力汇集而成。其中突出的一种，是用象征符号标注物体。很多动物拥有这种能力。非洲灰鹦鹉亚历克斯面前摆着一些小东西，研究人员指到钥匙、三角形、

---

[1]　丹尼尔·L.埃费里特：《语言的诞生：人类最伟大发明的故事》，何文忠、樊子瑶、桂世豪译，中信出版集团，2020年。

[2]　同上书，第257页。

正方形的物品，它就能以极高的准确性说出"钥匙""三角""四角"等等。当然，亚历克斯说出的并不是语词，但以最低限度来看，这里出现了对物体的识别——如前面说到过，鸟类有关于物体持存的认知。要用象征符号交流，这种识别能力是必需的。

在识别物件以及用象征符号标注这些物件之外，动物还表现出更复杂的认知。大猩猩科科在见到斑马后，自发地把"白色"和"老虎"两个符号组合在一起。黑猩猩苏瓦把"水"和"鸟"放在一起来标注天鹅。在一些鸟类实验中，受试的鸟面对一个装满物件的托盘，这些物件有的是木头的，有的是塑料的，有的是羊毛做的，色彩缤纷。实验人员把这些物件一一拿给它，它需要用喙和舌头感受每个物件。然后，实验人员把这些物件放回托盘，并问它那个蓝色的、有两个角的物件是什么做的。它会正确地回答说："羊毛。"这些实验结果让人惊奇。由于刺激和所提的问题在不断变化，这些鸟不大可能是靠死记硬背给出正确的答案。也就是说，正确地答出"羊毛"，这只鸟需要将它关于颜色、形状和材料的知识以及对那个特定物件感觉的记忆结合起来。

我们不是很清楚，科科和苏瓦的符号组合是否可以算作"象征符号加线性顺序"，我们也不知道，动物在上述实验中的表现是怎样发展成语言交流的。但若语言能力的确是多种能力的汇合，动物已经准备好了可以产生其中很大一部分的能力。

六、走出行为主义

动物认知研究近年来获得了长足进步。这方面的研究一直有很多障碍要克服。很长一段时间里，行为主义观念占据统治地位，行为主义连人的认知都不大愿意谈起，遑论动物。那时候，用"故意的"之类的语词来描述灵长类行为都是犯忌的。

由于一开始就高度怀疑动物拥有智能，研究者不大愿意做这方面的实验。在为数不多的实验里，实验的设计往往也很不恰当。在人脸识别的实验中，其他灵长类的表现大不如人类幼儿。然而，这些实验相当荒唐，因为动物对识别人脸兴趣不大，它们感兴趣的是识别自己物种的个体。实验表明，绵羊、乌鸦、胡蜂都具有这类面部识别能力。（我自己人脸识别的能力很差，比较而言，识别中国人人脸比识别黑人或阿拉伯人要容易一点儿。）另有不少实验表明，有些种类的动物颇有能力识别不同人类群体，也能识别人类个体，但它们不一定是通过人脸来识别的。

有一些实验研究猿类和人类儿童的社交技能，实验过程中，孩子会通过实验人员的微笑等细微表现不断得到鼓励和帮助，而在测试猿类时，实验人员跟猿类没有任何嬉戏或友好接触，受试猿类很难放松下来。其实，通过人类与猿类的互动来测试猿类的社交技能本身就很成问题，猿类不那么热衷于跟人类交往，那些不是由人抚养长大的猿类更是如此。有实验表明，猿类会更为紧密地追随另一只猿的视线，而不是人的视线。这个结果委实在意料之中，也解释了为什么猿类在这类实验中往往表现不佳。

还有些时候，简简单单就是因为实验太简单了，受试动物感到无聊，就被实验人员判为表现不佳。

一些误导的事例和草率的结论也加深了人们对动物认知的怀疑。这方面最出名的例子是"聪明的汉斯"的故事。汉斯似乎会做加减法——他的主人让它计算 3 × 4，汉斯会用它的马蹄在地上敲 12 下。后来的研究表明，汉斯是通过感知主人的细微表情和姿态来回答问题的——他的主人自己也不曾意识到这一点。

行为主义侧重于人工控制下的实验，动物行为学则侧重观察动物的自然活动。想要训练浣熊把硬币扔到一个盒子里，几乎是个不可能完成的任务，因为浣熊更喜欢把硬币抓在手里使劲摩擦。动物行为学家也做实验。洛伦茨（Konard Lorenz）是动物行为研究的先驱者之一，小鹅刚孵出的时候，只有他守在边上，后来，他走到哪里小鹅就跟他走到哪里，由此确立了"刻板行为"这个概念。洛伦茨带着他的寒鸦散步，时不时把它们招呼到自己身边。这些也是实验，有人类的目的与行为参与在其中，但研究的仍然是动物的自发行为。

当然，对动物行为的解释需要十分谨慎，以防实验人员被随机的巧合误导。但研究者今天不必忌讳"故意"这样的用语，它们比行为主义的刻画方式更贴切地描述动物的行为。接吻鱼通过互相接触突出的嘴部来解决争端，把这种行为方式叫作"接吻"当然是误导。不过，猿类小别之后的确用这种方式互相问候，称之为"接吻"并无大碍。

今人说到科学，多以物理学为标准。这一观念在好多方面造成危害。今天，物理学已经差不多完全依靠人工控制下的实验，这是正常的，因为物理客体没有内部心智的一面。动物学，乃至心理学，若一味模仿这条道路，必然会变得越来越贫瘠。固然，科学研究总体上不同于日常经验，然而，绝不能认为科学方法可以归为同一套方法。每一门科学学科都有自己独特的目标，也有自己独特的方法。

七、多方向的智能

《万智有灵》一书用丰富的案例表明，智能不是人类的专利，像在其他方面一样，人与动物在认知方面也是连续的。但这不是说，各个物种的认知排列成一条整齐的序列。智能不是整齐的阶梯，更像是枝杈丛生的灌木。海豚、澳洲野犬、金刚鹦鹉与猴子，它们各有自己的生态环境和生命周期，各自有其周遭世界——鼹鼠、松鼠、狐狸，生活在同一棵树上，但它们对这棵树的感知全然不同。各种动物的周遭世界对每个物种都提出了独特的认知挑战——它若要延续生命都需要知道些什么。"没有任何一个单一物种可以作为所有其他物种的模型。"[1]

猫聪明还是狗聪明？爱狗人和爱猫人永远不会达成共识，这不仅因为人们各有偏爱，还因为本来就找不到通用的标准来测试狗的智能和猫的智能。每一个物种都有它自己的身体构造，有它自己的生态环境要去应付，它们由此发展出形形色色种类的智能，而不是发展出一种通用智能。大象的鼻子上有 4 000 块肌肉，由复杂的神经网络调节，它既能够拾起一片小草叶，又能够掀翻一头河马。理所当然，大象的智能是高度特化的，不妨称之为"象鼻智能"。

要把所有动物都包括进来，大象跟我们人类算得上是近亲。章鱼离我们就远了不少。章鱼有近 2 000 个吸盘，每个吸盘都有自己

---

[1]　弗朗斯·德瓦尔:《万智有灵:超出想象的动物智慧》，严青译，湖南科学技术出版社，2019 年，第 324 页。

独立的、由 50 万个神经元组成的神经节, 各个神经节与大脑相连, 神经节之间也彼此相连。跟脊椎动物的中央集权式的大脑不同, 头足纲的神经系统更类似于互联网。章鱼的感官和解剖结构, 以及它的分散的神经系统, 使它的认知方式独一无二。

　　在否认通用智能标准方面, 德瓦尔也许走得太远了。我们似乎无法否认人类智能的巨大优越。人发明了文字, 建造了飞机, 跑到月球上去溜达, 在那里不可能遇见自己组团前来一游的海豚或老鹰。可是, 另一方面, 人类跟猩猩拉开这么大的距离, 主要是在最后几万年的短短时间里。这个事实也许有助于我们思考人类认知跟动物认知究竟在哪里区别开来, 并且把这一思考延续到人类其他行为与动物行为的区别。发展到今天, 人的确成为了一种十分独特的动物。独特, 但不一定更优秀或更优越。没有别的动物写出《红楼梦》, 解出高斯方程, 但也没有别的动物把成百万的同类关到集中营里折磨致死。我们还可以沿着这一方向来思考所谓人工智能。生物为了存活下去发展出它的智能, 各个物种根据它们各有的生命周期和生态环境发展出形形色色的智能, 计算机在哪种意义上拥有"智能"呢?

八、结语

　　虽然已经写了很多, 但本书中还有不少内容我没有提到, 例如, 黑猩猩的社会交往行为, 虽然它们格外精彩, 让人对动物的认知能力印象更加深刻。作者的另一本书——《黑猩猩的政治》, 就此有详细生动的述论。几年前, 我读到这本书, 手不能释卷, 放下书又到处向人推荐。

感谢德瓦尔又赠给我们一本好书。同时还要感谢译者的出色译笔。读译本，写得好还不够，译得好同样重要——唉唉，多少好书被译者糟蹋掉了？

谈谈两类认知 ①

出于不同的旨趣，历来有关于认识的各种两分，感性认识／理性认识，帕斯卡区分敏感之知／几何之知。我们今天要讲的是对认知的另外一种两分。

这里所讲的两类认识，其中一类，被认知的东西是什么样子跟我们怎样认知它无关，比如勾股定理、万有引力、气温和气压、太阳产生光和热的机制等等，有人类认识它，没人类认识它，它都是自在不变的。我们对它的认识，外在于它的存在，外在于它的所是。它不因为我们是否认识它，或者怎样认识它而改变。第二类是这样一种认知，在这里，我们的认知是被认知的事物的一部分，换言之，被认知的事物随着我们对它的认知有所改变。前一类，大致相当于人们所说的对象性认知，后一类我想不好怎么叫。我有时叫它有我之知，但跟对象性认知不对称。也许可以用旁观者与事中人来称谓。其实，这一类我认为是辩证认知的本义，但人们通常理解的辩证法，好像完全是另一回事。在课堂这个小范围里，我还是叫它辩证性认知最贴切，你们只要记得它跟流行的辩证法不是一回事。

① 2019 年 12 月 1 日，我参加了中国诠释学三亚论坛，此后据录音整理出一篇文稿，以"阐释与两类认知"为题，首发于《中国社会科学评价》2020 年第一期。2020 年 1 月，我在首都师范大学做了题为"两类认知"的报告，收入这里的是授课提纲。

　　主流认识论主要讨论第一类认知，对象性认知，我今天则主要
讲讲第二类认知：被认识的东西跟我们怎么认识它，是否认识它，
有着内在联系。这一类知识中最典型的是自我认识或自我理解。
两个人有同一种缺陷，例如两个人都不那么聪明，一个人对之有所
认识而另一个没有，这会使得他们是很不一样的人。反过来也是一
样，两个有同样才能的人，是否认识到自己的才能，两个人会很不
一样，以后的发展也会很不一样。自卑、自以为是、自信，这些都
是你之为你的一部分。自信不仅是你对你的自我认识，它是你这个
人的一部分。自卑也是这样。

　　你们可能觉得这个例子讨巧，自我认识是反身认识，被认识的
与去认识的是同一个存在者。这里的确牵涉"同一个""同一"的
辨析，这里不遑开展，但有一点相当确定：自我认识的自我既不能
被视作一个现成的存在者也不能被视作两个现成的存在者。你不
能把认知之我和被认知之我分成两个截然不同的存在者。

　　我们且不说自我认知吧，我们来说说幸福。什么是幸福，这个
问题不能脱离我们对幸福的认识。一个人是否幸福，一个民族是否
幸福，跟这个人、这个民族对幸福的认识有内在联系。我们很难讨
论中国宋朝的人幸福，还是十一世纪的基督教徒幸福，造成困难的
一个因素在于这一讨论必然涉及宋朝人和基督教徒他们自己怎样
看待幸福。一个基督教徒他是怎么看待幸福的？你不能说我不信
基督教，所以我根本不认为那幸福。你可以批评他的幸福观念，但
他幸福不幸福，的确跟他对幸福的理解连在一起的。贸贸然用我们
今天的幸福概念来判断这两个时代，即使可行，也意思不大。概括
说，一个人是否幸福，一个民族是否幸福，跟这个人或这个民族对

幸福的认识有着内在联系。

为了防止误解,我要说明,我并不是说,幸福是一种主观感觉。幸福不是主观感觉,并不是说,你觉得幸福你就幸福。幸福感可以是虚假的。这个女人图谋你的财产,伪装成无比爱你,暗地里已经设好谋害你的圈套,你还以为自己很幸福,你的幸福感就是虚假的幸福感。就像你的感知可能是个错觉。一个人,乃至一个民族,都可能生活在虚假的幸福感之中。但颜回一箪食一瓢饮,曲肱而卧,他的乐不是虚假的,我们不能用自己的流俗幸福观来认定他不幸福。一个人是否幸福,跟他对幸福的认识有内在联系,而这种认识,像所有认识一样,可能是真实的,可能是虚假的;哪些是真的,何时是真的,须得一一识辨。

一个人幸福不幸福跟他对幸福的理解连在一起,这不是说幸福是主观的,这只是说,幸福不像气温和气压,不管你怎样认识它,都不改变。幸福如此,权利、女性权利、平等、民主、合理性,莫不如此。它们不是纯粹的客体,它们随着怎样得到认知而改变。我们可以用同一个温度概念来讨论地球表面和火星表面上的温度,但我们用同一个人权概念来讨论商朝、宋朝、希腊或埃及的社会状况没啥意义。

我们对幸福的认知从来不是对某种外在于自己的东西的认知。对幸福、友谊、爱情、平等的不同认知牵连我们自己,这牵涉到对自己的理解,也牵连着我们是什么样的人,牵连我们的存在、是、所是。简单说,这类认知是反身的认知。对幸福、友谊、爱情、正义的理解,或一般对生活、良好生活的理解,都含有反身的维度。我们对幸福的认识不仅跟何为幸福这个问题有关,也跟我自己有关,跟我是否幸福有关。一个民族这样认识幸福，它就会追求这样的幸福。你这样那样理解友情，你就这样那样交朋友，你就会跟这样或那样一些人成为朋友。你对爱情的理解也是这样。像海德格尔所说的那样，对自己的何所在有所领会或理解，这属于此在之在。我们不可能考虑何为良好生活而不同时也在考虑自己的生活，不可能考虑何为良好社会而不同时也在考虑自己身处其中的社会。这是《存在与时间》的一个基本思想，海德格尔的话说得比较绕，[①] 要用大白话说，那就是，不同于对对象的追问，在存在的层面上的追问，总是把发问者本身也放在问题里面的。

这样说来，在这一类认知那里，认知者和被认知者都牵连在其中。这里出现的是双向的牵连。其实，这两个方面的牵连本来是同一件事情的不同侧面：幸福之所以不完全外在于我们对幸福的认知，只缘于我们是否幸福无法脱离开我们对幸福的认知。我们一开始谈到自我认识，担心从这里立论有点儿取巧，因为牵涉到反身。其实，对幸福的认知、对良好生活的认知，同样都具有反身性，都牵连到自我认知。反过来，所谓自我认识，从来不是盯着自己的肚脐眼看，我们只能通过理解自己怎么对待朋友、情人来理解自己，只能通过理解自己在社会中怎样自处来理解自己。再次用海德格尔的话来说，"自我认识所说的并不是通过感知察觉和静观一个自我点，而是贯透在世的所有本质环节来领会掌握在世的整个展开状

---

① "彻底解答存在问题就等于说：就某种存在者——即发问的存在者——的存在，使这种存在者透彻可见……这种存在者，就是我们自己向来所是的存在者，就是除了其他可能的存在方式以外还能够对存在发问的存在者。"海德格尔：《存在与时间》，陈嘉映、王庆节译，商务印书馆，2015 年，第 11 页。

态。"①唯当此在了然于它的寓世之在及共他人之在,它才获得恰当的自我认识。

今天的主题是两类认知。主流认识论处理的是对象性认知,不关注辩证性认知。主流认识论讲的是纯粹客体性的认识,认识怎样符合客体,这些客体外在于我们,是已经固定摆在那里的东西。实际上,在主流认识论那里没有认识者,就像物理学论文,作者在论文的内容之外,一个公式是否成立,跟谁发现这个公式毫无关系。主流认识论只关注这一类认识,而且在这一点上比从前更甚,所以,流行的认识论更适合叫作科学认识方法论。

这种认识论跟我们实际生活中怎么认识一件事,怎么一来就产生了不同认识,后来我们又怎样就这些不同认识争论和解决争论,相差很远。海德格尔一上来就跟这样的认识论保持距离,在他那里,认识是此在在世界之中的种种方式,是此在和世界连在一起的开展。他的"认识论"原是生存论的一部分。你的认知牵连在你的being②之中,你的存在牵连在你的认识之中。他干脆不谈认识论,他把自己的此在阐论叫作阐释学。怎么能叫作阐释学呢?——阐释学本来用在文本研究上,不是用在人的研究上的。但是海德格尔不是在胡来,这两者的确相通:文本也不是摆在我们面前的现成对象,我们对文本的认知也是辩证性认知。

我们可能认为,文本阐释是这样一项工作:那儿放着一个文本,这个文本有一个真实的意思,阐释者努力去发现这个真实的意思,最后,成功的阐释就是符合这个意思,就像实证科学最后要符合它

---

① 海德格尔:《存在与时间》,陈嘉映、王庆节译,商务印书馆,2015年,第185页。

② being,存在。——编者

所研究的客体。这样理解阐释学，就把阐释学视作跟其他科学平行的一个学科了，有一门科学研究物理，叫物理学，有一门科学研究生理，叫生理学，还有一门科学研究文本，叫阐释学。而海德格尔想说的恰恰是，阐释学在整体上在根本上不同于实证科学。

依照这样的阐释学思想，文本当然没有唯一的阐释。中国人差不多把这当作常识，本来，"诗无达诂"。没有唯一的阐释，不等于阐释就没有正确错误之分。正确的不一定是唯一正确的。要澄清这些观念，需要从根本上重新思考真理观念，不再把真理性与唯一性混为一谈。

今天我区分了两类认知，主要讲第二类认知。区分两类认知有时候有助于澄清某些思考，但这当然不是说，有一条截然的界线把两类认知区分开来。这也不是说，世上有两种事物，例如，一类是物理事物，另一类是此在式的事物，前一类要由物理学去研究，后一类要由阐释学或由哲学去研究。依这条思路，太阳现在好像应该由物理学去研究。如果太阳仅仅是一个核聚变的装置，它当然就完完全全落在物理学的研究范围之内。然而，无论过去还是现在，太阳都不只是一个核聚变装置。太阳是太阳系的中心，在太阳系的行星中有一个地球，地球上形形色色的生命因太阳发出的光和热而繁荣，这些生物中有一种叫作人，他们会因此感恩太阳、崇拜太阳，努力让自己的性情和行为像阳光一样明朗，但他们也会仅仅把太阳视作核聚变装置，只不过这个装置比人类制造的氢弹多上亿万倍的威力。太阳处在这形形色色的联系之中，唯由于处在这形形色色的联系之中，太阳才是太阳，太阳才作为太阳存在，而不只是一个物理客体。

谈谈阐释学中的几个常用概念 [①]

去年底参加了两次阐释学会议,从同行那里学到很多,[②] 因把学到的内容加以整理,选取较多心得的几点,稍加引申,敷衍而成此文。[③]

一、阐释学与 Hermeneutik

本文称作阐释学的,也常称为诠释学、解释学。按现有用法,诠释偏向于文本字句的考订、疏证,比较接近从前所说的小学;阐释更多涉及文本所表达的思想观念,偏向于从前所说的义理。诠释和阐释这两个词的区别在很大程度上继承了诠和阐这两个古字的区别。[④] 解释这个词用得远为广泛,我们既解释一个文本,也解释一个行为,一个物理现象。

---

① 2020 年一月成稿,首发于《哲学研究》,2020 年第四期。

② 2019 年 12 月 1 日,中国诠释学三亚论坛;2019 年 12 月 16 日,阐释学座谈会(北京)。

③ 本文的有些想法,以及我对"文本"等概念的辨析,可参考本著译作品集第 9 卷收入的《从作品到文本》。

④ 阐和诠的字源字义方面的研究,可参见张江:《"'阐''诠'"辨》,载于《哲学研究》,2017 年第 12 期。

大多数话语无需解释就能理解，这一点，揆诸常识即可知道；从道理上说，如果用来解释的话语本身必定需要解释，解释就没有到头的时候了。当然，一时一地不用解释的，换个时间、地点也许就需要解释。阐释实践本来是这么开始的。不过，阐释的作用不仅在于消除这种时空上的差异，格外需要阐释的，是文本中隐而未彰的义理。

诠释、阐释、解释都是汉语里原有的词，不是为翻译西文概念造出来的。但汉语里本来没有阐释学、诠释学、解释学这些说法，这些词可说是为翻译 Hermeneutik 或 hermeneutics 造出来的，选用其中哪一个的争议也因该怎样翻译 Hermeneutik 而起。Hermeneutik 来自 Hermes，他是希腊诸神中的信使，负责把诸神的指示传达给凡人。凡人不能直接听懂神明的指示，因此，Hermes 不能照本宣科，他需要把神明的话翻译成凡人能够听懂的话。伽达默尔的一段话被广泛引用："'Hermeneutik'的工作总是这样从一个世界到另一个世界的转换，从神的世界转换到人的世界，从一个陌生的世界转换到另一个自己语言的世界。"① 依照这一基本理解，把 Hermeneutik 译作诠释学偏窄了，译作解释学则太宽，相权之下，译作阐释学较为适当。与此相应，我会选用阐释来总称我们所欲讨论的实践活动。② 当然，我们需要记得，阐释被用作一个总名，意思是"阐释、诠释、解释等等"。③

---

① 伽达默尔：《真理与方法》，洪汉鼎译，商务印书馆，2017 年，下卷，第 109—110 页。

② 本文将统一使用"阐释学"，但引用其他学者文著、译文时则保留他们的原来的译名。（所引译文的其他部分我可能稍有改动。）

③ 参见陈嘉映：《说理》，华夏出版社，2011 年，第 125—126 页。

二、阐释以文本为归宿

"东风不与周郎便，铜雀春深锁二乔"，周郎是谁？二乔是谁？铜雀奚指？这些是诠注，不是阐释。阐这个字有发挥、引申的意思，阐释通过发挥来解释文本。解说诗中的历史兴亡之叹，与"石麟埋没藏春草，铜雀荒凉对暮云"参照来解说这首诗，这是阐释。余英时透过朱熹的政治思想和政治活动来读解他的理学理论，这也是阐释，而且这类阐释往往别开洞天："在一般哲学史或理学史的论述中，我们通常只看到关于心、性、理、气等等观念的分析与解说"，而余英时从政治历史着眼，得出了"和哲学史、思想史中的流行见解距离很大"的结论。[①] 设想古人所说的放在今天的环境里会有怎样的意义，这也是阐释。诠注是知识性的，事关知识，正确与否是首要的标准。阐释所涉是理解，"理解"是近代哲学的一个核心概念，甚至就是核心概念；正是在这个大背景下，后来从文本阐释实践发展出哲学阐释学。

阐释通过发挥来解释文本，出色的阐释从意想之外的角度重新理解文本；虽有发挥，侧重的仍是对文本的解释，以文本本身为归宿。我们读《诗经》的阐释，是为了回过去读诗经。你向一个人解释一个笑话的笑点，他明白了，于是笑起来，让他发笑的是那个笑话，不是你的解释——"提出其理由的解释者消失了，唯有文本在说话"。[②]

---

① 余英时：《朱熹的历史世界》，三联书店，2004 年，自序，第 11、3 页。
② 伽达默尔：《文本和解释》，载于《真理与方法》，洪汉鼎译，商务印书馆，2017年，下卷，第 436 页。

阐释无法代替文本；套用桑塔格的话说，阐释服务于文本，而不是要僭取其位置。[①]

三、无法比较作者与阐释者的理解

老派哲学家会把回到文本视作像作者自己那样去理解文本，"理解作者书面的或甚至口头的思想一如作者对它们的理解的那样"。[②] 在新兴的阐释学家那里，这是种陈腐的主张；施莱尔马赫认为，优秀的阐释者"比作者自己更好地认识作者"。[③] 狄尔泰也这样主张，他从当时刚刚开始流行的无意识着眼来解释这一主张："诠释学程序的最终目的是比作者理解他自己还更好地理解作者。这个命题是无意识创作理论的必然结论。"[④]

初一想，最了解自己的、最了解自己作品的，应该是作者本人。[⑤] 细想，未必。身处后世的阐释者占有更多的知识，他不仅看到所言之事的开端，他还看到了它的发展、它的结果，在这个意义上，他

[①] 桑塔格这里主要是在讨论艺术作品的解释和批评，她说的是："批评要成为一个什么样子，才会服务于艺术作品，而不是僭取其位置？"桑塔格：《反对阐释》，程巍译，上海译文出版社，2003 年，第 14—15 页。

[②] 这是沃尔夫的说法，引自潘德荣：《西方诠释学史》，北京大学出版社，2016 年，第 234 页。

[③] 施莱尔马赫：《诠释学箴言》，载于洪汉鼎主编，《理解与解释》，东方出版社，2001 年，第 45 页。

[④] 狄尔泰：《诠释学的起源》，载于洪汉鼎主编，《理解与解释》，东方出版社，2001 年，第 91 页。

[⑤] 当然，我们不能拘泥于"作者自己的认识"这话的字面，通常，我们不知道作者怎么看待自己的作品，我们甚至不知道作者是谁。

可能拥有比作者更好的认识。约翰国王肆无忌惮地征税，英格兰的贵族终于受够了，奋起反抗，迫使英王接受了《大宪章》。此后数百年，争取宪政的人士，包括美国的开国之父们，不断援引大宪章的成例。1215 年的英国贵族们无论如何也不可能认识到《大宪章》具有如此深远重大的意义。要说的话，他们当时的主要诉求只是保护自己这个阶层的实际利益。后人对《大宪章》一次又一次的重新阐释让我们比它的作者更好地认识到大宪章的意义了吗？

无论回答是或否，这都跟无意识理论没什么关系。在我看来，这里的关键在于认识到，作者对自己或自己作品的理解与阐释者的理解有性质上的区别，其中突出的一点在于，阐释者总是联系于环境因素来理解作品的意义，而在作者那里，环境因素内化于作品创造，换言之，作品有什么意义，这通常不在作者的审虑之中。[1]（由此亦可知，教育部申奖作品要求作者填写"作品的意义"实在是强作者所难。）因此，深入的阐释并不在于像作者自己那样去理解文本，实际上，我们无法直接把阐释者的理解和作者的理解拿到一起来比较。

四、说出作者没有说出的

我们无法直接比较阐释者的认识和作者的认识，因为如贝蒂所

---

[1]　在说到"比作者自己更好地认识作者"之前的段落里，施莱尔马赫也说到"进入作者内部"。这是通过联结客观元素和主观元素完成的。沿着他的说法，我会说，在作者和在阐释者那里，客观元素和主观元素是以不同方式联结的。

说，阐释者对文本的理解总是"对意义的重新认识和重新构造"。[①]就此而言，所有阐释都是在言说某种原文本没有说出的东西。海德格尔在他的一篇赫拉克利特阐释中曾自问：这里所说的种种是赫拉克利特的意思吗？他自答道："这残篇确在言此，虽未将此说出。"[②]

　　"说出作者所未说出的"这话该怎么理解呢？你解释一个文本，你的解释可以十分忠实，但作者明明说的是这句话，你却说了另一句话。即使只做文字上的诠注，用今天的语词来诠注文本中的语词，已经与原来的文本不尽相同。诗中的兴亡之叹，不是杜牧直接说出来的，但这在显而易见的意义上是这首诗所说的。这些当然都不是海德格尔的意思。我们刚才说到，有一类阐释，考虑的是古人所说的放在今天会是怎样的意义，作者固然不曾这样表述甚至不可能这样表述，但若作者换到阐释者的视角，占有阐释者的知识，他将能够同意这样的阐释。但这仍然没有穷尽海德格尔要说的。海德格尔更多把自己的阐释视作追问，追问的种种道路穿行在"未曾说出的东西的地带"，要把自古以来以形形色色方式掩蔽起来的东西唤上前来。海德格尔进一步申言，对所思事质的"对话式的解说"必定与原文本有所不同，这种不同恰恰是未曾说出者拥有丰富性的标志。当然，把未曾说出者带入言说必然是一种冒险，若仅仅停留在客观正确性上，固然可以避开危险，但也因此不再可能与真理遭遇。

---

　　① 贝蒂：《作为精神科学一般方法的诠释学》，载于洪汉鼎主编，《理解与解释》，东方出版社，2001年，第129页。

　　② 海德格尔：《去蔽（赫拉克利特篇，残第十六）》，载于《演讲与论文集》：京特·纳斯克出版社，第四版，1954年，第271页。下一段对海德格尔这句话的解说参见该文第271、255页。帕尔默所说"任何诠释都必须有违于文本中的明言阐述"（帕尔默：《诠释学》，潘德荣译，商务印书馆，2012年，第194页）与这里所说的呼应。

沿着这个方向进一步展开海德格尔的阐释学思想不是本文的主题。在这个上下文里，我倒更愿意引用麦考莱在谈到英国的《权利法案》时的一句话，他盛赞这部宪法，最后评论说："所需要的所有改进的措施，都可以在宪法本身中找到"。[①] 我觉得这个评论最为精要地解说了"说出作者所未说出的"这句话的正当意义。

五、阐释与阐发

正因为阐释者对文本的理解总是"对意义的重新认识和重新构造"，正因为他的任务是说出作者所没有说出的，文本阐释始终面对"重新构造"的限度问题。

思想史上常见一种做法：一位论者看似在阐释某位前贤，实则在表述自己的想法、理论。例如，在刘笑敢看来，王弼之于老子，郭象之于庄子，朱熹之于"四书"，近人如牟宗三、安乐哲之于孟子，皆属此类。[②] 在不少西方古典学者眼里，海德格尔对前苏格拉底哲人的阐释也属于此类。我们是否可以把这一类做法视作"对意义的重新认识和重新构造"或"比作者更好地认识作者"呢？[③]

我们这里说的不是把跳蚤贴上龙种的标签，假借阐释经典来兜

---

① 转引自丹尼尔·汉南：《发明自由》，徐爽译，九州出版社，2020年3月，第240页。

② 刘笑敢：《中国哲学的取向与入径》，载于《中国社会科学评价》，2019年第四期。下面所引刘笑敢文句皆出自此文。

③ 这里讨论的不是这类"阐释"：用一种自成一体的理论来解读一批作品，例如弗洛伊德对《哈姆雷特》《俄狄浦斯》等多种作品的解读。这种做法在现今文学批评中蔚为大观，作品不是"阐释者"的导师，而是理论要利用的手术案例。

售自己的无聊想法，这类做法虽然常见，无足深论。这里的设定是：所表述的是有价值的新思想。既然阐释者提供了有价值的新思想，这样做似乎就无可厚非，实际上，古时候人似乎也颇能接受这种做法。然而，我们还是要问：自己有话要说，为什么不直说，偏要借助经典阐释的形式？

针对古人，这未见得是个严重的疑问。在古代观念中，真理是在开端处由圣贤道出的，不像在今天的观念中，真理是在讨论中逐渐成形的。顺理成章，古人言说义理多采用经典阐释的形式，无论中西。这一点在中古时代最为突出，"中世纪的文化竭力鼓励人们在时间的进程中对经文进行无限的诠释，然而却不允许对其基本观点进行发挥"。[①]

近世以来，人人都可以自立主张，那么，我们为什么还总扛出古人的旗号，为什么不尽量分清何时是在阐释何时是在自行立论？当然，思想没有完全原创这回事，承认思想来源，向经典致敬，都是应该的。把形形色色的新思想引向共同文本，也有助于读者理解新思想。不过，这些都可以通过其他方式做到，不必把新论混同于阐释。如果原文本只是起点而不是归宿，宜视作阐发而非阐释——阐释虽有发挥，但仍以文本为归宿；阐发以文本为起点，以自己要说的为终点。换用冯友兰的话说，阐释是照着说，阐发是接着说。

阐释与阐发当然并不总是界限分明，但在实践中做出大致区分是必要的。阐释的本职是帮助读者理解原文本，那么，不管新论有多少价值，只要它无关原文本甚或有违文本本义，就不该拿它来

---

① 安贝托·艾柯等：《诠释与过度诠释》，王宇根译，三联书店，1997年，第62页。

充当阐释。依刘笑敢，孟子从感官的共同标准推论到心也有共同标准，这种共同标准是从经验得出的普遍性，牟宗三则从康德出发把孟子所谓"心之所同然者"理解为严格意义的普遍性，因此，牟宗三的理论是否成功另论，作为孟子阐释则不及格。安乐哲阐释孟子的性，说性不是内在的、不变的，而是不断变化的，无论安乐哲对性的看法是否成立，都不可当作对孟子思想的正当理解。借鸡生蛋是桩好买卖，但不能从蛋里找出鸡的模样。

刘笑敢还提示了一个不那么显眼的但在我看更加深刻的问题。我们阅读古人，很大程度上是因为古人不同于我们，这种差异有助于我们看到自身思想的局限，即使我们不必认为古人的思想更加正确更加深刻，这些思想仍可能为发展我们当下的思想提供助益。伽达默尔所谓"问题史的弱点"所说的也是这个："它只能把哲学史当作证实自身问题的观点来阅读，而不能把它当作揭露我们本身观点局限性的批判与参考者。"[1]刘笑敢应和说，把文本阐释成自己的亦即现代人的想法，结果只是"换了一个中文的古语来重复现代流行的思想"，"其实并没有为现代社会提供新的思想资源"。

六、"创造性误读"

阐释既然以理解原文本为归宿，凡阐释就脱不掉正确与否的考量。说到阐发，对原文本的解读是否正确则不是主要的关切所在，只要新论有价值，误读原文本也可以原谅。然而，后世阐释学中有

---

① 伽达默尔：《古典诠释学和哲学诠释学》，载于《真理与方法》，洪汉鼎译，商务印书馆，2017年，下卷，第136页。

一个倾向，不是要原谅误读，而是要赞扬误读，这种倾向集中在"创造性误读"名下。不错，如果出色的新论与误读原文有某种内在联系，这样的误读可以称作"创造性误读"。我们不妨跳出阐释学，用哥伦布"发现"美洲来例证错误认知有可能带来巨大果实。不过，不管西方人发现美洲的历史意义多么重大，哥伦布并不是有意犯下这个错误。一个人有意犯错误，这事儿颇有点儿奇怪；这样的事情也许是有的，但它属于另一个论域，我们这里可以放过不论。就文本解读来说，自谓阐释而有意误读，若非欺世盗名，那就是有意误导读者了。误读，创造性也罢，没创造性也罢，说的都是无意间误读。进一步想来，只有无意犯下错误才有可能跟有效的创造连到一起，没谁靠有意犯错来创造。所以，把错误认知和有效创造连到一起，这从来都是事外人的判断。用"创造性误读"来支持有意误读，或者当事人竟用来为自己的误读辩护，徒让人呵呵而已。

当然，同一个文本可以有不同的阐释，包括不同角度、不同层面上的阐释。一个文本可以有宽宽窄窄深深浅浅的阐释，但每一种阐释若能成立，就必须不是误读。我们不可把没有唯一的解释与没有正确的解释混为一谈。只存在一个独一无二的正确性，这样的观念最多只能有条件地用到物理学那里。至于一切解读都是误读这样的主张，我不觉得值得认真对待。实际上，若根本没有正确解读这回事，我们就无法理解误读这个词是什么意思了。

七、"一千个哈姆雷特"

阐发以文本为起点而不以文本为终点。于是，有不少论者主张，阐发是完全开放的，一千个学生写哈姆雷特观后感，会有一千个样子。的确如此，不过，我想先提一句：这不是阐释特有的现象，特朗普这人怎么样？同样人言人殊。虽然人言人殊，特朗普只有一个，同理，有一千个样子的观后感，仍然只有一个哈姆雷特。

一千份哈姆雷特观后感有一千个样子，这是个浅白的事实，不仅正常，而且是好事儿，如果观后感都是新华社通稿的模样，老师会相当沮丧。不过，这些观后感既不是阐发，更不是阐释。阐释以文本为归宿，只有能够帮助其他读者理解文本的，才是阐释。这些观后感，用张江的话说，多半不是"具有公共意义的有效阐释"。[1]我读《庄子》，每次都感想翩连，可我岂敢言一字阐释《庄子》？我们读书，绝大多数时候是自己读得高兴，也许还能增益自己的识见，并不曾想到也并不能够去帮助别人增益识见。

读后有感不是阐释，通常也说不上阐发。阐发固然侧重于生发、发抒，但既为阐发，则与原文本仍有或密或疏的义理联系，受到文本的约束。王弼解《老子》，也许阐发多于阐释，但他阐发的思想与老子的思想确有千丝万缕的联系。由于有这种联系，一种阐发即已远远离开文本，仍可能对理解文本提供某种帮助。但若一个学生交上来的观后感，写了一通他对爱情的感想，这份感想既可以来自哈姆雷特和奥菲利亚的爱情，也可以来自奥赛罗和苔丝狄蒙娜的爱情，或者也可以来自贾宝玉和林黛玉的爱情，那么，就谈不上《哈姆雷特》对这份感想有什么约束；无论它从什么文本而来，那个文本都只不过是这份感想的触发器，这份感想或妙或蠢，对我们理

---

[1] 张江:《论阐释的有限与无限》,载于《探索与争鸣》,2019 年第十期,第 24 页。

解《哈姆雷特》或别的文本都没有直接的帮助。

读书的意趣本来多种多样。皓首穷经的，弄通了一句经文，乐莫大焉。随性读书的，不求甚解，也没什么不好。陶渊明不是解经的高手，读几页书，激起了兴头，欣然命笔，诗写得好就好，何必在意跟古书合得上合不上。莎士比亚读几个历史片段，写出了《哈姆雷特》写出了《亨利四世》，都是传世之作，只要你别把它们当正史来读就好。教师领读文本，当然要尽量避免误读，但多数人不是为备课去读书。青年艺术家朋友在我的课堂上跟读海德格尔，跟读维特根斯坦，好生发愁——要读多少一手原著多少二手阐释才能真正理解这样的哲学家啊？你干吗要"真正理解"？如果你悟到的东西让你把自己的事情做得更好了，理解得地道不地道又怎样？

你尽管去创造你特有的哈姆雷特，真个创造出来，要大大恭喜你。但这不妨碍我们区分阐释、阐发、起兴。

八、两类认知

上面说到阐释，说的都是文本阐释，的确，无论中文里说到阐释抑或西文里说到 hermeneutics，本来都是面对文本的。后来，阐释概念不断扩展，到了海德格尔那里，阐释不仅扩展到对人的生存分析，此在阐释甚至被视作阐释学的核心。[①]

----

① "哲学……从此在的诠释学出发，而此在的诠释学作为生存的分析工作则把一切哲学发问的主导线索的端点固定在这种发问所从之出且向之归的地方上了。"海德格尔：《存在与时间》，陈嘉映、王庆节译，商务印书馆，2015 年，第 49 页。"此在比一切其他存在者在存在论上都更为优先……与此相应，诠释学作为此在的存在之解释就具有第三重特殊意义……从哲学上来领会，这重意义是首要意义。"同上书，第 48 页。

这种扩展是不是任意而为呢？不是。在海德格尔的视域中，文本和此在分享重要的共同点。要说明这一点，我们先要区分两类认知。我在三亚的阐释学会议上谈过这一区分，[①] 这里只做扼要重述。

所谓两类认知，其中一类，被认知的东西是现成固定的，它是什么样子，跟我们怎样认知它无关，例如气温多少气压几何，或太阳产生光和热的机制。它不因为我们是否认知它或者怎样认知它而改变。另外一类认知，被认知的东西不是现成固定的，它跟我们怎么认知它有着内在联系。例如，什么是幸福？这个问题脱离不开我们对幸福的认知。幸福不是纯粹的客体，它随着怎样得到认知而改变。

我们都知道，在海德格尔那里，人，或者此在，不是现成固定的客体。对此在的认知包含上述双向牵连。然而，不仅人是此在，文本也是此在式的存在者。人们可能认为，文本阐释是这样一项工作：那儿放着一个文本，这个文本有一个真实的意思，阐释者努力去发现这个真实的意思，最后，成功的阐释就是符合这个意思，就像实证科学最后要符合它所研究的客体。然而，上面已经反复说明，这正是近代阐释学努力摆脱的陈腐观念。狄尔泰一系旨在阐明，阐释学在根本上不同于实证科学认知。我们阐释一个文本，是要听到文本对我们说了什么，而文本说了什么，这不是一种现成固定的东西，在文本面前，阐释者并不是完全被动的，他参与到文本的言说之中；认知者和被认知者都牵连在同一阐释过程之中。

---

① 参见收入本卷的《谈谈两类认知》。

九、理解与说明

上述两种认知的区别，现在流行用 Verstehen/Auslegung（理解/阐释）和 Erklären（说明）来加以标识。[①] 近代阐释学思想的核心是理解。施莱尔马赫被奉为近代阐释学的创始人，主要在于他的阐释学首次聚焦于理解概念，从而使阐释学从技术指导手册转变为一门系统科学。狄尔泰进一步把 Verstehen/Auslegung（理解/阐释）视作"各门精神科学的通用方法"，[②] 视作系统精神科学的基础。狄尔泰的著作处处都表明，阐释学的这一发展跟那一时期自然科学长足发展的局面密切相关，可以视作精神科学在自然科学面前维护其自我认知：精神科学的认知"建立在生命表现与在生命表现中得到表达的内部状态之间的关系之上"，更进一步，这种认知还直接"建立在生命表现上"。在狄尔泰那里，verstehen 专指这种跟体验（Erlebnis）和"内在思想"紧密关联的认知，这种意义上的理解"与自然科学方法很少相似"。[③] 狄尔泰把理解或 verstehen 界定为"我们由外在感官所给予的符号去认识内在思想的过程"。[④] 显然，我们可以在体验的意义上理解他人、理解文本，但对太阳内部发生的核聚变过程的认知则谈不上这一意义上的理解——太阳发光发热不

[①] 这一对德文词，英文通常译作 understanding/interpretation 和 explanation。

[②] 狄尔泰：《精神科学中历史世界的建构》，安延明译，中国人民大学出版社，2010 年，第 188 页。

[③] 同上书，第 200 页。

[④] 狄尔泰：《诠释学的起源》，载于洪汉鼎主编，《理解与解释——诠释学经典文选》，东方出版社，2001 年，第 76 页。

是符号，发光发热背后也没有什么"内在思想"。海德格尔对体验概念所含的心理主义因素有所警惕，但他说到理解，也始终不是活动在自然科学领域中的那种认知，而是心领神会的认知。[①]

在狄尔泰那里，作为"各门精神科学普遍使用的方法"，阐释概念的应用变得极为广泛。不过，狄尔泰仍然把语言阐释视作核心："我们将一定规则指导下的、对持久固定的生命展现所做的理解称为阐释。由于精神生活只是在语言中才获得一种全面、详尽，因为可以在客观上得到把握的表现，所以阐释的最高形态就是对于人类存在的文字记录所做的解释……关于这种艺术的科学就是解释学。"[②] 在这个方面，海德格尔与狄尔泰稍有不同，在前者那里，基础的基础是生存论分析，作为精神科学方法论的阐释学并不直接等同于生存论分析，而是依附于后者。人文科学的方法论植根于在生存的生存论建构的分析工作这层意义上的阐释学，只可在派生方式上称作"阐释学"。[③]

在狄尔泰那时候，如何面对自然科学的迅速扩张界定和阐明精神科学的性质是一项紧迫的任务，他的主旨在于阐明精神科学方法有别于自然科学方法。[④] 海德格尔则尝试进一步表明自然科学方法

---

① 我认为，单就海德格尔著作而言，把 verstehen 译作领会而非理解来得更加贴切。

② 狄尔泰：《精神科学中历史世界的建构》，安延明译，中国人民大学出版社，2010 年，第 198 页。

③ 海德格尔：《存在与时间》，陈嘉映、王庆节译，商务印书馆，2015 年，第 48 页。"诸人文科学的理论都把对此在历史性的专题生存论解释作为前提。"同上书，第 477 页。

④ 科学革命发生在狄尔泰之前的两个多世纪，但科学研究转变成人类理解世界的主导方式，发生在狄尔泰那个时代。狄尔泰要在科学主义面前维护精神科学的自我理解，在他那里，本来专用于文本的阐释学转向了哲学阐释学。

植根于生存论分析。① 我读博时的导师考科尔曼紧紧追随海德格尔，他在一篇解读海德格尔相关思想的论文里提出科学认知也是阐释性质的，并在论文中一直采用"阐释式的说明"这个用语。② 伽达默尔也指出，对于海德格尔，"自然科学认知模式只是理解的亚种"。③ 当然，这些主张都并不妨碍他们区分理解和说明，坚持理解才是精神科学的目标。

罗蒂则更进一步，建议我们"最好完全抛弃这种精神-自然二分法"，并具体指出理解-说明的两分法造成了哪些混淆。④ 在我看来，我们的确需要随时提防实际发生的和可能发生的混淆，但这不足以构成抛弃这一两分的理由。所有概念两分都可能变成僵固的教条，但概念层面的思考终究不可能避免这样或那样的两分。实际上，狄尔泰自己一上来就指出，在精神科学中，"人们惯常所谓的物理物和心理物是密不可分的"，这种区分只是一种抽象。⑤ 发现重要的

---

① 这样理解阐释学，就把阐释学视作跟其他科学平行的一个学科了，有一门科学研究物理，叫物理学，有一门科学研究生理，叫生理学，还有一门科学研究文本，叫阐释学。而海德格尔想说的恰恰是，阐释学在整体上在根本上不同于实证科学。海德格尔思想中的一条主线，是要把区分哲学和科学，把哲学从科学主义的禁锢中解放出来。后来，他走得更远，认为哲学在开端处就包含了科学主义的萌芽，他于是不再把自己的工作称为哲学，干脆称为思、思想。思想区别于科学，科学不思。当然，这是后话，不过，海德格尔把这个阐释概念从文本阐释扩展到此在阐释，已经是在这一思路上运行了。

② J.J. 考科尔曼（J.J.Kockelmans）：《论自然科学的诠释学维度》（*On the Hermeneutic Dimensions of the Natural Sciences*），载于《现象学研究》（*Etudes Phénoménologiques*），1986 年第三期。

③ 伽达默尔：《历史意识问题》上，王鑫鑫译，载于《世界哲学》，2016 年第四期，第 15 页。

④ 理查德·罗蒂：《哲学和自然之镜》，李幼蒸译，商务印书馆，2003 年，第 330 页。

⑤ 狄尔泰：《精神科学中历史世界的建构》，安延明译，中国人民大学出版社，2010 年，第 73 页。

概念区别是论理活动的基本组成部分。不过,这从来都只是迈出第
一步,无论在文本阐释那里,还是在历史研究那里,抑或更广泛地
在一般论理那里,我们都需要通过审视具体案例才能真切看到理解
和说明实质上如何互相区别同时又互相联系。

　　无法否认精神科学认知和自然科学认知有系统的区别,不过,
用 Verstehen 和 Erklären,或用解释和说明来标识这一区别都不很
自然。Erklärung 或 explanation 跟阐释的意思本来相近——herme-
neuein 的第一个意思是言说,第二个意思就是 explanation。[1] 这两
个语词的平常用法现在仍是这样——我们平常当然可以说“理解核
聚变机制”之类,虽然核聚变并非包含着内在思想的符号。

十、对话

　　但不管怎样,理解和说明所意指的区分有助于我们看到阐
释的对话性质。早在施莱尔马赫已经提出文本阐释具有对话性
(dialogical character)。[2] 后世思想家进一步发展了这一思想:阐释
不是阐释者单方面去理解作者,而是作者与阐释者之间的一场对话。
前面提到海德格尔在阐发赫拉克利特时曾申称“这残篇确在言此,
虽未将此说出”,这也在于他把自己的阐释视作与赫拉克利特的对

---

　　[1]　理查德·E. 帕尔默(Richard E. Palmer):《诠释学》(*Hermeneutics*),西北大
学出版社,1969 年,第 14、20 页。亦可见让·格朗丹:《哲学解释学导论》,何卫平译,
商务印书馆,2009 年,第 34 页。

　　[2]　对话把文本和阐释学双方都卷入其中,形成一个共同的活动场所。阐释既改
变文本之所说,也改变阐释者,在对话中,认知是生存论关系。

话，唯有这样一场"思想对话"才能把这一残篇未曾说出者"带入言说"。从追问与对话的维度来理解阐释，是阐释概念的进一步解放，为阐释活动敞开新的原野，使阐释活动变得更加自由。然而，正如俗话所说，自由同时也是责任。自由与其说让事情变得更容易，不如说变得更难。对话是一门艺术，在这里，规则起不到很大作用。

在近世阐释学思想的影响之下，历史学家也常常从对话角度来反思历史研究，把历史学视作"现在与过去之间的无休止的对话"。[①]实际上，在我们这个时代，"对话"已成为各行各业的时髦语词。由于时髦，把阐释称作对话颇为顺口，往往不再去审思其中的深意和疑点。但这里有一个明显的疑点：你批评一篇文章，作者做出回应，这是常规的对话；阐释通常涉及的则是古老的文本，作者已经不能出面来为自己解释、辩解——这也是柏拉图对书写这件事大有保留的一个主要原因。一方说过之后就再不开口，只有另一方可以继续发言，怎么能称作对话呢？

施莱尔马赫最早提出文本具有对话性的时候，并不是说作者会出面来回应阐释者，他说的是作者与读者的关系转变为讲者和听者，文本要由作者和读者共同拥有的理解来解释。阐释学最早涉及的是《圣经》阐释或经典阐释。人众服从上帝的意旨，听从圣人的教导就好，没想到自己有什么资格跟上帝或圣人对话。对话观念的兴起，依托于近代的平等诉求：阐释不再是普通人面对神谕时的任务，而是人面对人。把遥远的读者对古老文本的阐释还原到讲者和

---

① E.H. 卡尔：《历史是什么？》，陈恒译，商务印书馆，2017年，第115页。

原始听众的说和听，拉近了阐释者和文本的距离。[①] 伽达默尔也是在这个方向上理解阐释学的对话性质的。针对西方哲学侧重于命题真理的传统，伽达默尔申言"语言最本己的存在不是在命题中，而是在对话中"。[②]

阐释的对话性质引导我们把阐释学真理更多地视为一场持续不断的对话，而不是视为唯一的答案。在这个方向上理解阐释的对话性质自有启发，不过，这似乎仍然不是通常所说的对话：文本之后，接着说话的只有阐释者自己，最多，是阐释者之间在对话。

如果把文本视作现成事物，那么，文本一旦摆在那里，就不能再次开口说话。然而，如我们前面讨论两类认知时所尝试表明，有一类认知，在那里，被认知的东西并非完全独立于我们对它的认知。文本阐释即属于这类认知。文本不是物理对象，阐释不同于我们对物质客体的认知，文本阐释包含双向的牵连；文本和阐释者都牵连在阐释活动之中，互相发明——阐释既改变阐释者，也改变文本之所说。[③] 适当的阐释和阐发让文本翻出新意，用伽达默尔的话说，"被阅读的文本将经历一种存在增长，正是这种存在增长才给予作

①　关于这一点较详的论述见何卫平：《解释学之维》，人民出版社，2009 年，第188—191 页，第 199—200 页。

②　伽达默尔：《语言的界限》，转引自让·格朗丹，《哲学解释学导论》，何卫平译，商务印书馆，2009 年，第 188 页。格朗丹在其导论的这一部分（第六章第五节，"作为对话的语言"）明晰阐论了伽达默尔的这一思想。

③　文本之所说，在某种核心意义上，随着阐释活动发生变化，主要根据这一点——而非主要根据我们前往阐释的文本通常跟我们有相当长的历史间隔——文本是历史性质的。众所周知，历史性一向是阐释学的一个主要维度，但限于篇幅，本文没有讨论这个维度。

品以完全的现在性。"① 作为精神客体，或竟作为此在式的存在者，文本随着阐释展露出新意义，这新意又呼唤进一步的阐释，阐释从而成为作者与阐释者之间的一场对话。其实，我们常说的那句箴言，"作品有它自己的命运"，已经提示出这层意思。作品面世，是诞生而不是死亡；作品在与读者的交流中生存下去。通俗想来，我们今天对文本的解读，无论怎么高明，只能惠及今人和后人，无法惠及前人。但古人不得意，把自己的著述藏之名山付诸我们后人，我们若潜心理解了古人的真知灼见，也正可以说了却古人的心愿，让"过去和现在互惠地照亮对方"。②

　　互相烛照并不要求看法一致。实际上，一方不断给另一方点赞，他们两个就不是在对话。看法不同才能形成对话，甚至看法相反也能形成有效的对话；质疑、反驳、生发新论，这些都属于对话。对话不仅在开端处要求参与者有不同看法，而且，对话也不一定以获取共识为目标；鹅湖之辩并没有消除朱熹和陆九渊之间的根本分歧，但那仍然是一场有意义的对话。

　　对话并不要求始于相同的看法，也不要求终于共识，但我们会想，尽管对话不要求相同看法，但它必须紧扣同一个主题，然而，就像在其他实践活动那里一样，对话的主题并不是在对话之初或对话之外设定好的，主题在对话在发展的过程成形。在相异甚至相反

---

　　① 伽达默尔：《在现象学与辩证法之间》，载于《真理与方法》，第二部，洪汉鼎译，商务印书馆，2017 年，第 24 页。

　　② 费尔南·布罗代尔：《论历史》，刘北成、刘立红译，北京大学出版社，2008 年，第 40 页。

的识见中促进主题的不断成形殊非易事，实际上，真正的对话十分
罕见，更常见的是披上对话外衣的各说各话。

十一、让各个概念各归本己

日本学者久米博曾简明综述阐释学的近代发展：在施莱尔马赫
那里，阐释学是一门阐释文本的学问；到狄尔泰那里，阐释学转变
为精神科学的方法论；到了海德格尔那里，阐释学从"理解的认识
论"转变为"理解的存在论"。[①]至此，阐释学完全没入哲学，转变
为哲学阐释学。哲学阐释学的兴发反映出人文探究的自觉意识，最
终把所有精神事物的探究都囊括在阐释名下。人的活动，人的产
物，文本，这些都是精神存在，都含有历史维度，对所有这些的探
究都以理解为核心。把它们收揽到同一个王国之内，有助于彰显经
典阐释、文学艺术作品的阐释、历史学、社会科学诸种学科之间的
互相联系，更清楚地看到它们统统有别于自然科学。近世以来，科
学主义盛行，科学研究方法广泛侵蚀人文探究，哲学阐释学所发展
的一系列洞见有助于各门人类学科抵抗科学主义的侵蚀。

这一发展的每一步都是前辈思想家深刻反思的结果，同时也
体现了近世总体上不断加深反思的倾向。然而，我们今天同顾这个
总体发展，难免也会发生一些疑问。例如，久米博抱怨说，当阐释
学转变成为"理解的存在论"，阐释学的原本问题，"解释文本的问

---

① 久米博：《解释学的课题和发展》，刘文柱译，载于《外国哲学资料》，第六辑，
商务印书馆，1982 年，第 152 页。

题"，反而被忽视了。倒过来看，我们要问：Hermeneutik 或阐释学是否适合于概括从文本阐释到此在分析这样广泛的探究活动？

这些精神存在之间有重要的区别。最突出的，是包括文本在内的言说和人事的区别。言说总是在吁请他人的理解。人的行为有时也是如此，例如建造纪念碑；另一些行为，由于牵涉到合作，唯当拥有适当的互相理解才能顺利进行。尽管如此，人做事并不都旨在要人理解，用狄尔泰的话说，"行为的产生并不是因为行动者打算传达什么"。[①] 人文学科和社会科学的划分大致体现出言说与行事的基本区别。从这一基本区别着眼，我认为不宜把历史探究乃至一般人类行为探究都揽到阐释学名下。文本阐释工作是一个边界大致清楚的领域，我会建议返回我们旧时的用语习惯，把阐释一词保留给这一领域，说到一般人事则使用解释这个词——实际上，直到今天，除了理论家，诠释、阐释这些词人们仍然只用于文本和话语，说到人的行为、动机、历史或"生存论结构"，人们仍然会用解释这个词。

在阐释范围内部，我的想法也相似。近代阐释学倾向于把概念从它们从前比较确定的用法那里松解开来。例如，揭示阐释的对话性质有助于我们看到，聆听文本之际，听者并不是完全被动的，而

---

①　狄尔泰：《精神科学中历史世界的建构》，安延明译，中国人民大学出版社，2010 年，第 189 页。不过，在我看，狄尔泰更多时候是从一个相当错误的角度切入语言和行为的区别："只有在语言里，人的内在性才找到其完全的、无所不包和客观可理解的表达。"而在行动这一方面，"我们可能犯错误，行动的个人本身也可能对于他们的动机传播一种欺骗之光。"基于这一区别，"理解艺术的中心点在于对包含在著作中的人类此在留存物进行阐释或解释。"狄尔泰：《诠释学的起源》，载于洪汉鼎主编，《理解与解释》，东方出版社，2001 年，第 77 页。

是积极参与到文本的言说之中。这场对话把文本和阐释者双方都卷入其中，形成一个共同的活动场所。有些论者听说了这些洞见，立刻把阐释等同于对话，把对话等同于读后感，沧海横流，反而掩盖了原始洞见。[①] 然而，如前文所示，形形色色的参与并不都可以适当地称作阐释。阐释的目标是帮助读者理解原文本，质疑、反驳、生发新论，这些都可能帮助我们更好地理解原文本，然而，这不是它们的目标。阐释具有对话性质，但阐释不同于面对面的对谈。避免这种种混淆并不难，那就是把阐释叫阐释，把阐发叫阐发，把对话叫对话，让诠注、阐释、对话、误读这些概念各归本己。[②] 概念思考的一项任务是在一个概念之中揭示出它与其他概念紧密的然而却隐秘的联系。这无疑让人兴奋。然而，只有当一个概念限制在它自身的意义之中得到使用，这些联系才会富有活力。

[①] 文本没有唯一的阐释，"诗无达诂"就表达了这样的观念。于是，阐释就不能提供真理，只是阐释者各说各话而已，因为真理往往被视作唯一不二的，错误可以用不定冠词，a mistake，真理却总要用定冠词，the truth。在阐释学后来的发展中，的确有不少论者持这类主张，把阐释视作完全主观的，任意的。这一类后现代思想家中有不少是从海德格尔出发的，不过，这些并不是海德格尔本人的主张，这些主张看似保持海德格尔的方向，但走过头了。正确的不一定是唯一的，没有唯一的阐释，不等于阐释就没有正确错误之分。要澄清这些观念，需要从根本上重新思考真理观念，不再把真理性与唯一性混为一谈。

[②] 对学术写作者来说，他什么时候在诠注、确定事实性的东西，什么时候在解读作者的文本，什么时候在阐发，什么时候是在表述自己的理论，这些，他大致都是清楚的。混淆这些，往往跟学术写作规范没多大关系，跟概念探究更为遥远，那主要是个智性诚实的问题。

教育非非想 ①

　　人老神痴，拄杖望天，每日里想入非非。恰有美少年云浩者索稿，遂扯下一片非非之想遗之。

　　春节过后回京，正赶上打响防疫抗疫的人民战争。说巧不巧，一位远房非亲戚也隔离在我家。这位少年在河南读高一，一个多月里，数学、英语、语文、物理、生物，每天早八点到晚九点坐在书桌前。问他，说是从小学一年级起就这般苦读。问他，说是若非如此就考不上一所像样的大学。问他，哪一门功课你喜欢？他直勾勾看着我，就像我在问80岁尚在拾荒的老妪幸福不幸福。这一来，勾起了非非叟积攒多年的老病——教育，现代教育。批评现代教育的理性反思汗牛充栋，非非叟不敢掠美，只拉杂说些非非之想。

　　这现代教育，从根儿上就让人起疑。全世界有好几亿少年儿童，全都在同一制式的小学中学里受教育，学语文，学算术，学好多其他科目，这不是一件很奇怪的事儿吗？这好几亿儿童少年，有的住在纽约，有的住在索马里乡下，有聪明的，有傻的，有活泼好动的，有黏液质的，长大以后，有的当市长书记，有的站柜台，有的放羊喂猪，他们为什么要接受同一制式的教育呢？

---

① 2020年2月。

　　大家都学语文。语文课对口语没有多少帮助。我见过很多没上过两年学的，口齿伶俐得很，大学教授说不过他或她。认字，对，学校教人认字，这是上学的一大好处。可那用不了几个课时。认个千八百字以后，小二郎就可以自己读书了，先读《安徒生童话》《小王子》，后来就可以读《人民日报》社论了，必须注意、全力做好，生字不多，碰上生字，跳过去，大致意思也明白，再说，本来可能也没啥意思。小二郎认真，非要把生字认出来，那就去问问哥哥姐姐，哦，只让生一个，没哥哥没姐姐，那就去查字典，不像康熙那时候，现在，手机上划两下就行了。当然，语文老师不仅教我们认字，还教我们段落大意，精彩片段。你读一段文章，读不出大意，老师能教你读出来？你读外交部发言稿，没有一句不让人眉开眼笑，老师该选出哪一精彩片段？好吧，不说阅读吧，说写作。非非叟不会谷歌搜索，光靠百度，查不出李白上了几年学堂，莎士比亚是否初中毕业。20世纪80年代崭露锋芒的中国作家，差不多初中小学都失学了。小学生上几年语文课，认千把字，就好了。以后，爱读书的找书读，不爱读书的，看看网上的段子。要是做个对照试验，看上几年段子的，说不定比上几年语文课的孩子，更容易明白段落大意和精彩片段。

　　不过，非非叟同意，这路子用在数学上大概行不通。除了牛顿那样的天才，我们的微积分都是在课堂上学来的。对，对，还有三角函数和椭圆体体积公式。后来呢？我认识的人，十个有九个，一辈子没用上三角函数。用上的也就是小学二年级学的加减乘除。不信你问问自己，还记不记得特殊三次方程的解法？

　　非非叟老糊涂，差点儿忘了，现代科学技术，没有一样离得开数学。物理学、工程学、计量经济学自不必说，不懂数学，生物学也做不下去，就连社会学、政治学，也常得弄出两个公式来才显出自己有点儿科学性。要把强国梦做好，数学课万万取消不得。可是一，大多数行当所需要的数学，只是一批专门技术，可以现学现用，用不着深厚的数学基础。顶尖生物学家威尔逊对年轻科学家就是这么说的，他鼓励更多的年轻人投身生物学，不要因为憷数学而畏缩，那点儿数学，事到临头再下苦功蛮来得及。我认识一位会计师，业界翘楚，读大学时候数学勉强及格。

非非叟更关心的是第二条，就算有两成毕业生将来要用到高深的数学，需要从小就打下坚实的基础，就该让成万上亿的同龄人每年花上几千个小时陪着学三角函数和二项式定理吗？数学的才能和兴趣——才能和兴趣本来大面积重合——很小就显露出来了，蛮可以在一所学校里设置两三种数学课程，有数学才能的孩子，一次方程二次方程这样的课程内容，一个礼拜足够了，大多数孩子，学会加减乘除就好，要不，再加上乘方开方。万一有哪个晚熟的数学天才被耽误了呢？唉唉，为了上亿少年免受解题之苦，一两个天才，耽误就耽误了吧。就现在这教育制度，天才耽误的还少吗？一方面是很多孩子费老鼻子力气陪绑，另一方面是，一年学那一点点数学，让优秀的数学头脑带着无聊陪绑。

非非叟是不是太实用主义了？学数学未必是为了将来能用上，数学学习能培养人的逻辑思考能力。荀子没学过对数方程，他的逻辑思考能力好像并不差。逻辑分两种，一种专用来对付数理问题，一种用来对付生活事务中的起承转合，这后一种逻辑，我们通过处理事务学会，通过话语里的逻辑学会，对数方程帮不上很多。

　　诸位听友，非非叟并不是在主张取消学校。现在为人父母的，多半双双上班。没了学校，孩子往哪儿放？当过家长的都知道，学校为了什么名目停课一天，最让人焦虑的不是孩子少上了几门课——那点儿功课不学也罢，要学，转眼就补得上——而是孩子送到哪儿去混过这一天？学校还是要办的。主要不是学语文、学数学，是同龄的孩子得有伴儿，一起踢足球，下棋打牌，聊天吹牛，谈谈心，打打架。当然，认几个字，直尺圆规画两个同心圆，也挺好的。

　　那到底该怎么设置语文课算术课呢？这当然得听教育学专家的理性结论。非非叟只是心疼成万上亿的孩子被砍去了童年，砍去了少年，砍去了青年，没在河湾里游泳，没在山林里摘野果。反正，用同一套课程把六大洲一代一代少年儿童套牢，不知浪费了多少精力经费，更不知扼杀了多少少年时代的快乐时光，太不人道。为什么为什么？为什么要推行这种普适教育？想来想去，多半是为了教育公平——虽说到头来结果并不公平。不过，公平这个大题目，还是留待今后再想入非非吧。

漫谈科普书 ①

　　读书就像生活，一人一条道，很难总结出通用的方法。仲春时节，冠者五六人，列坐其次，各自讲讲自己的读书经验，却是乐事。

　　青少年时候，小说诗歌是我读书的一大项，现在，我的课外书里，历史、科普占比更高。今天就讲讲科普书。有益心智的读物里，科普本应是一个大门类，的确，像我这样一门科学训练都没有的，要想了解科学发展的概况，非读科普别无他路。但就算你是一门两门科学的专家，要想知道其他科学领域发展到什么样子，恐怕也少不了科普之助。可是，20世纪90年代初我学不成归国时却见这个大门类在国内几乎空着，于是有打算拉几位同好来"填补空白"，那一阵也正有几位同仁或开始或打算张罗出版张罗书店。唯鄙人一向缺乏行动力，想的不少，却啥都没干成。找借口呢，是阴差阳错又回到大学教哲学，一时无暇他顾，只张罗翻译了当时美国副总统戈尔所著《濒临失衡的地球》，好歹可以列入环境科学。可庆幸的是，不少有行动力的人也注意到科普的空档，就从那时起，科普的翻译、出版渐渐旺盛，印象中，佼佼者是湖南科学技术出版社，几十年不辍，出版了总有百八十种，包括为数不少的世界科普名著，

---

　　① 2020年4月，首发于《秘书工作》，2020年第11期。

如霍金的《时间简史》，家喻户晓。此外如上海科学技术出版社也推出引人注目的科普系列。

我们可以按照学科给科普分类：数学、物理、生物、动物学、人类学、环境科学等等。最近几年热闹的是人工智能、基因工程、大脑科学，如玛格丽特·博登的《AI：人工智能的本质与未来》，克雷格·文特尔的《生命的未来》，达马西奥的《笛卡尔的错误》，斯坦尼斯拉斯·迪昂的《脑的阅读》。数学和物理学是最"硬"的科学，在这些领域，专业论文跟科普之间划然两分，我们街上人只能读科普，读不了论文；即使科普，面对的是普通读者，还是会要求读者有点儿相关领域的基础知识。有些科普书，如约翰·德比希尔的《素数之恋》的后一半，我初中文化水平，实在不大跟得上。生物学居中，迈尔的《进化是什么》既可供专业学者研究，普通读者读来也不觉得怎样困难。另一位大生物学家斯蒂芬·杰·古尔德写了更大量的科普书。到动物学、人类学这边，科学和科普的界线不那么截然，不要求多少专业知识准备，德瓦尔的《黑猩猩的政治：猿类社会中的权力与性》《万智有灵：超出想象的动物智慧》，我们街上人照样读得津津有味。许靖华的《大灭绝》调动天文地理化学生物学各个方面的知识来破解恐龙灭绝之谜，就像一部侦探小说。他的那书《古海荒漠》也甚是好看，可惜，科学界好像有一条不成文的规矩，不鼓励科学家多写科普读物，怕因此误了正事，许靖华写了两本，从此打住。贾雷德·戴蒙德的《枪炮、病菌与钢铁：人类社会的命运》写人类发展中的一些节点，同样旁征博引，引人入胜，这类书也可归入科普，虽然它跟近年来流行的"大历史"如赫拉利的《今日简史》不大容易划清界限。

顾名思义，科普意在普及科学知识，但这其实只是科普的目标之一。真要学知识，我觉得还是去啃教科书最有效。当然，教科书，尤其我们小时候用的教科书，干巴巴的，连图画都少见；科普呢，多少有点儿趣味性，甚至掺杂若干娱乐性。我小时候读的科普书，书名可能就是"趣味数学""趣味物理学"。增添趣味的一个办法是穿插轶事，讲到薛定谔方程，顺便提到他是在跟情人度假时得到灵感的。趣味有深有浅，薛定谔编出一只猫来讲量子叠加态也算一种趣味，但这只猫多多少少引我们去理解薛定谔方程坍缩的大概含义，他那位我们不知其名的情人对此则没太大帮助。

薛定谔是诺贝尔奖获得者，实际上，很多科普书的作者是这一类顶尖科学家。爱因斯坦的《狭义与广义相对论浅说》，理查德·菲利普斯·费曼的《费曼讲物理入门》，也是著名的科普著作。薛定谔写过不少科普，他的《生命是什么——生物细胞的物理学见解》更是一本奇书，借助纯粹物理学的观念来思辨生物体遗传机制，成为沃森和克里克发现双螺旋的先声。

科普的真正趣味不在趣闻轶事而在思想性。我们小学二年级就学到 0，学到 -1，后来学到无理数、复数，掌握运算规则之后，考试好歹能及格。但为什么 0 这个数字很晚才被引入数学呢？我说"0 这个数字"，但 0 是个数字吗？它是什么东西的数目？若说它是不存在的东西的标记，既然不存在，你怎么标记它？负数、无理数、虚数、微积分，进入数学王国的时候，都引起过巨大的争论，在教科书里，我们不大能读到这些思想上的争论。读读 M. 克莱因的《数学：确定性的丧失》，我们会发现，我们所掌握的那点儿简单数学知识背后有那么丰富的思想内容。关于量子力学的科普无一不讨论波粒二象性，量子到底是波还是粒子，这也许不妨碍科学家预测量子的活动，但波与粒子在思想层面的矛盾始终困扰着好思索的科学家们。

教科书循序渐进、步步为营，教授一个由简单到复杂的知识系统，科普的旨趣在于把知识和我们平常想得到的道理连到一起。就此而言，很多科普邻接科学哲学。普利高津的《确定性的终结》的主旨是反对决定论。温伯格的《终极理论》为还原论张目，罗伯特·劳克林的《不同的宇宙》则旗帜鲜明反对还原论。布莱恩·R. 格林的《宇宙的琴弦》支持弦理论，L. 斯莫林的《物理学的困惑》则断然拒斥弦理论，这并不只是学科内部的争论，争点涉及一般物理学哲学，涉及科学方法论。中国在很多科技领域已经进入发达行列，但中国人写出的优秀科普书不多，我想，一个原因在于，中国科学家更多从技术角度来理解科学，对科学的思想性一面不那么在意。

思想跟历史连在一起。所以，科普一边邻接科学哲学，另一边邻接科学史。科普书往往要回顾特定学科的发展历程，讲演化论的，如卡尔·齐默的《演化的故事》，差不多都要从古希腊的生物演化思想讲起，至晚也要从达尔文和小猎犬号军舰讲起。教科书依我们今天的知识状况来排列知识，即使提到科学史，也只是作为小知识附在一旁。我们都学过牛顿力学，理科生却很少会去读《自然哲学的数学原理》。但为了探究牛顿力学的思想，科普作家会回到伽利略和牛顿那个时代，考察他们在跟哪些观点做斗争，他们怎样得到了自己的结论，这些结论引发了哪些质疑。很多质疑后来不是被解答了，而是被科学进步的轰鸣湮没了；它们蛰伏在思想者静悄悄的对话中，时不时现身在科普书里，偶或被激活，造就一波科学发现的新潮。

中国的普及教育程度不低，但国人在科学知识和科学认识方面大有提升的空间，为此我很愿意鼓吹多读科普，涨知识，明道理，培养科学态度，同时了解科学的局限，以免堕入科学主义陷阱。经过众多译者和出版人的努力，现在已经有大量科普译本。其中大多数都值得读，不过，我们用来读书的时间有限，那就挑最好的读。更重要的是挑适合自己知识水平的读，例如，同样讲量子力学的，难度相差不少，最好是选费一点儿力气差不多能读懂的。读得多了，我们会发现很多重复的内容，不像教科书，教授一个由浅入深的知识系统，什么都只讲一遍，科普则不同，凡讲量子力学的，都会讲到双缝实验，凡讲大脑科学的，都有一章大脑解剖结构。读到第一本，新鲜，读到第二本，当它复习吧，读到第三本，跳过去就行了。最后说一句译本，既然好的科普差不多都是译本，选书时要注意译文好坏；据我的印象，科普书的翻译品质总体上不错，但也有糟糕的译本，霍金的《时间简史》，彭罗斯的《皇帝的新脑》，都是科普名著，但译文可忧，与其吸进一堆讹误，不如费力去读英文原版。

你真正的生活在哪里 ^①

——疫期采访录

问：这场疫情对您最大的影响和改变是什么？

答：我早已经过了能够大大受影响和大大改善自己的岁数了。

问：能谈谈您在疫情期间是怎样安排生活的吗？

答：六点前后起身，工作至午饭前。午后小憩，读书；戴着口罩在附近走走。我家离颐和园近，多在那里走。这两三个月，北京空气不是优就是良，多年未见；这些年来，远远近近，增栽了不少绿植，入春后，梅花、迎春、玉兰、桃花、山杏、连翘、榆叶梅、樱花、海棠、紫藤，一波一波。晚饭后读闲书，处理邮件，看微信。11点前后睡觉。本来就不常出门，疫情期间，更少有朋友聚会，讲课、开会趋近于无，于是工作、学习时间更多了。生活更规律了，有时晚上会看个电影。平时不经常看电影；我的电影文化水平低，好多"重要"电影都没看过。亲故知其如此，逢假期就给我补课，推荐一些片子给我。

问：可以谈一谈您在疫情期间的个体困境吗？

---

① 2020 年春，新冠肺炎疫情泛滥，很长时期不能举办线下活动，人们闷坐家中，媒体为受众计，采访频仍。采访的问题很多近似，回答也重复，不宜统统收入，故摘录少许编在一起。

答：这哪儿能满世界广播呀？

问：疫情使时间相对停滞，您认为这是大多数人的最大改变吗？

答：人生苦短，时间真停滞下来不是坏事啊。只恐疫情过后，大家又要被现代化的快节奏裹挟。这是退休老头闲想。从手到口的劳动者，几个月没有工作机会，日子愈发艰辛。

问：疫情引发了人们对很多问题的思考，诸如健康监控与个人隐私、隔离封闭与个体自由等等，作为哲学家，您有哪些思考？

答：我"作为哲学家"思考的事儿多半跟当下没什么直接关联。你说的这些当然我也思考，但不是作为哲学家来思考的。疫期里大家都闷在家里，发议论的人格外多，我也没有什么别人没想到的想法。很多人说到这次疫情应对不够及时，这是噤声的一个恶果。平常，好多人觉得言论自由只是读书人的要求，不干普通人的事儿，其实不然。又有人说，当前疫情汹汹，抗疫是头等大事，这时候讨论言论尺度不是添乱吗？抗疫肯定是头等大事，奋斗在第一线的各种人士，尤其医护人员，是最可贵重的。但头等大事之外，还有二等大事，眼下的头等大事之外，还有长远的头等大事。一个人不见得一时间只做一件事，十几亿人更不见得。各种人关心的侧重点不同，本来是社会的正常现象。

问：疫情期间，暴露出大量的心理问题，您身为哲学家，能够提供怎样的解决方案呢？

答：我要是有个解决方案，我肯定会去开个诊所，至少申请一个专利，心想，会有1000人会买我的方子，也许是1亿，一个人收一块钱我就挣到1个亿了。

问：可是有很多哲学家认为，哲学有心灵治疗的作用？

答：嗯嗯，是的。不过他们说的心灵治疗，跟现在所说的心理治疗不尽相同。他们希望引导人们的精神不断上升达到心灵的健康。向上的心灵是健康的，达到高度的心灵是健康的，从世俗存在上升到理念世界，你的心灵就健康了。到了我们这个平民社会，不大说心灵，更多说心理，psychology 里的 psyche，本来是心灵、精神的意思，现在翻译成心理学。平民社会的一个特征，就是心灵到心理的转变。心理这个词比较适合平民社会，每一个人都有心理活动，在这一点上，我们都是平等的，不论你是总理、老板、诗人或是科学家，你到心理医生那里去他才不管你手里有 100 亿还是你是个叫花子，对他来说你只是有心理问题。不管你什么社会地位，不管你的精神创造，不管你在精神世界中的位置，你就是一个个人，你就是一套心理。

问：我意识到这个区别，所以我想问的是心灵治疗而不单单是心理治疗。

答：简单说，哲学关心心灵，心理治疗师关心心理。当然，我们知道，心理层面和心灵层面是混杂的，就此而言，哲学对人的心理健康也可以有帮助。但像我刚才说的那样，说到心灵，最好讲心灵的提升而不是心灵治疗。提升精神力量可以超脱一部分心理问题，比如崔永元，有心理问题，很痛苦，但他的精神强健，能够对抗心理问题。

问：世界受到病毒蔓延的困扰，很多人都提不起劲，很多年轻人陷入抑郁状态，轻生事件时有发生。疫情造成了很多新问题，或者说，暴露了很多问题，我们发现，现代人好像很脆弱。

答：是的，现代人很重视自己的私人感受，越是好思考的，越是心灵敏感的，就越重视自己的感受。现代人关注自己的心理，关注得也许超过了适当。这种特点会使人脆弱，比较容易受伤害。我说的伤害指的是心理上受伤害，身体上现代人是很不容易受伤害的。倒退一百年，从小长到大基本上伤害遍地都是，现在这种伤害少多了，但心理上受到伤害越来越普遍。

以前的人对灾难更习惯些。我们可以跟1918年的西班牙流感比较一下。这才刚刚过去了一个世纪，但在新冠肺炎疫情之前很多人不知道这场灾难。据不少研究者，五千万人因之丧生。跟这个相比，新冠肺炎疫情杀伤力不算很大，但这一次疫情对国际关系、族群关系、政治分歧、经济活动、社会生活节奏乃至个人心理的影响似乎都远远大于那一次。我觉得这个对照透露出不少消息。一个是，天下承平已久，大半个世纪没有发生大国之间战争这样的灾难。历史上不是这样，无论中国还是欧洲，两千多年，挑一个没有发生过大国战争的75年，不容易挑出来的。可这么过来的人，两三代人，觉得世界本来是这个样子的，好像和平繁荣是人类生活的常态，这跟1918年刚刚打完一场惨烈的世界大战心态不一样。还有技术乐观主义也是一个方面吧？1918年的时候，连抗生素都没发明出来，更别说对付病毒的药物了。一个世纪以来，生物学、医学有很大的飞跃，人们越来越相信科学技术的力量，相信什么问题都可以通过科学技术去解决。新冠病毒就在这样一种普遍心态里突然来了。于是，更容易出现恐慌，指责，敌意，引发更广范围内的观点极化。这些不是好现象，但也反映出几十年来大多数人的日子过得蛮安定的。总的感觉是，社会结构连带心理结构一个世纪以来发生了根本改变。也许有高人愿意通过这两次大疫的不同影响来探究这些巨大变化。

问：您说到观点极化，争论的双方都指责对方无知，但实际上，我们自己也很无知。而且，无知是一切知识的条件。

答：无知是知的前提，这可算不上为无知辩护，疾病是治愈的前提，但我们还是不愿意得病。跟全知的上帝比，你不论知道多少都是无知。但这么说，就把知和无知差不多拉平了，再讨论无知也没什么意思了。我们无论多博学，当然所知有限。不过，说你无知，不一定是要求你什么都知道，可能是说，"你应该知道但是你不知道"，比如美国媒体喜欢批评特朗普无知，不管批评是否成立，反正是在批评他作为总统有很多事情应该知道而他事实上不知道。我想，我们大概很难否认无知是个贬义词，很难笼统地为无知辩护。当然，不能反过来说，什么都是知道得越多越好，的确有这样的问题：哪些无知是需要克服的？能够克服的？哪些是无法克服的甚至是不需要克服的，甚至是要刻意保留下来？古人说难得糊涂。什么事情上糊涂一点儿好，这我觉得是个值得一想的问题。

问：说到偏见也是这样，通常都在贬义的意义上使用的，但我们人人都无法避免偏见，我们自己其实也一样困在偏见之中。也许我们应当把偏见当作一个中性词？

答：嗯，我们每个人都困在偏见之中，最后也知道自己这么被困着，然后呢？我们就接着困在里面？还有什么办法吗？

在我听来，"偏见"当然是个贬义词。英文 bias 或是 prejudice 也是。成见、先入之见好一点，都还是负面的。语词内容不是你想把它当成什么就是什么的，它比我们有力量。你可以编一个不太常用的词，比如"前见"，它是编出来的，我们可以定义它是一个中性的词。但问题还在那儿：在实际语言中为什么没有这样一个中性的词？有一些词比较中性，比如说偏爱、偏好，偏向也没有太强的贬义。能够说偏见是偏好的一种吗？我觉得大多数时候不能。偏见主要是讲我们涉及公共领域的看法、见解、观念，偏爱更多讲的是我们在私人领域里对某些物事的态度。

卡尼曼有一本 *Noise: A Flaw in Human Judgement*[①]，他那本《思考，快与慢》[②]很多人都知道，这一本应该很快也要出版了。这本书把我们犯的错误分成两类，一类错误是散漫的、没有规律的错误，所谓"噪声"，另外一类是系统性的错误，即所谓"偏见"。卡尼曼用一个最简单的例子开头，比如说打靶，打了五枪，五枪都不中靶子，不在靶心上，东一个、西一个，这就是 noise；如果五枪都打到一个点上，但是这个点不是靶心，比如说比靶心高了两格或者偏左了两格，这个就是 prejudice。我刚才提到系统知识，它的反面，偏见可以说是系统性的错误。

问：我们三个人的偏见加起来就会比较接近于正见。

答：我没有那么乐观。一般社会观察的结果倒正好相反，每个人都有点儿偏见，集合成为群体的时候，偏见被放大了，大大加强了，我不用举例吧，例证遍地都是。偏见加起来不行，但三个人、多个人的对话的确是条路，也许，现在最为需要的是不被群体的偏见所裹挟，尽可能不要笼统地把他人当作一个群体，而是要把他人

---

① 卡尼曼等：《噪声：人类判断的缺陷》，李纾等译，浙江教育出版社，2021年。——编者

② 卡尼曼：《思考，快与慢》，胡晓姣等译，中信出版集团，2012年。——编者

作为一个一个有自己特定主张的个体，采取一对一，几对几的方式去对话。

问：按说，现在有了互联网，大家更容易获得全面的信息，了解不同的观点，为什么反而观点越来越极化呢？

答：原因肯定很复杂。社会学家应该会给出更全面的分析。我只提一点，不见得最重要，但别人说得稍微少一点。以前的社会里，人和人的交往是立体的，多层面的。我们是朋友，我们不仅在一起聊天，我们要一起做很多事情——这个你们年轻人可能不大体会——在我们年轻的时候，你要搬个家，必得有几个朋友来帮忙才行。更别说你在农村，要盖房子。人和人共同生活，共同做事，当然也会一起议论，交换看法，互相争论，但这只是社会交往中的一个维度。政治见解啊什么的，见解不同会伤害人际关系，但不见得很严重。你我意见不同，但在很多其他方面还保持着实质联系。一个人有好多维度，在现实交往中，在熟人环境之中，你总是会表现出多个维度——虽然也不会都表现出来。但在网上就可能只表现一个维度。

但有时候互联网不是造成极化而是表现出极化。本来我有某种极端情绪，但平常没什么人听，有了互联网，我就表达了。再比如说我在一个群里面，可能有 100 个人，大家都是朋友，这 100 个人各有各的观点，有一个人开始发言，我说我不太同意，这 100 个人的群过几天之后就你们俩在说，其他人又不好意思退，就是这么一个情况。

不过，这也可以迂回地造就极端化。我可能情绪本来也没那么强烈，有点情绪，有点不高兴，但是不高兴可以就这么过去了，也可以吵起来，越吵越激烈，最后火气大得不得了。我们的意见和情绪并不都是原有的，好像互联网只是提供了一个表达平台，就像你修个渠引水，水不是渠生产出来的。我们的意见和情绪不完全是那样，有时候它是催生出来的。互联网不只是表达的一个渠道，它塑造我们的表达，改变甚至生成我们的表达。互联网不仅是给了我们一个表达的渠道，它也在制造、加强、激化我们的情绪。与之相比，对话本身就是立体的，从眼神一直到气息都在里面，我们把它写成书，隔着音频在听，这都是不得已的事情。我小时候读歌德的书，我说如果我要是跟歌德做邻居，我何必读书呢，是吧？

问：这样人与人的关系会越来越弱，成为一种弱连接。

答：时代变得真是非常非常快。到今天，人际交往方式已经完全变掉，日常生活中没有谁真正需要谁，人和人不是立体的、多层面的交往，一大半交往是在微信上发表意见，意见之争成了你我交往的全部，没有其他纽带来妨碍你我"脱钩"。线下的交往天然是有栅栏的，我们这桌喝酒，6个人就是6个人，另一桌那边的是另一桌人，不是我们的人。互联网上的信息就没有区隔，我们6个人不面对面说话，每个人看手机，就分不出亲疏远近了。从前，世上的事情有近有远，网络在很大程度上消除了这个差别。我们即时知道美国的、非洲发生的事情，很多遥远的事情带有很强的冲击力，反过来，我们身周的事情倒显得平淡无奇。疫情期间，线下的立体交流几乎消失了，人与人的亲身联系有可能变得可有可无。不分远近地吸收信息，本来有点儿变态，现在成了常态，这带来了更多的焦虑。

问：我们好像对出现了什么问题有一定共识，生活节奏过快，气氛喧嚣，物质等各方面的诱惑和压力增大，但是，有什么办法改变这种趋势吗？

答: 的确，我们先琢磨到底是哪里出了问题，可是怎么改变……像互联网这样巨大的现实存在，我能干什么呢？首先我改变不了它，其次我还不能拒绝它，就像那时候开始使用电话，我就是不用电话，我到别人家去串门，事先也不打个电话，去了就敲门。头一年还行，十年之后人家就会说我这个人太没教养了，不打个招呼就来敲门，是吧？

单个人可做的不多，改变的途径通常不是哪个人想出来的，如果有好多人不喜欢这种趋势，人们会在这里那里做一点儿改变，汇聚成更大的改变。总体改变只有等着社会自己去改变。说到个人，我觉得一个有反思精神的或者对自己有要求的年轻人，就是在明知刚才所有这些情况下，还是尽量地挖掘这个技术能够给你带来的正面的作用和尽量地去避免负面的作用。我们刚才说到远近层次，我觉得，远近层次对维护个人生存的活力很重要，我们的生活，我们做的事情，本来只对自己有意义，对自己身边的人有意义，对广大无垠的世界没有任何影响。技术拆掉了我们的距离感，媒体拆掉了我们的距离感，我们要练就一种新的"心智技能"，学会在现今条件下自己来建设空间层次，把从远处涌来的信息放回到远处背景上去，美国竞选的事儿我也关心，但是我知道这个事和我关系不大，我不会为这个事和朋友闹翻。重新把注意力收拢在身边：你手头做的事情，你亲近的人们，你的切身环境。什么对你是真重要的，你真正的朋友在哪儿？你真正的生活在哪儿？我相信，建设起这种空间层次感以后，"过快节奏，喧嚣气氛，物质等各方面的诱惑和压力"都会减轻，我甚至相信，人的亲爱之情会多一些，仇恨之心会减弱一些。总之，找到你真正珍惜的东西，努力去维护它。不说了，再往下说就比较鸡汤了。

问：观点极化也表现在政治观点上。祸不单行，这两年中美之间又正在发生的贸易摩擦。在美国也有些人说中美矛盾的根源在于价值观的差异。

答：肯定有利益冲突，但只把它看作是贸易冲突显然是轻描淡写了，中美之间当然也有价值观层面的冲突。国族之间发生冲突，一般都不只是单纯的利益冲突。

问：但中西文化有碰撞、冲突也有交融。

答：人们经常说中国文化、西方文化，但两者不完全对等。西方文化是一个很广的概念——古希腊是西方，基督教世界也是西方，美国文化也是。西方文化，原本是地中海沿岸以及西亚各个族群、各种文化互相激荡的产物——美索不达米亚、埃及、希腊、罗马、基督教、伊斯兰教、文艺复兴、工业化、全球殖民。所谓"西方文化"，实际上一直是几大文明的交往和冲突，一直在剧烈变化，也可以说成一直在更新。如果没有伊斯兰的反哺，大概就没有小文艺复兴，大文艺复兴。一次又一次"复兴"使得西方文明变得这么厚。

相对而言，中国文化更加连贯、一统，也可以说，更加单质。也有文化交融，比如佛教东来，但从地理上说，中原离开其他文明中心比较远，隔着青藏高原、帕米尔高原，或沙漠，比不上地中海的四通八达，互相激荡。

一方面，西方还有很多东西我们需要更扎实地学到手，另一方面，要及时从我们自己的心性和问题感出发探讨相关问题，分量不一定亚于他们。

总体说来，中国文化是内构型的，更多是一种吸收性的文化，不是一个扩张的、贡献的文化。中国文化吸收能力很强，在战国时就开始吸收外来文化，更多的是在汉朝、汉以后的佛教文化，包括唐朝文化——在文化吸收方面，中国人的心态很开放。历史上，外来文化到中国后，就形成了一个相当中国化的体系，很成熟，很有韵味，到宋朝达到顶峰。后来由于元、清异族统治，中国文化可能有点支离破碎，但它的核心还在往下传，文化还挺严整。千端万端，单说典故一端，到了明清时候，文人写诗写文，真个无一字不暗藏典故。的确，中国文化向精致发展，跟汉语连绵不断也有关系。

中国文化之所以对世界贡献不是特别大，也是因为它太严整了，不大容易一小块一小块地输出。我不是说中国文化没有对外的影响，主要是向东、向南。此外，中国文化对世界的影响一向不是太大，基本上不西传。对西方也有影响，但跟中国吸收外来文化的规模相比，完全不成比例。说西方跟中国文化"碰撞""交融"，说重了，有点儿自说自话。西方没从中国文化汲取多少，中国文化自成一体，从外传的角度说，比较封闭。某种程度上，日本文化比中国文化还要封闭，虽说最近一个多世纪以来，很多西方人迷恋日本文化，但是真正受日本文化影响却不多。

问：那您认为中国文化在哪些方面能对世界做出较大贡献？

答：中国文化中最有生命力的，在我看，是自然主义，对超验的东西不怎么热心，在这个世界里发现真善美的东西。这种自然主义态度对现代世界极为有益。

问：如果中美之间想要去相互沟通和理解的话，您有一些什么想法或者建议吗?

答:这个题目有点大。我愿说的是,我们需要更多地了解美国,也需要努力让美国更多了解我们。这就要尽量维护交流。这种交流必须是多层次、多角度的,既需要有官方之间的交流,也需要有民间的交流。但是现在中美双方有一个共同的倾向,就是民间交流越来越少。如果所有的交流都是官方往来,所有的声音都是官方口径,那就只剩下两个国务院发言人对话了,那就不是交流而是互相宣传了。即使只说宣传,中国官方的对外宣传也还有很大的改善空间。另一方面,美国人不是很热衷于了解其他国家——站在优势地位的人通常都较少去理解相对弱势的一方。更何况美国还有普世主义的一套东西。美国人一方面信奉普世价值,但另一方面又觉得自己很特殊,很优越,这两者合到一起就会妨碍美国人了解其他文化,妨碍与其他文化的交流。跟美国人相比,欧洲人比较复杂,欧洲有那么多的国家,各自的文化不同,传统不同,这都是欧洲人从小就了解的常识,他们有更强的历史感。二战以后,欧洲放弃了殖民主义,也的确,欧洲不像美国那么强大。这让欧洲比美国有更多的柔性,比较能接受多样性,承认你有你的文化,你有你的传统,同时它又坚守西方价值观中积极的部分,自由、法治、民主、宽容。

问:您认为普世主义在国际交往中是不是一种必须呢?

答:我不认为有什么普世主义。就说"人生而平等"吧,这个观念是美国建国的一个基础观念,也极大地影响了美国此后两百多年的政治实践,对后来的废奴运动、平权运动、给予妇女选举权等等也确实起到了巨大的推动作用,但这些并不是因为它是个超越历史的普世观念,相反,它在历史上的积极作用依赖于特定的历史环境和观念背景。例如，它的解放作用在很大程度上是针对天生特权这些欧洲封建制度和观念的。实际上，就在《独立宣言》宣称人生而平等的时候，黑奴、女性并没有获得平等的政治权利。在我看来，联系历史来阐释这个观念要更加生动有力，把它从历史境况中抽象出来，论证它如何如何普世，这不仅不成立，而且我认为这种理论甚至可能是有害的。我认为比较切实的论证是，给定我们的社会状况，哪些观念是更加可欲的，而不是表明它们是普世的。普世主义现在越走越极端，变成了僵化的教条，跟社会实际生活完全脱节，只要有相反看法，就是政治上不正确。这种倾向引起了很多人的反感，所以敢于反对政治正确的特朗普就被选了上来。特朗普反对空洞的政治正确，这没错。但他反过头来一味强调利益和实力，结果西方世界经过几百年逐渐养育起来的开明态度如今在正反两个方面都受到威胁：要么变成过度的、空洞的宣传，要么干脆被扔到一边。的确，大多数人不关心观念背后的沟沟坎坎，他们更需要一些简单的说法。把它们说成普世真理也许在政治实践中会产生更大的号召力，但是从另一方面说，也正因为这些观念过于简单，所以有时候可能会起到不良作用。就拿美国对中国人权状况的批评来说吧。中国的人权状况当然有很多需要改善的地方，但就事论事的批评也许会取得更好的效果，不一定非要采用普遍人权的观念。一旦上升到普遍人权的理论层面，接下来就变成了没完没了的争论。我们也会指责美国说，它一边唱普世主义高调，一边处处维护自己的特殊利益。这本身倒没什么新鲜的——哪个国家不需要维护自己的利益，哪个国家这么做的时候不尽量说点儿好听的？自古及今莫不如此，这两个世纪可以说尤其如此。但把正义的调子唱得太高，我们反而觉得正义都是空谈。国际政治中正义不多，但还是有的，这一点点正义需要十分珍惜，尽量弘扬，可惜现在的趋势似乎相反。

问：和美国相比，中国人在处理普世主义问题上显得更有弹性，您认为这和中国文化的宗教情结相对较弱有关系吗？

答：中国曾自以为居于天下的中心，外族都是蛮夷，等着用华夏文化去化它，那也是一种普世主义。处在优势地位的民族容易有这种态度。不过，你说得对，中国没有一贯的建制性宗教，思想上少一点儿绝对主义的东西。从前，中国很愿意汲取外来的东西，汲取过来以后，慢慢在内部发展出一套很精致的文化结构，中国文化自成一体，处在这种文化之中你会很享受——我指的是中国饮食、诗歌、绘画、音乐、古玩什么的。我自己享受我的，不怎么在意推广。这和西方那种开拓精神很不一样。孔子说，远人不服，则修文德以来之。这也许有点儿理想化，但中国文化总体上不是主动扩张型的文化，中国人不那么热衷于推销自己的文化。东亚地区，像日本、朝鲜、越南这些周边国家，受到中国文化很深影响，但主要是他们自己来学的。我们今天也许仍然应该主要以这种方式跟其他国家打交道。

问：那是否可以认为，中国文化更富有对话性？

答：这我不知道，但的确有不少人认为汉语本身更侧重对话。我这两天碰巧在读语言学家沈家煊的文章，他对汉语的理解，与赵元任、顾德希这些语言学者相近。他们认为汉语本身就有很强的对话性，他们把对话性当作汉语语法的一种方式。比如说西方语言，它的逻辑结构允许它构造很长很长的句子，逻辑上也不乱，但是中文去构造那么长的句子，没有人能读它，实际上说着说着，可能自己也说乱了，中文实际是一答一应，一个人在写书，一个人在思考，也用一答一应的方式在推进逻辑。

问：自20世纪90年代起，您一直倡导要让"哲学说中国话"。必须有本土的哲学才能在世界上更有发言权吧？

答：我没考虑中国文化在世界上的地位这样的大问题，我只是想着我们的文化可以更丰富、更有意思。我从来更亲近孔子的态度，"远人不服，则修文德以来之"。一个人把自己事情做好，一个国家把自己国家发展好。怎么让世界接受中国文化，我觉得主要是相关部门的事儿，学者不必浪费这么多精力去张罗。当然，随着中国国力上升，中国在世界格局中必定会更有发言权，但究竟什么东西会被他人吸纳，中国人不用特别去考虑，考虑了也没多大用。

问：您觉得疫情之后，世界和人类文明有可能会朝向一个什么样的方向发展？

答：人类文明的未来方向这么高大上的话题，若妄议，估计是人类文明了一些年头，腻了。

问：那么，您会怎么回答"这个世界会好吗"这个经常被提出的问题？

答：重复我一向说的：我们当然都盼望这个世界变好，如果世界越变越好，我们就更有信心做自己的事。不过，你怎样生活、怎样做事，跟世界好不好通常只有相当遥远的关系。绝大多数事情，世界变好你这样做，世界在变坏你也这样做；世界变好，希望自己做的事情有助于促进世界的走向，世界变坏，希望自己做的事情让它变坏得慢一点儿，在总体变坏的过程中有一些方面不变坏，甚至变好。要说眼下，引用托尼·朱特的一句话吧："我们的主要任务不是设想更好的世界，而是考虑如何避免更糟的世界。"[1]

问：好吧，那我们来谈谈您自己。您最近在读哪种类型的书？喜欢读哪类书？不喜欢读哪类书？

答：大一半时间读跟正在钻研的问题相关的，不是读，是啃。真说读书，应该是说读那些因为愉快去读的书吧。历史和科普书读得多些。现在科学分得很细，进展又很快，像我这种没有受过系统科学教育的，想去真正钻研一门科学，既没这能力也没这精力，但感兴趣，就去读科普书。不能太浅，更不能太深，我科学程度不高，太深了读不懂。此外当然乱七八糟什么都读，只是读文学比年轻时候少了很多。就当下事件和观念发议论的书，我不大要读，除非议论来得特别到位，文笔又出彩，像押沙龙、刘瑜那样的。总之，希望读下来受教益，又希望文笔或译笔好一点。不喜欢芜杂啰唆的，不喜欢显白作者自己的，不喜欢教训人的，不喜欢哄读者的。

问：您认为什么是一流的书？什么又是末流的书？

答：一流的书，作者知识见闻渊博，识度深，态度诚挚，性情高致，有了这些，文笔也自然不俗。不过要做一点说明：我年轻时候，特别看重一流，现在不了，一流、最好不再那么重要，合适变得更重要。末流的书什么样子不太了解，能想到两种近乎末流的，一是一味要感动读者的，一是唤不起任何感觉的，例如，经学院文科理论训练后写出来的东西。

问：您为什么会对科学类书感兴趣？

答：就是有点好奇心。读书可不主要是好奇心吗？在哲学圈里，对这些东西感兴趣的人还是挺多的。我个人学无专攻，对好多领域有兴趣。

问：现在书那么多，您怎么挑选？

答：最近十几年，我自己找书不太多，我信息比较闭塞。有时是出版社寄来的，觉得这些书我可能喜欢，有时是他们准备出的书，想请我写个推荐语什么的。熟人朋友也会把新作赐给我。杂志也是这样，有朋友给我寄《财新周刊》《书城》《读书》，我每期都读。当然我也读不了那么多，翻一翻，其中时不时有我爱读的。还有些是学生和年轻朋友给我推荐，年轻人了不得，他们什么都知道。我说最近读了本什么书，他们就说，哎，还有那本书你也可以读。他们推荐给我的书经常是我的确会认真读的书，比如莱恩的《生命进化的跃升》[①]，刚刚出版，我此前根本没听说过，推荐给我一读，太棒了，我简直觉得人人都应该读，都会喜欢读。

问：您还蛮爱跟年轻人交往？

答：我们当老师的，喜欢不喜欢也得交往。当然了，年轻人你看着就高兴。他还是有朝气，有向往，不耽于对社会吐槽。这个世界永远是为年轻人准备的，比如汲取信息的途径日新月异，他们不犯难，比我不知道要强多少。

问：您会有意识跟上快速发展的信息时代，与时俱进吗？

答：没有。跟上一点儿是必要的，能让自己在这个快速发展的

---

① 尼克·莱恩：《生命进化的跃升：40 亿年生命史上 10 个决定性突变》，梅苳仁译，文汇出版社，2020 年。

社会里安身就好了。比如到哪儿都查健康码，不会弄就给自己找麻烦。你自驾游，订个民宿，你不得不学一点，否则事事要求人，很被动。除此之外我倒没有特别要跟上这个时代的感觉。大家都在发展，留几个老古董其实也挺好的。我还奇怪呢，为什么有的年轻人还能接纳我？偶然出去做个讲座，好多人来听，全都那么年轻，对比之下，我自己老得不好意思，讲的东西也跟当前时代关系不大。但反过来你也可以这么想，大家都生活在当前时代，你拿出些古旧货色，虽然过时，倒为现实提供了一个参照系。我不会怂恿年轻人跟着我的想法去过日子做事情，但讲讲我的想法对他们应该还是有益的。

问：您觉得哪些作者或哪几本书对你的影响最大？

答：像这些问题，什么东西对你的影响最大，或者那本书对你是什么影响，我觉得通常当事人都不是最好的回答者。你要怎样做一件事，你读一本书有什么心得，这些都跟你过去的经历联系着，这种联系当事人一般并不清楚，你身边的人可能比你自己清楚。当事人是从另一个角度去想的，就是，这本书是不是有意思？这样做好不好？我很难讲《红楼梦》或者《浮士德》对我是什么影响，它完全地弥漫在各种细节之中。

问：该读什么书，您有没有一般的建议？

答：读书就像生活，一人一条道。强为之说，读能够提高自己的书，或增长知识，或磨砺见解，或滋养性情。三样都来当然最好。格外有点儿心得的是，不要去读对你太难的书，哪怕那本书很重要或很出名，费了很大力气甚少收获，不值，甚至起反作用。等你的水平提高了再去读它。

问：请为疫情时代普遍充满焦虑的读者们推荐你最近读的好书。

答：向广大读者荐书这事儿，恐怕得止庵那样遍览群书的才有资格，我读书少，而且过于随意。

所读之书，愿意推荐或值得评论或批评的很多，但多半没抽出时间做这事。有时碰巧得了空有心情，会把自己读到的书拿出来晒晒，议论两句，交给《南方周末》或哪里，以此跟其他读书人交流。读者来信请我推荐书，我就请他们到网上去查看一下。"专业书"肯定不适合推荐，没的耽误了别人的青春。

推荐一本《寻路阿富汗》吧。不见得跟缓解焦虑有直接的关系。罗瑞·斯图尔特，一个英国政治家，当时他还是个年轻人，徒步穿越战火未完全熄灭的阿富汗，一次充满艰苦充满危险的旅行。要说跟缓解焦虑有什么关系，我觉得我们这个时代特别缺少他这样一种精神，我们生活在过分安逸的条件中，我们的焦虑有很大一部分来自"娇惯的心灵"——这是另一本书的名字。时代娇惯我们，我们自己也在娇惯我们自己，但是，我们依然有可能去寻找一些能够磨炼自己的途径。

问：您最近在研究什么题目？

答：最近几年我在研究一个题目，叫"决定论与自由意志"。有时候你会想，这世界里的一切都被决定好了。尤其如果你要是从物理系毕业的话。每件事情都有原因，它被原因决定好了。你的想法被大脑神经活动决定好了，大脑活动被此前的事情决定好了。但你倒过来一想，我说的每一句话都早在大爆炸的时候就被决定好，这不可能啊？我琢磨了一辈子，这几年更集中地去思考这一块。

　　问：您曾批评"经济学帝国主义"，我们知道，经济学从哲学和伦理学脱胎而来，但现在很多时候却更像一门自然科学了。人们慢慢接受经济学跳出本学科来解释其他社会科学所研究的问题，包括人生问题，并且往往发现还很有意思。

　　答：任何一个学科发展壮大之后，都有一种天然的倾向，希望能为更广泛的问题提供解释，于是从本领域向别的领域发展。此外还有一个现实的原因，当一个学科变成一个热门学科之后，会吸引很多卓有才智的人，布克哈特甚至认为，曾经有一个时期，由于当时的风气把一代代才智之士吸引到人文潮流，因此延迟了科学研究的发展。当然，现在的趋势倒转过来，才智之士都被吸引到自然科学或者经济学这样的热门地带。这些卓有才智的人不会局限于传统学科领域，会有更扩大的眼光。所以近百年来，关于整个社会和人生的重要理论，实际上有很多就是被称为"经济学家"的人提出的，像熊彼特、米塞斯、哈耶克等等，这些大家都熟悉。还有例如阿马蒂亚·森，他的研究本来处在经济学的边缘领域，已经跟社会学政治学领域交集。这些人卓有才智，他们把整个社会纳入自己的眼界中来，这本身是自然的倾向。反过来，包括哲学在内的一些传统学科，如果吸引不到第一流的才智，即使还在谈这些大问题，也可能谈得毫无意思，所以大家情愿去读经济学家关于人生、关于社会生活的解释，而不愿读哲学家的书。

　　但是当经济学家在谈论整个社会生活的时候，他可能采取一种经济学的技术主义态度，用比较狭隘的概念工具来解释整个社会生活，把整个社会生活收缩到狭窄的视野里来。经济学本来是研究人类生活的一个维度，即经济维度，至于研究的方式呢，为了达到科学的目的，会逐渐使用抽象的态度和方法来推进这门学科。经济这个维度本来是交融在人类生活中的，现在变成了一个独立的领域，一个界限分明的学科领域。比如说讨论离婚的时候，可以单从经济角度讨论财产该怎样分割，但谁都知道，夫妻各自为家庭做出了多少经济上的贡献，这是算不清楚的。当然，不一定非要如此，例如熊彼特，他并不是"帝国主义"，虽然他的本职身份是个经济学家，但在谈论社会生活的时候，他并不是以经济学家的身份来谈，而是作为一个有思想的人。在这个意义上，完全可以把他叫作"哲学家"，虽然这个名号也没有太大意义。就像弗洛伊德在谈很多事情的时候，他自称是从事心理学科学，但我们知道，作为心理学科学，很多内容站不住脚，而这并不意味着弗洛伊德谈论得不好。

问：80年代的时候，甘阳等人策划一套书，叫《文化：世界与中国》。当时你们是很有雄心的，逐步译介外国哲学、出版研究著作，最后一步的目标是要建立中国哲学自己的体系。现在已经把这最后一个目标解构了吗？

答：我觉得甘阳还挺有眼光的，但那是甘阳的宏伟计划，不是我的，我自己没有那么清楚的筹划。这个计划似乎并没有落空。以我自己的工作说，先翻译出了《存在与时间》，接下来写了《海德格尔哲学导论》，后来写的东西里有更多自己的思想。

问：哲学工作在这个急躁的时代是不是一个特冷僻的事业？

答：都说我们这个时代急躁，这话也说了好几十年了——也不只是人心浮躁，我们这个时代的情势就是这样，变得太快，什么机会都是稍纵即逝，你挣到快钱你就挣到了，放长线的往往落了空。我做工作不怎么急，跟时代心态拉开距离挺好的，至少，与众不同不也是一个现代人很追求的东西吗？

问：如果你重新选择，还会选择这项事业吗？

答：一开始也很难说是选择。通常是这样：你做做这个，做做那个，其中有一种格外吸引你，后来你做得还不错，你就更爱做，更爱做的事你通常会做得更好。这么一个循环，把你卷着往一个方向发展，等到你后来发现"走错了路"也晚了。

问：长期安静的书斋生活是很让人羡慕的。

答：这个行当，从一开始就跟社会的日常变化距离挺远，古时候人认为，真理追求，"悟天道"，它是 divine[①]，天然它就有一种神圣性。有没有我不知道，但哲学的确有一种品质，足够让人安心，不汲汲于在社会上获得什么。何况还有一些年轻人一直愿意跟我读书论道，当然就更让我感到满足。

问：您在书里面提到现在阅读都碎片化了，说以后不想再写传统形式的著作，希望以评注的方式来阐发观点。为什么有这样的想法？

答：是，系统阅读越来越少了，不过，我觉得还要考虑到另外一个方面。本来系统阅读就是一小撮精英的事儿，一直以来，直到 70 年代，多数中国人不识字，更不可能系统阅读。现在差不多所有人都能阅读，这新增加的识字人多半不会去读大部头著作，他更有可能就读点碎片化的东西。至于旧时候的体系性写作，我的确认为有点过时了，比如像黑格尔的《哲学全书》。《哲学全书》的第二卷是《自然哲学》，我倒不是说它没有什么教益，但我们今天肯定不会

[①]　divine，神圣的，天赐的。——编者

这么来写自然哲学了。从我现在的眼光看,不仅是过时,那种进路干脆就是错的。用我的一个已经过世的老朋友的话说,没谁能用实线把重要的思想连成一个体系。我们的确需要把散落的洞见连到一起,融会贯通,但有时是用实线连,更多的时候是用虚线连。旧时候那些体系,好像真有谁把天下的事情都想清楚了。从根本上说,我们最好不要想着用自己的思想去代替别人思想,你提出一个新见解,不一定是要让别人接受,而是打开一个缺口,让问题重新生动起来。

问:您的写作有自己的风格,但这好像是个特例,现在大多数论文都用格式化的论文体写作,看不出是谁写的。

答:现在的哲学论文写作方式往往是在模仿科学写作,在我看,模仿得越像,就离开人文越远。但这也有个好处——方便刊物采用匿名评审制度。不少哲学论文写得起承转合中规中矩,就是不知道它跟我们的所思所感在哪儿连着。好在现在的学术刊物成百上千,只要我挤进了学院哲学俱乐部,哪怕我没有 point[①],哪怕大多数所谓学术刊物并无读者,我仍然有希望找到个地方把文章发出来。

问:您认为哲学让大众听懂重要吗?

答:讲课、写作,当然希望别人能听懂。不过,这分好多层。大半时间我是在做笔记,只是为梳理自己的想法,别人大概很难弄懂你在说什么。在小圈子里讲,外人也不一定听得懂。这是我自己最喜欢的场合,可以讲得更深入些。学校课堂上,有时讲得也比较专门,学生对问题的来龙去脉比较熟悉,尤其是有些"老听众",像

① point,观点,见解。——编者

陆丁、刘畅，有时周濂也来，他们现在的水平比我高，但有时候他们还是会来我的课堂听听。他们二十几年前在北大就听我的课，对我的一般思路都很熟悉了。这时候讲的内容大众不一定听得明白，恐怕也不感兴趣。通俗讲座，面对的是一般听众，让听众听懂当然是头等重要的。

问：哲学家很少有人能用这么清畅的文字阐发观点、引起共鸣。这和学问做得通透与否也有关系吧？

答：可能吧，但也有很通透的人写的文字很难读，比如像黑格尔和康德，你也不能说黑格尔不通透，或者康德不通透。学院写作考虑的读者是同行，不一定要让外行读得懂。但我个人更喜欢此前的哲学文风，莱布尼茨、洛克、休谟，他们的写作颇为清畅，有时很漂亮，但谁都不会说莱布尼茨浅薄，休谟浅薄，实际上他们都非常深刻。他们是 men of letters，翻译成中国的"文人"肯定是不行，他是个哲学"写作者"，哲学超一流，但不是专家式的。

问：您的书蛮多人愿意读，这表明其中的某些东西对人类的心灵是有永恒的吸引力的。

答：社会变得超级地快，但也有一些东西是缓慢转变的，仍然有一些东西联系着一代一代人。我的写作比较老派，但还有不少年轻人很赞誉我的文字。

问：现在从官方和民间都强调通识教育，您怎么看待这种趋势？

答：我们没有一个统一的译法来翻译 Liberal Arts 或者 Liberal Education，最流行的是通识教育，现在也有译成博雅教育、自由教育的，都不太合适。比较起来，我个人觉得还是通识教育比较好，不是要变得很博学，而是要有某种均衡感，你很博学，我不博学，但你我对方方面面都了解一点儿，知识都比较平衡。列奥·施特劳斯说，自由教育教人在政治上保持节制，这很在点子上。反过来说也许更清楚：如果受教育的人在政治上是比较节制的，那说明所受的教育的确是 Liberal Education，如果培养出了大批极端态度，那么，你教了再多的知识，学生变得很博学，那也不是 Liberal Education。

问：技术能否解决我们的问题？

答：基因工程把人变得越来越像机器，人工智能把机器变得越来越像人，人机结合把两者结合到一起，创造出一个新人类。人机一体的"新人类"去解决他们将遇到的问题，我们的问题只能由我们自己来解决。当然，我所熟悉的人这种生物如果消亡了，也就没有我们的问题了。

问：最前沿的科学，比如生命科学、宇宙科学、物理学，最终会对哲学的发展产生影响吗？

答：这个问题大家讨论得挺多的，每个人的看法不太一样。在一端，有的人认为这些科学的发展在根本上重塑我们的世界观念，我偏向于另外一端，不觉得科学的常规发展对我们的世界观念有这么大的影响。科学有革命性进展的时期，17 世纪，20 世纪初的物理学，20 世纪中叶以后的生物学，这些时期科学发展对我们的一般世界观念的影响当然比较大。AI 的发展，脑机接口，这些也会有影响，不过是以相当复杂的方式产生影响。

问：早两年有一个新闻提到，科学家进行人类基因修改，使得艾滋病患者的下一代获得病毒阻断能力。人为操作人类基因，会带来一些伦理学上的问题吗？

答：当然，当今的科学技术发展带来了重大的伦理问题，到处都在讨论这些问题。尤其像基因剪接这类技术，跟一般的科技发展不太一样，因为它动到人自己身上了，还不是只动身体，动到了整个的人，整个人格。技术乐观主义者更多看到技术造福人类，甚至会把动到人本身的技术看作对人类的"改善"。我和很多人则担忧更多，很多担忧就在眼前，比如工程技术引发的生态改变，无人机技术可以广泛用于暗杀，基因技术可以造出一种新的"人"。还有一般的社会问题。我读到，2017 年 12 月《自然杂志》上有一篇 17 位考古学家发表的文章，说是一万年来，技术创新总是拉大财富差距。此外还有这样一种担忧：技术的迅疾发展可能会带来无法逆料也无法逆转的变化。这可能是更大的威胁，人家问你，你说有什么危险，你说不出，可等大家说得清楚了，已经太晚了。有的危险能说清楚，有的说不清楚，但是都值得高度重视。

问：那么在现在这个技术高度发展的时代，哲学家或者"哲学工作者"对于人类社会的未来担负着怎么样的责任？

答：我不觉得"哲学工作者"有什么特别的责任。我倒不是说，哲学被科学挤压，已经变得 insignificant[①]，所以哲学不用担太大的责任，科学到处受到重视，应该让科学家去担负责任。我更多从另外一个角度来看这个事儿。在传统社会的精神结构中，观念来自上层，圣人们、哲人们，他们 work out[②] 一些观念，一层一层向下传播到整个社会，影响社会。所以他们有教育社会、引领社会的责任。也许现在仍然有很多人这样想，比如新儒家的朋友可能会认为哲学

①　insignificant，微不足道，无足轻重。——编者
②　work out，想出，得到（解决方法）。——编者

家应该有这种使命感。但在我个人看来，社会观念的形成和传播方式早就变了，不是在高层形成观念，一层层往下传播，没有这种社会机制了。你一个大学教师，能有多大影响？这么说来，一个从事思想工作的人，他在社会上的角色和地位已经完全改变了，还从为天地立心来想象一个思想者的责任，我觉得挺古怪的，不太切合实际。你要说有什么责任，我觉得就是一个普通人的责任。我指的是，你是一个老师，尽可能把你的课讲得好一点，你写作，尽量写得诚实一点，通顺一点，能深刻一点当然更好。如果你做翻译，尽量把它都翻译正确。我算稍微有一点社会影响，那么，对公众讲话，对年轻人讲话，会想着，能够帮助到谁当然最好。有听众，有读者，告诉我他受益，我听到后感到安慰，也就是帮到这个人那个人，谈不到对未来人类社会负有什么特别的责任。就是你一个普通人的责任。

问：但你有一种好的思想，你应该希望它有更广泛的传播。

答：媒体人往往是好心，看到好东西，想让大家都看到。但是有些好东西它就不能够这样。不是说什么东西是好的，就要变成普遍的东西，让全世界都知道。而且，麻烦的是，有时候深度和广泛传播的确冲突，又深又广当然最好，但有些思想感情一广泛传播就不像了。我读到过韩少功一段话，说他在没有人的时候挺容易掉眼泪的，当然他在公共场合可能从不流泪。后来读到好像刘瑜也是这样。很多思想感情确实不适合出现在公共媒介上。你看电视里头有感人节目，互相敌对的母女和好了，哭着拥抱在一起啊什么的，有人觉得特别感人，可我总觉得很别扭。我并不是怀疑她们是真情，但我还是觉得有些感情只能在适当的范围里表达，只要放在大庭广众之下，就已经不真了，哪怕你没在表演。

《既见君子》读后 ①

　　更新世的好文章，怀忆亲友的占了相当比重，野夫《江上的母亲》、徐晓《永远的五月》都是名篇。越胜《燃灯者》怀忆周辅成、刘宾雁、唐克数篇亦在其列，现在又推出这本《既见君子》。这两个集子里的人物，越胜差不多都是在更新世开始前后结识的，以年龄论，他们或长越胜一代，或长几年；以处境论，这些人当时往往格外落魄，越胜自己虽不过一个小工人，也常常要伸出援手。而越胜也就在跟这些兄长的交往中，见贤思齐，成长起来。现在，越胜用他的情意、领悟、文采留下了吉光片羽，张志扬、范竞马、朱正琳、萌萌、于基，或名人，或寻常百姓，一个一个，都带着灵韵。他们的灵韵相互感应，弥漫而成独特的时代精神。

　　那短短的十几年，在中国几千年的历史上也算异数，因其如此，颇不容易讲给异代的读者。越胜堪当此任。越胜饱读诗、史，写的是亲友交往中一些小事，读者却常能在其中读到世代的兴替，读到广阔人类感情的呼应。志扬带越胜走在东湖，聊到《死于威尼斯》，从小说、剧本聊到电影里的音乐，马勒 C 小调第五交响乐第四乐章《柔板》，越胜遂随口哼唱起《悼亡儿》。"志扬突然停步，似被这几

---

① 2020 年 5 月 26 日。

句歌调击中，脸色因激动而显赧红，仿佛青涩少年偶遇暗恋的女子，颇有些手足无措，说我不知道这些歌，我们唱的都是苏俄歌曲，你回去后一定要寄些马勒的音乐来，话说得急，竟有些口吃。我被他打动了。只有真正懂美的人才会从几句歌调中感觉到一个新世界。随后两人不再说话，言语已随马勒音乐的余音远去，静默中只听脚下沙石作响。"说来，这不算怎么难能一见的场景，但读者仍能从中读出一个时代的片段。那时候，国门初开，你可能从没听说过马勒、蒙克、兰波。这不足为奇，我们今天也有很多很多没听说过的事情人物，只是，你想知道什么，上网搜一搜就行，上不了谷歌，好歹还有百度，而那时候，歌曲、新知、思想，大一半是从朋友口中得来。难怪，那时把朋友们连在一起的话题，是贝多芬和马勒，是歌德和曼佐尼，是尼采和弗洛伊德，难怪，那时候的友情携带着更多的精神分量。

读这些文字，我个人又有一层独具的感知。文集中写到的友人，多数我都熟识。越胜描述了他在西安会议初识朱正琳和我的场景。那时，我和朱正琳认识有一年了，却也是在这一次西安之行才无话不谈。我们在双人间里开始交谈，不多久，自觉话题有碍，不要被隔墙之耳听去，就走到操场上，边走边抽烟边说话，说了一夜。我记性差，过去的事记不得很多，但那几天聊到的内容，古稀如我仍一定能追记下几万字。正琳深受德国古典哲学吸引，却又批评说，一个个体系建得那么完整，这本身就让人起疑，一个人的思想感情，东一片西一片，把它们连起来的原是些虚线，来日他若也写一本大书，一定要把哪些是实在的块头哪里由虚线连接明明白白交代给读者。这样有见识的小评论，那几天里，不知交换了多少。那是精神交往的高光时刻，我想，我和越胜一样的，我们的精神活力是由朋友们滋养的，我们内心的笃定是由朋友们支撑的。

唯我多年来囿于论理之学，即使少年时有过几分才情，后来也枯萎了，状物抒情已良非所能。于是我格外感谢越胜，代我，代我们，写下这些特立独行的友人，写下那个稍纵即逝的时代。

《杜兰特系列》序言 [1]

中信出版集团推出了四部一套的威尔·杜兰特系列:《哲学的故事全集》《哲学家》《哲学课》《追寻幸福》。[2]

杜兰特是个大学者,写下皇皇十数册的巨著《世界文明史》。杜兰特为我国作者熟知,则多半是因了他那部《哲学的故事》,洋洋洒洒几十万字。这本书 1926 年出版,短短一年之内售出 100 万册。多年以来我也总是向愿了解哲学的青年推荐这本书,倒不是跟风——我后来才知道这本书这么 popular[3],我只是自己读时兴致盎然,的确,这本书把哲学家和哲学写得这样生动,想不受吸引都难。

现下这部《哲学的故事全集》是原来那本书的扩充版,受作者本人委托,约翰·利特尔把杜兰特在这本书 1926 年出版之后的一批讲演稿和单篇文章补充进来,增加了很多章,一起首就是中国哲学,孔孟老庄各占一章,印度哲学、波斯哲学也没漏掉,收尾处则增有维特根斯坦、海德格尔、萨特诸位。

不过,这本书其实不宜当作哲学史来读,杜兰特侧重的是介绍

---

① 2020 年 6 月 1 日,于鹅湖。

② 后来,由于《哲学的故事》市场上已经有一个中译本,外方不同意重新授权,这套丛书只好撤下,代之以杜兰特的另一部作品《人生的意义》。

③ popular,流行的,受欢迎的。——编者

种种观念，以及观念的发生和流变，而非侧重梳理分析哲学家们为观念提供的论证。从哲学史眼光看，胡塞尔比萨特重要多了，但这本书里，胡塞尔只有几行，萨特占了50余页，似乎是全书中最长的一章——杜兰特格外钟爱斯宾诺莎，那一章也长，但不到40页。一个显然的原因是萨特的生活有故事可讲，他的小说戏剧也是故事，但胡塞尔的生平和哲学都很难当作故事来讲。哲学中重要的是论证的深度和系统性，麻烦在于，一旦踏入那些论证，就像进了迷宫，看不见日月北斗，不知哪年哪月才能找到出口，一辈子迷失在其中的也不鲜见。苦苦钻研哲学文本的读者，不妨在探寻艰辛论证之余，时而跳出来轻松愉快读几节杜兰特。

这个系列里另有一部《哲学家》。不同于《哲学的故事全集》，薄薄一本，分上下两篇。上篇讲述五位哲学家，苏格拉底、柏拉图、培根、斯宾诺莎、尼采，这"哲学五雄"，《哲学的故事》都写过，不过在这一本里写法不同。下篇可以说是这样一个主题：何为哲学家？总体上，杜兰特认为哲学在沦落，实际上已经"沦落到无人尊重的境地"[①]，沦落的原因甚多，最主要的是哲学的经院化，"太执迷于钻研各种陈旧过时的体系的细枝末节……其创造性又是如此稀缺"[②]。这个结论有点儿简单化，不过，我认为大感觉蛮对头。

另一本是《哲学课》，分别讨论八个方面的问题：逻辑学和认识论、形而上学、伦理学、美学、历史、进步、政治、宗教。常见的哲学主题差不多囊括无余。杜兰特一生沉浸于人类文明发展的研究

---

① 威尔·杜兰特：《哲学家》，刘军译，中信出版集团，2021年第151页。

② 同上书，第153页。

和思考,对这里出现的大部分论题都有不俗的见解。逻辑学、认识论、形而上学也许不是他的长项,但他也能把握其大要,用清晰而生动的语言呈现出来,初学者仍能从中收获不少。

最后说说《追求幸福》。普通读者也许可以从这一本开始,因为这一本里的话题是我们人人都熟悉的:幸福、爱、男人女人、婚姻、孩子、性格。在谈论这些"通俗话题"的时候,杜兰特时时展现出深思熟虑的人生智慧。例如说到教育,人们看重的,往往是让青少年准备好将来谋求生计的本领。这当然是教育的目标之一,然而,青少年将来不只是要去应付生活,他们还要享受生活、理解生活。我们通过友谊、大自然、文学、艺术享受生活,通过历史、科学、宗教、哲学理解生活[①]。这些同样是教育的重要内容。

近年来,坊间出版了不少通俗的哲学类导论,其中不乏佳作,但若只让选一套,我还是选杜兰特。

---

① 威尔·杜兰特:《追寻幸福》,赵宴群译,中信出版集团,2020 年,第 158 页。

没有死亡就没有美德 [①]

中西方哲学家对死亡有很多思考，比如古希腊哲学家苏格拉底认为哲学这个活动从根本上来说就是在为死亡作准备，或者是在练习死亡。20 世纪德国哲学家马丁·海德格尔认为生存就是向死存在。很大程度上，这些思考是希望人们能克服对死亡的恐惧。

克服死亡恐惧有种种途径。各种宗教，如基督教、佛教、藏教等通常有不同的克服死亡恐惧的做法。而哲学家与他们不同，大范围来讲，哲学是通过思考来克服死亡恐惧的。从古到今也发展了很多不同的克服死亡恐惧的论证，突出的一条论证：灵魂不死。苏格拉底所说的练习死亡，跟他的灵魂不死信念相关联。伊曼努尔·康德提出的实践理性的三共设中有一条就是灵魂不死。

古希腊哲学家伊壁鸠鲁曾提出一个关于死亡的著名论证，即死亡与我们无关：当我存在，死亡尚不存在，当死亡存在，我不再存在，因此，死亡跟我们没有交集。在中国也有类似的想法，郭象注《庄子·知北游》时说："死与生各自成体。" [②] 后世的罗马哲学家卢克莱修，对伊壁鸠鲁的论证进行补充：我们跟死亡完全不相干，乃至于，

---

① 7月在全国医学人文大会上的报告，这是主办方所做的摘要报道，原载于《中国医学人文》，2020 年第 11 期。

② 《庄子集释》，郭庆藩撰，王孝鱼点校，中华书局，2019 年，第 672 页。

即使我们有时会想象死亡，这种想象也是不合逻辑的，因为想象中你总还是在场，你还是将活的自己放在其中，你可能什么也没干，你可能躺在棺材里，实际上没有人想象得出他死亡之后会怎么样。

这些论证能消除死亡恐惧吗？我们仍然会觉得死亡是遗憾的、可憎的、可怕的。一些近现代哲学家对伊壁鸠鲁的命题进行进一步的思考。美国哲学家托马斯·内格尔认为死亡之所以可憎，并不在于当事人是否能"听见"它，而是因为它剥夺了当事人原有的能力。试想一个人正当盛年，突然发生一场事故，把他的脑袋撞坏了，但他没有死，之后他可能在生活中还表现出傻乐的状态，因此他自己感觉不到他有任何损失。虽然他自己生活在快乐的状态中，但那些爱他的人们会感到很大的损失——他正当盛年，有能力做很多事，而现在无法去做了。一个人的能力和潜能不能得到发展和发挥，这样一种损失才是我们憾恨的原因。实际上，一个人的状态，无论是生是死，快乐与否，都不是单单依赖于这个人的感知，而是与他人息息相关。

一个叫欧利特的哲学家，他认为伊壁鸠鲁的说法并不正确。因为按照伊壁鸠鲁的想法，生命是一个线性发展的过程，死亡是一个点，到了这个点，生命就结束了。而欧利特认为我们并不是生活在一个不断移动的现在，我们生活在希望和计划里，生活之所以有意义，是因为你有希望，因为你正在做某件事，且你正在做的事是计划中的事，而死亡之所以可憎是因为死亡打破了你的计划，打断了你正在做的事情和整个计划的完整性。

伊壁鸠鲁论证的确依赖于线性时间观。20世纪初法国哲学家亨利·柏格森则提出了另一种时间观："绵延"的时间观。我们是生活在立体的、绵延的时间之中，而非沿着一条线发展的一个点一个点之中。我们的种种计划、情感都有它特定绵延的界限，有的可能延伸到明天，有的可能延伸到十年以后。有的人生计划可能伴随我的一生，直到我们死去才会结束，而有的人生计划并不是以我的死亡为终点。如宋代诗人陆游的《示儿》："死去元知万事空，但悲不见九州同。王师北定中原日，家祭无忘告乃翁。"他一生希望统一北方，他的毕生追求绵延到死亡之后。

线性时间观里也含有一种减轻或克服死亡恐惧的办法——你永远活在现在，"今朝有酒今朝醉"。但在我看来，这个办法的代价太大：这样生活把人变成一个线性的人。大多数人不愿变成那样，宁愿怀抱对死亡的憾恨，也不愿成为一个单向度的人。的确，你若坚持丰满的生活，不愿放弃你所珍爱的东西：你的希望，你的计划，你对世界对亲人的爱，那么，无论你以什么方式减轻对死亡的憾恨，你终究不可能完全消除死亡憾恨，你因珍爱某些人与事而感到的憾恨（遗憾的"憾"，此恨绵绵无绝期的"恨"）。

实际上，正因为人终有一死，我们才懂得珍爱。亚里士多德说：天上没有阿喀琉斯。阿喀琉斯是《荷马史诗》中诸多卓越者中最卓越者，是希腊人心中的英雄典范。但唯"有死者"才能成为英雄。希腊中用"有死者"来称呼人，跟众神对称，神祇是不死的。人会死，神祇不死，听起来人不如神，但亚里士多德却看到事情的另一面：神祇不可能有美德。神祇不面对死亡，也就不需要勇敢。终极的勇敢、终极的爱就是面对死亡。对"生也有涯"的感知构成了人的本质。正因为我们知道生命是有限的，我们才懂得珍贵生命，珍贵生活的种种美好。如果我们长生不老，人就不再有担当，不再有勤勉，不再有虚度时光的感喟。我们人类珍爱的美德，我们珍爱的那些最深厚的感情和感受，归根到底都来自人的有限性。死亡可厌、可憎、可怕，然而，没有死亡就没有美德，是死亡使我们周围一切珍贵的东西变得珍贵。我们凡人的缺陷和憾恨，也正是人之为人的值得荣耀、值得珍贵之处。

咏 屈 原

——庚子秋，道友剑华为其家乡秭归纪念屈原活动索诗，乃有此作。

汨罗水激折疏麻，
千古诗魂一叹嗟。
驾玉虬兮登帝阙，
弃芜秽以佩瑶华。
神游角宿天之问，
身系沅湘路不赊。
自有文章悬日月，
相安岂必楚王家？

2020 年 9 月 15 日

重建全球信任 ①

这次峰会的主题是重建全球信任。财新邀请我来参加这个峰会，我十分感激。我不是政治学家，更不是国际问题专家。我只是一个关心这类话题的普通人。财新邀请我这样的普通人来做这个发言，可见财新像我一样认为，在这样重要的事情上，人们需要听到各种不同的声音，需要听到不同层面上的声音。

这次峰会以重建全球信任为主题，这当然是因为，国与国之间的信任是极为重要的事情。重建信任还意味着，国与国之间曾经互相信任，然而在今天，这些信任大大削弱了，甚至崩塌了，所以需要重建。

没有谁会否认，在任何交往之中，信任都是一个重要的维度，但我们还是需要评估一下，在国与国的交往之中，切实说来，信任占据了多大的分量。

最近几年以来，国际关系有所恶化，对此，我们也需要评估，这跟国与国之间的信任是个什么关系，例如，哪个是因，哪个是果。

回顾历史，我们很可能会得到这样的印象：在国家间关系那里，虽然信任占有一席之地，但并不是最重要的因素。国与国之间的冲

---

① 2020 年 11 月 12 日，第十一届财新峰会"重建全球信任"上的发言。

突，主要是利益冲突，而不是主要由于互相之间缺乏信任。

例如，第一次世界大战爆发，主要是几个欧洲强国之间的利益冲突，而不是他们之间缺乏信任。当时，欧洲国家形成了两个阵营，英国、法国、俄国等国家组成了协约国，要说起来，我们很难说这些国家之间有更深的互相信任。

第二次世界大战也是一样，英美与苏联合作，形成了所谓同盟国，这并不是因为英美和苏联之间有更深的信任。

沿着这条思路来看待近年来国际关系的变化，我会认为，一些国家之间的关系恶化，主要原因并不是信任的阙失。以中美关系为例，三十几年前，中美关系相当缓和，后来的几十年里，中美关系也不十分紧张，但与其说这种形势来自中美之间建立了强大的互信，不如说在那一段时期，美国对中国的发展路向抱有某种期待，由于有这种期待，很多不如意的事情，美国看得比较轻，比较能够耐心等待。

这几年，与其说中国的所作所为忽然不让别人信任了，不如说美国领导阶层感到他们曾经抱有的期待落空了。这一点，美国政治家并不讳言。

我当然不否认，信任不信任在这里仍然起到重要的作用，二次大战时候，英美之间更加互信，他们的合作就比较顺畅，英美和苏联之间，互信少一点，合作过程里就有不少沟沟坎坎。

不过，这里说到信任，说的都是利益合作层面上的信任。当前，在国际关系中说信任，主要说的是利益合作方面的信任。

然而，信任并不只在利益合作层面上起作用。例如，生意伙伴之间可以建立信任，但这种信任跟女儿信任母亲不是完全同类的信任。

　　信任也不是只有程度深浅的差别，信任有不同的种类。生意伙伴之间可能有相当深的信任，但仍然，这跟女儿信任母亲的那种信任不一样。女儿谈恋爱，母亲提出好多建议，这些可能都是些没啥用处的建议，女儿也不会接受，但她仍然可能深深信任她的母亲，这里信任的，是母亲无可置疑的爱和善意。

　　儿女和父母之间的信任，师生之间的信任，爱侣之间的信任，不是为了获取更大利益的手段，而是我们直接享用的人际关系。

　　生活在一个充满信任的环境里，这样的生活本身就是一种幸福。我们都知道，一个人即使拥有极大的权力和极多的财富，如果他生活在一个充满猜忌和敌意的环境里，他也不会过得快活。

　　当然，我不是说，人与人之间的关系总是互相信任，一片祥和。我们当然都知道，人和人之间也充满猜忌和敌意，我只是说，人和人之间信任起来可以达到这样的深度，而国家和国家之间则不能。

　　国家与国家之间的关系，在有些方面，有点儿像人与人之间的关系，人们也常常依靠这种类似来思考。不过，这种类比有很大的局限。因为人与人通常是在特定的组织里互相联系的，妻子和丈夫不只是两个个人之间的联系，老板和员工也不只是两个个人之间的关系，士兵和军官当然更不是。

　　与此对照，在国与国之上，并没有实质性的组织形式。

　　一般说来，国与国之间的交往，不能完全类比于人与人之间的交往；国与国之间的信任，也不同于通常的人际关系的信任。在讨论重建全球信任的时候，我们得更清楚地认识到，我们要重建的是哪一类信任。说到全球信任，说的并不是各个国家相处起来就像亲人生活在一个家庭里那样，那样设想，难免陈义过高，听着好听，实际上空中楼阁。

可以说，在人际交往那里，信任占据核心的位置——信任来得更加自然，更加自在自为。在国与国之间的交往那里，事情就不是这样。在国与国之间，直到我们这个时代，所谓信任，更多是在工具性的层面上说的，有了信任，合作才能顺利进行，利益双方才可能获得双赢的局面。

但我并不是说，事情完全是这样，或者说，事情只能是这样。国与国之间，也有超出利益考量之外的实质性的信任。有些国家之间，实质性的信任更多一些，有些国家之间，实质性的信任则少一些。

我们现在谈论重建全球信任，毫无疑问，首先是需要重建利益合作层面上的信任，但是，我们不应该把眼光限制于这种工具性的信任，重建未来的全球信任，需要把重建深层信任一道考虑进来。

反过来，深层信任也将为利益合作层面的信任提供更坚实的基地。单纯工具性的信任总是变化莫测，不会持久。没有永恒的利益。深层信任，虽然也说不上永恒，但比较起那个利益信任，还是长久稳靠多了。如果不改变现在通行的国际交往方式，只是从政治技术上来考虑如何改善全球信任，那么，即使有所收益，恐怕收益不会太大，更不会持久。

要增进深层信任，关键在于增进各族人民之间的互相交流和互相理解。这里说到的理解，不是计算式的理解，理解一个数学公式，理解一堆数据，而是将心比心的理解，就像我们平常会说的：我理解你。

这种将心比心的理解在很大程度上依赖于个体交往、亲身交往。经验告诉我们，个体交往、亲身交往倾向于减少敌意，增进信任。而且，将心比心的信任具有正反馈作用。

这么说来，要增益国与国之间的信任，这件事不能只交到政治家手里，民众之间的交往也是至关紧要的。实际上，在我看来，培养这种深层信任，民间交往是更加主要的途径。实际上，现代的通信、交通条件使得民间更加密切的交往成为可能。

政治领导人要处理的是另一些事情，对他们说来，利益合作层面上的信任是首要的。当然，他们也可以为民众间发展深层信任做很重要的事情，那就是，不是去煽动民众间的敌意与猜忌，创造民众间自由交往的条件。如所周知，当前各国国内泛滥的民粹主义削弱了国家间信任。

总结我的发言，我会说，当我们展望重建全球信任的未来图景之时，我希望大家不只是把信任视作用来改善国际关系的一种工具，而是能够更多地体认到，信任不是一种单纯工具性的东西，信任本身就是美好的事物。

这也许只是良好的愿景，世界不一定向可欲的方向发展。世界会变得更好吗？流行的政治家话语：当前的困难会被克服，世界会变得更好，我不是政治家，我没有义务向听众保证世界会变得更好。这并不是一个悲观的声明。

有一些正当的事情，美好的事情，无论世界变得更好还是变得更坏，我们都应当为之努力。互相理解，增进信任，在我看来，就是这样一类事情。世界变得更好，信任会促进这种转变，如果世界变得更糟了，信任会让这个变化来得少一点，慢一点。

　　能不能重建全球信任，这是个悬而未决的问题，不仅依赖于包括政治家在内的所有人的努力，也要看人类命运使然。无论结果如何，重建全球信任，更广泛说来，促进不同族群之间的互相理解和互相信任，都是我们应当为之努力之事。

致 祝 羽 捷

祝羽捷好,

谢谢你的来信,信中所言差不多我都有同感,我自己也常常想到这些,这里那里谈过一点儿。

记得在哪里读到,考古学家找到古埃及一位富豪的几封家书,他出差在外,向家人讲述他的差旅,指示怎样处理各种家务,印象不大准确,记得这些家书距今应有三千年了吧。我还模糊记得,发掘出来的汉简里也有不少是戍卒的家书,如今都是珍贵的历史学资料。唐诗宋词里,怎能没有"烽火连三月,家书抵万金","一春犹有数行书,秋来书更疏"?科学革命开始之后的很长时间,哲学-科学的演变和发展有一半要从思想家的广泛通信中寻觅踪迹,莱布尼茨的通讯录包括欧洲当时几乎所有重要的思想者。我们年轻时候,远程交流全靠写信,箱底至今还积压着大批信件。也积压着好多古老的故事。1968 年冬天,我从插队所在的内蒙古突泉回北京,有朋友从内蒙古乌旗来信,附有给秦生的信,要我转交——这既可省去8 分钱的邮票,也有意邀我旁听两位亲密友人之间的交谈。我们那时唱苏联歌曲,一句 каким ты пыл, таким осталция("从前是这样,如今还是这样")流传在青春的忧伤里,这封致秦生的信就沿着这句歌词作结:"从前是这样,如今还是这样——将来不会是这样了。"青春无论多少混乱和迷惘，似乎青春总有未来。我揣上信，暮色中走向邻楼，楼门口围着一圈儿年轻人——秦生在我们这一带是出名顽主，楼前常有年轻人扎堆。我远远喊秦生，他们转过头来，我却没有听到期待中的欢快回音；片刻沉默之后，有几个朝我跑来，直迎到我跟前，压着声音：秦生走了。到哪儿去了？两个小时之前，一场时不时会爆发的街头殴斗，一把三棱刀捅进他的后腰。

不多说这些私人回忆，说点儿宏大的。我常说，这几千年的历史，就是文字主导的历史。读写是高标特立的精神活动，没有任何其他精神活动可以替代。书信又不同于一般著述，它写给特定的人，即使写信人想着将来会公开于世，特定读信人的影子仍在他的笔端。随手抄一段旧时来信——

嘉映，

自七月中旬以来，一直忙着给你写东西，不料又出了一大堆废纸。"说者容易做者难"，真要让我半个专栏，恐怕要误事。不过，人是逼出来的，也许有了责任也就有了动力亦未可知。眼下我是江郎才尽，差不多已活生生地感觉到头脑的枯竭。写了论非暴力原则，论及革命运动中的道义、策略与领袖三者间的关系问题，论及病态的理论兴趣问题等等（不止这些，实在不好意思再多说了）。多篇未完成稿，都觉得太臭，提不起兴趣来修改。我觉得我也许已误入歧途：本不是革命者，却煞有介事地反思革命。与胡君相比较，我现在最大的弱点是下笔不自信，总觉得写出来的东西都十分可疑。常想起《圣经》上的话（我近来又在反反复复地读它）："你们不要论断人，免得你们被论断。"① 胡君的反思论道精辟，虽然也有有失武断之处。我的反思就未免像个指手画脚说三道四的"批评家"。我眼下害怕一本正经的腔调，虽然我又已经写了好几万字一本正经的文字。且不谈它，我想我总会给你寄点儿东西的。（我现在觉得除了写点东西，真不知还可以干什么。）

这些话在你读来也许平平常常，在我，却写着时代的转折，写着这一转折给一代人带来的困境。这封信来自 90 年代初，是我最后收到的长信之一。没多久，普通人开始用上了 fax，私信也沾上了公文的身份。转眼又被 email 取代。再后，你们年轻人就更熟悉了，微信，Facebook。是的，将来不再像从前那样了。那是怎样的将来呢？神经科学最近证实，"数字原生代"的大脑运作方式发生了根本的改变，他们在智商测验中的表现、反应时间以及工作记忆提高了，同时，共情能力、人际交往能力、进取心降低了很多。

我知道哪个时期都有人认为他生活在一个巨大转折的时代，但我还是固执自己的看法：两千多年的文字时代正在我们眼前落幕。书信的消失应是一个明显的标记。常听人感叹，现在的年轻人不读书了，而"书"这个字从前更经常用来指书信。太史公《报任安书》，曾国藩家书，确实像典籍那样值得反复咏诵。微信的文字则是一个不同的族类，它们只为传达信息；情感也已转换为信息，编码在表情符号里——这些符号不似纸上的笔迹，体现着独有的经历和心情。无数的比特在基站之间以光速生灭，与之相比，鱼游雁翔的确

---

① 《圣经·新约马太福音》，7：10。——编者

太慢，受到自然条件的种种限制。书，倒还有几个人在读，却没谁还在写信了。

　　非非叟原本借读写讨生活，看着文字时代逝去，难能无动于衷；你尝试重拾这种交流方式，闻知而喜。读来信，好像是你偶然读到旧书店淘来的书信而起的因缘，让我想起陋室的角落里也还存着一两箱恐龙时代的旧书信，上引的那一段就是从中翻检出来的。一直有意整理这些信札，却一直拖着，现在，我应该会及早去做这件愉快且有益的事情吧。倒不是妄想着扭转历史大势，但将来的世界，不管它怎么发展，总要时时能听到往昔的回声，才算得上人类继续生存。祝愿你继续你的尝试，并得到更多朋友的响应。也希望及早会面，如果不更早，三月份应能在上海相见。

　　　　　　　　　　　　　　陈嘉映，2021 年 1 月 22 日

读《大脑的一天》[①]

近年来，坊间不断推出讨论大脑与意识的书，我断断续续读过几本。最近读到《大脑的一天》，觉得格外有意思。本文介绍这本书的基本想法，顺便也把一二自己的想法提出来，就教于方家。像这一门类的其他普及著作一样，本书还谈到很多我们都会关心的事情，抑郁症、痴呆症、做梦、五官之觉、通感等等，本文都没有提及，我自己的想法更只是零星表述。

一般认为，意识研究现在构成了神经科学研究的最前沿。得益于一批新技术，神经科学近年来发展迅猛，例如，把电压敏感显像剂引入脑成像领域，使得科学家能够直接观察到神经元的活动。另一方面，人工智能的迅猛发展也促进了意识研究热，很多人认为 AI 的超级智力发展提出了 AI 是否会产生意识的问题。

作者苏珊·格林菲尔德是牛津大学的神经科学家，她的基本问题是：与意识相应的神经机制是什么？依照作者提出的假说，这一机制的核心是神经元聚合。神经元聚合是 20 世纪 90 年代发现的一种神经活动模式：在特定条件下，数以百万计的神经元会同时在

---

① 苏珊·格林菲尔德：《大脑的一天》，韩萌、范穹宇译，上海文艺出版社，2021年。原著，2016 年。

亚秒级时间水平上临时性地同步工作。作者认为，与意识密切相关的，既不是微观层面的突触集合，也不是宏观层面的某个脑区，而是这种中间尺度或曰介观尺度上的大脑活动。

作者使用一个贯穿全书的比喻：你清晨被闹钟叫醒，相当于石头扔进水里产生的涟漪。石头激起多大的涟漪，或者说，唤醒程度或意识程度，取决于石头有多大，以及投掷石头的力度。投掷力度相当于闹钟铃声大小，石头大小相当于大脑中局部神经元的固有连接（为行文方便起见，我有时称之为"神经元团队"），涟漪相当于每一次神经元聚合的大小。

我觉得这个比喻不很工整：投掷石头场景里，石头从外部来到水里，而在闹钟场景里，铃声刺激是外来的，神经元团队即固定连接的那一批神经元却本来就在大脑之中。不过，这个比喻还是能帮助我们理解作者的基本想法。

神经元聚合的规模远远超出神经元团队的规模，就像涟漪的范围远远超出石头的尺寸。铃声这样的原初感官刺激激发了神经元团队之后，接下来通过什么机制招募那些原本并不连接在一起的大量神经元来形成临时的神经元聚合？或者说，石头是怎样产生涟漪的？作者的回答大致是：有一批强有力的调节性化学物质播散在广大的脑区，它们使得周围细胞敏感于固有连接的神经元团队的不同反应，并参与进来造就涟漪的扩散。大脑中化学物质的改变会影响涟漪的扩散程度，例如，酒精这种高度脂溶性物质会缩小神经元聚合，与之相应，醉汉的意识程度会降低。我们都知道，娱乐消遣性药物会促使大脑分泌多巴胺，多巴胺带来愉快心情。但我本来不知道，多巴胺会缩小神经元聚合，与之相应，意识程度降低，许多意识状态转变为被动的、阙失自我意识的状态，仅仅对连续快速出现的刺激做出反应。而愉快心情是跟大脑的这些变化连在一起的。读到这里，我不禁浮想：深而广的心智给人带来太多的痛苦，天下苦此久矣，现而今人们争相投身于各种麻醉剂和娱乐节目来减弱心智增加快乐，进入"情绪高涨-认知低迷"的境界。不过，作者提醒我们，高水平的多巴胺不一定只联系于愉悦感，它在恐惧经验中也起到重要作用。真个是人无远虑必有近忧。

神经元团队的规模（大脑中每一项硬连接辐辏包含的神经元数量）本身也不是固定的，这取决于你查看的是哪个物种的大脑，更值得注意的是，它还取决于个体早年与特有环境的互动。简单说，经验会改变固有连接的规模，或石头的大小。物种越复杂，每一次特有经历就更有可能在其大脑中留下印记，换言之，固有连接的可塑性就越大；个体经验越丰富，固有连接就改变越多。

每一次神经元聚合的范围远远超出神经元团队的规模，然而，单一的神经元聚合仍不足以产生意识，"因为到了300毫秒这个关键节点，一个神经元聚合的信号将大幅衰减至巅峰程度的20%"[1]。产生意识需要复数的神经元聚合。那么，原初的神经元聚合是怎样触发其他神经元聚合的呢？作者告诉我们，突触传导只是触发机制之一，促成并维持大规模神经元聚合的还有另外两种活动：容积传递（volume transmission）和间隙连接（gap junction）。容积传递基于树突可以不依赖细胞体产生的动作电位而自行释放化学物质，这

---

[1] 苏珊·格林菲尔德：《大脑的一天》，朝萌、范穹宇译，上海文艺出版社，2021年，第283页。

是与经典突触传导完全不同的调节过程。间隙连接是说，"在神经元网络中，神经活动的快速振动不是通过突触而是通过这些间隙连接实现的。"[①] 这类振动一旦启动，达到的范围将远超出突触信号所能传递的范围。不同于小范围的神经回路，这种成批的神经元聚合不大受时空限制。作者设想，"大脑各处的单一神经元聚合能够各自独立运作的时间可达到约 300 毫秒，但就在它们开始衰减之前，它们的活动，或者不如说，它们的能量，已经被转移到某种集合的能量池中。且让我们把这个聚合池称为'超聚合'，它可能相应于一次性的整体大脑状态，尤其是，相应于一个意识时刻……由此产生的全局性、整体性的涟漪有可能是意识时刻的真正的、最终的神经关联。"[②] 相应于每一次意识经验的是，大脑中不同区域的一批神经元聚合起来，同步进入协作，然后解散。不过，作者申明，我们能够看见神经元聚合，而"超聚合"是不可见的，只是理论上的构建。

总结下来，最终的神经元超聚合规模是由以下因素决定的：感官刺激的强度，神经元团队的大小，有多少调节因子可用，与之竞争的新聚合的数量和强度。

＊　　　＊　　　＊

半个世纪以来，人们广泛使用人脑与电脑的类比，所谓认知科学中的计算主义是其代表。随着脑科学对意识的关注，人脑与电脑

---

① 苏珊·格林菲尔德：《大脑的一天》，朝萌、范穹宇译，上海文艺出版社，2021年，第282页。

② 同上书，第283—284页。

的类比也被带入意识研究领域。依照这个类比，大脑有个固化的结构，布满硬连线，各个节点或开或关。思维被视为在神经硬件上实现的操作系统，意识则被视为一种特殊的计算状态，可以与特定的硬件相分离，上传到某个设备或另一个大脑。

然而，如生物学家马修·柯布（Matthew Cobb）指出的，"神经元不像二进制开关，可以打开或关闭，形成接线图。与之形成对照的是，神经元以一种模拟（analogue）的方式做出反应，改变它们的活动来回应刺激的变化。"①本书作者格林菲尔德认可大脑有些局部的确是以二进制开关方式连接的，但这远不是大脑的整个故事。大海的比喻要来得更恰当些：有时微波荡漾有时惊涛骇浪。即使没有任何明显的刺激，神经元海洋也震荡不已。大脑的这种内源性活动已被脑科学普遍确认："整个神经网络只是部分地受外部输入影响，自主性才是其显著特征。"在这片不息的振荡之上，内生或外来的一次性刺激将触发某一次独一无二的神经元聚合。"独一无二"是作者要突出的要点，"每一次神经元聚合……都是独一无二的——正是这种一次性的特点使神经元聚合相比其他可能的意识相关神经结构都更适合与每一个独特的意识瞬间相对应。"②

独一无二不仅适用于描述每一个意识时刻，它有更广泛的含

---

① 马修·柯布：《被误导的神经科学：我们是否能将人脑比作电脑？》，Index 译，载于"神经现实"，2020 年 9 月 24 日。本文摘自马修·柯布新书《大脑思想》（*The Idea of the Brain*），该书于 2020 年 3 月 12 日在英国由 Profile 出版，于 2020 年 4 月 21 日在美国由 Basic Books 出版。原文章链接 https://www.theguardian.com/science/2020/feb/27/why-your-brain-is-not-a-computer-neuroscience-neural-networks-consciousness。

② 苏珊·格林菲尔德：《大脑的一天》，朝萌、范穹宇译，上海文艺出版社，2021 年，第 257 页。

义。我的意识不同于你的意识，每个人的总体意识都是独一无二的，这构成了每个人独一无二的主体。（关于这一点，后面还要更详细谈到。）进一步，成人的意识不同于孩子的意识，人的意识不同于猫狗的意识，如果章鱼有意识，那么，它们拥有的不是猫狗那样的意识。这些初看上去是些平常想法，但多想一步，它们提示出一个重要之点：意识概念从根本上有别于体积、引力、裂变这样的物理概念——两个物体的体积可以一模一样，然而两个意识却不可能。

*　　　*　　　*

意识的神经科学研究还在草创阶段，科学家们提出了各种各样的假说。克里克和科赫（Christof Koch）很早就提出一种锥体神经元合作假说：皮质中有一类被称作锥体神经元（pyramidal neurons）的神经元，意识的神经相关项是数以百万计的这种神经元的远程交流。继承这一思路，迪昂和他的合作者们提出了"全脑工作空间"假说。前几年，湛庐文化引进了斯坦尼斯拉斯·迪昂的《脑与意识》《脑与阅读》，这一假说遂为我们普通读者所了解。哲学家丹尼尔·丹尼特的"多重草稿理论"则是这一假说的改写版本。这个假说的大意是，通常，一个感官刺激在神经网络里自下而上传递，但有的刺激足够强烈或新鲜，越过了特定的阈限，这时候，高级脑区的神经元会反过来自上而下地激活很多其他脑区，就像一场自我放大的雪崩，其结果是不同脑区神经元爆发了高强度的互相纠缠的同步活动，迪昂称之为"全脑启动"。这种大脑状态就是意识的神经相关项："意识活在环路中：在皮质联系网络中循环往复的神经元活动产生了我们的意识体验。"[1]意识意味着"全脑信息的共享"。[2]不过,"全脑启动"(global ignition)这个提法也许稍有误导之嫌——全脑启动并不意味着整个大脑都进入了兴奋状态,积极活动的是一组精确划界的神经元,这一界线勾画出的形状对应于意识的主观内容。

格林菲尔德的神经元聚合假说与此前那些假说有明显的区别。与全脑工作空间假说相比,她的神经元聚合仍是小尺度的。此外,迪昂把意识联系于高级脑区:"神经活动延展至远处的顶叶和前额叶时,意识体验才会产生。"[3]格林菲尔德则否拒意识产生于固定脑区的想法,尤其否拒意识单单与顶叶和前额叶相联系的想法。而且,更一般说来,在她那里,不像在迪昂那里,每一次意识时刻并不对应于恒定的神经元聚合。

科赫批评神经元聚合假说时说,它突出的是所牵涉的神经元的数量而不是特定种类的神经元所组成的特定网络。跟科赫本人的假说对比,格林菲尔德的确不自限于特定种类的神经元,但似乎不能说她只重数量。神经元聚合的起点是某些神经元的固有连接,只不过,这种固有连接不足以产生意识,它需要通过涟漪效应把更多的神经元聚合召唤到一起产生更大的聚合乃至"超聚合",原初的神经元团队固然没有限定这些神经元的种类,但固有连接却不能只从数量上解说。实际上,格林菲尔德对全脑工作空间假说的一个批

---

① 斯坦尼斯拉斯·迪昂:《脑与意识》,章熠译,浙江教育出版社,2018年,第182页。

② 同上书,第190页。

③ 同上书,第180页。

评正是,依照那个假说,产生意识靠的是参与活动的神经元细胞的简单多数,而没有涉及每一次神经元聚合的特异性。

尽管存在着一些重要区别,但在我看来,神经元聚合假说跟全脑工作空间假说在大方向上是一致的,两者都把超过特定阈限的大规模神经活动与意识联系起来,雪崩比喻和涟漪比喻也有异曲同工之处。在更一般的意义上,格林菲尔德和迪昂都强调主观方面的重要性。格林菲尔德说:"毫无疑问,任何对意识的所谓'科学'解释都必须同等重视第一人称主观体验。"[①] 迪昂也是这样,他甚至说:"在意识研究中,主观性才是研究的核心。"[②] 与之相应,他们都很在意其理论对我们平常的意识体验是否具有解释力。这些写给我们普通读者的书当然会更加侧重所设想的大脑运作机制是怎样跟我们平常的意识经验联系在一起。《大脑的一天》在这一点上更加突出。格林菲尔德说,人们通常采用的做法是"自下而上"的,以实验室中的控制实验为基础,然后依据这些实验所产生数据提出假说来解释上层的、宏观的意识经验,而这本书则"自上而下",以日常意识经验为起点,"通过醒来、吃饭、工作、玩耍、心烦意乱、做梦等起起落落的活动来看看在每一种活动那里我们怎样能够用生物性大脑中客观可测量的事件来对应特定的主观状态,尽管两个方面形态相异。"[③] 格林菲尔德相信,神经元聚合假说对意识现象更具解

①　苏珊·格林菲尔德:《大脑的一天》,朝萌、范穹宇译,上海文艺出版社,2021年,第7页。

②　斯坦尼斯拉斯·迪昂:《脑与意识》,章熠译,浙江教育出版社,2018年,第49页。

③　苏珊·格林菲尔德:《大脑的一天》,朝萌、范穹宇译,上海文艺出版社,2021年,前言,第6页。

释力：它解释了麻醉剂抑制意识而止痛药则终于止痛，它更好地解释了意识的渐强减弱过程，更好地解释了大脑神经回路的可塑性，前面已经提到，这更好地解释了意识的个体差异。

＊　　　　＊　　　　＊

意识的神经关联是什么，产生意识的神经机制是什么，这些当然要由神经科学家来回答。专业团体会从很多方面来评价一个科学假说：它是否吻合日常观察到的和实验所发现的全部事实和数据，它是否有助于推动进一步的研究，等等。我们外行也许对这些方面好奇，但没有能力加以评判——我们甚至不了解都发现了哪些事实和数据。即使有点儿了解，我们也不知道这些新发现是怎样跟更下层的事实之间的联系。我多多少少可以读懂，好几种最为人们熟知的神经递质不仅能环绕某个单一突触周围发挥自己的作用，而且能够像喷泉一样组织起来。但这现象怎样跟更下层的事实相联系，则完全在我的视野之外，因为我完全不知道多巴胺、去甲肾上腺素、组胺、5-羟色胺、乙酰胆碱这些神经递质的分子结构，哪个跟哪个结构相似，哪个跟哪个相差很多。

但我们外行也不止于看热闹。我们会根据自己的科学知识、科学史知识和一般思想来判断，一个假说的中上层概念是否合乎逻辑，假说的粗线条轮廓是否与我们的经验相合。我们多多少少可以理解，这些"化学喷泉"有助于放大某些神经联系；它们在数量上的增减跟深度睡眠、快速眼动睡眠、清醒等不同意识状态成比例，这也许说明神经递质对意识状态的变化起到重要作用。不过，底层机制跟日常经验的联系很可能十分迂回，我们所看到的一致性很可能只是表面的。前面说到酒精会缩小神经元聚合继而导致醉汉的意识程度降低，最多算勾勒个草图，再说到人无远虑必有近忧差不多只是玩笑了。认真说来，我这样的普通读者不是要去评判某个科学假说，我关心的是一个科学理论的一般思想意义。我猜想，科学家给我们外行写书，本来不是在争取海选投票，而是要阐发其理论原理的一般思想含义。

上文说到的人脑-电脑类比就是一个突出的例子。近些年来，人脑-电脑这一类比越来越多受到质疑，质疑一直深入到神经编码的概念。马修·柯布认为，大脑-电脑类比造成的障碍已经超过了它带来的启发，他评论说："在计算机中，软件和硬件是分开的；然而，我们的大脑和我们的精神由所谓'湿件'的东西组成，其中正在发生的事情和它们在哪里发生完全交织在一起。"本书作者也写道："有一个基本而关键的事实，我们习以为常不加注意，那就是，大脑存在在身体之中。"[1] 说到这一点，她主要谈论的是免疫系统、内分泌系统、神经系统这三大控制系统的相互作用。此外，注重这一点的论者还提醒我们，必须更多地从大脑演化历程来设想脑的工作方式。科学家们注意到，大脑的各个部分是以不同机制运作的，这在很大程度上要由大脑的演化来说明。由此推想，意识也不一定是由同一个机制产生的。作者认为，连章鱼这样"简单"的动物也很可能具有意识——观察和实验表明，这种头足类动物拥有高度发达的

---

① 苏珊·格林菲尔德:《大脑的一天》，朝萌、范穹宇译，上海文艺出版社，2021年，第255—256页。

注意能力和记忆能力。作者说，章鱼果若有意识，其意识将不同于猫狗的意识；既然我们无法知道章鱼的"主观方面"，那么，若非它的意识发生机制不同，它有不同种类的意识这话岂不落空？

大脑是身体的一部分，没有比这更平白的陈说了，但这个陈说的意义仍然有待深究。肾脏是身体的一部分，但这不妨碍医生把肾脏从一个身体移植到另一个身体。大脑也可以这样移植吗——把泰森的大脑移植到林黛玉身上？当前的流行观念把大脑设想成为一个独立的工作系统，只是通过信息的输入输出与身体的其他部分发生联系。这个观念根深蒂固，就连拒斥人脑-电脑类比的科学家仍往往在其笼罩之下。于是，大脑是身体一部分这个陈说只是虚晃一枪，根本上，身体仍在大脑之外，一如环境在身体之外，说来说去，人脑还是被比作电脑了。在我看，说到大脑是身体的一部分，首先要在物种层面上从复杂而混乱的演化史来看待长在身体上的大脑，更进一步，还要看到大脑随着个人经验的改变。下面会谈到，比较起其他大脑理论，格林菲尔德的假说更多地指向了这一方向。

*　　　　*　　　　*

关于意识产生机制，每一个假说都提供了一批证据，但神经科学家迄今只提出了一些很不成熟的假说来解释这些年积累的海量数据，至今并没有一个为研究者普遍接受的理论。这一点，每个假说的创建人和支持者通常也乐于承认。然而，即使科学家弄清了意识产生的机制，他是否就解释了我们的意识活动呢？

多数科学家，包括迪昂和格林菲尔德，不仅在不同程度上承认自己的假说尚很不成熟，而且反复申明，他们眼下所研究的是意识的神经相关性而不是意识活动本身。格林菲尔德申明：本书的目的只在于提供一个描述框架，能够把"现象学术语和生理学术语对应起来"。[①]（这里所说的"现象学"当然不局限于胡塞尔的"现象学"，粗说，现象世界就是我们通过感知通达的世界。）她进一步表明，即使我们最后能够为神经元聚合甚至为超集合建立起了数学模型，我们仍难以进一步沿着客观物理现象细密地追索到主观的、个人的意识现象，在两者之间建立因果联系。我们仍然没有"跨越从'相关性'到'因果性'之间的鸿沟"，[②]无论扫描图和数学公式做得多么精密，都不曾解释"客观可观察的事件如何变形为独特个人经验的第一手感觉"。[③]

我们常常用下层性状来解释上层性状，例如用一个个士兵的英勇来解释战斗的胜利，用碳原子的连接方式来解释金刚石的超强硬度。但这些似乎都不同于用神经机制来解释意识。其中的原因，简单说，碳原子和碳分子固然是两个层级，但那是物理世界里客体世界里的两个层级，而意识则始终牵扯到主观的方面。广场上一面红旗，我看到旗子和红色，你也可以看到，这面旗子，它的红色，这些是客观的东西，然而，我看到的红色，我对这片红色的感觉，单单属于我自己，是完全主观的。这个单单属于我主观感受的东西，被

---

① 苏珊·格林菲尔德：《大脑的一天》，朝萌、范穹宇译，上海文艺出版社，2021年，前言，第6页。

② 同上书，第285页。

③ 同上书，第4页。

称作 qualia，感受质。神经活动是客体性质的，而感受质是主体性质的，两者之间就是作者刚才说到的那条"解释鸿沟"——前者由生理学或广义的物理学去研究，后者则只能在"现象学"层面上去描述。查尔默斯把意识分成易问题和难问题，所谓难问题，就是如何越过客观和主观的鸿沟。

之所以有一条"解释鸿沟"，是因为一厢是客体性质的，一厢是主体性质的，果若如此，"解释鸿沟"就不只出现在神经机制和意识之间，而是出现在任何用客体事物来解释主体事物的场合。就此而言，所谓意识问题，意识现象让人困惑之处，并不是新问题，意识问题差不多等于精神、心灵这些古老的问题。

总体上，科学单只研究纯粹客体，若意识难以摆脱其主体方面，我们就不得不从头问起：意识能不能成为科学研究的对象？在格林菲尔德看来，"这二者之间的差异所造成的概念上的鸿沟是难以跨越的。"[①]金在权认为他的物理主义还原论可以解释万有，唯一解释不了的是感受质。丹尼特干脆否拒有感受质这回事，你自以为感受到了感受质，但这种感觉只是幻觉。幻觉？也许让我们迷惑的，正是连幻觉都含有感受质。

*　　　*　　　*

主观性真的不能被客观研究吗？尽管脑科学家乐于承认意识

---

① 苏珊·格林菲尔德：《大脑的一天》，朝萌、范穹宇译，上海文艺出版社，2021年，第 6 页。

脱不开主观性，但他们不正在客观地展开研究吗？即使在日常生活中，我们也蛮可以持客观的态度探究一个人怎么会这么主观，这样主观会导致什么后果，等等，我们甚至可以给主观性分级打分。实际上，我们甚至不很明白"主观的探究"是什么意思。

Subjective，有时译作"主观的"，有时译作"主体的"。这个"主体"是个说不完的话题，这里只想提到，所谓主体，跟独一无二有密切的联系。两个原子可以一模一样，两个人却不会一模一样。没有谁跟我一模一样，有完全相同的相貌、步态、话音、眼神、想法。更没有谁正好跟我有同一个母亲，有同样的朋友圈，正好跟我读过同样那些李白的诗，1958 年乘同一趟列车从上海来到北京，1971年在同一扇窗上看到一片树影，心里忽然同样一动。正因为我是个与众不同的人，读同一首李白诗，你我的感受不同，同样看到一片树影，我心里一动，你却无动于衷，同样看到一面旗子，甚至单单看到一片红色，我也会有一种与众不同的"感受质"，有一种"主观的"感受。

老时候，说到独一无二的存在，说的是苏东坡、阿喀琉斯、牛顿，我们这些平庸之辈委实没啥特异之处。但在我们这个平民时代，我们每个人都独一无二，不是因为卓异而独一无二，而在于我们每个人都有独特的感受。一片落在手心的树叶，一首少年时常听的歌曲，妈妈的面容和声音，所有这些，在我这里有独一无二的联系，所有一切，对我是特殊的存在，有一种特殊的意义，不同于对世上任何别人别物。感受的这种主体性或"主观性"，无法让渡。

身为神经科学家，格林菲尔德要做的，是在神经活动层面上解释意识的独特性。她说道："我们可以把'心智'视为大脑的个体化，这一结果是由神经元连接的独一无二的配置产生的,这一过程则又是由个体的独一无二的经验驱动的……你的大脑之所以独一无二,是因为你有独一无二的神经元连接,而这些神经元网络则反映了个人经历……你基于事先存在的神经网络评估你身周的一切,同时,正在发生的经验将持续升级这一网络的连接方式,这两者就一直这样互动着。"[①]看到一片落叶,听到一个曲调,所有这些,在我的大脑里,有一种高度个体化的链接,每一个上到意识的信息都得到独一无二的"处理"。总归一句话,你有独特的感受,如上面曾经说到的,是因为"每一个神经元聚合……都是独一无二的"。

*　　　*　　　*

看来,无论是意识的主体性质还是每一次意识的独一无二,都不妨碍对意识进行客体性的研究。看来,问题不在于科学能不能研究意识,真正要问的是:科学研究意识的时候,它在研究意识的什么?

大体说来,神经科学研究意识活动的神经基础。这有点儿像从地基来研究建筑。哪怕只是要建座土房子,我们也需要了解地基是怎样的,若要建一座摩天楼,那就必须有地质学家来帮忙。从土体、岩体等出发来做一番地质考察也许十分重要,但无论多么重要,它并不包括对这座建筑的全部研究,较真还可以说,它研究的不是"建

---

① 苏珊·格林菲尔德:《大脑的一天》,朝萌、范穹宇译,上海文艺出版社,2021年,第101页。

筑本身"。唯依托于激进还原主义，才敢于声称神经科学研究意识的本质；可是，更激进的还原主义者难免哂笑：量子物理学才真正研究意识的本质。

今人的观念笼罩在科学主义的深刻影响之下，人们轻易会认为——或欢欣鼓舞或忧心忡忡——神经科学开进意识领域，意味着神经科学会独霸意识研究。在我看来，这是种误会。神经科学不是为研究意识存在的，就像地质学不是为建楼房存在。即使《脑与意识》这样的书专题研究意识，书里大部分内容涉及的仍然是意识阈限之下的神经机制。毕竟，在意识成为神经科学研究的热点之前，神经科学已经相当成熟，实际上，恰恰因为神经科学已经掌握一般的神经运作机制，它才可能来尝试探究意识发生的神经机制。神经科学并不是要，也不能够，"解决意识问题"。神经科学开进意识领域，就像它开进任何领域一样，为的是发展神经科学。若说意识研究现在成了神经科学的前沿，那是因为，研究意识现象对神经科学提出了挑战，这一挑战引领着神经科学的进一步发展。

不少人相信神经科学已经接近到能够解释意识是怎样发生的。本书作者格林菲尔德以及这个领域的其他一些领军专家则保持谨慎的态度。无论事情会怎样发展，我都想提醒说，这里的"意识发生"只是神经机制上的发生。意识不是单单从神经系统里产生出来的，没有身体，没有人际互动，没有社会和历史，意识无从发生。什么使得苏东坡独一无二？神经科学家从"独一无二的神经元连接"入手，这当然没什么错，然而，"这些神经元网络反映了特有的个人经历"，这个"个人经历"则不是神经科学要去研究的，我们必须去审视苏东坡的生平和时代。

这一点，我们也可以从本书作者那里得到一点儿提示。她说："……慢慢地，你从单向接受来自外界的感觉轰炸发展为你的大脑和外界的双向对话"。[①] 这个外界，这个环境，当然包括，或者说首先包括，历史-社会环境。你可以从体液和神经活动来解释巴勒斯坦少年的冲动行为，但这是一种特定方向的解释，不可能替代政治-社会环境和这位少年个人史的解释。科学须自知科学的限度，尤其是还原论解释的限度。我们前面引用作者的话说："对意识的所谓'科学'解释必须同等重视第一人称的主观体验。""科学"打上引号，提示这里在广义上使用"科学"而不只单指纯粹客体科学，既然"主体性对理解意识也同样重要"，若要对意识做全面的研究，就必然超出狭义的科学之外。所以，作者一方面提出了十分有吸引力的假说来说明意识的神经基础，另一方面不像有些科学家或非科学家那样认为科学可以大包大揽"解决意识问题"。的确那些需要感知才能了解和理解的事情，例如爱恨情仇，始终落在科学研究之外。科学可以研究爱恨情仇的物理-生理产生机制，但并不涉及爱恨情仇的感性内容。

＊　　　　＊　　　　＊

科学革命以后，科学与哲学渐行渐远，最后似乎各行其道，两不相干，常有人为这种局面深感遗憾，不断有声音呼吁科学和哲学

[①] 苏珊·格林菲尔德:《大脑的一天》，朝萌、范穹宇译，上海文艺出版社，2021年，第99—100页。

重新联手合作。怎么个合作法呢？却没听到什么有效的建议。本书作者说到在牛津大学举办的一次系列讨论会，科学家和哲学家共同参与，但没有获得什么进展，要说获得了什么共识，那就是"提出了一个让两门学科都感到十分头疼的问题：如何用一种客观的方式来探索主观现象。"[①] 我在华东师大的时候也曾参加过一次哲学系和心理学的联合讨论会，讨论记忆问题，这一厢关注的是记忆和个人同一性的关系之类，那一厢研究的是分子水平上的记忆机制，真个牛头不对马嘴。

携手共进，就像劝离异夫妻重修旧好，一听就一派正确。然而，在我看来，科学和哲学要不要重修旧好，怎么重修旧好，先要想清楚当初是怎样分手的——科学可不是一时负气出走远行的。这是个 long long story，这里不去讲它。要之，哲学始终活动在"有感之知"的领域，而科学却被赠予迈达斯的点金指，把它触到的一切都转变成纯粹客体。所谓纯粹客体，只要对它的理知成立就好，不问我们对它的感知是怎样的，不问它的"现象"是怎样的。一门科学越成熟，它就离现象学意义上的"现象"越远，离"哲学"越远。于是鸿沟焉。

鸿沟吗？抑或分则两利？果若如此，为什么一定要破镜重圆？分了手，他和她的日子可能各自过得更好，同时保持友情，在需要的场合互相支持，互相帮助。

说到帮助，我愿冒大不韪声言，哲学不要从科学那里期待很多。

---

① 苏珊·格林菲尔德：《大脑的一天》，朝萌、范穹宇译，上海文艺出版社，2021年，第5页。

我们也许会认为，哲学立基于事实，而科学每天都在发现新事实，因此，哲学需要紧紧盯住科学的脚跟；然而，哲学思辨所依赖的事实是可以感知的事实，用维特根斯坦的话说，是"公开摆在那里"的事实，是"云的形状"这类事实——哲学对隐藏着的东西不感兴趣。

科学能从哲学那里得到什么帮助吗？科学本来就是从一般思考发源的，开创性的科学家莫不熟知哲学。不过，一门科学成熟之后，它所要解决的差不多都是这门科学的内部问题了。通常，只在一门科学的草创时期，哲学与科学有比较明确的合作。

意识研究正是这样一个场合。我前面说，神经科学开入意识领域，并不是要接管这个领域的研究，而是为了发展神经科学自己。但它开入了意识领域，就必须了解意识的很多特点，就像地质学家来研究建筑地基就需要了解建筑本身的很多特点。在一门科学进入一个新领域的时候，在这一领域的基础机制尚未获得充分科学说明的时候，考辨这一领域中既有的基本概念是一项必做的功课：意识、醒觉状态、注意、知觉、心智活动、潜意识、无意识、丧失意识、自我意识。做梦时人有意识吗？猫狗有意识吗？章鱼呢？还有，超强人工智能最后会产生意识吗？在相关讨论那里，我们常常听到"大脑知道"之类的说法，是你我知道还是大脑知道？研究意识几乎都会谈到感受质，但什么是感受质呢？据称，感受质，我对这片红色的感觉，独一无二，单单属于我自己，它是主观的、现象的、内部的、私密的、不可言传的等等。我们很容易被这些语义各异却又似乎相通的概念引入一座迷宫。主观的 = 不可言传的？我们不是经常表达自己的主观看法主观愿望吗？现象的 = 内在的？现象不是浮在表面上吗，所以我们才连着说"表面现象"，现在怎么跟内部连到一起了？胡乱把这些概念连成一串肯定不行，但它们互相之间又确实有千丝万缕的联系。

概括考辨不是一个专门学科，实际上，在意识的神经基础研究的开创阶段，领军科学家不仅需要拥有神经科学方面的专业能力，他或她还需要一般的思辨能力。不过，在考辨关于意识-心智、主体-客体、感知-知道这一意识概念群的时候，哲学学者自有其优长。一则，传统哲学对这些概念做过大量深入的思考，哲学学者比别人更熟悉这个传统。二则，他们的工作是在更广大的概念网络和更广大的人类经验之中定位这些概念——就像科学家研究意识的时候依托于一般的神经科学，哲学学者联系于人类经验整体的反思从事意识探究，例如，神经科学家在镜子里定位自我意识，哲学学者在历史里。其实，在我看来，未被意识和得到意识的区别也许在神经活动中有些一致的标记，但意识和自我意识的区别跟神经科学委实关系不大，因为自我意识这个概念主要是在社会-历史语境中拥有意义的。不管怎样，由于哲学在概念考辨方面的这些特点，从事开创工作的科学家大多乐于阅读哲学经典，乐于与现世的哲学家对话。

唯当哲学守护自己的任务，它才有可能对科学起到启发作用。神经科学不是为了专为研究意识发展起来的，哲学的任务也不是专门考辨意识概念群，更非意在为意识的神经基础提供假说；两者是在意识研究领域交会。交会，不是扎堆抢食。哲学人大可不必为科学侵夺了自己的所有地盘担忧，我以为要担忧的倒是迷失于科学主义，误把科学当成了领路人，一路踵武科学，或者反过来想为科学领路，不去做自己该做的事情，只顾围着科学的热点问题打转，一任更广阔的意识研究领域日渐荒芜。科学不及却有待思想的事情多得数不过来。有一种流行观念，认为科学逐渐取代了哲学，我认为这是个错误观念。科学发展的确压制了哲学的活力，但这里的因果不是直线的——科学-技术带来了新的生活方式，在这种新生活方式中，人们越来越少在意富有感性的理知。历史如果继续这样发展，最后，大概不是电脑生出了意识，而是人脑不再需要意识。

不能把什么都标得清清楚楚

——与华东师大哲学系学生对谈 [①]

问：现在要学的东西浩如烟海，有点儿找不到入门的门径。

陈嘉映：这是个很现实的问题，我经常讲这点，比如说孔子当时博学得不得了，可你数数他一共读过几本书，那时候根本就那么几本书而已。他们那时候读书不叫读书，都是把书背下来，然后反复咏诵、反复思考，那叫读书——跟咱们现在读书就完全不一样。现在这天下的知识真是无穷无尽，很难说能找到一个理想的模式来系统学习。我觉得这要看你想干什么，要是真的想做大问题，确实是技多不压身，但比较现实地说，我更倾向于"以点带面"。比如说读哲学史，我一向都认为最好是在一两个哲学家那里下比较深的功夫，对其他哲学家有个了解，而不要齐头并进。哲学之外，我也倾向于这么看，你最好对一两门学科，比如对生物学，了解得深入点儿，至于深入到什么程度，也许深入不到你可以给别人上课，但是最好深入到能读懂专业文章。其他的，多多少少有点儿了解。总的来说，我觉得这种知识结构比较现实。

---

① 2021年4月6日下午与华师大哲学系学生的对谈，赵宇慧做了记录并整理成文，王旌伊、陈禹锟、吴宇昕、胡可欣、郭舒佼参与修订。这里选用了部分内容。

赵宇慧：我以前就知道您认为学哲学最好先读懂一两位哲学家，那在这"一两位哲学家"的选择上，我是应该根据自己的兴趣，还是说根据他们在哲学史上的地位或重要性来进行选择呢？

陈嘉映：一般说来，把两者结合起来比较好。不见得你一定要选那些最重要的，比如康德、柏拉图；但如果你要选一个特别偏的哲学家，也不是特别好，一个蛮具体的道理是，没有人跟你谈，你谈了人家也不知道。但我补充一句，我觉得在你们这个阶段，不要把集中于一两个大哲学家太当回事，你们现在倒是处在一个需要广泛了解的阶段，太早就进入一两个哲学家反而有可能走偏。

陈禹锟：英美分析倾向的哲学特别强调做问题或者说问题意识。有一些比较新近的文章，特别是在知识论以及心灵哲学领域里的，看这些文章不需要你有太多的哲学史背景，甚至整篇文章都不用提到那些传统意义上的哲学家，最多提到笛卡尔或康德。有一种说法是，只要读最近二十年的论文就足够搞当代知识论或分析哲学了。而作为本科生，通过阅读这些文章，我们看起来好像更好入门、更能够一下子深入到他们这些哲学家的前沿讨论。您觉得这种做哲学的方式和以往的做法方式有什么不同呢？

陈嘉映：Ok, good question. 分析哲学的确有这个特点。不过，分析哲学在这方面变化不小。你刚才那个描述比较适合 20 世纪六七十年代的分析哲学，到了 80 年代之后，分析哲学发生了很大变化。像 Brandon、McDowell 这些人，包括 Lewis，都是哲学史的行家里手。这个转变在我看来是有一定道理的。分析哲学的那种所谓以问题为导向的做法并不是特别果实累累。20 世纪，到 60

年代，罗素提出摹状词理论，写出《数学原理》，赖尔写出《心的概念》，后来有那篇葛梯尔的知识论论文，好像有很多激动人心的成果，但后来反顾，这些成果不像当时认为的那么富有革命性。再往后，很少再有这类有广泛影响的成果，虽然分析哲学内部的一些讨论还兴致勃勃，但从一般思想的角度看，这些讨论往往显得挺trivial[①] 的。七八十年代之后，反而是那些有比较深厚的哲学史传统的人，他们结合哲学史的思想来处理问题，把分析哲学推向了一个新的深度。

当然了，即使我说的情况为真，也不完全改变你的问题。就分析哲学的某些技术性方面来说，你不一定需要太多的哲学史。例如，如果你做的是数理逻辑方面的工作。不过，从一般思想角度说，我不认为哲学可以像理科那样明确区分出前沿问题，我倒认为真正的哲学问题都是源远流长的问题。当然，我们都是从当前的思想状况来重新思考这些问题的，但若这么说，大陆哲学也一样。

郭舒佼：我更倾向于将哲学理论看作像灵感一样，就是我心里本来就有一个什么念头，而哲学只是把我这个念头以其表达呈现出来，勾连出来我对它的一种感应，我觉得哲学在这一块更有意义。

陈嘉映：这个要分情况。比如一位画家读哲学，读完之后他来问我：我有这么个理解，但这个理解不知道对不对。我会觉得，思想史意义上你理解得对不对不那么重要，这个思想帮到你了，我就觉得挺好。当然，哲学教师不能这样，你不能说，"我不管海德格

---

① trivial，琐碎的，不重要的。——编者

尔是不是这个意思，反正我想到这儿了"，上课讲海德格尔这就不行，是吧？

王旌伊：我认识一个物理系的同学，他说他很喜欢哲学，也思考了很多。我一听还蛮有兴趣的，就跟他讨论一些科学哲学的东西，结果我觉得他说的完全不是哲学。有没有什么办法让他看到这一点呢？

陈嘉映：理科生爱哲学，有两个路子是比较容易走偏的，一种就表现为把物理学套到哲学上，把哲学做成了物理学的一个影子，这个比较常见。还有一个就是，他的哲学跟物理学也没关系，跟什么都没关系，就是他想象的哲学，单纯在那天马行空搭一个架子。我觉得，校正之法只有一条——真没什么别的办法，包括天才在内——就是去读一些好的哲学，而且要虚心地读，而不是说我读一个哲学然后就拿他的词来编自己的体系什么的，而是真的去读懂它，甚至可以考考他／她，看他／她到底读懂没读懂。要说捷径，这可能是最为捷径的捷径。

胡可欣：我和一些诗人朋友的共识是，中文系很难教出某个优秀的诗人和作家，同样，哲学系也很难教出某个哲学家。这样原创性的工作其实是很难被系统培养、训练出来的。

陈嘉映：我个人也不觉得哲学系真能培养出哲学家，或者中文系能培养出大作家。不过，现在人人都得上大学，是吧？换句话说，你爱好哲学，有这方面的潜质，也有这方面的雄心，你可能就上了哲学系。你在哲学上有建树，你不一定是哲学系培养出来的，但是说起来仍然是哲学系出身。

赵宇慧：现在有一些高中生，他们对哲学其实还挺感兴趣的，像是之前有一个是浙江满分作文，那里面好像也有用到您书中的一些内容。不知道对于这个事情您怎么看待？

陈嘉映：对，我想起来了，当时我对这篇作文给了一个比较好的 comment[①]，然后大致意思说我不是特别赞成给这个作文满分，因为就任何标准衡量来说它都不是一个满分作文。但我也能理解老师给个满分，他可能觉得现在的作文都太规矩了，愿意鼓励有人以这种天马行空的方式来写作的这样一种倾向。反正，任何考试制度延续了一段时间之后，桎梏的作用往往都会大于发扬，从前科举，一开始题都比较宽泛，大家发挥的余地也就比较大，但是考试制度延续下来，人人都事先备考，出题宽泛，我到时候就把准备好的内容套上去。对付这个，只有想办法把题出得怪，是吧？不然大家考得一样就没有办法评价，不一定是要刁难考生。

吴宇昕：我感觉七八十年代那些大学生，他们可能不仅仅是有学习上的抱负，对国家、对社会都有一些自己的想法，而且有那种行动的激情。但现在这种激情就没有那么强烈，大多数人可能比较关注自己的利益。有一种说法叫"精致的利己主义者"，但我不想把这当作一种道德批判，因为我觉得我也很难逃脱这种指控。但是事实似乎确实是，相对来讲，现在社会中的人们似乎更关注个人，

---

① comment，议论，评论。——编者

而不是更关注整体，在当面临选择的时候，他可能更倾向于满足个人。老师您是过来人，我想问问您对这个现象的看法。

陈嘉映：你讲的我很同意，不是一般的同意，我觉得讲在了点子上：我觉得在这种事情上，批评个人意思不大，因为这是两个时代的差别，而不是两个个人之间的差别。昨天我跟几个人聊天，合起来大概这么一个意思：80 年代的时候，这个世界还没有标价，至少标价不清楚，比如，学哲学值多少，学 computer 值多少，当处长值多少。人们会更多出于自己的爱好去选他做什么，而不是看牌价。

另一点是，那时候，个人跟宏大目标的联系好像更近一点，不是隔了好多层，比如我们当时在北大读研究生，毕业的时候有的同学去给部长当秘书，给党校校长当秘书，那时候国家需要新人才，毕业生也没那么多，一年北大研究生毕业了也就那么几百人，比较容易找到一个位置去实现自己的抱负。

你说到"选择"，听起来这个词的意思很清楚，但实际上把我们刚才讲的内容都拉进来的话，就发现这个词是有点歧义的。选择的一端，体现在什么都标好价了的情况下，比如做金融工资是多少，做教师工资是多少，在这时候一个人的选择就有点接近于计算。选择的另外一端，我举个例子，比如一个人在山里头迷路了，有两个方向可以下山，可你完全不知道前面会有什么，这时候做选择就跟冒险更接近。所以，选择是一个挺宽的概念，一端连到了计算，一端就连到了冒险之类的，都说"选择"就掩盖了这里的重要区别。总的来说，在 80 年代我们年轻的时候，更接近于在山上瞎闯的那种选择。那时候我们的自由感是瞎闯的那种自由感，你们的自由似乎是另一种自由，道路摆在你们面前供你们选择，但每条道路都标好了分值。这是两种自由，你就会觉得它们的质地和味道不一样。这么说吧，那时候，有方向没道路，现在，有道路没方向。

这里不打算全面评价 80 年代，但那的确是一个富有想象力的时代。我不是一个特别敏锐的观察者，但我的印象是，年轻人现在的路太单调了，什么都被规划好了，计算好了，尺步绳趋。你说主动出击，我觉得我挺能理解的，也许现在格外需要打破一些规划，使我们生活能够更富有想象力。

我这么说，可能夸大了 80 年代和现在的区别，但夸大是为了把区别说得更清楚，不是在认真刻画历史真相。80 年代当时报纸上登过一篇文章，特别有名，文章的题目就叫"为什么人生的道路越走越窄"，后来引起很多讨论。这个问题有普遍性，但那时候提出这个问题，背后有更强烈的冲动。

陈禹锟：我自己有个观察，这个时代要求我们更早地做好选择，比如说如果以后想要做学术的话，就得在本科时早早地准备好去出国拿 PhD，这样之后取得好教职的几率就更高，社会上对你的评价也会更高。如果不早做好准备的话，其实一定程度上就被同龄人抛弃了。

陈嘉映：是，这个比较讨厌，有人说，现在，人从小就无时不在竞争之中。这不是说，现在的人竞争心格外重，我们那时候竞争心没那么强。这主要也是时代的问题，不是个人的问题——我特别认同吴宇昕刚才说的，可能比她自己还认同，就是说，我们要多从社会而不是个人来看待这个区别，个人自己的事自己去反省，但是当身边各种事物全部被明码标价之后，无论你喜欢竞争不喜欢竞争你都已经处在一个竞争的环境中。咱们俩考试，结果你89分，我88分，我不想跟你比，但分数标好了，不比也隐含着"比"。咱们俩一起去黄山溜达，你我都挺高兴的，就挺好，没谁说你高兴到89分，我高兴到88分。

在一个意义上，你们的日子比我们不知道好多少，就说教育吧，从小就有这么好的教育条件，但在另外一个意义上，你从幼儿园就开始受教育，就已经上了道，但问题是，小孩他不能总走在道上啊，他就是在没道的地方，在野地里乱跑乱跳。你们从小就学到好多知识，本来知识对我们是一种解放，但学习目标明确，学到的知识可能变成了一种束缚。生活的道路不能像现在的公路系统那样，什么都标得清清楚楚，哪里可以并线，哪里并线就违章，哪里可以掉头哪里不允许掉头，标得那么清楚，你这个人生就没法过了。要是我们的社会一路往这个方向发展的话，那就没意思了。社会给不走规定之路也能过得好的人留的余地越来越少了。当然，你仍然可以做到。颜回能做到是吧？但这对个人的要求有点高——别人都过好日子，你不过。

云天遥：我也感觉我们现在社会的逻辑其实就是量的逻辑，我好像突然知道为什么柏格森他要区分强度和数量。我之前不懂，觉得强度不也是个量吗？但是我现在好像明白了。就像您说的，我和你一起去郊游，您的快乐和我的快乐有些差别，这个差别是强度上的差别，不是可以在同一个平面上进行计算的量。我觉得这个是非常重要的。您刚才提醒我们说在选择中不一定只有这样一种量的抉择，此外还有另外一种选择的余地，它也许关乎到我们存在的深度或生存的深度。

陈嘉映：数量和强度之间的区别比较容易搞混。还有个斯坦尼斯拉斯·迪昂（Stanislas Dehaene），他也特别研究过数量和强度的这个区别，我觉得他在有些地方比柏格森说得还清楚。与此相连的还有几何和代数的区别。笼统说来都属于数学，但其实这两种思维很不一样，几何的首要关注是形，而代数是没有形的。我们有时候是通过形来完成推理的，而不是用数来推理——数的推理直接就是计算了。这是个有意思的话题。

陈禹锟：说到哲学前沿的问题，我还有个相关问题想请教您。实验哲学这十几年来在欧美不是越来越火嘛，现在中国也有越来越多的学者开始加入这类研究中，比如曹剑波、刘晓飞等等，好像很多学校也准备成立自己的实验室。我和系里的几位同学也一起做了一个知识论中实验哲学的科创项目，但在自己真正上手操作的过程中，其实有不少困惑，就比如我们现在收集到一些认知直觉的数据，它告诉我们人们对于某些知识论问题有一些答案。我知道大家的看法是什么了，比如非哲学专业的人他们是对于"错误信念"的看法是什么。但我的问题在于这些基于数据得出的答案能怎样帮助我们进一步进行哲学上的工作？或者是说通过实验哲学得出的结论，在哲学工作中的位置到底在哪里？

陈嘉映：你问我，我比较苦恼，因为我个人不怎么认同实验哲学。实验哲学二三十年前火起来，十来年前传进中国，我身边也有青年学者关注，我跟着多少关注了一点儿。你看你问我真是很不巧，我个人觉得这个不是很成立，这个看法也许有负面影响，那几位年轻学者现在好像也对实验哲学没多大兴趣了。

王旌伊：其实我个人在做这个东西的时候，我觉得它还是更像那种社会科学。

云天遥：这名字也挺奇怪的，说是实验哲学，但其实没有实验方法，而是用问卷方法。

陈嘉映：对，是这样的，主要是问卷，实验哲学这个名称本身就不特别合适，实验哲学做一点儿实验，比如通过实验手段来研究孩子到几岁会建立因果观念，不过这个也难说是哲学，这跟皮亚杰的心理学实验更接近。

谈谈"历史事实"①

    首先感谢唐小兵的邀请。我走进课堂，第一个让我挺吃惊的是，女生占了那么大的比例。我们年轻的时候有个成见，觉得男生对历史比较感兴趣，聚在一起爱讲三国、二次大战、潜艇这些，女生一听就走了——女生可能对文学更感兴趣。我不知道现在这个是不是变掉了，时代变了。

    我不常到历史系做报告，我不是历史学者，不敢在你们这些专家或者未来的专家面前班门弄斧，但我是历史的热心读者，也常思考一些史学问题，有些思考也许碰巧能引起专家的兴趣。我个人会把历史研究分成四个层次。最基本的一个层次是历史事实。上面一个层次是历史叙事。再上面一个层次是历史解释：为什么派郑和下西洋？为什么发动"文化大革命"？鸦片战争是对中国现代化的一个促进还是一个打击？两者之间什么关系？这都属于历史解释或者历史阐释。最后一个层面，就是小兵刚才讲到的，所谓历史理论。比如说马克思有一个历史理论，汤因比有一个历史理论，很多人都有历史理论。历史理论可以分两种：一种直接面对历史，就像汤因比、马克思；还有一种是历史学理论，就是史学理论，告诉你

---

① 2021年4月28日在华东师大历史系的报告，据周雨彤整理的文字稿改定。

史学应该怎么做这样的理论。这四个层面要讲，时间肯定不够，我也没这能力。我今天主要讲第一个层面，就是"历史事实"，连带着还有相邻的层面，历史叙事，到底有没有历史事实？历史叙事是否可以是真实的？等等。

我们常常听人说历史没有真相。这听起来好像是否认历史事实，就像尼采说的，没有事实，只有解释。我首先想说，怀疑历史真相的人一般并不否认有历史事实这回事儿，例如存在过秦始皇这个人，秦王朝在公元前221年统一中国。继承康熙的清朝皇帝是谁？雍正。无论你从什么立场来叙述清史，这个事实你都会接受。

当然，有一些事情，一直被当作历史事实，后来发现不是，比如河出图洛出书，两千年里，很少有人怀疑，顾颉刚之后，没什么人相信那是史实了。有些事实一直没有弄清楚，比如周武王大败商人的牧野之战到底发生在哪一年。这些情况都不是要否定有历史事实这回事，恰恰肯定有历史事实，否则就说不上有些事实弄错了。

不过，说到历史事实，我们是在不同层次上说的，有的很简单很基础，比如秦始皇是否卒于公元前210年，回答要么是是要么是否。但秦朝哪一年统一中国，你也许可以争论怎么才算"统一中国"。

有的后现代的史学理论家会说，历史事实是被发明的，而不是被发现的。有一位有名的后现代史学家，他说，历史学家按照自己的理由来决定恺撒渡过卢比孔河是不是一个历史事实。这个事实是被发明的吗？这个听起来太夸张了。其实他是说，每天都有好多好多人渡过卢比孔河，怎么恺撒渡河就成了一个历史事实了？当然，哪些是所谓的历史事实，要写进历史，是写史的人决定的，但他决定的是选择哪些事实,仍然不是发明事实。如果恺撒没有渡过卢比孔河,而你说他过了河,那叫你杜撰。

但这个话呢,也有一点儿道理。关于事实,我们至少有两种方向的理解。一种理解是,它只要发生了,它就是事实。但是,真正用"事实"这个词的时候,通常是说它能作为证据起作用。在这个意义上,历史学家要说明点儿什么,他才会调用事实。他就把恺撒渡过卢比孔河当作一个证据来叙述历史。

可是,说到选择事实,就会出现历史叙事是否真实的问题。你选择这些事实构成一个历史叙事,我选择那些事实构成一个历史叙事,哪个是真的?或者,根本说不上哪个是真实的历史。对历史真相的怀疑,总体上说来,并不是否认有任何历史事实,而是出现在历史叙事的层面上,就是发生在第二个层面上。所以,同样一段的历史,听两个立场不同的人讲,听起来有可能是两个完全不同的故事,甚至是相反的故事。我对你讲,张三动手打了李四一拳,于是你觉得张三不对,但也许张三挥拳之前,李四已经抽了他好几个耳光,把这个加上,这个故事就完全变掉了。所以,像拿破仑战争,法国人跟英国人写出来就不一样。这还好说,像中日战争,日本人写的跟中国人写的差别就更大了。朝鲜战争,美国人写的、中国人写的、韩国人写的,差别也很大。

有很多东西会影响史家对史料的选择。政治诉求、伸张民族利益、一般的意识形态影响。除了这些明显的因素,我们还要更一般地考虑到人类的兴趣本身也在不断地转变,比如说你读"二十四史"——我是没读过——它写的都是帝王将相的事情。我们中国是一个历史叙事的大国,这个大家都知道,欧洲在好多时代不能跟我们比，印度就更比不了了，印度几乎没有什么信史。但这么大量的叙事里，大一半都是帝王将相，很少记述老百姓的日常生活。北朝人是怎么过日子的？宋仁宗时候一两银子值多少？这些都不容易弄清楚，需要历史学家做很多细致的爬梳考证。不像我们当代人说起自己的社会，第一页写的就是物价呀，经济怎么运行呀，等等。每个时代，人的兴趣不一样。我们今天关心老百姓是怎么过日子的，古代人不怎么关心这个，老百姓只要没造反，那就过呗。你看，现在历史系里那么多女生，她读历史，很可能会关心南北朝时候女性是怎么过日子的，但能够找到的资料很少。比如希腊的史料在古代史里面算是相当多的了，但是你若想了解那里的女人是怎么生活的，很费劲。因为希腊完全就是一个男人的社会，不谈女人的生活。你身为女性历史学家，你可能格外关注女性在南北朝的日常生活，这种个人的兴趣就会影响你史料的选择。

除了谁来书写历史，还要考虑是谁的声音被听到。据说，"历史是胜利者书写的"，这话说得有点儿刻薄，但有它的道理，那些失败者不仅他在现实中失败了，而且他的话语也被淹没掉了，甚至就被删除掉了。我们去了解历史，在这点上我觉得是要留一个心眼的：你听到的绝大一半是胜利者的声音，至少是幸存者的。

我们说，历史有没有真相的疑问主要出现在历史叙事层面，不是在历史事实层面。不过，其实事情要比这个复杂一点儿。首先是因为这两个层面的区分并不总是清清楚楚。比如秦始皇统一中国，这个可以视作事实陈述，但也可以视作一种叙事。简单说，叙事会渗透到事实层面。比如说个大家熟知的，"哥伦布 1492 年发现美洲"，这是一个历史事实。但这不是人类第一次到达美洲，之前可能有格陵兰人，甚至中国人都到过美洲，更不说一万多年前到达美洲的智人了。那怎么是哥伦布"发现"美洲呢？这个"历史事实"只在一个特定的叙事框架中成立。"中华人民共和国是1949年成立的"是一个比较单纯的事实，但我们祖国的生日是1949年吗？这就比较复杂。用了"发现"这个词，用了"祖国"，就有一些别的内容被带进来了，对这种情况，做历史学的人可能要比我们普通人更敏感一点。

所以，一开始区分历史事实的层面跟历史叙事的层面，这个只是一个方便的起点，实际上，历史叙事层面跟历史事实层面是互相渗透、互相影响的，跟历史阐释等其他层面也是互相渗透的。所以，历史研究并不是遵循那种比较简单的还原论的想法：我先确定历史事实，然后依据这些事实来叙事，把事情都叙述清楚了，我开始阐释，阐释清楚了，我来做历史理论。不是的。历史研究在所有这些层面之间循环往复。例如，研究"戊戌政变"，要确定一个关键的事实：袁世凯到底有没有向荣禄告密？这件事情史料不足，因为主角袁世凯不告诉我们他都做了什么。他倒是有一份日记，但其中很多是后来改过的、补写的。所以他的日记不能完全相信，实际上，在一些关键点上你根本就不能相信。于是你去查阅其他史料，比如袁世凯的幕僚写的回忆录，你从这些材料读不到袁世凯对荣禄说了些什么，但你可以由此知道袁世凯哪天去的天津，荣禄是哪天接见他的。从其他史料，你可以知道荣禄是哪天上北京见的慈禧。这些材料拼在一起，提供了一条时间线索，这会帮助你确定袁世凯是否告密。但这还远远不够，你还要知道袁世凯这个人的性格是什么样子的，他当时的处境是什么样的，他跟荣禄是什么关系。所有这些都涉及阐释。不消说，你要是历史学家，确定这一类历史事实正是你的看家本领，这类工作，除了历史学家，别人做不了。我刚才讲四个层面，你毕业之后，你以后从事工作可能会侧重在某一个层面，但从我一个外行的角度看，历史学专家最独特的能力体现在确定历史事实和微观叙事的交织地带。

即使不谈事实层面和叙事层面的纠缠，单说事实，历史事实也有它自己的特点，比如说吧，历史事实跟物理学事实不尽相同。两者有什么不同呢？最容易想到的是，科学事实是通过对自然的观察或从实验室里产生出来的，历史事实多半是从文献中来的。单单这一点就牵涉很多方面，例如，文献是否可靠？辨别文献的真伪是你们史学家的一个基本功。然而，即使文献是真实的，还没完。史料都是人记下来的，人都是有观念有想法的，所以哪怕他是一个诚实的作者，他也有他自己特定的立场和角度。比如读欧洲中世纪的史料，都说民众对基督教十分虔诚，然而，是不是这样，史学家仍然可能存疑，因为中世纪流传下来的史料基本上都是神职人士写的，那么你可以想象他们会有一种特定的眼光来看待信仰问题。就是说，即使我们知道他是一个诚实的记述者，不是在瞎编，但是他的眼光一定在那儿。我们刚才讲历史学家在叙事的层面上，总有一个选择史料的问题，我现在想说的是：实际上，史家通常面临着双重的选择问题，他面对的史料本身已经被选择过一遍了，然后他自己还要来选择一遍。

确定历史事实以前主要是靠文献，现在还有很多其他的技术手段。"牧野之战"发生在哪一年？看起来单靠文献很难确定了，但大家公认文献里提到的"武王伐纣岁在鹑火"这个记载比较可靠，这个"鹑火"是哪一年，这就要请天文学家来帮忙了。慈禧死前三天光绪死了，这事很蹊跷，历史学家以前靠各种各样的文献、传说、推理来确定光绪是不是被害死了。后来我们有了更多的物理学手段，就把光绪的墓打开，把头发、衣服剪了样，拿去检验。依靠这些技术手段，我们大概，不敢说是100%，一般公认光绪的确是被慈禧毒死的。这个结论争论了100年，最近十几年有了这个技术手段之后，我们才确定了这样的事实。

历史事实跟物理学事实的另一个不同点是，历史事实都是一次性的。大批的科学事实是从实验室里产生出来的，这些事实要求"可重复性"。我做个生物学实验，把结果发表了，可是后来全世界的生物学实验室都得不出这个结果，那大家要怀疑我造假了。历史事实呢，都是一次性的，没有哪一段历史当真是一模一样的。

你也许会反驳说，科学有时也面对一次性的事实，例如研究天体史，太阳只产生过一次，地球只产生过一次，研究生物演化，"寒武纪大爆发"是个一次性的事件。这个质疑对头。从一次性来区分历史事实和科学事实，不像初看起来那么顺理成章。不过，这个我到后面再回过头来讲。

历史事实的上述特点，我就这么一笔带过，因为大家谈得比较多。今天我更多讲一点另外一个特点。历史事实通常涉及人的行为，而人的行为跟人的观念、动机等等连在一起。你打他一个耳光，不能说成你把手移动了5公分，又移动了5公分，最后触到了一个柔软的界面上。打耳光这事跟不小心挥手碰到人不一样，它跟动机有关。确定历史事实，绕不开历史当事人的动机、目的、观念。

你怎么去了解历史人物的情感、观念、动机呢？这个我无法细讲，只讲最粗的：你得动用自己的情感和观念去理解古人的情感和观念。你什么情感和观念都没有，你就理解不了他人的情感、观念。这一点，对你们历史学家和我们普通人是一样的。然而，历史学家面临的是特殊的任务。我们普通人比较能够理解跟我们相近的人，他的思想感情跟我差得太远，我就理解不了。可是，历史学家必须努力去理解思想观念差得很远的古人。商朝人在盖房子的时候，为什么非要杀个人埋在地基里头？我们普通人听了，觉得匪夷所思，觉得很气愤，觉得这个做法恶劣透顶，但是历史学家他不能这样，他要尝试去理解商朝人是怎么想的。这种努力会带来很纠结的处境。希特勒屠杀犹太人，我们说他恶贯满盈，历史学家就不能说他恶贯满盈就完了，他还要去弄明白希特勒为什么要杀犹太人？大家知道，"理解"带着谅解的意思，甚至还跟"接受"有点联系，但你一方面要去理解希特勒的思想观念，一方面不能什么都理解了，因此就都谅解了、都接受了。这使得历史理解有时会变得很纠结。我甚至要说，历史理解，人生的理解，有时候是个挺痛苦的过程。当然，任何理解都会带来快乐，这是人们常说的，但理解也会伴随痛苦，这个人们说得比较少。单从这一点说，我倒觉得人还是到四五十岁之后再去深入理解历史，年轻的时候过得稍微快乐一点。四五十岁之后，痛苦、快乐反正都无所谓了。

讲到历史研究的这种特殊性，我简单讲几句现在挺流行的"大历史"。现在有一个"大历史"的概念，我不知道你们熟悉不熟悉。比尔·盖茨就很看重"大历史"这个学科，大力赞助这个学科。"大历史"是说，从138亿年以前的宇宙大爆炸，一直到今天，连成一个连续的历史，既包括"自然史"，也包括人类历史。人类史跟"自然史"当然有连续性，但我在这里更愿意强调自然史跟历史不一样的地方，简单说，地质活动是没有意图的没有动机的，火山喷发就喷发了，有喷发的机制，但没有火山的动机或者岩浆的动机。所以，我觉得，还是像从前那样比较好，说到历史，就是人类历史。

在这里可以回过头来再说说一次性。刚才说，从一次性来区分历史事实和科学事实似乎不是一个好的角度，因为自然史上发生的事情也是一次性的，比如"寒武纪大爆发"。我们现在是从另一个角度来做区分的，那就是，你需要动用自己的思想观念才能了解历史人物的思想观念，这跟了解物理事实是不一样的。但要深入讨论这个问题，其实挺复杂的。首先，常规科学研究本来不包含自然史研究，近代科学刚开始的时候，并没有"自然史"这个观念，牛顿就没有。18 世纪末以后，才渐渐有了天体史、地质史、生物演化史这些观念。其次，关于研究对象的发展过程的研究，在每一门科学之中所占的分量很不一样，总地说来，物理对象的发展过程研究分量不是那么重，因为它依赖于常规物理学。生物演化史在生物学里占的分量就大多了，因为生物机制的研究和生物演化的研究是互相依赖、互相促进的。跟这个连在一起的一点是，物理对象的自然史研究，例如地质史的研究，虽然面对的是一次性的事件，但它总是要把问题转变成机制研究，用可重复实验来支持。这是历史学研究无法借用的方法。所以，历史事件的一次性跟自然史事件的一次性不是一回事。历史事件的一次性跟这些事件涉及人类思想感情连在一起，不过要把这个说清楚有点儿麻烦，眼下就放过这一点。

现在我们说，你不动用你自己的观念，就没有办法去了解和研究历史人物的观念，可是你动用了你的观念，这是不是就动用了某种主观性的东西呢？这个你们自己去想，你在历史研究中究竟是怎么动用你自己的思想观念的，以后你们也可以一面做历史研究，一面留意这个问题。这也可以从事实与价值的角度来说。你研究国共斗争史，并不能把事实与价值完全分开，好像第一步做的是把历史事实都确定下来，但因为我是共产党，你是国民党，我们第二步再把两种不同的价值投射进来。事情不是这样简单，我也说不清楚，但粗粗地可以这样说，我们需要动用自己的思想感情才能了解他人的思想感情，这并不是说，我们把自己的思想感情投射到他人身上，更不是说瞎猜。派郑和下西洋的目的是什么？为什么发动"文化大革命"，你不是去猜，你还是要靠事实说话，日本侵华，我们说它是要侵略中国，它说是要帮助中国，建立大东亚共荣圈，哪个是真实目的，历史学家要摆出事实来。只不过，历史事实本身就可能牵涉动机、观念，这个你必须得有你自己的观念、思想、感情才能去理解。

当然，我不是说，历史学不应该客观，我是说，事情比较复杂，而且，无论如何，历史学不是要做到自然科学那种客观，甚至也不是要做到社会科学那种客观。最近几十年，史学做得越来越像社会科学——可能走得太过了，这一二十年又有点儿向传统史学回归。历史学社会科学化这个趋势背后有很多因素，我这里只想说，史学不是靠变身成为社会科学来克服主观性的。

那么靠什么？这个我说不好，而且一句话两句话也说不清楚，今天我说的，算是其中一个点，那就是，首先，有历史事实这回事，而且，在我看来，确定历史事实是你们历史学家的当家任务。但其次，历史学学生应该了解，历史事实跟科学事实不同，我们自己的观念会从各个方向上渗透到历史事实之中。意识到这一点会帮助我们避免恶劣的主观化。最后，我这里再补充一点：在叙事层面上，没有哪个唯一真实的历史版本。历史有各种各样的写法，举大家都熟悉的陈寅恪为例，他在不同时期的写法就不同。他写的《柳如是别传》，你们可能听说过，甚至读过这本书，它跟一般的历史写作就很不一样，而且跟他自己以前的写法也不一样。当然，你们刚入门，一开始需要学会各种各样的规矩，四平八稳的，好像做历史都得按照同一个模子来做，你得等你成了唐小兵这样的学术大咖之后，才可以自由地、用你的方式去做。

你们都听出来了，我认为史学是有真相的，在事实的层面上有，在叙事的层面上也有。但是，不要把"真相"跟"唯一性"混为一谈。你可以是一个诚实的历史作者，你书写的是一个真实的历史，但仍然，它是一种特定理解中被选择过的历史。在自然科学那里，真相只有一个，讲到"真"，就跟"唯一"连在一起。然而真实历史与唯一版本并不是重合的。你要做到的是真实，不是唯一。只要你尊重历史事实，只要你努力给出合理的历史叙事，你不用担心你的版本不是唯一真实的版本。你的事实考订不严谨，你的叙事不合理，这些是你的问题，你的版本里有你的个人的倾向，这不是问题，因为并不只有你一个人在写历史。你选择了一些事实，完成了一个连贯的、合理的叙事，但若还有别的事实，跟你的叙事不相容，会有人来质疑你。在这一点上，历史学家的处境跟科学家没什么两样，你需要格外注重那些跟你设想的叙事不相容的事实。优秀的历史学家像优秀的科学家一样，在好大程度上在于他对反例的敏感。最后，你把这些看似不相容的事实纳入一个新的叙事，你就成为高明的历史学家了，你的叙事就比容量小的叙事更加高明。

我坚持认为，历史学家的工作归根到底就是为了获得历史真相。没有谁提供唯一版本的真相，但这绝不意味着我们可以无视真相，编造历史。其他考虑都在其后，例如，你们今后可能还会遇到一个问题：我追求真相，但我能不能把真相和盘托出？这个事情也高度复杂，预订给我的时间到了，我只说一句：在一定程度上，我们可以区分你的研究和你的公共言说。唐小兵教授有一本《书架上的中国近代史》，其中他引用了王鼎钧的一句话：历史研究与历史教育不是一回事。你们可以去读一下，认真思考一下。的确，小学历史课本跟专门的历史研究必定有很大差别。无论如何，我希望你们永远不要忘记，作为历史学家，寻求历史真相是你们的基本任务。

对　　谈

唐小兵：有一种常见的说法：一切历史都是当代史，一切历史都可以被重写。任何一个历史学家都会有他个体所处的一个时代的一些影响，但另一方面好像有一个历史性的东西在里面。

陈嘉映：有很多关于历史的流行说法，比如说"历史没有如果"等。街上人听到一个金句，不多想，到处引用，有时还想入翩翩。我们来受高等教育，可不就希望别那么"听风就是雨"，希望思考得稍微系统一点儿。"历史没有如果"这个话，放在特定的上下文里，肯定是在说点儿什么，但抽出来当作一个普遍命题，那肯定完全站不住脚。何必历史呢？你也可以说，天下无论啥事都没有"如果"。可是，没有"如果"，我们也就没的可思考了，思考不就意味着：事情也许可以是另外一个样子。

人们常常引用"所有历史都是当代史"这话，跟着也常常引用说，历史是个被随意打扮的小姑娘。但对我们来说，克罗齐的这句话需要放在他的整体史学思想里来理解。这个我做不了，你是专家。但沿着刚才讲的，也许可以是说，我们看待历史的眼光总在不断变化，每一代人对历史的兴趣点都会变化。就像刚才说到的，现在的历史研究，比较起从前的历史书写，更多关注经济发展、老百姓的日常生活。也许也更注重女性的历史，她们在历史中的命运。你要是马克思主义的史学家，你可能就更加侧重于经济发展史。当然，最简单是新史料的发现，有了新史料，就需要重写历史。这个道理太简单了，我们不必多谈。总之，这些都会要求我们不断重写历史。我觉得从这个角度来理解克罗齐的话，那它的意思就完全不是说可以把历史当作一个小姑娘那样随意打扮。也不是说，所有历史都是借古讽今的故事。我写历史，当然希望它对当代人有意义，但怎么叫对当代人有意义，这个不容易说清楚。借古讽今是一种有意义的方式，最浅白的一种，多数历史学家做的不是这种。甚至可以说相反，他一心寻求历史真相，不管这个真相对我们有什么意义。他考虑的是把他掌握的历史材料写成一个连贯的、合理的历史叙事。要是借用"以史为鉴"这话，那他就是造镜子的，他关心的是镜子造得好不好，而不是你在镜子里看上去是好是坏。造出一面好镜子，这本身就有意义，因为它可以让不同的人在镜子里看到自己。我甚至想说，一个历史学家最少考虑写的历史对当代有什么意义，他写出的历史才是最棒的。

唐小兵：在史学的讨论中，经常会有一种说法：对于某一个历史事件、历史人物，如果这个叙事越显得连贯、精致，结构完整，有些人反而会认为：这恰恰可能是反历史的。他们认为历史本身不是那么的能构成一个连贯的连续体。比如说我在课堂上让同学们读罗志田教授 1998 年的一篇文章，批评茅海建老师早期的一本书，《天朝的崩溃》。《天朝的崩溃》指向一个结论，中国没有办法和英国一战，当时那些官员完全没有近代的军事的观念，诸如此类。罗志田老师说你不能用一个后来的"倒放电影"的方式来要求当时的人有所谓的一个近代的民主国家的战略方式。所以，历史叙事的一个非常麻烦的地方就是：所引用的所有材料最终都指向了一个唯一的结论。

陈嘉映：这个意思我明白，就像人生一样，太顺了，太圆融了，不像是真的。好多偶然，好多无意义的分岔。不过，叙事本来不可能把所有这些都包括进来，叙事或明或暗有个主旨，在这个意义上，"连贯"肯定是一个要求。我们刚才说到事实的选择，当然，不能是先有个主旨，然后只选合乎这个主旨的材料，写得圆融，无视不合这个主旨的材料。看似互相矛盾的事情在深层可能是互相勾连的，看似顺理成章的事情可能只是偶然因素促成的，揭示出这些才体现出史家的功力。在这点上，写史就像做其他科学工作一样，最后你要自圆其说，但你需要把纷繁复杂的事件拢到一起来自圆其说。

我刚才讲到有四个层面，在叙事和阐述这两个层面上，做法也不一样。比如说为什么发动"文化大革命"？为什么派郑和下西洋？你有一个主张，为了证成这个主张，你会更加有选择地使用史料。刚才我们讲到没有唯一正当的历史叙事，这一点在阐释那里更明显，同一部历史，可以向多种多样的方向上阐释。就像你写了一部小说，我来分析、阐释，那肯定是向一个特定方向来理解这部小说，阐述有它特有的意义，但阐述不能代替叙事，跟叙事相比，阐释的主旨总是更加明确也更加单调的。这跟叙事不一样，在叙事层面，史家得先把看似重要的事实都认下来，通过他的特定叙事给出这些事实的相互联系，夸张点儿说，如果你有本事把"文革"开始前的相关事情都叙述清楚，你甚至就不需要再阐释为什么发动"文化大革命"了。

《天朝的崩溃》是大型的叙事，怎么做到既展现那段历史的复杂性，又体现出一个连贯的主旨，当然不容易，这本书出的相当早，公认是那个时段里很优秀的一部历史。罗志田悬以更高的标准，责备贤者，对深化史学写作来说是有成效的批评。茅海建后来的历史写作也有明显的变化，更注重历史事实的考证，这些历史事实提示了什么结论，读者需要自己更多参与进来，跟着作者一起思考。

唐小兵：另外一个问题我觉得也是特别有意思，比如说一个历史学家的工作，他的写作中间可能带入了某种个体的情怀、感触、个体生命经验，但是好像有些东西能够留得下来，有些留不下来。比如说抗战期间，钱穆先生写的《国史大纲》，里面其实有非常强烈的文化民族主义，岂不是就意味着是它作为一个教科书想让年轻一代人知道中国不会灭亡，当时是风靡一时，今天我们仍然会去读。再比如像艾思奇，他的《大众哲学》，当时很多的年轻人也喜欢，但是今天好像我们不太会去重新阅读。那么，为什么有些东西能够超越时间，有些东西就好像只能停留在那个时间点？

陈嘉映：你举的这两个例子，一个是史学，一个是哲学，不大好比，但你这个问题很有意思，是个大问题，咱们得展开来一点儿一点儿聊。我只讲一点清汤寡水的：钱穆的写作很多都带着强烈的文化民族主义，在我个人读来有点儿过强了，不过他的这种情怀总体上还是融入了扎实的历史研究里面。何况，从钱穆的时代到现在，差不多一个世纪了，但对很多读者来说，这些关切并没有很大的改变。艾思奇我就不多说了，没有什么深刻的东西，一些浅层观念，此一时可能流行，彼一时可能就不流行了。

唐小兵：历史学有些特定的领域有点社会科学化，我们经常有一种说法，就认为文史哲更多的是一个解读的学问，而社会科学更多的是一个解释的过程，这种区分有效吗？

陈嘉映：我觉得应该区分两大门类，从哪些角度来区分，我也说过一点儿。就史学和社会学来说，我觉得可以提到一点：社会学不关注个人，可是，没有历史人物就没有历史。当然，历史学的领域很宽，有些部分接近文学，或接近哲学，有些部分接近社会学，或接近考古学。

科学精神与科学主义 ①

一、科学和科学精神

我今天的题目是科学精神和科学主义，这是一个很大的概念。如果要讲起历史来，也是一个很长的历史，我大概只能选择其中的几个比较重要的点讲一讲。因为你要真想讲这个事情，可能需要讲一个课程，甚至一个课程都不够。但是没关系，我们有一个粗浅的概念就挺好。我们讲到"科学"，这是一个汉语词。读英语的人就知道，跟"科学"相对应的是 science 这个词。在各种语言中，"科学"这个词的意思也都不尽相同。我自己读德文，德文里面的"科学"叫 Wissenschaft，它和 science 的意思差别挺大的。Wissenschaft 更像是在说学问或者关于某一个领域的系统的知识，它跟"科学"有意思接近的地方，也有不同的地方。所有的西方词——当然中国的"科学"这个词也是从西方文字翻译过来的——要是追根溯源的话，你会知道希腊有一个词 επιστήμη，这个词大致可以翻译成"科学"或者"学问"，甚至有时候可以翻译成"哲学"。

① 2021 年 5 月 22 日，天津松间书院。周雨彤根据报告录音整理。

讲到这儿，我想说今天，哲学跟科学是两回事儿，但是追根溯源，哲学跟科学是不分的。在希腊人的概念里是不区分哲学和科学，它们混在一起的。所以，我今天多多少少也会讲到：它们怎么就分开了。

17世纪前后，西方的思想那里，哲学和科学两者岔开了。我主要沿着西方思想的发展来讲这个概念，因为从历史上、从学术史上、从思想史上讲，我们中国的这个概念绕了一个弯儿，还是要到希腊那个地方去讲这个概念。你把 επιστήμη 翻译成"科学"，但和现在的"科学"的意思是不一样的。所以，有时候我们把它称作"古代科学"。我在《哲学·科学·常识》这本书里面，把这个话说成是"哲学-科学"，以此来表明在十六七世纪之前并没有这样一个区分，哲学跟科学是连在一起的，我就把它叫作"哲学-科学"。那么，哲学-科学或者古代科学，它是根据一种态度发展起来的。这种态度我们比较熟悉，是一种理性的态度，即通过道理来了解这个世界。它跟什么东西对着呢？它一开始跟感应思维、迷信、神话等对着。了解一点点希腊文化的人可能都知道，希腊的神话系统很发达，比如奥林匹斯山上的诸神。我们现在用到的很多概念，包括欧洲 Europe 这个概念都来自希腊神话，什么宙斯、赫拉、阿波罗等等，这些都是我们经常会说到的词。希腊神话很发达，相对而言，比如说中国的神话就不是特别的发达。关于这一点，20世纪就有一些研究，鲁迅、矛盾等人就写过中国神话研究，他们都提出过这个问题：为什么希腊有这么多的神话？中国也是一个很古老的文明，但中国的神话就不是那么发达，但这种问题不会有一个最终的答案。其中的一个想法是，中国古代也有很发达的神话，但在诸子百家的时候，中国兴起的理性精神很强，一下子就把神话的源头隔断了。虽然有一些零星的神话故事,像大禹治水等,但是就没有一个完整的神话系统。不像希腊,它有一个比较完整的系统。另外,希腊还有两部史诗,一部是《伊利亚特》,一部是《奥德赛》,合成叫作"荷马史诗"。中国也有很古老的文献,《诗经》《尚书》等,《诗经》是由一些比较短小的篇章构成的,包含三百多首诗,《尚书》也都是一小篇一小篇的,没有很长的篇章,不像"荷马史诗"那种史诗巨制。"荷马史诗"虽然不是在讲神话,而是讲特洛伊战争、奥德赛的流亡等,但是它以整个神话作为背景,所以这个巨大的史诗为保存他们的神话起了很大的作用。单讲"荷马史诗",它写的是特洛伊战争,在公元前 12 世纪发生了一场希腊人和特洛伊人之间的战争。"荷马史诗"的形成是在这场战争之后,大概是个慢慢成形的过程。到了公元前 8 世纪的时候,它落成为文字,内容就比较固定。以前都是口传的,口传的特点是,在一代一代传的过程中可能会有很多的变化。后人把它叫作"希腊人的圣经",就像《圣经》对希伯来民族一样,或是《诗经》《尚书》对中国人的意义一样,是所有文化人、有知识的人都很熟悉的文本。

我们所讲的哲学-科学或者古代哲学、古代科学差不多就是从公元前 7 世纪发祥的,它是接着希腊的史诗、希腊的神话传统而来的。所以,在这个意义上也可以说哲学-科学传统的兴起是针对神话传统的。神话传统也谈论天地开辟、宇宙和人的起源,但是它不是通过考证的方式去讨论的,它可能也有一定的历史依据,但它并不清楚区分到底哪个是历史,哪个是传说。而科学态度、科学精神就要求:事事都要讲根据。什么是真的? 什么是传说? 它要分清楚。在这个意义上,我们可以说科学态度、科学精神的一个特点就是：它面对事实，用证据说话，用胡适的话说，"有几分证据说几分话"。它跟迷信、传说、神话是对着的。那种没有根据但又坚定不移的主张，希腊人叫作 dogma，懂英文的朋友都知道 dogma 是教条主义 dogmatic 这个词的词根，这个词今天仍然有点这个含义。在希腊，dogma 是指他们有很强的信念，但这个信念却没有很强的根据。教条主义就有点这个意思，dogma 这个词同样也用在宗教信条上。

二、对遥远真相的"求真"

总体上来说，科学精神就是一种求真的态度，要真实、要真相。但什么是"求真"？我们在日常生活中多多少少都要求"真"，要好好过日子，我们就得知道猪肉多少钱一斤，有哪些公交路线，是否真的新开通了一条地铁。在日常生活中，我们需要知道很多真相。与我们生活相关的、相近的事情，我们普通人就比较注重事实，注重真相，但是离我们比较远的事情就不一定。比如拜登当选，选举有没有舞弊？你可能有很强烈的看法，但你不见得有心去验证你的看法真实不真实。你可能相信顺治出家了，他可能相信顺治在宫里寿终正寝，哪个是真实发生的？再远一点，火星上有没有水，有没有生命？免疫系统是怎么工作的？我们说到这些遥远的事情，你会发现，我们就慢慢地从日常生活中比较实践求真的态度，逐渐转向 dogma 的态度，我们并不知道真相，但我们仍然会抱有很强烈的信念，会为特朗普和拜登孰是孰非争得不亦乐乎，严重的时候还会伤了和气。所以我们刚才讲到科学的求真精神，主要讲的不是我们在日常生活中的这种"求真"，而是在很遥远的事情上也去求真，这种态度跟我们普通人是有点差别的。

　　我说的科学态度是广义上说的，历史学也是科学，历史学家谈历史，跟我们有点不太一样，他下一个结论，靠的是掌握大量事实，像我们这样知道得不多，结论很多，一听就不太像是历史学家。我们都是中国人，都希望中国的历史越长越好，好像中国的历史长我们也能跟着沾光，所以都希望从夏朝开始算中国的历史。历史学家、考古学家，他们就比较谨慎，虽然古书里面经常谈到夏朝，但是商和周有甲骨文，夏朝没有文字，这有点空口无凭。后来，挖出了一个很古老的遗址，有的人说这个地方跟传说中的夏都差不多，这就是夏都吧？但是挖出来的墙垣啊房子的地基啊，你说它是一个都城也行，说它是一个大的聚落也可以。而且你也弄不清楚，这里是不是权力中心，统治了多大一片地方。科学家讲火星、河外星系等等，他们会去搜集证据，然后做出证据所容许的结论，可能还会多说几句，说这个证据也许还意味着什么，但是他要分清楚，哪些是证据证明的，哪些是证据暗示的。这样一种态度大概萌生于在公元前 7 世纪、公元前 6 世纪，也就是中国东周诸子百家兴起的时候，可能比希腊稍微晚一点，但世界上同时有这么几个大的文明前前后后都萌生了这样一种看待事情的方式。

三、系统学问

　　在中国，大家比较熟悉孔子，他是我们的诸子百家中的第一个，他是不怎么讲鬼神的。《论语》上说"子不语怪力乱神"，你说"不语怪力乱神"也算不上是什么太了不起的特点或者优点，但这很重要，原因在于当时大家还都怪力乱神，而孔子就不谈那些乱七八糟的怪神的事儿，讲究"无征不信"，你没有证据，就不要说信这个信那个。这显然跟我们现在所说的科学态度、科学精神是一致的。我们中国的学问是从孔子开始的，他做的不是现在的狭义的科学，但在德文 Wissenschaft 的含义上，他是做系统学问的。所谓系统学问，就是说，不单单靠经验，而且靠道理来考察各种各样的事情。经验对我们的生活当然至关重要，但是经验不能推广到太远的世界那里，比如说我们对中国人怎么生活都有经验，所以我们在中国生活就还蛮自在的，但是我们对法国人怎么生活就没有什么经验，对坦桑尼亚人怎么生活也没有什么经验，我们到了那儿就会有点手足无措。那怎么办？我们可以读书。书是谁写的？就是那些有系统学问的人写的，地理学家、人类学家、语言学家，他们写的。

我们现在把这些做系统学问的人叫知识分子、知识人。知识人的意思不是他们的生活常识特别多。你要是跟一两个教授打过交道，你可能发现他们啥都不明白，菜价是多少，哪种衣服保暖，知识人的特点是他们对某一个领域有系统知识，比如陈寅恪懂西夏文，我们就觉得"哇，他学问真大"；你会说湖南话，我们就不觉得你学问大。这是什么道理呢？这个道理就是，你学湖南话，把你从小扔到湖南，你可能并不是一个好学的孩子，但过几年你就说一口湖南话了。你暴露在经验环境中，你自然就学会了，但是学西夏文就不是这样的，西夏文是通过好多道理学会的，你得做研究。你知道现在的物价不叫有学问，你知道唐朝中叶的物价，我们就会说你有学问。前一种我不需要去研究什么，我经常花钱就会知道各种物价，但是你要知道唐朝中叶的物价，你要读好多的古书，而且书里写的都是帝王将相，他们不买菜，我们的史书那么多，但是记载物价的没有几个，大多数物价都是推论出来的。

做学问的人花了好多的精力做了一个系统学问，但这个学问在现实世界中没有什么用处。所以，科学精神就又有了这样一条：在很大的程度上，科学是为求真而求真的。你要问求真干什么用？尤其是对他个人有什么用？对他个人没什么用。实际上，他用那么多时间精力去干这个事，他的生活经验肯定就会少一点。因为一个人的精力终归是有限的，你问他"为什么求真"，他就会说"他是出于对知识的热爱或者为求真而求真"。那他为求真而求真就需要有这样一个社会，这个社会鼓励他们求真而求真，至少是容忍这种为求真而求真的态度，否则他就饿死了。

四、科学有什么用？

我们谈到科学精神，一定会问"科学有什么用"。事实上，在很大程度上，现在的科学的确有一个"你有什么用"的要求。申请一个项目，你要填写研究成果有什么实际用途。但是，有一些事情很难谈清楚它有什么用处，比如说研究一个射电源或者粒子的微观结构，这些东西至少你眼下想不出它有什么用。太讲究实用，你研究一个学问，他马上就问"有什么用"，你答不上来，他就说"这个没用，我们不支持"，那就很难发展出系统学问。那些马上能用上的技术，我们来得非常快，"短、平、快"，但是，基础研究就说不好它有什么用，企业和政府的投资不足，有时候我们在报道也会看到，说"中国的基础研究比较薄弱"。以前我们可以利用西方的基础研究成果,把它们转换成实用技术,但是他一旦"卡你",我们回过头来一想,这好几十年在基础研究上投入得太少了。这有点像老子说的,"道这个东西无用而有大用"。

基础研究,即使有实用价值,往往也需要很长时间才能体现出来。多数基础研究永远不跟外行发生联系,不像一个商品,最终要和消费者、使用者见面,使用者会反馈给你,东西好不好。基础研究做得好不好,主要靠同行评价。咱们都说陈寅恪学问做得好,其实咱们哪儿懂啊,那是他的学生,史学界的学者,说他的研究是高品质的,推动了史学的研究。同时,他为中国的史学领域树立了典范,使得做学问的人有了标准。如果没有这样的典范人物,整个研究的标准就会下降。做学问,做得好坏,没多少直接的标准,需要标杆性的人物,告诉我们"你达到那儿就是好的",所以,典范的作用非常重要。

五、科学革命

今天我们讲到科学的时候,我们对"科学"这个词更多受英文 science 的影响,它的含义就变窄了,首先是指自然科学,物理学、生物学这些。我们也听得到社会科学、人文科学这些说法,单说文学研究者是在做科学,这就有点把"科学"这个词抻得太远了。"科学"这个词现在主要用在自然科学上,一定程度上拓展到社会科学上。

这样一种科学的观念,西方大概是在 17 世纪发展起来的,那是西方思想的一个很关键的转折点,我们有时候把这段时间叫作科学革命。希腊的古代科学也是蛮发达的，比如说，在古代只有希腊人知道地体是个圆球，我们中国人讲"天圆地方"，好像其他的文化也都认为地是平的。希腊人还通过曲率算出地球有多大，算出来的结果跟我们现代科学算出来的结果差不太多。那为什么希腊人就有这样的发现？原因很多，其中一个重要的原因是希腊人是用几何来思考世界的。

讲到几何的系统，大家当然都知道欧几里得几何学，欧几里得的《几何原本》是希腊数学的一个总结。那么，等这本书在明朝末年传进中国以后，一些思想比较开明的儒生觉得非常吃惊，居然会有这样神奇的事物。我们都知道康熙皇帝是特别好学的一个皇帝，他的案头总是放着《几何原本》，那时候翻译出来的《几何原本》还不全，他还专门去请传教士到宫廷里教他几何学。我讲这个故事，是想说希腊人在这种科学精神、系统知识的发展上是有他的独到之处的。

简单地说，我们都知道继承希腊的是罗马，罗马是一个很昌盛的政治体，罗马人在政治上、军事上、法律上，有很出色的建树，比如罗马城的供水系统和下水道，但是罗马在哲学、科学上的原创思想挺少的。所以，你能想起来的哲学家、思想家或者古代科学家，例如阿基米德，包括我们刚才讲的托勒密，都是希腊人。罗马人征服了希腊，是希腊的主人，但是他们承认希腊人的文化水平才是高水平的，他们请希腊人来教他们的孩子。有身份的罗马人大多会说希腊语，就像《战争与和平》里写的那样时代，俄国人都说法语，贵族说法语普遍比俄语好得多，拿破仑侵入俄国的时候，大家都爱国，改说俄语，很多贵族觉得很难堪，因为他们说起来结结巴巴的。

罗马之后，是中世纪，系统的求知活动衰落了，衰落到什么程度？历史学家说，没有几个人识字。识字的人凤毛麟角，躲在修道院里，那里保存着一些羊皮书。他们以外，农夫不认字，武士不认字，贵族不认字，皇帝也不认字。古典时代获得的知识，比如说地体是圆的，这些对希腊人罗马人来说是基本常识，到中世纪之后，这些常识都消失了。在某种意义上，回到了蒙昧时代，所以中世纪也被叫作 dark age，黑暗时代。8 世纪以后，伊斯兰崛起，在这个新兴势力面前，西方基督教世界在政治、军事力量上也比较弱，受阿拉伯人的欺负，而且在文化上也比较弱。11 世纪之后，西欧慢慢有点缓回来，基督教世界收复了西班牙。你去西班牙，现在还能看到两种文明，伊斯兰教的建筑和基督教的建筑混在一起。西欧还发动了多次十字军东征，不怎么成功，但至少把耶路撒冷夺回来了。到了 13 世纪，西欧的文化开始有点小复兴，再到了 14、15 世纪有了文艺复兴，西方文明又重新回到了巅峰。接下来就是我们现在所讲的科学革命，在短短一个时期里产生了一整批赫赫有名的科学家，比如哥白尼、伽利略、开普勒、牛顿、笛卡尔等一大批思想者。我们现在把其中一些，比如笛卡尔，叫他哲学家，牛顿叫他科学家，但是在当时哲学家和科学家是不分的，互相通信，讨论同样的问题。插一句我自己的经验，我年轻时候第一次读笛卡尔的《哲学原理》，心想"这是哲学吗"，它里面讨论的都是力、宇宙模型等等。那时候我还完全不知道哲学跟科学以前是不分的。发生了科学革命，后来分开了。

如果只挑一个人来代表科学革命，你可能会挑牛顿，挑两个人，就是伽利略和牛顿，有意思的是伽利略去世的第二年，牛顿出生，他们两个人合在一起大概 150 年，就在这一百多年的时间中，形成了近代科学。我们现在学科学，从小学一年级一直到我们大学学的东西，都是这里所说的科学。

六、科学的长项和短处

科学革命之后，人的世界观念发生了根本的改变。比较简单地说，在中世纪人的观念里，事物的序列是这样的：最高的存在是神，最低的是纯粹的物质。最低的存在是污泥、石头，比较高的存在是植物，动物是更高一级的存在物，再高就是人类，最高的当然是上帝。从最高到最低，用中世纪的话说叫作存在之链。各个环节品级不同，品级用什么来定？用它富有多少精神性来定。人比动物更富有精神性，神就不用说了，它是纯精神的。在早期基督教，不能用形象来表示神，在伊斯兰教、犹太教那里，也是这样，你去伊斯兰教清真寺，你看不到神的图像，神是纯精神。

那么，科学研究什么？研究最低一级的存在，研究物理事物，质量、力的相互作用，一开始，科学没有想去研究动物，更没想到研究人，它研究不含精神性的事物。当然，科学慢慢延伸到生物研究，例如哈维关于心血管系统的研究，但他是把心血管系统从精神活动中剥离出来，把它当作一个供水系统那样的系统来研究，心脏是一个泵，血管是血液流通的管道。科学研究生命体的时候，要求把感知和灵魂排除出去，比如研究人的意识，他不直接去研究人的意识，而是研究人的神经系统，研究神经元怎么放电。狭义的科学用这种方式进行研究。

这种方式的突出的优点是能够避免我们把自己的思想感情投

入到研究对象上去。缺点是，我们平常关心的很多事物被排除在科学研究之外。什么是美的什么是丑的，什么是善的什么是恶的，什么是正义的什么是不正义的，在这些讨论中，我们没有一个纯粹客观的对象、纯粹物理的对象，一扯到美丑、善恶、正义不正义，我们每个人都有一个立场，而且何为美丑何为正义不正义，这些问题的回答始终跟我们的立场有联系。我倒不是说，美丑是完全主观的，我只是说，它也不是绝对客观的，一个没有美丑感的人，他没有办法研究美丑，你要有自己的感知和感受才能够体会、欣赏和探究美丑。物理学不讲美丑、善恶、正义不正义，讲了就没有科学了，它要把这些东西排除出去。科学摆脱了这些东西之后，科学就能够站在一个坚实的基础上，不再陷于无穷无尽的纷争，而是取得扎扎实实的进步。从 16 世纪末到现在，我们眼见着科学就是这样进步的。但是它的缺点在于，它只能够提供那种对于物质对象的研究，没有办法探讨我们最关心的一些问题：什么社会是好的？什么人生是好的？一件艺术作品是不是美好的？

七、科学主义

我一直在谈论科学，最后我要讲的是，科学不等于科学主义。我先说明一下，我是在负面意义上谈论"科学主义"的。我把"科学精神"当作一个正面的概念，但我质疑"科学主义"。

什么叫科学主义？简单说，科学主义是这样一种主张：科学可以解决人类面对的所有问题，我们碰到了困难和疑问，都应该向科学讨答案，科学之外没有值得一提的认识，无非是些迷信、幻觉、敷衍，最多是些感想。我认为这个主张十分错误。科学主义依托的是科学所取得的巨大的成就，但它误解了这些巨大成就的来源，把我们对科学的理解和期待引向了错误的方向。

第一，广义的科学，系统知识的探求，我们的确靠它获得遥远世界的真理，这种探求对人类来说非常可贵，但它并不能全面取代我们的经验认识，我们的经验生活、感性生活同样可贵，甚至更加可贵，我们不能把这一部分交给科学去处理。第二，善恶、美丑和正义的问题，它们不是狭义的科学问题，但它们仍然是重要的问题，是我们仍然关心的或应当关心的问题，这些问题不是科学所能解决的。有很多人认为，科学不能解决这些问题，是因为科学发展得还不够，等有了更成熟的科学，我们就能解决这些问题了。这就有点南辕北辙了。我今天尝试说明，科学之所以能够取得巨大的成就，恰恰在于它事先就把美丑、善恶和正义都悬置起来或者清除干净。所以，这不在于科学是否发展得更加成熟，而是在原则上科学就不能够处理这些问题。如果它把这些维度包括进来，它就失去了科学的身份，也就不能保持科学的优势了。

我之所以选择这个话题做这个报告，是因为我觉得无论是政府，还是民众和学院知识分子，都广泛受到了科学主义的影响。我愿意对诸位讲讲我个人的看法和对历史的一些考察。讲得很简略，大家还有什么问题，我们可以继续讨论。

八、问答

1. 问：陈老师您好，我拜读过您的几本书，我以后也打算从事哲学研究，海德格尔这方面的。我在《文化纵横》看到一篇文章，说现在的科学已经迈入了第五期。从第三次科学革命以来，我们再也没有出现一些划时代的科学成果，都是一些碎片化的知识。现在又是一个信息爆炸的时代，科学如果想要取得一些所谓的划时代的成就、一些长足的进展，从方法论的角度上，需要改变哪一些认知上的问题？哲学可以做出什么努力？我之前的想法是，可以对一些相关领域的学科做跨学科的整合。我也是一个二元论者，我崇尚科学，也信奉宗教。通过您说的，我也受到一些启发。在思想认识上，我们如果想要进一步发展科学，还是应该先摒除科学主义，然后再做深一步的理论探讨。

答：科学研究怎么才能有所突破，我一无所知。但既然你问到了，我好歹回应几句。科学史上有很多重大突破，大家可能也都知道一点儿。牛顿力学，19 世纪中期的达尔文演化论，20 世纪初爱因斯坦的相对论、量子力学，20 世纪中叶的双螺旋的发现，都是重大突破，每一次突破，一大片新天地就打开了。你大概是说，这类基础性的突破很长时间都没发生了。怎么能够突破？没有人知道，更不要说我了。突破本来是可遇不可求的。但有些方面有看得见的原因，比如说基本粒子研究，现在我们要更深入地研究物质的基本构成，必须靠更大更强的实验设施，对思想性的要求反而比较低，所需要的仪器十分巨大、昂贵，大多数国家倾全国之力也供不起。即使建成了这样的大工程，是不是就能有理论上的突破也不一定，所以任何一个政府去投资都会很犹豫。美国实力最强，但它是个注重民意的国家，政府上台靠选票，如果巨大的资金投进去之后打了水漂，政治家可能承受不起。实际上，很多科学家也反对做这个事。

2. 问：我不知道您是否信神。如果信神，对科学研究是否有助益？如果不信神，是否对科学研究有约束？因为我看到世界顶尖的科学家大概有 80% 都信神，牛顿也信神。而且江泽民问克林顿，说"你们美国那么发达，怎么还是一个信神的国家"。您对这个问题怎么看？信神和不信神，这两个有什么区别吗？

答：科学和宗教，尤其是基督教跟近代科学革命，有蛮深层的联系。最近二十年，有不少这方面的研究介绍进来。有个青年学者叫张卜天，他独立翻译出了五十几本书，都是高品质的书，高品质的翻译，他很注重你提到的这个方面，他选译的书里有好几本，例如彼得·哈里森的《科学和宗教的领地》《圣经、新教与自然科学的兴起》。近代科学革命的发生跟基督教的确有着非常密切的关系，不过，这跟个别科学家应该没什么相干，不是他信基督教他就把科学做得更好。这是另一回事。

3. 问：第一，我正在考虑，中国的《周易》在公元前就发明了六十四卦、二元进制，现在的计算机还是以它为基础的。但中国古人当时的生产力那么低下，他们是怎么想出来？第二，1985 年我考上大学，那时候的经络理论是否是在做真正科学的探讨？ 21 世纪经络已经是客观存在了，但是在上解剖课的时候，你找不到经络，所以这是如何判断的？

答：我对《周易》没有什么研究，但坦率说，我不大会以为它为计算机提供了基础。也许有了计算机之后，你可以把两者连起来想，但我个人倾向于认为这类联系没太大建设性。经络我不懂，但照你说，经络是客观存在，如果是，我相信现代科学应该能找到一些证据说明它存在。但我不是主张，人体运行出现什么障碍都可以用实证方式来确定来解决。

4. 问：陈老师您好，我是学设计学科的，不知道您对这方面了解得多不多。我看到很多艺术类的学科也会采用很多偏向于科学主义的研究方法。很多学者也追求尽可能保持客观的视角。但是，像您刚才所说的，这些东西其实很难保持绝对的客观，那么您对于这种情况有什么看法？

答：你问我懂不懂设计学科，我一点都不懂。但是，我碰巧认识不少设计师。你说到在艺术教育中有很多科学主义的影响，我感谢你这么说，我想说科学主义的影响无处不在，刚才那位先生所讲到的医学教育也有这个问题。科学当然重要，但科学主义却会带来不良的影响。医学界有一位学者叫王一方，他一直在推动把更多的人类因素带入医学，我觉得他是一个很好的榜样。回过头来说，现在的教育行政部门处处都要求发表论文，我在中国美院带过博士生，他们都是做实践的，就是画画，做艺术，但为了提职称，需要有博士文凭，有博士文凭，就要写论文。他们有很多优秀的艺术见解，但不一定会用系统理论的方式来表达。毫无意义的论文生产遍布各个领域，但在艺术领域中尤其 ridiculous①，是吧？都写论文，都用理工科的方式来写，这加深了科学主义的影响。

---

① ridiculous，荒谬的，荒唐的。——编者

在"陈嘉映五十年暨文集出版
研讨会"上的致辞 [①]

　　首先，感谢孟繁华书记的致辞。感谢小文介绍这套书，介绍我们的往事，有些往事我从前都没听说过。刚才陈鹏说的一句话我觉得说得还真挺好的——小文的故事把我们带回到自己年轻时候那个读书时代。那个时候没有什么总编辑、校长、书记，是吧？就是一帮年轻人，"好道"，讲讲海德格尔，讲讲老子，那感觉是真好。我也特别感谢谭笑老师张罗这个会，就我所知她投入了很多精力，还有朱清华老师，还有其他一些老师，特别是这些学生们，每次办会，大会小会，这些学生们总是在台后默默付出很多。当然，我也非常感谢诸位来宾，我们自己学校的，特别是外校的。小文和其他朋友问道："好多好朋友你都没有请？"比如童世骏、孙周兴、倪梁康。我们的确只打算办个小会，要不疫情应付起来很麻烦。

　　我从"一开始研读哲学——我用个大词，"研读"——到现在有五十多年了。这五十多年，就像"著译作品集"所反映的，我翻译过一些著作、文章，写过几本书、不少文章，此外，当然，还在课堂上讲课，或者做个讲座，等等。我觉得自己非常幸运，一直在做自

---

　　①　2021 年 9 月 25 日。周雨彤根据录音整理。

己感兴趣的事情，没怎么做过需要去做但我并不感兴趣的事情。我依着自己的兴趣去探究问题，所以，我做的事情可能跟哲学的主流，无论是国外的主流还是国内的主流，不见得那么契合。我也不很关心这些，我更关心的是我所做的事情能够不能够吸引我投入最充分的精力和能力。但我并不是不在意别人的看法和评价，事实上，我十分在意我所尊重的那些朋友，包括学生，他们怎么看待我所从事的工作。幸好这五十多年，可以说从第一天开始一直到现在，总有我所尊重的人支持我的工作。在这个场合我可以提一句，比较熟悉我的人都知道，我的哥哥陈嘉曜，是他把我领上哲学之路；这五十多年，从我开始读哲学一直到今天，他就一直支持我，给我鼓励。我的亲朋好友也差不多都是如此，也许他们自己没有做很多学术，但他们一直支持我的工作。比如刚才发言人提到的王庆节，庆节是我的师弟，他一直走在学术的康庄大道上，不像我这样随性乱走，但他从开始一直到今天都很尊重我的工作，给予好评。刚才小文的发言，我身为故事中人，听来还是很感动的——我们交往很多年，关系挺亲近的，但他刚刚说的一些话，平常也不会说，我们见面谈事务，谈见闻，不会当面互相评价，说这些好评。当然我也知道他一直支持我，商务印书馆能来出这个文集，肯定跟陈小文总编辑的大力推动是有关系的。

我应该特别提到的是我的学生们，从我回国一到北大教书就开始听课的学生们，像周濂、陈岸瑛、陆丁、刘畅，还有吴增定等等。他们有的现在名气很大了，但我讲课的时候有时候还会来听听，这些老学生坐在听众席上，我讲课会觉得很轻松、很放心，因为哪怕我讲得不周全，表述得不准确，他们都已经读了几十年听了几十年，所以大致能知道我在什么思路上讲。还有邓明艳、梅剑华、吴芸菲这些更年轻的,这一代一代的学生,他们的支持对我始终都是很大的鼓舞。他们读到的是更新的东西,更前沿的东西,他们来听课,让我觉得自己还没有完全过时报废,他们从更新的视角来跟我讨论问题,我就可以一边教一边学习,这是实实在在的教学相长。

我的工作不仅是在这些同仁、学生们的支持下进行的,其实我的大多数朋友不从事学术工作,他们的心智往往比我们这些学术人来得更丰厚,他们的思考也可能比我们这些学术人来得更深入——更深入到现实的核心之中。对那些不做学术的、不写作的朋友,我会说,我们社会分工不同,我做一点儿学术,写一点儿、讲一点儿,他们可以省下心去做他们认为重要的事情。

我对我的工作状态一直还是比较满意的——虽然对工作成就远不是那么满意——这主要是因为几十年以来,我始终是在这样一个享有亲人、朋友、同仁、学生支持的环境下工作的。我的工作不仅是在他们的支持下进行的,实际上,我从来都把我自己的工作看成是我所尊重的那些人的集体创作。我跟他们生活在一个共同世界之中,向他们学习,观察他们,领会他们,跟他们讨论各式各样的问题,把我自己的思考尝试交付给他们,听取他们的批评。他们批评我,我的学生也批评我,司空见惯,更有甚者,有时候我讲完了,几个老学生一个个都在摇头。他们不同意我我也没办法,但是这些都是对我的激励。所以,我现在借这个机会来表达我的感激之情,感谢栽培我的熊伟先生,我在美国的老师 Kockelmans、Lingis,感谢培养我的老师们,感谢共同生活的亲友,感谢共同工作的同仁、学生,对大家表示感谢。谢谢诸位。

泛 读 短 议

　　大半时间，书桌前正襟危坐，读那些跟当时思考的课题相关的文著，不似读书，更似啃书。说到读书，我更愿指开卷有益、不求甚解的阅读，有一二新知心得就好。读到好书，难免跟广大读者分享的冲动，读书版的朋友也常来约稿，可惜很少有时间认真写书评，想出来"泛读短议"的主意，一本书，介绍或评论多则半页纸，少则两三句话，算是读书人互通音讯。短议固短，却绝没有不恭敬的意思，实际上，泛读之书，很可能分量很重，读下来的收获也比读专业书更多。这里列出最近几年的短议，列出的不一定是我读到的最重要或最出色的书，为哪些书写了短议，大一半只是碰巧得空而已。

历史

丹尼斯·舍曼等：《世界文明史》，李义天、王娜等译，中国人民大学出版社，2012年。

　　不是一部平常制式的通史，它为每一段历史选几小篇述论，分列于"第一手资料"和"第二手资料"，另有编者按语。所选内容有些很有意思，有些不常见得到，例如欧廷格记载他17世纪末在非洲所见的奴隶贸易。第二手资料里选入的不少内容涉及近年来历史学界对一些传统问题的新争论。

海因里希·奥古斯特·温克勒:《西方通史——从古代源头到20世纪》(第一卷)丁娜译,社会科学文献出版社,2019年。

温克勒的《西方通史》洋洋大观,共四卷,眼下出版了第一卷,分上、中、下三册,中译本1288页,后面三卷的中译本也很快会出版。以一人之力写出这样的鸿篇巨制,将成绝响。岂但这样的作者难寻,把这样的大书读下来的读者恐怕也不很多了。然而,还是要推荐这部书,因为确是好书,而且很有特色。且列举比较突出的几点特色。

1. 史书充栋,但此前一直没有一部"总括性的西方史",把西方文明作为世界上的一个独特单元,书写这个单元的古往今来。

2. 一部相当纯粹的政治史,跟现在多半偏重于社会史文化史的写法不同。

3. 在具体历史背景下讨论政治理论问题,史论往往多于讲历史故事,这在一般史书那里很少见。时至法国大革命前夕,作者用三十几页介绍、讨论洛克、博林布鲁克、孟德斯鸠、卢梭等人的政治哲学。美国革命部分,战争进程一共没几句话,介绍和讨论联邦党人文集用了十页。我一向认为把政治理论问题与产生这些理论的历史环境结合起来讨论格外有助于我们恰当地理解这些理论。

4. 不大忌讳直书西方人干的坏事,例如北美几乎灭绝印第安人。

5. 虽然所涉事件纷繁,但叙事简明、果断,线索清晰。

6. 全四卷由我北大德文专业的同学译出。这样的大书，很难保证译文完全无误，但这些译者高水平，勤勉认真，总体上，译文既严格又流畅。

虽说是一部通史，重点显然在 20 世纪。第一卷已经写到第一次大战前夕，此后不到一个世纪，占了后面三卷的篇幅。那该是怎么个写法？翘首以待。

保罗·约翰逊：《英雄：从亚历山大大帝、尤里乌斯·恺撒到丘吉尔和戴高乐》，张薇薇译，中信出版集团，2014 年。

历史兴亡，浪淘尽，多少英雄？历史学家约翰逊挑出了这么十几个，虽然多是我们已经了解的，但被他寥寥几笔就写得这么绘声绘色，还是让人爱读。约翰逊的书的确好看，难怪畅销，据说，这一本尤其受读者喜爱。他的其他的书也值得推荐，读过的有《知识分子》《文艺复兴三百年》《丘吉尔》。《创作大师》还没读，也准备读。

莱斯利·亚京斯、罗伊·亚京斯：《破解古埃及：一场激烈的智力竞争》，黄中宪译，生活·读书·新知三联书店，2016 年。

这本书讲商博良破解埃及象形文字的故事，一开始只想翻翻，没读几页就被吸引住，一页页读完。写得好的书大概都是这样子吧，不是你要了解一个人一件事去读它，是你读了它就开始去了解一个从前不知道的世界。就我，不仅借此了解了商博良怎样为破解象形文字殚尽心力，对那个时代的法国学术氛围也多了更加具体而微的了解，顺便也增益了对古埃及和古文字的了解。

依迪丝·汉密尔顿：《神话：希腊、罗马及北欧的神话故事和英雄传说》，刘一南译，华夏出版社，2010 年。

依迪丝·汉密尔顿（Edith Hamilton, 1867—1963）出身学问世家，她写了好几本关于古代的书，《希腊精神》《罗马精神》《以色列的先知》《希腊文学的伟大时代》等。《神话》一书系统介绍希腊神话，旁及北欧神话等，是同类作品中的佼佼者，西方大学普遍选为教科书。但这本书可不是那种乏味的"教科书"，此书固然基于深厚的研究，写作则面对普通读书人，行文流畅易读。希腊神话是读西方文史哲书籍必需的知识基础。但且不管知识，在伊迪丝·汉密尔顿这位好古的现代人笔下，希腊神话就像可以救治现代人的心灵。书中的第一个故事，得墨忒耳的故事，忧伤的母亲与荒芜的冬季，母女重逢的欢爱与盎然春意，就像把我们带回到童年，感情天然、真切，生在大地、谷物、花草之间。现代感情，似乎若不安于平俗肤浅就只好求助于畸形怪异，这时，我们多愿重温希腊那深邃的天真，哪怕只在书页之中。

丹尼尔·汉南：《发明自由》，徐爽译，九州出版社，2020 年。

汉南是历史学家，他曾供职于欧洲议会，被称为英国脱欧的"关键策划者"，这本书可以视作他的政治主张背后的历史思想：现代世界不是欧洲带来的，而是英国带来的。一般人喜欢对比西方与东方或者欧美与亚非拉，这本书则拿盎格鲁圈和其余欧洲对照。盎格鲁圈的核心，先是英国，近世再加上美国。美国的独立战争开头并不是什么独立战争，而是盎格鲁人的一场内战——辉格自由党反对乔治三世托利保皇党的战争。拿盎格鲁圈跟大陆欧洲对照下来，盎格鲁圈处处可嘉，且不说清教崇尚自由而天主教崇尚专制，且不说普通法和长子继承权的种种优点，就说语言，英语也比德语之类来得简明生动。言论自由、契约自由、集会自由、绝对产权、国会对行政的控制，尤其是普通法，所有这些现代政治长项都起源于盎格鲁圈，并始终在那里最为生机勃勃。盎格鲁人是上帝的优异选民吗？不尽然。是有些天然的因素，例如大不列颠是个岛屿，享有天然的安全屏障，不必维持一支常规军。不过，总体说来，盎格鲁圈保护个人权利的法治传统，一开始来自"造化的偶然"，后来也经历了威廉公爵的诺曼征服那样的重大逆转，但最终胜出的还是盎格鲁价值体系。

令作者扼腕叹息的是，昔日辉煌正日益黯淡，而对往昔珍贵遗产抛弃得最多的恰是英国。盎格鲁圈的政治模式，正在变得越来越像大明朝和奥斯曼土耳其。好在，上天并没有注定一个社会向何处发展，这本书的主要目的也正是呼唤盎格鲁圈"记得我们是谁"，起而扭转英国的"大陆化进程"，正像作者本人在欧洲议会中不懈努力鼓吹英国脱欧那样。

在我看来，作者的立场失于激进和简单。为了弘扬主题，北美和澳洲原住民的灭顶之灾、英格兰与爱尔兰的冲突，凡此种种都轻描淡写。但总体上作者言之有据，时不时有新颖的洞见和颇具启发的论证。顺畅易读，虽然有点儿唠叨。而且，在当今政治正确席卷西方之际，鲜明申言一种与众不同的立场，仅此一点就难能可嘉。

查尔斯·曼恩：《1491：前哥伦布时代美洲启示录》，胡亦南译，中信出版集团，2014 年。

这本书概述哥伦布闯入之前美洲是什么样子的。原著出版于

2005 年，作者提供的画面综合了最近几十年来考古学、人类学、基因研究等多个学科在相关课题上的新发现和新研究成果。这本书的一个基本主题，是基于新研究展示前哥伦布的美洲比我们从前设想的要繁荣很多，以前我们以为从无人类活动的地区发现了很多很多人类遗迹。旧时代的"新大陆"，有专家估计，总人口可能高达一亿，多于当时整个欧洲的人口[①]。欧洲人造访之后的 130 年里，95%的美洲人死掉了[②]。有不少地区曾达到很高的文明。印加帝国曾是世界上最庞大的帝国，"大过中国的明王朝"[③]。就连一向被视作最典型原始状态的亚马孙流域森林，据考证，在很大程度上是印第安人几千年参与改造的结果。西方人十六十七世纪所做的很多原始记录，所记录的更多不是印第安人的生活原貌，而是被西方病菌和暴力摧残殆尽的逃亡小群体的悲惨状态，"亚马孙苍茫林海内的石器时代部族人，在很大程度上是欧洲人的一个发明创造"[④]。

美洲原来是什么样子，我们零零星星都知道一点儿，例如，我们都听说过玛雅文明突然灭绝之谜。依这幅更新的画面，我们曾有的了解有不少是错误的，至少是可疑的。例如，第八章重构了玛雅诸王国之间的复杂斗争与分合，而且，"如今我们知道，玛雅文明衰落的速度并没有此前学者所相信的那么快，那么戏剧化，也没有那么普遍"[⑤]。我们也许仍未获得玛雅文明灭绝之谜的谜底，但会用

[①]　查尔斯·曼恩：《1491：前哥伦布时代美洲启示录》，胡楠译，中信出版社，2014 年，第 112 页。

[②]　同上书，第 111 页。

[③]　同上书，第 76 页。

[④]　同上书，第 382 页。

[⑤]　同上书，第 304 页。

一种相当不同的眼光来看待这类历史。作者保有严肃的科学态度，多闻阙疑，对很多仍在争论的问题有自己的看法，但他会提醒我们，这些看法还有种种疑点，并提供支持相反看法的种种论据。

本书还相当详细地介绍了另外不少专题的最新研究成果。哪些人，什么时候，最初迁徙到美洲？猛犸象、乳齿象这些大型动物在美洲是怎么灭绝的？玉米最初是怎么培育出来的又怎样传播到美洲各个地区？我们普通读者没有精力跟踪各个知识领域的发展，综合性的论述最适合我们阅读。

乔尔·哈林顿：《忠实的刽子手：动荡十六世纪的生死荣辱》，钟玉珏译，中信出版集团，2017 年。

这本书极好看。本书的主人公弗朗茨·施密特（1553 或 1554—1634）是纽伦堡一带的刽子手。弗朗茨有文化，写日记，一写就是四十几年。职业刽子手怎样生活？刽子手的思想感情是啥样的？单为猎奇，就够吸引人的。但远远不止有本刽子手的日记，不止刽子手的生活、思想、感情，不止猎奇，本书呈现在我们面前的，是欧洲近代早期的社会大画面。这个画面里的主要人物不是达官贵人，而是小偷、强盗、妓女、女巫、农人、旅人。当然，中心是弗朗茨。他父亲在偶然的情况下被一个侯爵逼迫成为刽子手，弗朗茨子承父业。这个职业虽然收入不低，然而是个贱民职业，几乎不能与正经市民交往。弗朗茨在这个职位上勤勤恳恳为当局服务了四十多年，冷静、能干、自律，盼望最终能凭借自己的忠实服务和个人品格脱出这个行当。既然写刽子手的故事，满篇皆是杀人越货、放火泄恨，但那时，社会底层人对社会和宗教秩序似乎并不怀有尼采所说的"怨恨"。弗朗茨本人所考虑的不是社会建制是否公正，而是既成社会秩序中他个人是否得到了公正的待遇——他落到底层是不公正的，于是他一心想靠自己的努力脱出底层位置。弗朗茨晚年给奥地利皇帝写信求情，凭借他一生的劳绩和几位达官贵人的背书，终于让自己家族脱出刽子手这个行业。

作者功力极深，通过一个刽子手的一生故事，多角度展现出近代早期社会的面貌，我们既见到栩栩如生的细枝末节，也能具体而微地感知当时重大事件对社会生活的影响，时不时还能体察作者深刻的史识。此外，译文也非常好。我不仅自己读来大长见识，而且相信不论哪一类读者都会爱读，都会收获满满。

彼得·盖伊：《施尼兹勒的世纪：中产阶级文化的形成，1815—1914》，梁永安译，北京大学出版社，2006 年。

青少年爱读小说诗歌，老年人喜欢读历史。正经历史书，读起来吃力，以某一个人、某一个事件、某一个时期为主线展开的历史书，更适合闲读——故事性比较强，论题比较集中，读时容易被吸引，读过记住的也多些。《万历十五年》的畅销，与此种写法不无关系。《施尼兹勒的世纪》是这类写法中的一部佳作。19 世纪是西方列强充分建立世界统治的世纪，20 世纪，世界各国，愿意不愿意，都被纳入了西方的生活方式。这种以中产阶级为主导的生活方式就是那个时段在欧洲成形的。例如爱工作——贵族不以工作为荣，下层劳动人民也很少有歌颂工作的。又例如尊重隐私——希腊男人成天在广场上游逛闲谈，在竞技场上健身，皇室贵族专好炫耀，直到 19 世纪，有身份的人才会愿意像平民百姓那样不求闻达。拿破仑失败后，欧洲全面复辟王政，就连有些君王，如威廉四世，也爱好隐私更甚于爱好炫耀，视恢复旧时代的仪式为苦差。选施尼兹勒为主线也是个好主意，他是个极多面的人物，展现了 19 世纪欧洲文化的许多方面。施尼兹勒生于并死于维也纳，一生大半时间生活在维也纳，众所周知，维也纳是 19 世纪欧洲大陆巴黎之外的另一个文化中心，而且，由于维也纳在 20 世纪经历了衰落，她的文化史有时倒比巴黎的文化史读起来更引人深省。梁永安的译文可商榷之处颇不少，但可谓流利，若不很讲究，读起来还是满愉快的。

约翰·托兰：《日本帝国衰亡史：1936—1945》，郭伟强译，中信出版集团，2015 年；李永晶：《分身：新日本论》，北京联合出版社，2019 年；李长声 / 主编：《中日之间：误解与错位》，社会科学文献出版社，2014 年；刘柠：《中日之间》，中信出版集团，2014 年。

现时代，对各种宏大事务，如宏观经济政策、国际关系，普通老百姓也常要表达自己的看法。可是，有哪些事实可以支持这些看法呢？尤其事涉日本，中国人很难从通俗媒体上了解真实情况，所以尤多"误解和错位"，这些误解与错位对现实的影响也尤重。多读几本关于日本的书，可以对日本有更真切的了解，减少"误解和错位"。

《日本帝国衰亡史》很好看，而且，关于日本帝国，日本侵华战争，等等，我们多半都是从中国人的角度去了解和理解的，这本书从美国人的、多多少少再加日本人的视角来论述，读者从中会有格外的收获。《分身》写日本近世的精神史，领我们更多从内面来了解日本。《中日之间：误解与错位》收入不同作者就不同主题所写的文章，对纠正误解与错位多有助益。例如，我们对日本的了解有不少来自《菊与刀》，而本文集中的两篇文章对本尼迪克特的这本名著提出了一些异议。关于靖国神社，我们平常只在报章上外交部发言人那里听到只言片语，读读黄章晋的《靖国神社游记》，应对更多侧面也有更生动的了解。刘柠的新书《中日之间》也同样值得推荐。

黄钟：《帝国崛起病：权力制约与帝国兴衰》，中国文史出版社，2016 年。

这本书多视角探讨了美国、英国、明治日本、纳粹德国这几个强国的崛起。作者不知准备了多少材料才写出这本"小书"，写作本身也下了大功夫，成果是，书的内容密集，读起来却很轻松——轻轻松松收获良多，这样的美事不常遇见。强烈推荐，但不想在这里多加议论。

乌卡什·贝尔特拉姆 / 执行编辑：《卡廷惨案真相》，乌兰译，新星出版社，2012 年。

我希望读者都知道"卡廷惨案"，应该知道，否则应该去知道，例如去读读沈志华主编的《一个大国的崛起与崩溃》中专写此事的一章。卡廷惨案是 20 世纪人类史最黑暗的篇章之一。即使与奥斯维辛放在一起，也有它独具的冷酷——数以千万计的波兰精英被逐一杀戮，没留一个活口。在关切者那里，真相早已大白，却没有一个幸存者能提出指控，更无法为这个惨绝人寰的事件提供一个生动的叙事。该书取文件汇编的形式，似乎与这一惨案独具的冷酷相应：脑浆和鲜血早已无踪无影，残断的罪证只封存在哪座水泥地下室里——几件档案而已。文件汇编这种形式也许太冷峻了，不过，这种冷峻不仅提示一种制度超乎人类想象的终极冰冷，而且也有助于读者在恐惧和憎恨之外去思考制度、思考历史。

沈志华 / 主编：《一个大国的崛起与崩溃：苏联历史专题研究（1917—1991）》，社会科学文献出版社，2009 年。

不算我们本国的历史，关于苏联历史，我们满是错误认识。读这一本，可以纠正大多数错误，所以，强烈推荐。

阿里·沙维特：《我的应许之地：以色列的荣耀与悲情》，简扬译，中信出版集团，2016 年。

作者挑选了百余年来的一些历史时刻，反思以色列的建国与今天。这是以色列人和巴勒斯坦人双双陷于无奈命运的历史。作者是以色列人，深爱他的国家，同时对巴勒斯坦人充满真挚的同情。在这一张力下展开的种种事件，不仅告诉我们很多事实，也带着读者进到历史深处去思考。从根本上消除以巴冲突的前景依然渺茫，然而，尽可能促进敌对双方的互相理解，仍将是任何朝向这一目标的政治努力的前提。

狄宇宙：《古代中国与其强邻：东亚历史上游牧力量的兴起》，贺严、高书文译，中国社会科学出版社，2010 年。

新疆及其以西以北地区的历史格外吸引人，那里是多个民族频繁冲突和交往的广袤地域，从这个方向来增益对中国历史的研究对我们也有格外的意义。近代以前，中国的确是东方文明的中心，但作为政治-军事实体，西北方却也长期环绕着"强邻"。这种情势，往往在外国人笔下写得更明白。

吕思勉:《吕著三国史话》,中国青年出版社,2009 年。

大学问家写给青少年的读物。人人都读过《三国演义》。读着，难免冒出这样那样的问题，例如，古代打仗当真是双方主将大战五十回合那样子吗？我的中国文史知识差不多一直停留在青少年时代，读这本小书颇长见识。论史论人亦多卓见，例如说到曹操一路上很多能人扶助，作者评论说：扰乱之世，总有人想要大局安定，见到有能成气候安天下的英雄，自然出手扶助，并不是举事的人耍些小手段就能把天下骗住[①]。

余英时:《朱熹的历史世界：宋代士大夫政治文化的研究》,生活·读书·新知三联书店,2004 年。

当代中国文史家写出的第一流好书，让我不忍释卷。儒学多半是以解经方式阐论，在余英时笔下，儒学和历史和实际政治交织起来了，既有益于我们了解经典，又有益于我们了解中国皇朝时代的政治精神。读历史书，我悬三个希求：学识、见地、态度，《朱熹的历史世界》三者俱佳。对余英时的有些结论，专家间尚有争议，但我想那不是我们这些外行必须了解的。中国文化衰落以后，好书差不多都是外国人写的，读到中国人写的好书，格外难禁快乐——自家的文字，自家的事，读着亲切，用自家文字表达出来的思想，很

---

① 吕思勉:《三国史话》,中国青年出版社,2009 年,第 55 页。

多精妙婉转是翻译文字很难为的。

沈卫荣：《寻找香格里拉》，中国人民大学出版社，2010 年。

用我们外行不难读懂的现代语言，娓娓道来，讲述佛教、藏传佛教、印藏中西佛教文化等多方面我们不大了解的内容。作者能够为此，基于厚实的学问，深思过的道理，良好的文章功底。未必同意作者对每一个问题的判断和评价，却佩服作者无论评价还是批评，都很有分寸感，作者感情充沛，行文则内敛。所有这些优点，而今都极难得。

庄秋水：《三百年来伤国乱：晚清至民国中国记忆》，湖南文艺出版社，2011 年。

史学有自己的一套学术规范，其好处不用说，只可惜详尽的考证、专业的行文挡住了很多读者。正经学者不愿写读来轻松的历史故事，流行的轻松历史故事又太少史学的严格，我觉得庄秋水处于两者之间，适合一大批读者。叙事款款而有色彩，议论不张扬而有深致。

张宏杰：《饥饿的盛世：乾隆时代的得与失》，湖南人民出版社，2012 年。

这本书大致可归在正史一类，虽然不是严格的史学著作，零星用些小说笔法。这种写法很不错，适合我们普通读者，也好读也靠谱。乾隆时代我零零星星读过不少，但本书作者有自己的角度和现实关切。若想知道一点儿真实历史，断不可靠看电视剧，哪怕是那些标为"正史"的电视剧,要读这类书才好,了解一下盛世的另一面。大力推荐给年轻人读。

茅海建:《天朝的崩溃:鸦片战争再研究》,生活·读书·新知三联书店,1997 年。

作者深层次审视鸦片战争这段重要的历史时期,得出了有说服力的、有重要意义的新结论。由此,作者也在较深层次上思考中西碰撞引发的一系列问题,具有历史阐释和现代性思考两方面的力量。行文畅达,便于广大读者阅读。

茅海建:《戊戌变法的另面:〈张之洞档案〉阅读笔记》,上海古籍出版社,2014 年。

在中国史学界,戊戌变法一直是研究热点。20 世纪末起,茅海建也在这个领域下了很多功夫,出了好几种专著,其中,我读过《戊戌变法史事考》(生活·读书·新知三联书店,2005 年),最近又读了这一本。这本书通过细读张之洞档案重新梳理戊戌变法前后的一些人物和事件,例如张之洞与六君子之一杨锐的关系,张之洞与陈宝箴的来往,《时务报》的前因后果。在大结论方面,这本书与《戊戌变法史事考》没有很大差异,但我们读后会对这一历史时期的很多人事有更加全面、具体的了解。如书名"戊戌变法的另面"所提示,变法者分为两大营垒,一营是康梁等激进派,另一营是张之洞、刘坤一、陈宝箴等体制内大员。两个营垒之间固然有种种交通,但双方的隔阂乃至敌意或比人们从前所知更严重。张之洞等体制内改革派,若自己的温和改革路线被堵死,只好无奈退回到旧体制，绝不肯与激进派合流。

当时，国难交叠，凡稍有识见的，都知道不改革混不下去了，但怎么改、改多少，则千差万别。就连慈禧也有打算改革的一面，只不过，跟保住权力相比，这一面轻如鸿毛，说退回去就退回去。慈禧接受不了康梁，这倒也在情理之中，只可叹矛盾激化以后，渐进改革也成泡影。张之洞者流明白，倒行逆施只能自取灭亡，争奈体制使然，满朝文武的政治分量加在一起也远不及独妇慈禧一人。等闹出庚子年的义和团和八国联军，再做什么自上而下的改革都已经太晚了。

《戊戌变法史事考》和《戊戌变法的另面》这两本书的基础都是档案检索和解读，史学家的看家本领，不过书并不是专门写给同行专家的。实际上，茅海建很会写书，我们外行读起来不怎么费力。（还记得90年代他那本《天朝的崩溃》曾令洛阳纸贵。）我们街上人读史，多半当作故事书来读，最多不过想了解大事件的前因后果，不耐烦了解细密的考据。茅海建这本书引用了很多原始材料，但我们普通读者并不因此感到烦琐枯燥。细节并不只是大结论的论据，细节本身就是故事，会从意想不到之处让我们对历史有更多彩的更具体的理解。只举一例。在"清朝决策岳州自开通商口岸"一节，作者摘引了总理衙门、陈宝箴、张之洞之间的几封电报信函，讲解其中紧要之点。事情大致线索是：最初，英国强求在湖南开埠，提出的地点是湘潭，陈宝箴与湖南绅士商讨后，最后以岳州易湘潭。这件事情，作者当然可以直截了当讲给我们听，但我们读这些电报信函往还，不仅能了解事情始末，而且能体会陈宝箴、张之洞、总理衙门各自的语气，具体而微地了解各自的为难之处、担心之处、心机所在。这三方互相索求也互相理解。总理衙门并非发下一道命令要地方上如何如何，而是与地方大员商量，地方大员一方面互通消息和建议，另一方面要邀集当地士绅协商。中国第一个自开通商口岸的决议是在这些颠倒往复的折冲过程中产生。其他历史事体又何尝不是？

杨天石：《帝制的终结：简明辛亥革命史》，岳麓书社，2011 年。

写清朝最后二十来年。正经历史学家写的通俗读本，值得推荐给初读历史的朋友。我觉得大学生最好多读这类书而不只是读历史演义。

李鸿谷：《国家的中国开始：一场革命》，生活·读书·新知三联书店，2012 年。

从慈禧写起，主体是辛亥革命前后，结束于军阀时期。不是通史，而是一个个重要片断，夹叙夹议。这些片断，有些我们不知道或未曾特别注意，例如，据高一涵，记陈独秀 1920 年离京时，李大钊送行，并相约建党，作者引用石川祯浩的考证，表明这恐怕是高一涵的虚构[1]。作者的议论，常富启发，例如解释康有为暴得大名颇得益于他善于利用报刊等新兴媒体[2]。书后附有一个带简介的书目，对好读这一段历史的读者很有益处。

---

[1]　李鸿谷：《国家的中国开始：一场革命》，生活·读书·新知三联书店，2012 年，第 184 页。

[2]　同上书，第 64 页前后。

宫崎滔天：《三十三年之梦》，佚名初译，林启彦改译、注释，花城出版社，1981 年。

一直希望能在日本住两年，可恨我不大会张罗事情，事事只等命运安排，到底没得这个机会。又不认识日本人。对日本的了解，全来自书本，还多是中国人、美国人什么写的书。日本人写自己的书读得不多，碰到就愿意读。宫崎滔天颇经了些大事情，跟孙中山、黄兴等人混过，参与营救康、梁，参与策划惠州起义，他下笔又率直，书中写他的少年青年，今天读来未必有多少兴味，但此书仍值得一读。

齐锡生：《中国的军阀政治（1916—1928）》，杨云若、萧延中译，中国人民大学出版社，1991 年。

是对 1916—1928 年间中国"军阀政治"的分析。分析周详可靠，读者却可以从平实的分析中获得激动人心的启发。我比较关注的是最后探讨国民党何以战胜军阀。毕竟，国民军人数少，财力不怎么充足，内部如国共之间矛盾重重。啊啊，期待哪位历史学家更充分地告诉我们共产党是怎么在国共战争中胜出的。译文文理通顺，但偶或觉得有误译。

戴晴：《在如来佛掌中：张东荪和他的时代》，香港中文大学出版社，2009 年。

本书写出了一个多数读者不了解的重要历史人物，以及那段重要的历史。官方的正史，编织的都是些平面的堂皇故事，中国尤甚。只有通过了解那些隐没了的牺牲，历史才成为立体的。我们不仅能通过本书了解一段历史，还能通过它提高自己的阅读水准。不过，虽然这是一本严肃的书，完全不是戏说、漫谈、以危言耸听取胜的历史揭秘，但书中对一些具体事件的考证和论述，还不够严格，若与史学家的相关工作抵牾，我会更信赖后者。

何方：《党史笔记：从遵义会议到延安整风》（上下册），香港利文出版社，2010 年。

我对中共党史一向兴趣浓厚。此书作者曾随张闻天工作，后来曾任中国社科院日本所所长等职。此书主要着墨于遵义会议到延安整风时期的张闻天，以及延安整风本身。没多少惊人的新材料，但写得老实可信，可依以辨析不少历史材料，例如辨析《杨尚昆回忆录》中关于整风时期抢救柯庆施的情节。

杨奎松：《中间地带的革命：中国革命的策略在国际背景下的演变》，中共中央党校出版社，1992 年。

杨奎松我读过很多，统统值得推荐，考据、史识、态度，皆在上乘。中国近当代史是个非常值得研究的领域，我不知道史家是否都能秉笔直书，但据我的阅读，研究近代中国的历史学家近二十年来已经在这个领域做出了很多重要贡献。专业研究者看来已大致能够陈述史实，表达自己的基本判断。

杨奎松：《读史求实：中国现代史读史札记》，浙江大学出版社，2011 年。

二三十年来，文史领域急功近利，闹闹哄哄，成果量世界第一，绝大多数是废品残品，但安安静静做出优秀成绩的也不少。中国共产党的历史这方面，我读过杨奎松等研究者的著作，都很棒。杨奎松这本书里的文章，立题不是最宏大，但显见背后是对历史整体的把握。所以，读到的虽是细节，领会到的却是历史的根本道理。这并不是说，呈现种种历史细节只是为了证明某些宏观结论，仿佛《安娜·卡列尼娜》无非讲了一个三角恋爱故事，只是讲得比较细致。在大家手里，历史细节不只是用来证明结论，它们本身加深了我们对历史的理解。我们了解了共产党当年怎样宣传，怎样安排干部的工作，了解多种多样的细节，近代史的一般结论对我们才富含意义。集子里那些辩白、评议的文章，不仅有教于如何从学，同时也进一步引领我们进入正史。畅销书榜学术类中，历史书总占据多数，多半还拔得头筹，其间，有正史也有通俗历史著作。年轻学子读通俗历史著作也好，但同时一定要读正史，培养起均衡的历史观，若无正史为基干，奇闻轶事也往往扭曲历史大画面。

潘鸣啸：《失落的一代：中国的上山下乡运动 1968—1980》，欧阳因译，中国大百科全书出版社，2010 年。

讲的是我们这一代自己的往事，不过，此书主要不是讲故事，而是研究，中规中矩的研究。毛江时期在国内是研究禁区，国外对这一时期的研究不少，多半从政治方面着眼，此书是社会学研究，但也可说是从一个重要的社会生活方面倒过来看政治。愿了解当时情况的读者，可从侧面窥想全豹。

亨利·基辛格：《论中国》，胡利平等译，中信出版集团，2012年。

虽然其中不少内容基辛格或其他人写过，仍值得读。他初访中国与周恩来几次交谈，他怎样解读周迂回传达的信息，都体现一位打开中美僵局的大政治家不同庸凡的见识。不过，我们这些从那个时代活过来的人，不见得能够处处同意作者对中国，对毛泽东、周恩来等人的评述。国际政治中除了地缘利害还有点儿别的吧。当然，也许作者需要考虑其言论的政治影响，而且，即使不同意他，他的角度仍有助于我们思考中国。

罗纳德·哈里·科斯、王宁：《变革中国：市场经济的中国之路》，徐尧、李哲民译，中信出版集团，2013年。

中国三十几年来的变化波澜壮阔而又诡谲多端，作者在薄薄一本书里勾画出了这部跌宕起伏的大剧，选材就不容易，可谓最高水平的综述。我虽不懂经济学，但这个时代毕竟是自己刚刚生活过来的时代，至少在我这样一个深为关切的外行眼里，关于这个大题目，这一本远比其他同类著作更富洞察力。对这段历史的各个关节点，刻画准确而合乎比例，对华国锋以降所施行的各种经济政策的评价也很公道。既富历史眼光，又富理论的结构性，把两者结合在一起的是本书的思想性——惜乎中国经济学家所缺乏。

按作者的结论，变革最主要的动力来自中央谋划之外的边缘自发力量，最后造成的"中国模式"，是一种地方政府深深介入的特殊类型的市场经济，这种模式有它的优势，也带来种种困境。总地说来，我觉得作者对"中国模式"带来的困境估计不足，例如"政府搭台企业唱戏"这种模式带来的重复建设产能过剩，想来远远大于一般市场经济体，对经济结构的扭曲也要严重许多，这还不说由此带来的贪污腐化以及其他相关政治-社会问题。各种困境主要见于第六章，相应地，我觉得这一章较弱，只是把我们都知道的一些困境罗列出来，并未提供超出普通人见识之外的结构性分析。中国这三十多年走过来不容易，路选得有对有错，此外运气也很重要，总地说来，我觉得运气还不错。跳出来看，好的结果不去说它，坏的后果，有些是政治政策造成的，有些属于现代化的一般问题。例如，空气、水和土壤的污染，其成因不一而足，但不管来路如何，政府总有应对这些后果的责任。

彼得·海斯勒：《江城》，李雪顺译，上海译文出版社，2012 年。

我喜欢读异域人写咱们中国，有不少事情，我们"当局者"看不清楚。从具体而微处写出中国生活和中国观念中的重重矛盾，但同时也写出了这些矛盾如何交织甚至融合在具体生活之中。美国人待人友好，但往往不在意深入理解他人，他们不大能迁就，这有时候是个缺点，变成自大。海斯勒异于是。作者当然有自己的好恶和判断，但在深处却擅于了解、理解、同感、接受。因此，他不是单纯的旁观者，他在观察和理解中国人的时候改变着自己——不是把自己变成中国人，而是变成一个更深厚的美国人，一个更深厚的人。作者不自恋，但这样的书当然会写出作者本人，一个让人佩服尊重的人，尤其是一个有坚强耐力的人——一个美国人需要很多坚强，需要心胸和智慧，才能在涪陵生活两年，生活得愉快、充实、有益。顺便提一句，作者对文学、文学评论以及诸如此类事情的看法也颇得我心。

文学、回忆、议论、艺术

陈斯一:《荷马史诗与英雄悲剧》,华东师范大学出版社,2021年。

书名说是"荷马史诗和英雄悲剧",本书讨论的主要是《伊利亚特》。这一类书,我通常只读外国人写的。陈斯一是个中国人,而且在我眼里还是个小青年,能写这个,而且写得这么好,让人称奇。《荷马史诗》大概在什么年代以何种方式从口传落成文字,一向众说纷纭,作者提出了自己的推断。这个争议带出了希腊上古史的好多方面,只有专家之间能讨论,我一个外行无缘置喙,倒也觉得作者的推断合情合理。后面几章谈阿喀琉斯、赫克托尔等英雄,可算讨论文学人物,作者不仅谙熟文本,鉴人知世也颇有深度,再次令人称奇。

刘易斯·卡罗尔:《爱丽丝漫游奇境记》,赵元任译,贵州人民出版社,2019年。

所有的孩子都爱读这本书,到了成年,还有很多人爱读。轻灵的荒诞,让我们为现实的荒诞做好准备。荒诞里埋藏着很多奥妙。猫先生的脸消失了,只剩下笑容,这可能吗?为什么不可能?爱丽丝懂加法,但红桃皇后让她做一加一加一加一加一加一加一加一,这是道最简单的加法题,她却答不出来。为什么?这里面藏着短期记忆机制的奥秘。常见到大科学家、大哲学家引用书里的这一段那一段,童话故事能培养美好感情,但同时这么启迪智性,的确少见。

理查德·福特：《石泉城》，汤伟译，人民文学出版社，2012 年。

短篇小说集。我喜欢的那种。与其说像欧·亨利那样构造出来的一个一个完整的小故事，更像是从生活的混沌之流中截取一些片断；像古生物学家，冷静专业地刷掉泥土，看到一个清楚的片断。

迈克尔·翁达杰：《遥望》，张芸译，人民文学出版社，2010 年。

加利福尼亚州一个偏远的农场，一个农民带着三个孩子，安娜、克莱尔、库珀——主妇生育安娜时难产而死，农民收留了与安娜同龄的克莱尔，还收留了一个长她们姐妹四岁的库珀。三个孩子在这农场长大，成年后各奔东西。从写法上，我觉得比《春尽江南》更佳。爱读《春尽江南》，因那里的故事熟悉；爱读《遥望》，因那里的生活遥远。

史蒂芬·平克：《风格感觉：21 世纪写作指南》，王烁、王佩译，机械工业出版社，2018 年。

多年来，面目可憎的文字到处泛滥，上穷皇皇大报核心期刊画展前言，下至肥皂剧说明书景区介绍，应付办法好像只有扭过脸去。如今站出一位博学精思的写作名家，把恶劣写法一一拎出来，认认真真分析它们何以恶劣。读这本书，时不时动笔写作的，还有读者，必定都能受益。会不会冒出一位中国作者，以简约的中文重述这本书的主要内容，用当代中文出版物中取之不竭的现成例子代换书中的例子，做成一本小册子供青少年学习？这本小册子能不能帮助下一两代人，让他们的写作不再让人把中文误解成可憎的文字？

朱刚：《苏轼十讲》，上海三联书店，2019 年。

在中国历史人物里你最爱重的是哪一位？海选的结果，苏东坡很可能拔得头筹。才华如此充沛，性情如此畅达，怎可能不爱不敬。林语堂想向外国人介绍中国传统文化，写一位优秀士人是个好办法，写谁呢？写苏东坡。朱刚这一部不是传记，而是关于苏轼的十个专题，例如第二讲"贤良进卷"，不止于谈论苏轼应诏所写的那些文章，而是整体上研究介绍那一时期的相关学术写作。也不妨当作苏轼的传记来读，十个专题读下来，我们更深切地在历史脉络中了解东坡其人。这十讲，有的极好，有的似乎稍弱，我则越读到后面感动越深。当然，作者不是要感动读者，我想，作者是要引导我们深入苏轼的精神世界。为此，全书不见煽情之笔，始终冷静公允，例如，谈到苏轼与王安石的争执，并不扬此抑彼。以平实入深境，入深境而动人，当今同类著述中似不多见。要说爱重中国传统文化，镇日谈论怎样宣扬怎样弘扬益处不大，读《苏轼十讲》这样的书，你自然就被引去读苏轼的诗文，去读，就会爱上，同时也会爱上更多的中国古典。一部中国史，多少不如意事，读读史迁东坡那些伟大的作品，从治世乱世循环之间领受到那些精神创造，于是难舍对自己的文明那一份衷情。

熊式一：《天桥》，外语教学与研究出版社，2012 年。

大牛陈子善介绍说是"一部气势恢宏的历史小说"，陈寅恪等大家也推崇备至，可读下来觉得写法怪幼稚的。可见书之于读者，实是见仁见智的事儿。作者 1943 年人在英国时用英文写就发表，据说当年就再版四次，接下来就被译成多种欧洲文字。那时候西方人还很少读得到同时代中国人写的小说。

普里莫·莱维：《被淹没和被拯救的》，杨晨光译，上海三联书店，2013 年。

近年所读之书中最触动灵魂的一本。作者经历了大苦难，沉稳道出的，是经了这苦难的思考。这是触动人心的思考。我知道，世界不是奥斯维辛，用它来衡量品行衡量我们的小小苦乐会过于严苛，用它来衡量，差不多所有写作都显得夸夸其谈，但有过奥斯维辛，有过好多奥斯维辛，从此，关于人的一切思考都不能忘记这个事实。

罗瑞·斯图尔特：《寻路阿富汗：在历史与现实之间》，沈一鸣译，北京大学出版社，2017 年。

我不大会因一本书被圈粉——圈粉运动滥觞，我已经一把年纪了。但我被这本书的作者圈粉了。读着舍不得放下，又舍不得一气读完。这样的书很少。

2000 年，斯图尔特徒步一条横穿亚洲的路线，走了伊朗、巴基斯坦、印度、尼泊尔，唯塔利班阿富汗禁止外国人入境。翌年圣诞节前，他在尼泊尔听到塔利班倒台，遂乘车返回阿富汗的赫拉特，从那里徒步走到喀布尔，补足了原计划的行程。这三十六天的路途上，冻饿交加，走上几个小时不见一个人影。他曾在没到胸口的积雪里挣扎前行，曾连日因痢疾一夜爬起来八九次，曾躺倒在冰湖上等死。路上偶然遇到人，每晚投宿见到人，形形色色的阿富汗人：

友善的主人，傲慢的主人，领着他在暴雪中走上几个小时却不肯收任何酬劳的贫民向导。那时，阿富汗内战刚刚结束，塔利班虽倒，但余孽仍在，此外还有形形色色的武装团伙。大多数村民手持武器，时不时，一言未发，枪口先对好了，或者，子弹从背后飞过来。在这样的环境里一路走下来，有一二过路车招呼他也断然拒绝，这个胸中贮书万卷的英国人够愣的。

他为的是什么呢？我想，就像所有最有意义的事情，就像生活本身那样，为的是行走所带来的一切，所带来的点点滴滴，为的是身体和灵魂得到了锻炼、考验、折磨，为的是见到了这个阿卜杜·哈克和那个穆赫辛汗，为的是看到雪山，为的是跟伟大的先人建立一种特殊的联系。

鲜有其匹的经历，这还不够似的，本书的写作超一流。克制、简洁，然而生动。他遇到的每一个人都是陌生人，寥寥几笔白描，几句对话，这个人物就跃然纸上。书不厚，内涵广而深。迥异于中国文艺的感人风俗，作者平易叙事，不发感叹，虽然每个事件、每个人物都让人感慨。这是一种罕见的写作能力，很难模仿这种平白的写法而不让人感到乏味。

作者的议论不多，这些议论是高品质的。在一个脚注里，作者对比当今的国际援助人士跟昔日殖民者：昔日殖民者为利而来，没啥可光彩的，但他们为了牟利，扎根当地社会，实事求是了解当地风土人情，往往建设起合乎当地情况的良治；现在的国际救援组织，清清白白，但所属官员轮换不定，很少认真了解当地情况，推行一套又一套理想的却无成效的方案。最近十年，斯图尔特本人已投身政治，据信前途无量。我当然希望政坛上多些这样有思想的人士，但也怀疑，这样丰厚的心智做得了政治吗——即使在英国？

旅行第九天，作者收留了一条大狗，他给它起名叫巴布尔，这个名字来自 16 世纪初从阿富汗出发建立了莫卧儿王朝的巴布尔大帝。大狗巴布尔不如这个英国佬擅走，给后面的旅行增添了困难。但谁知道呢？作者躺在冰冻的阿米尔湖上，"感到温暖、放松，闭上眼舒心一笑"，就此停下自己的脚步，总要生拉硬拽才肯跟上的巴布尔这一次自己起身前行。于是，斯图尔特"站起身，顺着它的脚印走起来"。作者从伊斯兰堡返回英国，为巴布尔买好了次日的机票。就在这一天时间里，它吞食的羊脊骨刺穿了它的胃，死了。全书就结束于作者对巴布尔的悼念，那是患难与共的情谊。

这么好的书，得有个好译者呀。谢天谢地，这一次，一流的书配上了一流的译文。

刑肃芝［洛桑珍珠］口述：《雪域求法记：一个汉人喇嘛的口述史》，张健飞、杨念群笔述，2008 年。

社会、历史、地理、信仰、凡人的品质，方方面面都引人入胜、启人心智。洛桑珍珠的经历，绝无仅有，读起来和读谁的自述都不一样。

高尔泰：《寻找家园》，十月文艺出版社，2011 年。

作者从一个完全不同的视角讲述右派生活。无论是高尔泰的经历还是高尔泰的精神，都来得远比章诒和酷烈。高尔泰有传奇的经历，更有不折的精神，特立独行这个词用在他身上是再适当不过了。那是一个荒唐的、苦难深重的时代，有时候我会觉得，苦难的意义似乎在于它能够产生不同寻常的精神作品。《寻找家园》是这样的作品，可惜这样的作品与我们的期待相比太少了。再加一个推荐理由：高尔泰的文字一流。

徐晓：《半生为人》，中信出版集团，2012 年。

高尔泰的回忆录是以他自己的经历为轴心的，徐晓这一本则多半写的是她认识的人们。徐晓发表的文章不多，但在读书人圈子里备受推崇，一篇《永远的五月》曾让京城纸贵。徐晓也有过苦难的经历，但不像高尔泰经历过的那样酷烈。而且，似乎是有意的，徐晓在笔下避免酷烈，要让执着的精神在普普通通的叙述里流淌出来。同属于中信出版集团 2012 年出版的思享家丛书里还有野夫的《乡关何处》，也极好。刀尔登的《旧山河》也喜欢读。

赵越胜：《燃灯者》，湖南文艺出版社，2011 年。

这个集子里是几篇长篇的回忆文章。这类文章，赵越胜是最佳作者之一。他交朋友，交心；他爱朋友，从人品爱到细节。有这两样，在他笔下，友人的情态得以挥洒展现——无论是长他几年的唐克，还是在 7 路无轨电车站依依不舍分手的周辅成老先生，还是在一起泡热水澡交换恋爱故事的一代英杰刘宾雁。而且，文章中的主人公各个带着当时的时代背景出现在我们面前。越胜的文章把我们带回到那个年代。那是个险恶的时代，唯因此，友情来得特别真，特别重。那是个贫苦的时代，倒仿佛因此，人不得不有点儿精神。

沃尔特·艾萨克森：《史蒂夫·乔布斯传》，管延圻等译，中信出版集团，2011 年。

住在朋友家时读到，书厚，没来得及读完。听说这本书人人在读，但读下来没觉得那么好，与茨威格所著《巴尔扎克传》或蒙克所著《维特根斯坦传》不可同日而语，没什么时代的深度，也没见传主灵性生活的深度。也许，商业天才是另一种天才，现而今这个时代是个没有深度的时代？也许，"深度"已经老朽？感触还是有的：乔布斯从小到大所经所做的事没一件会发生在中国。

李零：《放虎归山》，辽宁教育出版社，1996 年。

李零的书——他写得真不少——我差不多都读了。他是古文史专家，《中国方术考》《中国方术续考》都有开创之功，这些书，我只有学习的份儿。我觉得《丧家狗》里的议论有时稍涉随意，但我还是很同意李零立论的大端。他的议论文，有些篇什拉拉杂杂，意思不大，有些篇什，我很不能认同他的观点。我最不能同意的是他对当今中国-世界格局的看法。又何伤焉？他持这些看法，是他真的持这些看法，不是因为这些看法能讨得谁的欢心，或能由此得名得利。可我还是不同意——其实，因为那些显然是他的真实看法，别人同意或不同意才有个着落。我隐约感觉得到这些看法的一些经验来源，这些经验跟我的不少经验有多重交集，但也有细微而重要的相异之处。同意也罢，不同意也罢，我还是读——李零有知有识，读了，一定广见闻，涨识见。这一本里，我格外喜欢《真孙子》和《装孙子》等几篇。读李零，还因为这老兄有意无意间妙语迭出，说到古印度男人在生殖器上打眼钻洞、镶环嵌珠，随口而来"根雕艺术"；在"传统为什么这样红"题下，"于丹为什么这样红？知识分子的眼睛为什么这样红？"平俗顺溜说出了好几层意思。人要是聪明过人，真是挡不住。

刀尔登：《亦摇亦点头》，中国文史出版社，2015 年。

这是本写读书的书。我们都读书，读到别人读书的经验感想，常生会心一笑。刀尔登的议论聪明但不卖弄，视角独特但不刁钻。他不只是读了书发议论，不少篇什在讨论我们常会对自己提出的问题：今天的人为什么还要读古书？（古书在语言实验上相当成功，古书有助于我们建立历史感等等。）通俗小说和文学小说的区别何在？（通俗小说的特点之一是总想取悦读者。）一个人喜欢的书若与"公认"的名单不一致，是该感到不安还是该庆祝自己的特立独行？（作者建议，在一定程度上承认"权威"，不是要服从权威，而是对社会淘汰莠见功能的一种信任。）当然，《亦摇亦点头》远不是读书百问的答题，恰好相反，作者信笔由心，一路让读者点头称是，当然，难免也有摇头的时候。

弗里曼·戴森：《反叛的科学家》，肖明波、杨光松译，浙江大学出版社，2013 年。

这是著名物理学家戴森的一个文集，文章内容所涉广泛，所以分成五个部分。戴森谈论科学，也谈论科学的文化，谈论政治，也谈论人生。这类拼盘式文集，即使较好的，翻翻看过也罢了。但这本书我很愿推荐给更多读者。西方的大科学家，很多不只是科学家，也是思想家。戴森是又一个实例，这些文章充满了活跃的感受力，透彻的思想力——这两种能力，即使不是这样卓越，也不大容易合在一起。

戴森的文章写得平易，但他的看法不仅富有智性，而且往往颇为独到。举个小例子吧，在"实验室里有上帝吗"这篇文章里，戴森这样说到基督教的一个特点："基督教成了一种与神学难分难解的宗教，这是历史上的一个离奇事件。其他宗教都没觉得有必要对人与神的抽象特征和关系形成一套精准的表述。"[①] 我们常常说到后来所谓西方文明有两希源头，希腊与希伯来，理性与信仰，雅典与耶路撒冷。初说，基督教属于信仰这一边。然而，基督教深受希腊哲学的影响。这一点又突出地体现于神学在基督教中的重要性。我们往往笼统地谈论宗教，把基督教、伊斯兰教、犹太教、佛教、印度教一揽子包括在内。然而，从这些大范围宗教的各异之处来看待它们，往往更为有益。例如，人们谈论宗教对近代科学产生的作用；其实，泛泛说来，宗教当然并不能促进科学的产生，促进近代科学产生的，不是一般的宗教，而是基督教这种特定的宗教形态。实际上，如果我们像戴森在这篇文章中所做的那样把宗教和神学加以区分，那就更多该说是基督教神学。这一点，也多多少少是戴森在这篇文章中所要表达的。

对了，戴森还谈论他的老师费曼，谈论奥本海默，谈论维纳，谈论那些 20 世纪中期还运行在科学天空的巨星。从戴森这位卓越人物的慧眼望去，格外能看到这些卓越人物的高明之处何在。在我

---

① 弗里曼·戴森：《反判的科学家》，肖明波、杨光松译，浙江大学出版社，2013年，第 331 页。

们这个平庸低俗的时代，这些天才人物的哪怕几线毫光，也足够激动人心，让人觉得生活在人类之中，毕竟不全是件平庸低俗的事情。

乔治·索罗斯:《这个时代的无知与傲慢：索罗斯给开放社会的建言》，欧阳卉译，中信出版集团，2012 年。

第一次读索罗斯的书，觉得他不是写书的能手，比较抽象，比较杂乱。不过这么重要的人物，有点儿了解总是好的。也有独到之见，例如，"开放社会是以认识论为基础的"，而人类的社会成功，却跟正确的认识没多大关系。①

周保松:《小王子的领悟》，上海三联书店，2018 年。

人到成年，每天赶着做必须完成的事情，心却可能渐渐麻木，对什么都不那么在乎了。保松读《小王子》，写出这本小书，"我见到自己还在乎：在乎能否好好理解玫瑰、狐狸和小王子……在乎这个世界应否变得更加合理公正"。愿读者通过读这本小书，又重新回想起自己真正在乎的是些什么。

克莱门特·格林伯格:《艺术与文化》，沈语冰译，广西师范大学出版社，2009 年。

格林伯格是最重要的现代艺术批评家之一，这本书是他第一本主要的论文集，迟到最近才译成中文出版。为此我们需要感谢译者

---

① 乔治·索罗斯:《这个时代的无知与傲慢》，欧阳卉译，中信出版集团，2012 年，第 92—93 页。

沈语冰，何况，他的译文很讲究。我对现代艺术所知甚少，读这本书能学到的就格外多。虽然作者的论断我不尽同意，例如我远不会像作者那样对"为艺术而艺术"给予那么多赞许，而且我认为离开了为较广泛受众的"纯艺术"必将后继乏力。对此点我有相当的自信，不过，在大多数情况下，说"作者的论断我不尽同意"差不多只有字面上的意思，而不暗含我更有道理的意思，因为在大多数事情上，我差好几层够不上跟作者对话。

范景中：《附庸风雅和艺术欣赏：纪念贡布里希诞辰一百周年》，中国美术学院出版社，2009 年。

从前读贡布里希，从那时佩服译者范景中。在中国美院晃，年轻人们常说起范景中，没有不赞扬的。读他的书，博学、诚实、平易而到位，古风犹存，丝毫不染眼下时髦"学风"。从其中"附庸风雅和艺术欣赏"受益尤多。

邱志杰：《总体艺术论》，上海锦绣文章出版社，2012 年。

邱志杰既广有艺术经验及艺术实践经验，又很擅长说理。这书从讲稿而来，很平实，不像文艺理论家写出来的东西，满篇是词儿，读不下来。难得读到这样的好书。

罗斯·狄更斯：《现代艺术，怎么一回事？》，朱惠芬译，浙江大学出版社，2011 年。

书薄薄的，不算附录，连图画带文字 147 页。没谈什么理论，挑出一些作品来，简短介绍阐释。有画家教导我说，别去读作品阐释，最好把什么都悬置，直接面对作品。这大概得有慧根。读读阐释对我还挺启蒙的。

哲学与社会科学

罗素:《西方哲学史》,何兆武、李约瑟译,商务印书馆,1976 年。

罗素不是最好的哲学史家，对历来哲学家的理解未见得准确，他的评价更有很多可争议的——这多多少少因为他自己有一套哲学主张。但对普通读者来说，他的西方哲学史知识够牢靠，他的视野很宽，把一种种哲学跟时代、跟其他哲学家、跟一般哲学问题连在一起。他写得很生动，做出很多聪明精彩的评论。

奎纳尔·希尔贝克:《西方哲学史:从古希腊到当下》,童世骏、郁振华、刘进译,上海译文出版社,2003 年。

希尔贝克在阐述哲学史内容的时候，紧扣重要哲学家们各自努力解答的问题，从而使该书充满生机。作者不是从自己的哲学立场来看待以往的哲学家，而是努力理解各家哲学自有的合理之处，从而，作者对以往哲学的批判在很大程度上是"内部批判"。这本书篇幅不大，脉络十分清楚，值得读者常备手头。

彼得·沃森:《20 世纪思想史:从弗洛伊德到互联网》,张凤、张阳译,译林出版社,2019 年。

这是重译本。译文出版社 2006 年曾出过朱进东等人的译本，我读过。后来又读了同一作者的《人类思想史》①。两本书都译成"思想史",原文则有别,一本叫作 *Ideas: a history of thought and invention*,另一本叫作 *An Intellectual History of the 20th Century*。汉语与之相当的称法,最常见的大概是思想史,其次有观念史、心智史、知识史、智识史这些叫法。就我的感觉来说,观念史则比思想史更偏重历史-社会方面。再往这个方向偏,就是文化史了。若这么说,沃森这两本书差不多都落在思想史的范围之内。思想史不同于哲学史,后者偏重于思想家们的理论内容,前者偏重于各个时代理论思想与历史境况的联系。另一个区别是,科学研究的发展,尤其是 18 世纪以后的科学发展,不属于哲学史,却是思想史的内容。

这么漫长的时代这么繁多的观念,以一人之力缕述之,真个让人佩服。当然,所涉如此浩瀚,很难指望每一部分都写得精当。这两部书各洋洋千页,但分配到某一个人头,多半不过一两页两三页而已。不过,通史有通史的好处,虽不深入,浮光掠影,能让读者对大画面有个印象。当时读了这两本书,曾想推荐,唯遗憾译文不佳。去年,《20 世纪思想史》这一本,出了新译本,翻了翻,译文好多了。不过,即使只翻了翻,就发现还是有好多小错误。随手举几例。"他(朋霍费尔)喜欢天主教忏悔的性质他深受海德格尔与存在主义的影响"②,"朋霍费尔接受了瑞典和瑞典等中立国家与盟军联

---

① 彼得·沃森:《人类思想史——浪漫灵魂:从以赛亚到朱熹》,姜倩等译,中央编译出版社,2011 年。

② 彼得·沃森:《20 世纪思想史:从弗洛伊德到互联网》,张凤、张阳译,译林出版社,2019 年,第 467 页。

络人举行秘密会议的任务"[1]，"尽管最近的发现很令人激动，但是世人并不指望它得到实际应用"[2]，"斯图尔特发表于1908年的著作《生命的另一个秘密》"[3]。这些地方或者翻译有误，或者编辑失察。此外，在两个方面，新译本的排版似乎不如上海译文出版社的版本。其一，新版本右上角页眉上印的是卷名，旧版印的是章名，更方便读者查找。其二，旧版每一章里分几个小标题。这本书的一章中往往包括相当独立的几节，用小标题标识出来颇方便读者，虽然它们未见得是原版所有。

罗伯特·波格哈里森：《花园：谈人之为人》，苏薇星译，生活·读书·新知三联书店，2011年。

中国人写同类的书，很少写得这么好。人不断渴望极乐岛，但真给你机会，你却不愿前往了——你的亲人，你的友爱，你不舍的一切，与这辛劳的世界连在一起。优雅而富哲理，很愿推荐给年轻读者。只是自己老了，不再能被那些妙处冲击。

迈克尔·坦纳：《尼采》，于洋译，译林出版社，2011年。

这是牛津通识读本（中英对照）里的一本。作者读尼采独有心得。在这套书里，这一本文字较难，就此而言，译得还不错，有些误译，好在是中英对照本，读者可以参照原文。

---

[1]　彼得·沃森：《20世纪思想史：从弗洛伊德到互联网》，张凤、张阳译，译林出版社，2019年，第469页。

[2]　同上书，第585页。

[3]　同上书，第1066页。

瑞·蒙克：《维特根斯坦传：天才之为责任》，王宇光译，浙江大学出版社，2011 年。

丰富、深入、好读，公认为维特根斯坦的最佳传记。在我看，实是思想家传记中少见的佳作，不仅向我们展现了这位伟大思想家的深刻的灵魂生活，而且有助于我们理解他的哲学思想。译者王宇光中英文俱佳，不辜负原著。

M.麦金：《维特根斯坦与〈哲学研究〉》，李国山译，广西师范大学出版社，2007 年。

维特根斯坦深刻、重要、精彩，已经很少有人不同意。然而，维特根斯坦难懂，也是出了名的。他早期著作和后期著作都不好读，只是不好读的缘故不一样。他的早期著作《逻辑哲学论》不好读，一个原因在于它是用格言体写的，而且很多概念他都有特别的用法，有他自己特别的、"严格的"定义。晚期著作《哲学研究》也不好读，虽然那是用最平实的文字和句法写的，字面相当好读，但麻烦是，读者会觉得他东讲讲西讲讲，不容易弄清楚他真正的路向。我听到很多人说读不大懂《哲学研究》，包括理解力很强的人，他们感觉到某种东西，但抓不住要点。我相信，《哲学研究》不好读，主要是因为维特根斯坦在一个极深的层次运思，我们浅俗之辈，努力悬置自己的俗见，偶尔能一窥其真谛，却很快又浮回浅俗的层面。我们真希望维特根斯坦能迁就我们，循序渐进地把我们引导到他自己运思的那一维度。然而这个希望有点儿非分——这样世不二出的思想者，难道不该把他的每一天都用在那至深处探索吗？尤其在今天，我们不缺各式的聪明议论，缺的正是停留在深处的思想。

　　我翻译过《哲学研究》，也几遍认真研读过这本书。研读这本书，几乎离不开贝克等人的注疏。但这对普通读者来说负担太重了。麦金的这本导读正是普通读者所亟需的。维特根斯坦晚期的很多提法，看上去和我们的俗见180度相反，因此，我们虽受吸引，却仍怀犹豫。只说一点：维特根斯坦认为哲学不是要提供理论，而我们说到哲学，差不多等于在说理论。通过麦金的引导，我们会发现，进入了维特根斯坦运思的那一维度，那些与众不同的提法，其实是那么自然，那些贸贸然望去晦涩难解的段落，其实是那么清澄。

　　麦金不是逐段注疏诠释，而是以我们常人能够理解的方式，大致指明维特根斯坦的工作目标所向。以我所能判断，麦金对维特根斯坦的理解十分可靠。而且，她的理解相当深入。例如对私有语言辩难中的一些段落，作者做出了富有洞见的独特解读。但总的说来，我更倾向于用"适当"而不是用"深刻"或"精细"来形容这本书。我想，"适当"也是一本导读书最重要的品质。

　　当然，再好的导论，也不能替代自己去阅读这本书，更何况是《哲学研究》。我觉得读者不妨每读一章麦金的书，随后就把《哲学研究》的相关段落读一两遍。我相信，用这番不是很大的功夫，即使说不上深入理解维特根斯坦，总应该说是上路了。

　　推荐翻译过来的书，除了原著好，还得翻译得好。我没有拿译本和麦金的原文对照过，但我知道译者李国山研习维特根斯坦多年，而且，我对《哲学研究》很熟悉，只读中文译文大致也敢判断这是个可靠的译本。

巴特利:《维特根斯坦传》,杜丽燕译,东方出版中心,2000 年。

海涅形容德国哲学家,戴一顶小睡帽,睡帽下面的头脑里却酝酿着翻天覆地的思想。其实非德国的哲学家也大多如此,他们的思想在高天凤舞龙翔,他们的经历却是书斋里的日复一日。超凡脱俗的思想说不定也有神奇的来历,只不过这来历幽晦难测,"缺乏亮点",唯亲近的人们可感,不易做成传记的材料,为外人道。

维特根斯坦可算是个例外。虽然他也没什么轰轰烈烈的事功,但他如此特立独行,老远就能看得见他与芸芸众生的不同。他年纪轻轻就写成了影响整个二十世纪哲学进程的《逻辑哲学论》,他觉得自己已经从根本上成功地解决了他所关心的所有哲学问题,于是乎跑到奥地利南部的山村去教小学生,后来又在一个修道院里作园丁的助手,还曾协助设计并负责实施为他姐姐建造一个宅第。后来他重返哲学界,但除了一篇小论文,再没发表过任何文著,但学生的课堂笔记却广为流传,使他成为分析哲学界最有影响的人物。

这样一个人物自然会不断诱惑写书人撰写他的传记。巴特利所著《维特根斯坦传》就是其中之一。这部传记后出(英文原版于1973 年初版),而且篇幅不大,但它自有不可取代之处,这首先是因为作者亲身考察了维特根斯坦 1919—1926 年在南奥地利当小学教师时任教的三个村镇,搜集了宝贵的第一手资料,弥补了以往传记的一大段空白。其次是作者对维特根斯坦的同性恋生活直言不讳,从而弥补了以往传记作者不愿多谈的一个侧面。

这部传记最独到的部分应是维特根斯坦小学教师生涯那一段。维特根斯坦怀着贵族式的热忱投入格律克尔领导的奥地利学校改革运动,然而小学生的家长们,愚蠢的南部农民和小市民,很快就让他变得沮丧。例如，这位百万富翁过着修道般贫乏的生活，引起了乡亲们的猜疑和反感。不过，在他那些小学生眼里，维特根斯坦是另一个人，他不仅敬业尽职，而且对学生们满怀关爱。他用多种方法鼓励孩子们主动投入学习，尤其注重用富有趣味的实例来解释事物的原理，他带着孩子们组装蒸汽机，以及其他几乎所有教学模型，他用自己制作的显微镜辅导学生观察小动物的骨骼，他自己花钱领孩子们旅行、参观，在当地的短途旅行中教孩子们识别各种岩石和植物，在维也纳教孩子们观察各种风格的建筑。对那些禀赋优异的孩子，维特根斯坦更是关怀备至，甚至曾提出收养其中一个，可是那个孩子的父亲拒绝了这个"疯狂的家伙"。

　　这部传记不止于提供这些有趣的故事，作者更主要的目标在于结合维特根斯坦的生平事迹更确切地理解维特根斯坦思想发展的脉络。其中很重要的一点是，按照巴特利的看法，维特根斯坦在南奥地利当小学教师的岁月里并没有放弃哲学研究，并且这个时期恰恰是维特根斯坦从早期思想转变到后期思想的关键岁月。不过，巴特利虽然对维特根斯坦深怀敬意，却倾向于否定维特根斯坦早期著作和晚期著作的主要原则。作者对维特根斯坦思想的诠释，在我看来，不算很精当，但仍然可以为深入理解维特根斯坦思想提供不少启发。

韩潮：《海德格尔与伦理学问题》，同济大学出版社，2007 年。

　　众所周知，海德格尔声称，想从他的著述中找到伦理学只能是徒劳之举。这也许可以视作海德格尔希冀解构传统哲学的努力的一种申明，却不可能意味着他的思想与通常所称的伦理学问题没有关系。我们倒不妨说，海德格尔的存在论就是一部伦理学。韩潮的《海德格尔与伦理学问题》一书正是要勾画出海德格尔哲学中的伦理维度。在这个维度上勾画海德格哲学，这本书应是国内出版的最佳读物。

该书依海德格尔自身思想的发展，把相关问题放在西方思想史尤其是希腊哲学背景上来阐释。由此，作者不仅能在深入的学术脉络中发展其阐释，而且能够揭示一些易为一般读者忽视的要点，例如，通过比较希腊概念 epimeleia[①] 和海德格尔的 Sorge[②]，作者指出，海德格尔对 Sorge 的理解中包含着基督教的遗产，并因此，"epimeleia 中所包含的对荣誉的追求、对公共世界的美德的肯定，几乎不可能在海德格尔的 Sorge 中得到保存"。[③]类似的阐论可举出不少。我认为这一类阐论既体现了作者的学术功力，也体现了作者对问题本身的洞见。

但有些论断，例如关于犹太性与希腊性的"殊死搏斗"[④]，在我读来有些张大其词，至少在这本书里得不到坚实的支持。此书后半部追踪海德格尔的思想发展，对自然、技术、实践、规范、政治等很多主题展开讨论，尽管仍多有所见，总体理路却渐显凌乱。我想，这也许是由于作者本人对这些主题尚没有确定自己的稳定见解所致。

安东尼娅·格鲁嫩贝格：《阿伦特与海德格尔——爱和思的故事》，陈春文译，商务印书馆，2010 年。

主题不是这两位哲人的恋情，更多是他们的时代，他们的思想；

---

① epimeleia，勤勉，勉力而为。——编者

② Sorge，操劳。——编者

③ 韩潮：《海德格尔与伦理学问题》，同济大学出版社，2007 年，第 146 页。

④ 同上书，第 165 页。

对阿伦特思想的解读篇幅更多些。大量内容我已有了解——相关的书读过不少。其中最好的是萨弗兰斯基的《来自德国的大师——海德格尔和他的时代》，有的，如克里斯蒂瓦的《汉娜·阿伦特》，也不错，可惜翻译得相当糟。

陈建洪：《论施特劳斯》，华东师范大学出版社，2015年。

列奥·施特劳斯在国内热了已经有些年头了，但我这个井底之蛙此前还没读到综述其思想的书。书很小，小开本，130页，但内容挺厚。陈建洪专研施特劳斯有年，下笔有相当把握。在大多篇幅，作者联系古今重要政治思想家如柏拉图、霍布斯、施米特等绍述施特劳斯的思想，涉及政治哲学中的不少基本问题，隐隐也透出作者本人的取舍。施特劳斯在深处思考，表述难免曲折复杂，常引发迥异的解读，陈建洪的解读也包括对国内外他人某些解读的批驳，这些批驳，用作者自己一处的话说，"深入理路、平心静气"，这也是眼下学术争论中不多见的。

米歇尔·翁福雷：《弗洛伊德的谎言》，王甦译，社会科学文献出版社，2020年。

并不是要向读者推荐这本书，这本书写作水平不高，立论偏颇，论证芜杂。要说它可供参考，是翁福雷把不利于弗洛伊德的材料搜集到了一起。潜意识不是弗洛伊德才刚发现的——对无意识心智活动的注意差不多和心理学的历史一样长久。弗洛伊德发现了潜意识是一个神话，这个神话在很大程度上是弗洛伊德自己打造的。而且，弗洛伊德的潜意识理论及其心理治疗实践问题多多。半个世纪以来，这些已由源源不断的研究确证。引一句《脑与意识》中的判词："不很夸张地说，他的著作中，那些坚实可靠的想法都不是他自己的，而他自己的那些想法都不坚实可靠。"但在我看，把所有这些加在一起，也只是弗洛伊德的一面，从另外几个角度看过来，自无可能抹杀弗洛伊德对心理学、心智研究、社会研究、文学艺术做出的巨大贡献。

弗尔迪南·德·索绪尔：《普通语言学教程》，高名凯译，岑麒祥、叶蜚声校注，商务印书馆，1999 年。

弗尔迪南·德·索绪尔（1857—1913）是现代语言学的主要奠基人之一，他对二十世纪思想的影响也至为深远。《普通语言学教程》是他总体思想的最系统的阐述。他在生前最后几年讲授这门课程，去世后由他的学生根据学生的课堂笔记及索绪尔本人的一些手稿编辑而成。索绪尔提出的很多概念已经成了二十世纪思想的普通语汇。语言和言语，共时性和历时性，等等。在一般论说文里见得更多的是能指和所指。可惜，虽然这些词汇到处出现，理解却经常有错误，而且错得很远。例如人们经常把"所指"理解为与符号对应的实物，"马"指一匹活生生的马，或指所有的马，这样，就把索绪尔的思想简化成密尔的名称与事物的区别了。这种观念"假定有现成的、先于词而存在的概念"①，这正是索绪尔要重点批判的观念。按索绪尔的理解，"语言符号连接的不是事物和名称，而是概

---

① 费尔迪南·德·索绪尔：《普通语言学教程》，高名凯译，岑麒祥、叶蜚声校注，商务印书馆，1999 年，第 100 页。

念和音响形象"①。这一提法体现了对语言真实本质的洞见。要对这些概念的含义有个大致正当的理解,最好的办法当然是读读索绪尔本人的论述。这些论述既简洁又丰富,阅读这样的大师,差不多每一页都会有收获的。

乔治·莱考夫:《女人、火与危险事物:范畴显示的心智》,李葆嘉等译,世界图书出版公司,2017 年;乔治·莱考夫、马克·约翰逊:《我们赖以生存的隐喻》,何文忠译,浙江大学出版社,2015 年。

这两本书,尤其前一本,普通读者不一定好啃,不过,无论你对语文还是对认知有兴趣,都值得花力气去读。几十年前,我在美国读书的时候,从这两本书受益甚多,回国后,曾专门开设课程讲过后一本,前一本也断断续续讲过。这两本书,都曾起意翻译,终因能力有限未果,一面遗憾这样重要的书没人去译。刚刚知道,原来前几年已经出了译本,赶紧推荐。

侯世达:《我是个怪圈》,修佳明译,中信出版集团,2019 年。

侯世达是中国读书界颇为熟悉的作者。他的书是严肃著作,同时畅销。对哲学、科学领域的一些热点问题,他有自成一体的看法,这些看法对一般读书界广有影响,也常引发专业讨论。这一类书,可以称之为博学宏观类,作者多半是某一门学科的专家,这类书却是写给普通爱智读者的,在意可读性,不像他们的专业论文,面对

---

① 费尔迪南·德·索绪尔:《普通语言学教程》,高名凯译,岑麒祥、叶蜚声校注,商务印书馆,1999 年,第 101 页。

的是专家，用的多是专门的语汇和句子。一篇专业论文探讨一个狭窄的问题，如果这个问题处在关节处，一篇论文貌似狭窄，却可能牵一发而动全身，这样的论文当然凤毛麟角，绝大多数只是狭窄而已。与之相对，博学宏观类展现一个大观念。

侯世达对哥德尔深有研究，对算法概念有深入理解。而今，人工智能概念炒得热火朝天，侯世达隔岸观火，认为智能不能被算法穷尽，因此强人工智能是不可能的，甚至"人工智能"这个说法本身就不成立。在这些方面，我跟他的观点都颇接近，当然，论证路线未尽一致。

如果归类，侯世达属于非还原的物理主义者。金在权等著名物理主义论证说，凡物理主义者最终只能主张还原论。侯世达则通过他的多米诺骨牌思想实验等等伸张非还原立场。这里虽无法讨论孰是孰非，但这些问题深奥有趣，好思考的朋友一定会被吸引。

像侯世达的其他著作一样，《我是个怪圈》里妙论迭出，不及详述。他的种种观点是否构成一个完整的理论则还有待商量。既然物理世界里的种种层级都无法充分还原，为什么自我可以通过还原消解，乃至自我只是一个幻觉？读者们边读边想吧。

E.F. 舒马赫：《解惑：心智模式决定你的一生》，江唐译，中信出版集团，2021 年。

在《解惑》一书里，E.F. 舒马赫结合现代智识重绘了存在巨链，由物质、生命、意识、自我意识这四大阶梯构成。舒马赫说道："在所有时代，除了现代，对自我意识要素的研究一直都是人类最为关注的。"人类太过自我中心了？

科学的权威诉诸科学世界的时空之广大，广大的空间和绵长的时间。但这本来就是用外在来论证外在。然而，继续引用舒马赫，"我们生活的最'真实'的世界，就是与人类同类共处的这个世界。"

刘擎：《西方现代思想讲义》，新星出版社，2021 年。

这本书介绍了一系列近现代思想家的基本主张，从韦伯到福山。列出的人物是从社会政治视角选取的，只有一两节逸出，例如谈到波普尔的科学哲学。作者认真研读过这些思想家，介绍得简要，却不走样。本书并不着意阐明思想家们怎样通过错综复杂的理论体系呈现其基本主张，而是把这些主张联系到我们平常关心的问题来加以解说，所以，我们读着不费力，却增加不少新知。不消说，这种相对轻松的阅读不能代替对文本和问题本身的钻研。

牟宗三：《生命的学问》，广西师范大学出版社，2005 年。

实话实说，我一直没怎么从 20 世纪中国哲学家的著作受益。但我对自己不放心——不少有见识的同事对他们甚为推崇，莫不是我一叶障目不见泰山？于是过一段时间会捡一本来重读，这次捡了这本，仍然觉得没什么意思，在牟宗三那里，西方哲学似乎只借来弘扬中国式的议论，而这些议论，比起在传统中国思想那里读到的，似乎并未增加多少现代意识。

梁治平：《梁治平自选集》，广西师范大学出版社，1997 年。

梁治平多年从事法律文化的研究，广有收获，在这一论域里，堪称国内学界翘楚。此书所集各篇反映了作者在法律文化研究领域的主要成就，也代表了作者的学术水准。作者既恪守严格的学术规范，又不为规范所缚，文字老到，耐读耐想。

周濂：《正义的可能》，中国文史出版社，2015 年。

这本书收入了周濂的一些短文和讲演。周濂是一位极出色的青年学者，他的学术专著《现代政治的正当性基础》展现了他对这一政治哲学课题的深刻思考。他的短文和讲演则更为广大受众喜读乐闻。这不仅在于它们讲出了很多精彩的道理，也在于它们整体呈现出健康正大的人性面貌。读书人当然总愿读到深刻的见识，但在各种病态泛滥的当下，在钳制不断收紧的当下，我常觉得，坚持健康常识的勇气更加可珍贵，对世道人心也更多裨益。

杰西·诺曼：《亚当·斯密传：现代经济学之父的思想》，李婷译，中信出版集团，2021 年。

本书分成三个部分。第一部分，生平，以斯密的生平为序介绍他在多个问题的主要看法。第二部分，思想，系统阐论斯密的思想，同时辩驳对斯密思想的误解。第三部分，影响，这本书原书名是 *Adam Smith: what he thought and why it matters*，中译本的书名是"亚当·斯密传：现代经济学之父的思想"。说起来，两个书名都侧重在斯密的思想研究，的确，斯密一生平平淡淡，如他自己所称，"除了书本之外一无所有"。他没留下花花绿绿的故事，后人甚至不知道他的实际长相，虽然无数人崇仰过爱丁堡大道上的斯密雕像。要说生平际遇，最让我动心的是他跟休谟、伯克这些同时代大家的诚挚友情和密切的思想交流。斯密的《国富论》出版后，休谟先是

"紧张得发抖",生怕不付读者群的期待,细读之后,一颗心放下来,"它很有深度,立论稳固又不失犀利"。以文会友,没有比这样的惺惺相惜更感人的。

在作者看来,不应当把斯密归入流行意义上的"经济学家"之列。他没有提出多少经济学方面的独创思想,斯密自视为哲学家,他的确是哲学家——斯密的目标是建立一门"人的科学",虽然斯密本人没有用过这个短语。这里所说的"科学",比现今通行的"科学"含义更广,指的是通过系统探究,贯通地理解一个广大领域中的形形色色的现象。斯密不认为商业世界是个无涉道德的世界,更一般说来,他反对把经济活动从政治、个人心理和社会心理、道德、法律分割开来,而是努力把这众多方面众多层次编织成一个环环相扣的可理解的整体。

休谟、斯密这些18世纪哲人的理想是建立一门人的科学。后来两个多世纪,一门一门社会科学先后建立,对人的方方面面做出了大量实证研究,生物学等自然科学突飞猛进,也深刻影响了我们对人的一般理解。然而,对人这个整体的探究却逐渐荒芜。我从青年学者徐瑾的一本书里读到卡尔·波兰尼的一句话:"近代以来,与经济嵌入到社会关系相反,社会关系被嵌入到经济体系之中了。"那是波兰尼几十年前说的,可叹的是,这一趋势于今更烈。顺着这个趋势来读斯密,几乎无可避免地造成严重误解。而本书作者在"人的科学"这一总体关照下融通理解《道德情操论》和《国富论》这两部看似矛盾的皇皇巨著,大大有助于消除对"看不见的手"等著名斯密论题的广泛误解。

蒋荣昌：《经济是什么——规范经济学引论》，世界人文出版社，2019 年。

所谓规范经济学，是与"实证经济学"相对的。在蒋荣昌看来，实证经济学从物的视角来处理经济事务，这既包括"经济物品"，也包括"经济主权人"。与之相反，规范经济学关注的是经济事务中的人，用作者比较严格的表述说来，是要"从'物'处寻找这'物'所映现出来的那个'人'，那个持物者在其持物处的权利状态或其人格形式……这个'持物者'现在处在什么样的'人'的位置，他的持物身份意味着怎样的'物权'，从而使得他如此持物成为可能。"科学总体上把万物作为对象来进行研究，蒋荣昌的工作有别于这种对象化研究，似乎不妨说成是在哲学层面上或曰在概念层面上的思考。总之，作者从这样一种新视角探讨了经济学的一系列基本概念，如劳动、生产、分工、市场、供给、消费、货币等等，以及公平与效率等更一般的概念，并且进一步拓展到教育、三农问题、未来城市等"现实问题"。

蒋荣昌好学深思，亦富经济事务的实际经验，积数年之功写出这一本书，可谓厚积薄发。我不懂经济学，对经济事务思考得不多，没有资格来做什么评估，只是作为一个读者，感谢这本书给了我很多教益和启发。我相信，经济学，像其他社会人文学科一样，不能只向专科化方向发展，基本概念层面的思考不仅始终是必需的，而且在今天格外意义重大。乐见此书在这个方向上起到引领作用。

郑也夫：《文明是副产品》，中信出版集团，2016 年。

"文明是副产品"是个大论题，其中包含着一个深刻而重要的思想。也夫通过婚姻制度、农业起源、文字起源等诸多方面的研究来论证这个论题，这些研究既立足于扎实的学问，又处处兴发独到的见解。一向以来，我读也夫，既长了学问，又启发了思想。在我们这代学人里，郑也夫是个异数，特立独行，但不是通过搞怪的途径，他不挤在哪个时髦"学术话题"里，其研究因而别开生面。

王焱：《社会思想的视角》，浙江大学出版社，2012 年。

王焱读书万卷，但发表文章不多。唉唉，在我们这个一车厢一车厢出废书的时代，该多几个王焱这样的，读得多，思得深，写得少而精。谈到康有为同时秉持"君权独大"思想与"平等大同"思想，王焱评论说，平等听起来总是对草民有好处，然而，极端平等必要求运用政治暴力[①]，结果政权变得无比强大，草民更加草芥不如，不仅没得到平等，反倒连自然生存都混不到。

丹·艾瑞里：《怪诞行为学：可预测的非理性》，赵德亮、夏蓓洁译，中信出版集团，2010 年。

不怎么样，不能跟《魔鬼经济学》之类相比。也有个别事例和分析有点儿意思，例如开篇讲《经济学人》的广告，有机巧，但最多是小机巧，没什么思想性。敢问出"为什么（世上）会产生这么多暴力冲突"这样的大问题[②]，用啤酒加香醋做了个不需要什么想象力的实验，得出了"偏见化思维实际上是绝大多数冲突升级的主要根

[①]　王焱：《社会思想的视角》，浙江大学出版社，2012 年，第 72—73 页。

[②]　丹·艾瑞里：《怪诞行为学：可预测的非理性》，赵德亮、夏蓓洁译，中信出版集团，2010 年，第 124 页。

源"[1]。营销学教授胆子特别大？此外，我不喜欢畅销书的写法，哄读者，啰唆。

霍勒斯·弗里兰·贾德森，《大背叛，科学中的欺诈》，张铁梅、徐国强译，生活·读书·新知三联书店，2011 年。

一部对学术不端直至学术欺诈的系统而严谨的研究，既有对弗洛伊德这种世界历史级大人物的揭发，也有著名的"巴尔的摩"案例的详述。主题是科学造假，同时也读到当代科学体制和科学组织工作如同行匿名评审的很多内容和毛病。真是好书，只可惜有点儿接近研究报告，普通读者读来可能会有点儿不耐烦。

凯文·库克：《旁观者：一桩美国凶杀案的现代启示》，汪洋、周长天译，上海人民出版社，2018 年。

这本书写的是一桩在美国产生了巨大持久影响的谋杀强奸案：1963 年一个深夜，酒吧经理基蒂（凯瑟琳·吉诺维斯）下夜班回家，将近家门口的时候，一个叫温斯顿·莫斯利的男人从背后袭击了她，杀死了她。让这一谋杀案震动美国的是，据报道，在长达近 30 分钟的作案过程中，左邻右舍有 38 位目击者，没有一人挺身而出，甚至没有一人报警。从种种教科书到总统讲演，基蒂案从此被引用为美国人丧失侠义互助精神堕落为冷漠旁观者的典型事例，用来抨击现状或呼吁道德重建。作者采用"深描"方式重述这桩发生在半个世纪之前的案子及其前前后后，包括警方怎样抓捕莫斯利，法庭

---

[1] 丹·艾瑞里：《怪诞行为学：可预测的非理性》，赵德亮、夏蓓洁译，中信出版集团，2010 年，第 134 页。

怎样审判他，以及他后来怎样越狱再次作案。但本书并不只在于提供了更完整的故事和历史背景。根据警局档案、庭审记录以及他自己所做的深入调查，作者指出了当时的媒体报道有诸多失实之处：目击者人数没有那么多，他们之中，固然有懦怯的或冷漠的旁观者，但也有人报案，有人冲出自己的居所去守护垂死的受害者。流传版本的基蒂案，与其说是确立的事实，不如说是"一个现代寓言故事"。这个案件的方方面面，正面与反面，不能不让读者生发诸多反思。

自然与人类

大卫·克里斯蒂安：《起源：万物大历史》，孙岳译，中信出版集团，2019 年；大卫·克里斯蒂安／主编，《大历史：从宇宙大爆炸到我们人类的未来，138 亿年的非凡旅程》，徐彬等译，中信出版集团，2019 年。

近年来，大历史风行，仅我读过的就有十来种。大卫·克里斯蒂安是大历史观念的中坚人物之一，他的项目获得比尔·盖茨的支持，更增加了知名度。所谓大历史，或从尼安德特人写起，或干脆从大爆炸写起，一直写到今天。意犹未尽，也许顺手还写到未来，赫拉利的《未来简史》是其中显例。大历史的拥趸认为，读大历史有助于摆脱人类中心论，甚至有助于抵御现在涨势旺盛的民粹主义——从人类史的眼光看，民族差异不足挂齿，从宇宙发展史看，整个人类也不过昙花一现。大历史能不能起这样在作用，我不知道。其实，少年时读天文学，早就知道，视力再好，你在成千上万银河系里也找不出地球在哪儿。

《大历史：从宇宙大爆炸到我们人类的未来，138 亿年的非凡旅程》图文并茂，简洁清晰，很好的读物，只是有点儿贵。的确，读者不妨把大历史当作科普来读，涨知识、开眼界。至于"历史"，我觉得还是留给人类，尤其留给有文字之后的人类。人类世界的历史和物理世界的"历史"是两类性质根本不同的"历史"。这里来不及讨论种种不同，只说一点：我们能够根据物理事物的"历史"预测它们的"未来"，但我们无法根据人类的历史来预测人类的未来。既然如此，"未来历史"的提法，在我听来，只是营销用的题目。

恩斯特·迈尔：《进化是什么》，田洺译，上海科学技术出版社，2003 年。

进化论或演化论影响着当代人方方面面的思考。人人都知道一点儿进化论，但往下多讲几句就很可能出现很多误解。迈尔是生物进化论领域的泰斗级人物，认真读这本书，会让我们对进化论有个系统的、正确的了解。

爱德华·威尔逊：《创世记：从细胞到文明，社会的深层起源》，傅贺译，中信出版集团，2019 年。

很值得推荐的一本小书。本书用百来页的篇幅介绍了几十亿年的生命演化史，其核心内容在于阐明群体选择的内容，并依赖群体选择来解释利他主义的产生。达尔文生物演化学说使得利他行为成为一个难题。新综合和基因学说加深了这一困难——"自私的基因"是演化的唯一基础。"群体选择"的思路有助于减轻这一困难。但要是我没记错，很长一段时间里，一大批重要的生物学家如

G.C.威廉姆斯、道金斯等根本不认可有群体选择这回事。

在达尔文那里，群体选择指的是：演化由整个群体的而非由其中个体的遗传性状驱动。本书则综合近年以来的多方面研究具体表明群体演化起于类社会性物种，例如，单个细菌与同类之间通过化学信号交流信息，形成群体感应。多种昆虫和其他动物会长期照顾幼虫、幼崽。在这类行为的基础上，产生出真社会性物种。生物学家现在已大致理清了真社会性的发展步骤，其中关键的一环是：女儿们成熟后仍然跟母亲共同生活，母亲继续担任生殖母体的角色，后代则担任不育的工职。而从前，霍尔丹、W.D.汉密尔顿等重量级的生物学家倾向于从亲缘关系的扩展来设想群体选择。当然，群体选择虽然发生在群体层次上，却不是要否认群体层次上的选择跟个体层次上的选择一样，选择的单位都是基因，——在这里，自然选择青睐于那些规定了社会性状的等位基因。

道金斯他们否认群体选择，汉密尔顿他们单独用亲缘关系来解释动物的利他行为，我本人从不信服。他们也希望理解人类道德的起源，然而，由于起点不对，他们的解释软弱无力。道金斯他们的理论太狭窄了，限制了他们自己及其追随者在人文领域的思考。生物学研究或一般科学固然并不能为人的自我理解提供方向，但同时，人文探究不能依赖于科学已经证否的可能性，也就是说，人文探究要求与科学结论相容。就此而言，《创世记》的内容对人文探究颇多助益。

本书短小简明，跟作者那部洋洋大观的《社会生物学》正相对照（2000 年英文版，中译本 2008 年由北京理工大学出版社出版）。本书英文版是今年刚出的，感谢译者傅贺和中信出版集团这么快就让我们读到了中译本。两本书隔开 19 年，这段时间不算长，但在群体演化研究领域新成果迭出，因此，本书篇幅虽小，对群体选择起源的阐论却远为更加强有力。

我还想指出本书的一个小优点。为节省篇幅，多数专名术语作者不加解释，我认为，对简明综述类写作，这种写法是对的——很多术语我们普通读者已经了解，有些则有译者做注说明，剩下少数几个，读者若需要蛮可以自己去查阅，现在有了网络，查阅一般术语是件极容易的事。有些同类著作逢术语就做一番说明，这也许适合于很初级的读者，却难免会浪费多数读者的阅读时间。

许靖华：《大灭绝：寻找一个消失的时代》，任克译，生活·读书·新知三联书店，1997 年。

许靖华调动了生物、物理、化学、地质等众多领域的线索来破解恐龙灭绝之谜，书写得很吸引人，胜读侦探小说，就连平常不大读科普著作的读者也会喜欢。

弗朗斯·德瓦尔：《万智有灵——超出想象的动物智慧》，严青译，湖南科学技术出版社，2019 年。

《万智有灵》这本书的主题就是动物认知。通过大量的实例，作者尝试表明：动物并不只是通过条件反射来学习，很多动物（为避免行文累赘，我用"动物"代替"非人动物"）像人一样，在恰如其分的意义上具有认知能力。

管子里的水面上漂着一只黄粉虫，乌鸦把喙伸进管子，仍然差一点儿才能够到；结果，它们像《伊索寓言》里的聪明乌鸦那样把小石子投进管子，水面上升，它们果然如愿以偿。野生黑猩猩在去采蜜之前就会准备好五件套的工具包。雌性倭黑猩猩莉萨拉捡起一块巨大的 15 磅重的石头，放到自己背上，它的宝宝则紧贴在它的下背部。路上它停下一次，放下石头，捡起一些棕榈果，然后重新背上石头继续前行。这样走了 500 米，来到一块平坦的大石头跟前。莉萨拉清理掉石面上的落叶碎石，放下石头和宝宝，把棕榈果放在石面上，用那块 15 磅重的石头砸开这些坚果。

我为此书写了一篇长书评，刊发在 2020 第三期《信睿周报》上，重述了更多案例。不过，我不是要把这本书当作趣味故事集锦推荐给诸位，而是希望渡鸦和倭黑猩猩带我们一道去思考什么是认知，从渡鸦一直思考到人工"智能"。我们要接着追问：真的只有人，由于上帝特加青睐，独独拥有意识和"自由意志"？莉萨拉不是在做着她自己要做的事情吗？还有道德——尽管每一天的新闻都在报道欺辱、诈骗、残杀，人类还是自豪地宣称只有自己拥有道德。然而，海豚会营救受伤的同伴；拥有水果的猴子会主动把食物分给两手空空的伙伴；猿类会跳进湖里营救同类，它们不会游泳，营救伙伴的行为有可能危及它们自身。如果人类的残暴和狡诈要追溯到"禽兽"那里，人类的仁慈和慷慨也该孕育在那里才是。如果你相信只有上帝才能恩赐美和高贵，你大概也会相信，造物把美和高贵同样赐给更广大的生灵。

弗朗斯·德瓦尔:《黑猩猩的政治：猿类社会中的权力与性》，赵芊里译，上海译文出版社，2009 年。

基于作者在阿纳姆黑猩猩野生动物园十数年的考察。作者记录和研究黑猩猩的活动，看到黑猩猩的权力结构是什么样的，因为黑猩猩不像我们那么多伪装，我们有时候看出这些黑猩猩的权力关系，比看我们人类的权力关系要看的更真切。书还没读到一半就举手投足无时不觉得自己以及咱们大家都是黑猩猩。当然，没黑猩猩那么好玩。极力推荐。

贾雷德·戴蒙德：《枪炮，病菌与钢铁：人类社会的命运》，谢延光译，上海译文出版社，2014 年。

这本书我到处推荐。戴蒙德从两河农业文明滥觞说起，一直说到当今，但那不是说书人侃大山啊，他所据的事实，无论来自地理学、人类学还是历史学，扎扎实实，当然，更精彩的是他对这些关键事实的思考，眼光宏大而又落点准确。文笔流畅，让人不忍释卷。当年，好多人反对宏大叙事，其实，宏大叙事有它不可取代的位置，尤其对我们普通读者来说，很难被过于细密的论述吸引。最近二十年，兴起所谓"大历史"，出版了很多类似的宏大叙事，良莠不齐，我脑海中最好的一部，还是我最早读到的这部"大历史"。戴蒙德的书，我还读过另外三本，《第三种猩猩：人类的身世与未来》，王道还译，海南出版社、三环出版社，2004 年；《性趣探秘：人类性的进化》，郭起浩、张明园译，上海科学技术出版社，2008 年；《崩溃：社会如何选择成败兴亡》，江滢、叶臻译，上海译文出版社，2008 年，也富教益，又好读，但都比《枪炮，病菌与钢铁》差不少。

罗伯特·L.凯利：《第五次开始：600 万年的人类历史如何预示我们的未来》，徐坚译，中信出版集团，2018 年。

罗伯特·L.凯利是考古学大家，写考古的那两章引人入胜，他告诉我们，死于5100年前的"冰人"奥茨去世时的大概年龄，大概体貌，他家大概在哪里，他最后几天大概做了些什么，他大概是被杀死的，大概是被谁杀死的，等等等等。所有这些，都有点儿推断的成分，但都基于相当坚实的证据。考古学里的推理不像符号逻辑的推理那样抽象，倒像侦探小说，要的不是数学，而是聪明合道理。那些神奇的推论引人入胜，难怪那么多人肯含辛茹苦选择考古这个行当。

可惜，这本小书越往后越让人失望。讲到农耕社会，讲到资本主义，读不到什么新鲜内容。我难免觉得，在一本小书里谈论这些，需要的恰恰是与考古学相反的能力。史前史的资料很少，专家需要靠这一点点线索描绘出更丰富的画面，有史以来的情况恰好相反，资料浩如烟海，要想勾勒出一幅简明的图案，全靠宏观见地的品质。无论怎样概括两三千年的历史，都能找到足够的资料自圆其说，区别在于有的概括让人回看历史的时候耳目一新，有的却只是些老生常谈。

最后一章是正题：为什么现在人类面临第五次开始，大概应该向什么方向发展。我们经常谈论未来，有些还蛮靠谱的，天文学家预告月食几时开始，教师预测学生高考成绩如何。经济学家预测市场走向也有猜对的时候。虽然人们忍不住也会谈论人类的未来，但这类谈论不在靠谱之列。东欧剧变之后，政治学家对这一点尤为体会深切。的确，有鉴往知来一说，但那说的是见识，不是学问。有的事情能当作学问来谈，有的不能当作学问来谈。人类向何处去这样的事儿，考古学帮不上什么忙，大概什么学都帮不上忙。当然，我们还会谈论未来，把自己的性情和愿望投射到未来，最多是披上更多的学识和逻辑。我不是说，学识和逻辑在这里毫无用处——恰当运用学识和逻辑,不会让我们的预测更正确,但可以让我们的性情和愿望更实在。

罗伯特·路威:《文明与野蛮》,吕叔湘译,生活·读书·新知三联书店,1984 年。

罗伯特·路威(Robert Lowie)是人类学大家,原著出版于 1929 年,那时候,社会科学不像后来那样板紧科学面孔,写书人古风犹存,把古今各民族吃喝拉撒住用的奇闻轶事娓娓道来,议论风生。有点儿老旧了。不过,仍很值得推荐,单说作者的广见博学就让人叹为观止。思想上,这本书颇能反映当时人类学在被除西方中心主义方面的努力。而且还可以借机读一读 20 世纪 30 年代初白话文新锐吕叔湘的译笔,至今仍颇多可学之处。

张大庆:《医学史十五讲》,北京大学出版社,2007 年。

"十五讲"是个系列,读了其中几本,最让我受益的是这一本。知识丰富,态度中平,文笔通畅好读。

加文·弗朗西斯:《认识身体:探秘人体微宇宙》,马向涛译,中信出版集团,2018 年。

我们总是以患者或患者家属的眼光来经历医院,弗朗西斯则作为一位医生来讲述诊室、病房、停尸房,连同他的行医故事讲述人的身体,从大脑到脚趾骨,把器官、医学和人生串成一个大故事,引人入胜,读者漫游于这些故事之间,学到不少关于自己身体的知识。本书的译文也可圈可点。

张卜天系列

张卜天还是年轻人，已经译出了四五十本书。他现在是著名学者了，真好，我本来以为辞典里已经把"实至名归"这个成语删除了。张卜天一般是他自己选书来翻译，译著中最大一块是关于科学革命前后的科学史著作，碰巧也是我感兴趣的一个领域。反正，他的系列译著我差不多都读过，也都值得推荐，我信任他选书的眼光，信任他的译文，不仅可靠，而且通畅。这里只列几本。这些书都不断再版，最初多由湖南科学技术出版社出版，后来多由商务印书馆出版。

戴维·林德伯格：《西方科学的起源》（第2版），张卜天译，商务印书馆，2019年。

要了解科学和哲学的关系，不能不从希腊着手。这方面有很多书可推荐，林德伯格的这一本是经典之一。同时还可推荐莱昂·罗斑：《希腊思想和科学精神的起源》，陈修斋译，段德智修订，商务印书馆，2020年。

爱德华·格兰特：《近代科学的中世纪的基础》，张卜天译，商务印书馆，2020年。

从前，中世纪一直被说成"黑暗时代"，近几十年来，研究者在很大程度上改变了这个印象，挖掘出近代科学以及近代文明在中世纪的根苗。引导这一观念转变，格兰特是个重要人物。格外有意思的是，他注重的不是数学、物理学方面的某些具体进展，而是希腊-阿拉伯著作的拉丁翻译，大学的建立，经院哲学中的自然哲学发展。为什么当时比西欧更文明昌盛的阿拉伯世界、拜占庭以及中国反而没有发展出近代科学？作者的探讨也许不尽令人满意，但包含很多重要的启示。

玛格丽特·J. 奥斯勒:《重构世界:从中世纪到近代早期欧洲的自然、上帝和人类认识》，张卜天译，商务印书馆，2019 年。

相似内容的书读得较多，不过，好书总有你不知道的新材料或某种带来启发的见解，而且这本书 2010 年原版，"综合了最新的科学编年史成果"。不到两百页，覆盖却颇周全。在我，是温故而知新，而尤其愿向对有关内容了解不多的读者推荐此书。

彼德·哈里森:《科学与宗教的领地》，张卜天译，商务印书馆，2016 年。

对世界的科学解释根本上是无神论的，但科学为什么偏偏从基督教笼罩的欧洲诞生？科学发展与宗教和道德原来千丝万缕地编织在一起。哈里森的这一部最新研究引领读者深入这些问题和联系。

I. 伯纳德·科恩:《新物理学的诞生》，张卜天译，商务印书馆，2016 年。

科恩从力学、天文学等几个主要方面勾画出亚里士多德自然哲学到近代物理学的转变，在同类著作中最为纲目清楚。同时推荐

H. 弗洛里斯·科恩:《世界的重新创造》, 张卜天译, 商务印书馆, 2020 年。

亚历山大·柯瓦雷:《从封闭世界到无限宇宙》, 张卜天译, 商务印书馆, 2016 年。

牛顿力学是思想史上划时代的转折点, 科学史巨擘柯瓦雷以空间观念的转变为线索刻画了这一巨大转折。柯瓦雷的其他科学史著作也对值得推荐, 这一本虽阐论并不艰深, 然而意义格外重大。

亚历山大·柯瓦雷:《牛顿研究》, 张卜天译, 商务印书馆, 2016 年。

牛顿是无与伦比的科学巨人, 同时, 正是经由牛顿, 近代科学从根基上与哲学离异。柯瓦雷的这部著作深入刻画了思想史上的这一巨变。

科　　学

Terrence W. Deacon, *Incomplete Nature:How Mind Emerged from Matter*, W.W.Norton & Company, 2012.

物理主义还原论虽然荒唐, 但仿佛手握当代科学的背书, 不少思想者在各个方向上努力开辟摆脱还原论的道路。迪肯的这本书在"突现论"的方向上, 广泛综合古今的相关观念和科学成果, 提供了一个远比此前研究更加系统的方案。

费比恩／编：《起源》，王鸣阳译，华夏出版社，2011年。

七位科学家分别谈1.宇宙的起源，2.太阳系的起源，3.复杂结构的起源，4.人类的起源和进化，5.社会行为的起源，主要讨论合作行为的起源，6.社会的起源，7.语言的起源。这些内容差不多都在别的书里读到。有的，如第二篇，对我来说写得比较艰深，很多论证似懂非懂，了解个结论吧。如今，这样一个理论，需要那么多子理论的支持，牵涉无数的观测资料和演算，再不像当年康德提出星云假说，几个基本事实，一点儿想象力，一点儿思辨。

杰弗里·韦斯特：《规模：复杂世界的简单法则》，张培译，中信出版集团，2018年。

这本书的主题是提出一种所谓"标度理论"或"规模法则"，大意是，宇宙中的所有系统，小到细菌大到都会，尽管它们各有各的复杂性，但它们也享有一些共同的简单特征，可以用几个等式甚至一个公式来加以概括。

规模法则（scaling law）看似简单，却能解答很多重大而深刻的谜题。是什么限制了人的寿命，使得最长寿的人也只能活到120岁而不是一千岁一万岁？为什么人类之外的所有哺乳动物一生中的心跳次数几乎相同，都在15亿次左右？为什么老鼠远比我们容易长肿瘤而鲸鱼几乎不长肿瘤？为什么不存在巨型昆虫？为什么一个城市能够存在千年而一个公司多半过几年或几十年就会衰亡？本书要阐明的是，这些形形色色看似全不相干的问题，很可能可以用同样的法则来解释。"当通过规模视角进行观察时，在我们生活的世界的极端复杂性、多样性和显而易见的混乱性之下，潜藏着令人吃惊的统一性和简单性。"[①]

规模法则不仅能解释我们熟知的好多事情，而且能够帮助我们发现一些不易想到的规律。在一个国家里，以最大城市的人口为准，第二大城市的人口是其 1/2，第三大城市的人口是其 1/3，第四大城市的人口是其 1/4，以此类推。调查显示，纽约、洛杉矶、芝加哥、休斯敦的人口数大致合乎这个比例。更神奇的是，词汇出现的频率也与此相似，the 的使用频率是 of 的两倍，是 and 的三倍，等等。

作者韦斯特是专长于复杂性科学的理论物理学家，心怀远大抱负，希望在智识爆炸的时代发展出某种大一统理论。他承认，这类宏大的整合注定是不完整的，也很有可能半途夭折，但这种努力至少有可能激发革命性的新观念和新方法。不仅如此，他话里话外，有点儿把他的这种整合类比于牛顿、麦克斯韦和达尔文的工作。我个人觉得规模法则很有意思，且有可能启发对事物深层机制的探究，但这种基于统计的宏大整合跟牛顿类型的统一机制的探究在性质上完全不同。

J. 波力奥 / 编，《理解灾变》，郑毅译，华夏出版社，2011 年。

八位科学家分别谈，1. 超新星；2. 恐龙灭绝；3. 达尔文时代的地质渐变论与突变论之争；4. 试用一个数学模型解释生物演化中的一些疑难问题；5. 地震；6. 风暴；7. 饥荒；8. 肺结核。文章都是新的，代表现行科学观点，虽然多数是我已经了解的，但仍可知道哪

---

① 杰弗里·韦斯特：《规模：复杂世界的简单法则》，张培译，中信出版集团，2018 年，第 462 页。

些结论保留到今天，哪些已有所修正。当然，有些对我是全新的，例如，我一直对演化论很有兴趣，其中有不少疑问让我困惑，包括为什么化石所反映的新物种形成过程缺乏连续性——这是长期困扰演化论的一个疑问，这个疑问，本书第四篇的作者齐曼（Christopher Zeeman）尝试通过一个数学模型来加以解释，也许是条新路。

果壳网：《谣言粉碎机》，新星出版社，2000 年。

果壳网年轻人合写的，好书。科学技术纷繁，天下绝大多数的事情，现在没谁敢说他知道真相。成名的专家可能利益驱动，不太敢信他们。网络大大扩展了信息交流，可惜泥沙俱下。希望这本书还有系列续集，建立一个有公信力的品牌，为普通人日常生活常遇到的问题提供可靠的知识。

卡洛·罗韦利：《现实不似你所见：量子引力之旅》，杨光译，湖南科学技术出版社，2016 年。

罗韦利是意大利著名物理学家，科普著作写得也好，国内引进了好几本，我最喜欢这一本。这本书向我们介绍了物理学的最新进展，尤其引我关注的是关于空间、时间的新观念。当然，在这些前沿领域，物理学并无定论，罗韦利所言只是一家之言。

M. 克莱因：《数学：确定性的丧失》，李宏魁译，湖南科学技术出版社，1997 年。

哲学，至少从近代以来，梦寐以求的，是确定性。笛卡尔怀疑一切，为的是看看究竟什么东西是怀疑不了的，最后他找到了唯一确定不移的"我思"。贝克莱的思路相差无几，不过他找到的确定性不是"我思"，而是"感觉"。杜威的最后一本著作叫作"确定性的寻求"，维特根斯坦最后一本笔记题为"论确定性"。哲学家一个个辛苦跋涉，但有几个到了确定性的福地安歇？相比之下，数学真是一门独蒙神恩的学科，哲学求之而不得的东西，似乎天然赐予数学。一说起确定、必然、普遍的知识，人们立刻要用 2＋3＝5 来举例。然而，克莱因告诉我们，事情远不是那个样子，或者，事情早就变成另一个样子了。

M. 克莱因出身数学世家，本人对数学贡献颇丰，又是最出色的数学史家之一。他还很会写，这对我们普通读者是个大优点。而且，这本书译文好。书店现在满书架翻译过来的书，作者著名，题目有意思，写得不错，但无需对照原文，只读中文本就知道翻译得乱七八糟，越到褪节儿的地方，越不敢相信原作者是那样说的。

图书在版编目(CIP)数据

穷于为薪/陈嘉映著.—北京:商务印书馆,2023
(陈嘉映著译作品集;第12卷)
ISBN 978 - 7 - 100 - 22211 - 2

Ⅰ.①穷… Ⅱ.①陈… Ⅲ.①中国文学—当代
文学—作品综合集 Ⅳ.①I217.2

中国国家版本馆 CIP 数据核字(2023)第 049059 号

陈嘉映著译作品集

第 12 卷

穷于为薪

陈嘉映 著

商 务 印 书 馆 出 版
(北京王府井大街36号 邮政编码100710)
商 务 印 书 馆 发 行
北京市十月印刷有限公司印刷
ISBN 978 - 7 - 100 - 22211 - 2

2023 年 6 月第 1 版　　　　开本 710×1000　1/16
2023 年 6 月北京第 1 次印刷　　印张 28¾
定价:142.00 元

陈嘉映著译作品集